Ruben L. Stein

Sommerfrost

Dieses Buch widme ich Frau Agnes Steiner.
Sie war eine hervorragende Mutter und eine besonders starke Frau.

Im Namen des deutschen Volkes

wurde die 30 Jahre alte

Agnes Gruber

aus Farrach, Kreis Judenburg, die in Bretstein verbotene Beziehungen zu einem Kriegsgefangenen unterhielt und durch ihr unwürdiges Verhalten die deutsche Frauenehre und das gesunde Volksempfinden schwer verletzte, vom Sondergericht Leoben

zu einer Zuchthausstrafe von 1 Jahr und 6 Monaten verurteilt

11302

Das herbeigesehnte Ende
kann genauso gut
erst der Anfang
eines langen
Leidensweges sein.
Ruben L. Stein

Ein Weg ohne Wiederkehr

23.11.1943

Das Jahr, welches ich nie vergessen würde, ging dem Ende entgegen. Körperlich hatte ich mich erstaunlich schnell erholt. Auch meiner kleinen Anna merkte man nichts mehr davon an. Seit ich sie wieder regelmäßig stillen konnte, wuchs sie prächtig heran. Jedoch in meinem Inneren waren tiefe Wunden zurückgeblieben.

Die Monate vergingen. Viele von der Ostfront zurückgekehrte, verletzte oder beurlaubte Soldaten berichteten hinter vorgehaltener Hand von schweren Verlusten der deutschen Wehrmacht. Marias Mann, der Sepp, wurde auch einige Tage nach Pfingsten eingezogen und an die Front geschickt. Trotz der schönen Jahreszeit blieb die Stimmung getrübt.

Jeden Tag, an dem der Briefträger am Hof vorbeifuhr ohne bei uns stehen zu bleiben, betete ich ein zusätzliches Vaterunser. Damit wuchs neben der Sorge um mein Mädchen auch die Anspannung ins Unerträgliche.

Als Mitte August noch immer keine Vorladung vom Gericht gekommen war, keimte in mir ungewollt sogar Hoffnung auf, die ich täglich aufs Neue niederkämpfen musste. Um dem ganzen nervenaufreibenden Spuk endlich ein Ende zu setzen, sehnte ich mir paradoxerweise eine Nachricht herbei.

Wir brachten gerade die erste Fuhre Heu ein, als die Joglbäuerin, die Schwiegermutter meiner jüngsten Schwester, auf mich zugelaufen kam und mir mit trauriger Miene einen Umschlag übergab. *Sondergericht Leoben* war zu lesen. Mit zitternden Fingern öffnete ich den Brief: ... 23.11.1943 ... 10 Uhr ... zu erscheinen.

Man hatte mich nicht vergessen, warum auch? Das Beunruhigende daran war, ich wurde zum Gericht nach Leoben vorgeladen, deren Richter für ihre drakonischen Strafen landesweit bekannt waren. Die letzten drei Monate versuchte ich mich, mehr denn je, am Dasein meiner Tochter zu erfreuen. Ich ahnte, dass ich es sehr vermissen würde.

Immer öfter gab es Fliegeralarm und wir mussten, wenn es möglich war, in den nächsten Luftschutzbunker flüchten. Bis jetzt blieben wir von schweren Bombardierungen verschont. Aber die Städte Klagenfurt und Wienerneustadt sollen schon einige Male getroffen worden sein.

Nach mehrmaligem Fehlalarm kümmerten wir uns auch nicht mehr darum und blieben auf den Feldern, um weiter unsere Arbeit zu verrichten. So auch an Allerseelen, als wieder die Sirenen heulten. Meine kleine Anna fing jedes Mal an zu weinen.

Wenn noch vor einigen Monaten nur vereinzelte Flugzeugverbände am Himmel zu sehen waren, die dann entweder nach Nordosten oder nach Kärnten abdrehten, verdunkelten sie an diesem Nachmittag den Himmel beinahe komplett. Jagdflugzeuge, die die schweren Bomber begleiteten, scherten immer häufiger aus dem Verband aus und griffen den in der Nähe befindlichen Fliegerhorst in Zeltweg an.

Am 23.11.1943 bestieg ich den frühesten Zug, der mich nach Leoben bringen sollte. Ich hatte mich von den zukünftigen Schwiegereltern meiner Schwester schon am Vorabend verabschiedet. Maria begleitete mich noch zum Bahnhof. Am Bahnsteig hielten wir uns eine gefühlte Ewigkeit in den Armen. Keiner von uns sagte ein Wort, geräuschlos vereinten sich auch unsere Tränen. Als ich den Waggon bestieg, drehte ich mich noch einmal kurz um. Maria blickte hoch und nickte mir ein letztes Mal aufmunternd zu, dann ertönte das Signal zur Abfahrt.

Unterwegs mussten wir auf freier Strecke zweimal den Zug verlassen und uns in Deckung begeben wegen eines vermeintlichen Luftangriffs.

Die meisten Reisenden waren Soldaten, die zum Fronteinsatz gebracht wurden. Am Bahnhof in Leoben angekommen, ging ich stadteinwärts über die Murbrücke. Auf der linken Seite befand sich eine Kirche, als ich näher kam, erkannte ich nur, es musste sich hier um eine evangelische handeln. Da wollte und durfte ich nicht rein.

Nach der Bahnhofsuhr hatte ich noch genügend Zeit, eine katholische Kirche aufzusuchen. Mir fiel dabei der Name, Stadtpfarrkirche St. Xaver, wieder ein. Wo sie genau war, wusste ich nicht, nur, dass sie in der Nähe des Hauptplatzes sein musste. Mit meinem kleinen Pappkoffer in der Hand ging ich die Franz-Josef-Straße weiter bis zum Hauptplatz. Um mich zu orientieren, verharrte ich einen kurzen Augenblick und befand mich ausgerechnet an dem Punkt, wo sich zur rechten Seite die Kirche und links das Gericht befand.

Obwohl ich in meiner Situation wirklich keinen Grund zum Lachen hatte, konnte ich mir ein sarkastisches Schmunzeln nicht ganz verkneifen.

Natürlich wollte ich noch einmal ein Gotteshaus aufsuchen. Also ging ich rechts die Gasse runter und stand vor dem gewaltigen Kirchentor.

Als ich eintrat, erinnerte ich mich wieder an die Worte der Wahrsagerin:

"Deinen Frieden wirst du nur in deinem Glauben finden." Das war die düstere Prophezeiung, die mir, vor fast genau zehn Jahren, vorausgesagt wurde.

Am steinernen Weihwasserbecken tauchte ich die Finger meiner rechten Hand in das kühle Nass. Zuerst benetzte ich meine Stirn und die Brust. Dann die linke Schulter und zuletzt die rechte. Der prachtvolle Innenraum zog mich mit seiner beinahe schmerzhaft wirkenden Stille und der mystischen Ausstrahlung fest in seinen Bann.

Beinahe schlafwandlerisch bewegte ich mich den breiten Mittelgang entlang. Dabei hallte jeder einzelne Schritt von den Wänden wider. Vor der Kanzel und einer Altarnische zu Ehren der heiligen Maria, die sich auf der linken Seite befand, hielt ich an. Ich kniete mich am äußersten Rand der zweiten Bankreihe hin und betrachtete die Statue der heiligen Maria Mutter Gottes. Im Gebet versunken, bemerkte ich das Herannahen des Pfarrers nicht.

Als ich für einen Augenblick hochschaute, trafen sich unsere Blicke.

Er beugte sich zu mir herunter und fragte mich leise, ob ich denn einen besonderen Grund hätte, mich gerade in die Nähe dieser Altarnische zum Gebet niederzulassen. Ich wischte mir mit dem Ärmel über mein Gesicht, weil ich, ohne es zu bemerken, auch geweint hatte.

Warum ich mir gerade diese Nische unter sechs verschiedenen ausgesucht hatte, konnte ich ihm nicht beantworten.

Er spürte den großen Kummer, der mich plagte und bot an, mir die Beichte abzunehmen. Wortlos folgte ich ihm. Im Beichtstuhl schilderte ich ihm meinen Grund. Anschließend begleitete er mich bis zur großen Kirchentür und wünschte mir noch alles Gute.

Es waren nur wenige Schritte bis zum Gericht. Am Eingang suchte ich nach dem Saal, in dem die Verhandlung stattfinden sollte. Er befand sich im ersten Stock.

Meine Gedanken waren bei meiner kleinen Tochter Anna. Maria würde schon auf sie aufpassen, solange ich weg war. Da fiel mir ein, warum hatte ich nur eine einfache Zugfahrkarte nach Leoben gekauft? Sollte das etwa ein böses Omen sein?

"Die Angeklagte Agnes Gruber!"

Aus der großen zweiflügeligen Tür von Saal 5, trat ein dicker Mann in brauner Uniform. Da ich nicht gleich aufsprang und keine andere weibliche Person sich auf dem Flur befand, sprach er mich direkt an.

"Sind sie die Gruber?" Ich wäre es in diesem Augenblick am liebsten nicht gewesen.

Nach endlos langen Beschimpfungen und Unterstellungen erhob sich das Gericht zur Urteilsverkündung. Völlig apathisch blieb ich auf meinem Stuhl sitzen und überhörte die Aufforderung mich zu erheben. Eine Hand packte mich grob am Arm und riss mich hoch.

" ... verbotenen Beziehung ... Kriegsgefangenen..., deutsche Frauenehre ..., gesundes Volksempfinden verletzt, zu 18 Monaten Zuchthaus verurteilt, ... Strafe ... sofort vollzogen."

Die letzten Worte prallten wie ein Echo von Felswänden ab und wiederholten sich immer und immer wieder in meinem Kopf.

Ich fand erst wieder in die Realität zurück, als ich etwas Stacheliges an meinem Gesicht spürte. Wie ich aus dem Saal kam und was in der Zwischenzeit passierte, daran konnte ich mich nicht mehr erinnern. Es roch moderig und stank nach Urin. Ich lag bäuchlings auf einem Strohsack – meiner Bettstelle. Frauenstimmen drangen an meine Ohren. Man hieß mich *Willkommen*. Ich versuchte verzweifelt, meinen vorübergehenden Zustand hinauszuzögern, ich wollte einfach nicht mehr in die Wirklichkeit zurück.

"Bitte, heilige Maria Mutter Gottes, lass mich so, wie ich jetzt bin."

Aber alle wollten, dass ich wach wurde.

Die Zelle war mit fünf Frauen belegt, ich war die Sechste.

Die meisten davon, wie ich erfahren hatte, waren zu mehreren Jahren Zuchthaus verurteilt worden. Eine Frau, wohl eher noch ein Kind, saß abseits von den anderen und stierte teilnahmslos auf den Tisch. Zwei andere, etwa in meinem Alter, waren wegen Prostitution verurteilt worden. Damit konnte ich nichts anfangen und wollte es auch gar nicht wissen.

Ich schämte mich abgrundtief. Wenn ich auf mein Delikt, so wie man es hier nannte, angesprochen wurde, schwieg ich lediglich. Ich genierte mich die ersten Tage, vor den anderen auf die

Toilette zu gehen, bis ich vor lauter Schmerzen nicht mehr sitzen konnte. Einige nahmen darauf überhaupt keine Rücksicht, sie verrichteten ihr Geschäft auch dann, wenn wir beim Essen waren. Tagsüber durften wir unsere Bettstelle nicht benutzen. Wenn jemand dabei ertappt wurde, bekam man den Gummiknüppel zu spüren.

Ich wollte eine kleine Distanz zu den anderen wahren, was mir aber nur Spott und Hohn einbrachte. Streitereien gab es fast jeden Tag. Einige Male hatten sich zwei Frauen sogar richtig geschlagen. Danach war ich so eingeschüchtert und brachte kein Wort mehr heraus.

Wie wilde Tiere fielen sie übereinander her. Alle schauten belustigt zu und feuerten sie auch noch zu mehr Brutalität an. Nur das junge Mädchen wandte sich ab. Als ich auf den Notknopf drückte, sah ich, wie sich außen die Klappe des Türspions bewegte. Dann blickte mich ein großes Auge an, weil ich genau davorstand. Kurz darauf wurde unten die Essensklappe aufgerissen.

"Scher dich zur Seite, du Schlampe, ich muss sehen, wer gewinnt."

Ich wollte doch nur, dass das ein Ende hat.

Von anderen Mitinsassen hatte ich erfahren, es sollte demnächst wieder ein Häftlingstransport nach Deutschland erfolgen.

Am frühen Morgen des 1.12.1943 – es war ein Mittwoch – forderte man das junge Mädchen und mich auf, unsere *Lumpen* zu packen. Im Innenhof warteten wir mit einigen anderen Frauen, aber auch Männern, darauf, was mit uns geschehen würde. Während dieser Zeit durften wir nicht sprechen und mussten in der zugewiesenen Gruppe bleiben.

Es war eisig kalt, warme Kleidung gab es nicht. Wer eine Pferdedecke hatte, der konnte sich glücklich schätzen.

Ein Militärlastwagen fuhr rückwärts durch das geöffnete Tor. Von der Ladefläche sprangen vier schwer bewaffnete Soldaten, zwei andere blieben oben am Rand stehen. Kommandos wurden gebrüllt und bald darauf saßen wir zusammengepfercht auf den Holzbänken, im Rücken die teils zerfetzte Plane.

Ohne Essen oder weitere Erklärung erreichten wir am späten Nachmittag die Stadt Salzburg. Einige Kilometer außerhalb hielt der Tross an und die Planen wurden hochgeschlagen. Auf einem freien Feld, wo bereits mehrere Hundert Menschen standen und froren, mussten wir von der Ladefläche runter und uns zu den anderen stellen. Wer austreten musste, durfte sich bis zu den Büschen am Fluss entfernen und dort seine Notdurft verrichten. Das Mädchen aus Leoben, welches Klara hieß, blieb immer dicht bei mir. Man merkte ihr die Angst an. Aber auch ich hatte eine Heidenangst.

Ein Zug rollte an, der sich schon von Weitem durch lautes Pfeifen bemerkbar machte, bevor er zu sehen war. Die ersten Waggons hinter der Lok waren beleuchtet und man konnte Personen drinnen sehen, die teilweise neugierig aus den Fenstern schauten. Es waren keine Gefangenen, sondern Geschöpfe, frei, wie wir es einmal waren. In manchen Gesichtern spiegelte sich auch blankes Entsetzen wider. Die Menschen wurden wie eine Kulisse an uns vorbeigezogen, bis der ganze Zug mit einem lauten Ruck stand.

"Frauen hierher!", hörte man eine Stimme immer wieder brüllen.

Klara und ich fassten uns an den Händen und liefen zum Ende des Zuges. Diese Waggons hatten keine Fenster, sondern nur ein großes Schiebetor, zu dem man hochklettern musste. Die Frauen, die schon oben waren, streckten den anderen ihre Hände entgegen, um ihnen beim Einsteigen zu helfen. Als unser Waggon voll war, wurde ein Korb trockenes Brot reingeworfen. Jede versuchte, schnell ein Stück zu ergattern. Dann wurde die schwere Tür von außen zugeschoben und es wurde dunkel.

Wer einen Platz an einer der Wände gefunden hatte, konnte sich daran wenigstens anlehnen.

Zweimal hielt der Zug an, Kommandos durchschnitten die Nacht.

"Weg vom Zug!"

Flugzeuglärm war zu hören, Schüsse fielen. Als das Dröhnen sich entfernt hatte, hörte man Frauen und Männer nach ihren Angehörigen rufen. Weinerliche Kinderstimmen mischten sich darunter.

Und die Fahrt in eine ungewisse Zukunft ging weiter. Uns hatte man gar nicht erst hinausgelassen. Die Tür war von außen verriegelt.

Durch die von Granatsplittern verursachten Löcher konnte man nach draußen schauen. Am nächsten Tag, wir waren schon mehr als dreißig Stunden unterwegs, blieben wir erneut stehen.

Diesmal schob man die Tür auf und die Sonne verschickte ihre letzten Strahlen für diesen Tag. Wir waren in Stuttgart angekommen.

Zwei von uns hatten die Strapazen nicht überlebt. Sie saßen in der Nähe des Abtritts als ob sie noch leben würden und nur vergessen hatten, sich zu erheben.

Mit sichtlicher Verachtung empfing man uns Frauen in einer Ansiedlung von etlichen Baracken. Klara war immer noch bei mir. Die Zufahrt wurde von Soldaten bewacht und soweit ich sehen konnte, war das ganze Areal mit hohem Stacheldrahtzaun gesichert. Von unzähligen Wachtürmen herab wurde die eintretende Dunkelheit mit riesigen Suchscheinwerfern zerschnitten. Klara und ich wurden zum Glück nicht getrennt und in derselben Baracke untergebracht. Bis wir allerdings tatsächlich da angekommen waren, wo wir uns vielleicht etwas von den Strapazen hätten erholen können, mussten wir noch einiges über uns ergehen lassen. Manches davon hatten wir auch bitter nötig.

Nach der Registrierung bekam jeder seine Wäsche, Geschirr sowie Kleidung und Hygieneartikel ausgehändigt. Alles, was wir am Leib trugen, mussten wir ablegen. Dann wurden wir entlaust, und erst anschließend durften wir uns duschen. Das Wasser war zwar nicht besonders warm, aber es erfüllte seinen Zweck. Auch die Toilette konnte man endlich aufsuchen. Davon wurde verständlicherweise gleich rege Gebrauch gemacht. Wir erhielten alle Einheitskleidung, ob sie einem passte oder nicht, darauf wurde keine Rücksicht genommen.

Im Schlafsaal angekommen, in dem sich ca. 50 Betten befanden, tauschten wir so lange gegenseitig die Kleidungsstücke, bis man das einigermaßen Passende zusammen hatte.

Viele von uns ließen sich gleich, so wie sie waren, aufs Bett fallen. Sie wurden aber augenblicklich vom Wachpersonal zur Ordnung gerufen. Um 22 Uhr wurde von den Aufseherinnen der letzte Kontrollgang durchgeführt und gleichzeitig das Licht ausgeschaltet.

Es dauerte keine 10 Minuten, da schliefen die meisten. Einige weinten, andere beteten noch leise. Manch eine schnarchte laut vor sich hin.

Das Leben war hier straff organisiert, wer sich nicht daran hielt, wurde hart bestraft. Schläge waren an der Tagesordnung.

Auf uns hatten sie es besonders abgesehen. Man nannte uns Ostmärkler und wir waren in deren Augen nur Huren und Vaterlandsverräter. Klara, mit der ich mittlerweile ein freundschaftliches Verhältnis hatte, obwohl ich noch immer nicht wusste, weshalb sie im Zuchthaus gelandet war, wurde eines Nachts ohne Angabe von Gründen aus ihrem Bett geholt. Ich hatte die restliche Nacht kein Auge mehr zugemacht.

Am nächsten Morgen brachte man sie zurück. Sie wurde von mehreren SS-Soldaten vergewaltigt. Zwei Tage später lag sie mit aufgeschnittenen Pulsadern tot in ihrem Bett.

Wie oft wünschte ich mir, wenn der Himmel vor Flugzeugen wieder einmal schwarz wurde, einen Volltreffer. Im selben Augenblick musste ich an meine kleine Anna denken und schämte mich meiner Gedanken.

Von Woche zu Woche vermehrten sich die Luftangriffe. Bei Tag kamen die Amerikaner, nachts die Engländer. Ich kannte keinen, der sich nicht das Ende des Krieges wünschte. Nur die SSler, die zu unserem *Schutz* da waren, glaubten noch immer an den Endsieg.

Im September 1944 erlebten wir die bisher schwersten Luftangriffe. Zum Glück war unser Lager, welches einige Kilometer von der Stadt entfernt war, nicht Ziel des Angriffes.

Man spürte förmlich, es konnte nicht mehr lange dauern. Je heftiger bombardiert wurde, desto brutaler gingen die Aufseher vor.

Es verging kein Tag mehr, an dem nicht irgendjemand hingerichtet wurde. Immer häufiger passierte es schon beim Morgenappell, bei dem einer der SS-Offiziere seine Pistole zog und wegen einer Nichtigkeit ein unschuldiges Menschenleben auslöschte. Ihre Wut und Enttäuschung ließen sie an uns aus.

Wir waren für die Instandhaltung der Uniformen zuständig. Je öfter die Flugzeuge ihre Bomben abwarfen, umso größer waren die Berge von Kleidung, die wir wieder flicken sollten. Ein großer Teil unserer Waschmaschinen war nicht mehr einsatzfähig, entweder mangelte es an Dieselkraftstoff für die Aggregate oder sie waren zerbombt.

Es war in den letzten Apriltagen 1945, als schon am frühen Morgen Schüsse zu hören waren. Aber es waren nicht die typischen Schüsse aus den Pistolen der SSler. Diesmal war es MG-Feuer. Wir ahnten, was dies zu bedeuten hatte. Einige vom Wachpersonal mischten sich daraufhin unter uns Gefangene, wurden aber kurzerhand überwältigt und teilweise von den Menschen totgeschlagen, die sie monatelang oder länger misshandelt und gedemütigt hatten.

Es waren grausame Tage. Die ersten Einheiten, die im Lager eintrafen, wüteten wie Bestien, es waren Afrikaner. Sie waren pechschwarz, völlig ausgehungert, in Lumpen gekleidet und stanken fürchterlich. Frauen wurden massenweise vergewaltigt. Männer, ob Häftling oder nicht, wurden erstochen oder niedergeschossen, wenn sie dem Treiben nicht tatenlos zusahen.

Mich hatte man wahrscheinlich deshalb verschont oder übersehen, weil sie mich auch für tot hielten, als sie einem Flüchtenden in den Rücken schossen, der mich unter sich begrub.

Ich lag beinahe einen ganzen Tag unter einem sterbenden Körper begraben. Sein Blut lief an meinem Hals entlang und breitete sich vor meinem Gesicht zu einer dunklen klebrigen Pfütze aus.

Ich erlebte hautnah, wie das Leben aus ihm wich. Ich bildete mir zuletzt ein, auch von einer Kugel getroffen worden zu sein, denn sonst hätte ich doch versucht mich zu befreien.

Scheinwerfer und Motorengeräusch holten mich aus meinem Dämmerzustand zurück. Kommandos wurden gegeben, Schritte kamen näher, mein Rücken fühlte sich plötzlich ganz leicht an.

"Was wird aus meiner kleinen Anna, wenn ...?"

"She's still alive", sagte jemand und hob mich hoch.

Glücklich schätzen sollten
sich all diejenigen, die
bereits zu Lebzeiten
ihrer Eltern zu ihnen hochschauen
konnten.
Ruben L. Stein

Teil I

Angerls Kinderjahre
1917 bis 1929

Kapitel 1: Im Dezember 1917

Der Besuch

Kurz vor Weihnachten 1917, zwei Tage nachdem mein kleines Schwesterchen Maria das Licht der Welt erblickt hatte, klopfte es an der Tür. Draußen standen zwei Fremde in dunkler Kleidung und baten Hanna, meine ältere Schwester, um Einlass.

Der Mann, groß gewachsen, dunkles Haar und Vollbart, strahlte etwas Bedrohliches aus und machte mir Angst. Sein Blick war genauso finster wie sein langer fast bis zum Boden reichender Mantel. An diesem befand sich noch Schnee, der sich in unserer nicht gerade warmen Stube hartnäckig am groben Stoff festhielt.

Die Frau war etwas kleiner, mit einem runden Gesicht und sie schien ganz nett zu sein. Sie strich mir beim Eintreten gleich zärtlich über den Kopf, als ich ängstlich nach der Hand meiner Mutter griff, die angezogen im Wochenbett lag.

Draußen war es bitterkalt. Der eisige Wind wehte unaufhörlich den feinen Schnee durch die breite Türritze. An der Stelle, wo sonst die Pferdedecke wenigstens das meiste abhielt, klaffte jetzt ein großer Spalt. Hier hatte sich bereits das weiße Pulver wie Pfeilspitzen ungehindert in die Stube hineingefressen. Mal waren sie länger, mal kürzer. Mit jedem neuen Windstoß, der von einem lauten Knarren der alten Türscharniere begleitet wurde, drangen sie immer tiefer in den Raum vor.

Hanna schob mit nackten Füßen die beim Öffnen der Tür beiseitegeschobene Decke schnell wieder an ihren Platz.

Die Frau trat ans Bett meiner Mutter und sprach so leise, damit wir es nicht verstehen konnten, einige tröstende Worte, die von meiner Mutter mit Tränen quittiert wurden. Immer wieder wischte sie ihr mit einem Taschentuch die Tränen aus dem vor Kummer verzerrten Gesicht. Unsere Mutter schluchzte immer wieder laut auf, während sie meine kleine Schwester an ihre Brust legte.

Den fremden Mann schien das nicht zu interessieren. Vielmehr schritt er ungeniert im Zimmer auf und ab, öffnete den Schrank, der neben dem Bett meiner Mutter stand und zog von der Kommode die Schubladen auf, ohne sie wieder zu schließen.

Unsere Stube war nicht groß. Gleich rechts hinter der Tür, die nach innen aufging, stand der Schrank, in dem all unsere Kleider und Wäsche aufbewahrt wurden. Darin hingen einige Kittel von meiner Mutter und zwei Mäntel, die schon mehrmals geflickt waren. Einer davon gehörte Hanna. Dann waren in der rechten Hälfte noch drei Regalböden, in denen etwas Leibwäsche von meiner Mutter und eben unsere Sachen zurückgelegt wurden. In der unteren Schublade, die über die ganze Schrankbreite ging, lagen Pferdedecken und Stoffreste, aus denen Sachen zum Anziehen gemacht wurden. In der Kommode wurde in den unteren beiden Auszügen Kochgeschirr und oben die Lebensmittel aufbewahrt. Diese Schublade musste immer geschlossen sein, damit die Mäuse nicht drankamen. Es passierte aber immer wieder, vor allem im Winter, dass sich die eine oder andere Maus darin fand.

Wenn die Hebamme kam, so wie gestern, um vorher nach meiner Mutter und jetzt auch nach Maria zu schauen, brachte sie uns meist etwas trockenes Brot mit. Hanna weichte es dann in Wasser mit etwas Milch ein und stellte es auf den Herd. Der wurde allerdings erst zu Mittag angemacht, da wir mit dem Holz sparsam umgehen mussten.

An der Wand, wo die Kommode stand, war auch das Bett meiner Mutter, das einzige feste Bett. Diese Stelle konnte mit einem Vorhang abgetrennt werden. Eigentlich schliefen wir alle drei da drinnen. Aber seit Maria da war, ging es nicht mehr. So hatte eben Hanna einen Strohsack zurechtgemacht, der an der gegenüberliegenden Seite von der Tür lag. Darauf schliefen wir beide, Hanna und ich. Links neben der Tür stand ein Holztisch mit einer Bank an der Wand, über dem sich ein kleines Fenster befand. Das hatte aber meine Mutter mit einer Decke verhangen.

"Damit die Wärme im Raum bleibt", meinte sie.

Gegenüber der Bank standen zwei Hocker. Einer davon, so meine Mutter, gehörte mir. Und dann gab es noch die Seite, wo der Herd stand. Rechts von ihm wurde das Brennholz gestapelt. Auf der anderen Seite stand der Waschzuber auf einem wackeligen Melkschemel. In dem wurde das Geschirr sauber gemacht und wir. Zur Toilette mussten wir nach draußen, neben dem Stall war ein Plumpsklo. Für die Nacht hatten wir zwei Nachttöpfe. Einen davon teilte ich mit meiner großen Schwester.

Einen Brunnen hatten wir auch draußen. Während der kalten Zeit mussten wir immer darauf achten, dass er nicht zufror. Aus diesem Grund blieb immer der Holzeimer, der an einem Seil befestigt war, halb im Wasser.

Hanna stand am Herd und kochte unser Abendessen, es roch nach saurer Suppe, wie schon die ganze Woche und auch in der Zeit davor.

Mutter fragte die beiden Herrschaften, ob sie auch einen Teller Suppe mitessen wollten. Die Frau lehnte dankend ab. Der Mann meinte, er hätte noch keinen Hunger, aber wir sollten uns beeilen. Bald würde es dunkel werden, denn der Rückweg wäre noch ziemlich weit. Ich verstand das alles überhaupt nicht. Wenn es denen so pressierte, warum warteten sie, bis wir fertig waren?

Nachdem mein Schwesterchen nuckelnd an Mamas Brust eingeschlafen war, legte sie es zur Seite und setzte sich zu uns an den Tisch. Hanna holte den Topf vom Herd und stellte ihn in die Mitte des Tisches.

Ich stand mit nackten Füßen auf dem Hocker und faltete, wie auch Mutter und Hanna, die Hände zum Gebet. Anschließend fütterte mich meine Mutter mit dem Holzlöffel. Ab und zu führte auch sie sich einen Löffel zum Mund.

Unser Besuch nahm derweil auf dem Bett Platz, das unter der Last bei jeder Bewegung laut knarrte und ich mich jedes Mal neugierig umdrehte. Was zur Folge hatte, dass ich von Mutter ermahnt wurde. Nachdem Hanna sagte, sie sei satt, nahm meine Mutter den Topf zu sich, kippte ihn an, kratzte den letzten Rest noch raus und gab ihn mir.

Auf ein Nicken von Hanna falteten wir noch mal die Hände und bedankten uns mit einem kurzen Gebet beim lieben Gott. Erst danach durfte ich vom Hocker klettern und den Tisch verlassen.

Mutter ging wieder zum Bett zurück, wo der Besuch sich bereits zum Gehen fertigmachte. Maria lag eingewickelt im Bett und schlief.

Die Frau ging auf meine Mutter zu, streckte beide Arme nach ihr aus, neigte etwas den Kopf zur Seite und zog meine Mutter, die wieder heftig zu schluchzen anfing, an sich.

Ich begriff einfach nicht, worüber meine Mutter so traurig war. Ich stand, noch immer an meinem Holzlöffel schleckend, nur mit einem Hemdchen bekleidet, mitten im Raum und schaute mich nach meiner Schwester um.

Hanna senkte den Kopf, sie konnte meinen Blick nicht ertragen. Ich wollte gerade zu ihr laufen, als meine Mutter Hanna anwies, sie solle mich anziehen. Warum sollte sie mich anziehen? Wollten wir fortgehen? Wohin? Die Christmette war doch erst nach einmal schlafen.

"Mami, ich kann das nicht", hörte ich Hanna sagen.

"Jetzt mach du das eben, sonst kommen wir gar nicht weg", herrschte der Mann meine Mutter an.

Ich lief rüber zu meiner großen Schwester und versteckte mich hinter ihr. Sie drehte sich um und nahm mich auf den Arm.

Warum weinte jetzt auch noch Hanna? Ich schaute fragend zu meiner Mutter.

Als sich unsere Blicke trafen, vergrub sie mit einem Aufschrei ihr Gesicht in beiden Händen und drehte sich weg. Jetzt war es auch um mich geschehen.

Die Bäuerin, so wurde die Fremde von ihrem Mann genannt, kam auf uns zu und versuchte, mich von Hannas Hals, den ich mit beiden Armen fest umklammerte, zu lösen.

"Bauer, so hilf mir doch, die reißt ihr noch die ganzen Haare aus."

Auch Hanna ließ mich nicht los, obwohl ich ihr bestimmt wehtat. Meine kleinen Hände waren mit ihr, so schien es, verwachsen. Ich schrie nicht, ich weinte nur ganz leise vor mich hin. Noch nie hatte ich mich so traurig gefühlt, nicht allein, weil mich Fremde mitnehmen wollten. Nein, weil meine Mami mir den Rücken zukehrte und mir nicht helfen mochte.

Hanna flüsterte mir mit stockender Stimme, immer wieder von Weinkrämpfen geschüttelt, ins Ohr, dass es mir dort viel besser gehen würde. Ich bekäme auch Lebkuchen und Kletzenbrot zu essen.

"Warme Sachen zum Anziehen bekommst du auch, sogar einen größeren Bruder", sagte die Bäuerin, "der wird dir alles zeigen. Und morgen gehen wir runter in die Kirche zur Christmette. Da wolltest du doch schon immer gerne hin."

Ich hatte gar nicht bemerkt, dass auch der Bauer neben uns stand.

"Nun nimm endlich das Balg, wir müssen los. Hier in die Decke, da wickelst sie ein. Diese Lumpen könnt ihr verbrennen. Das Zeug taugt nicht mal mehr als Putzlappen", polterte der Bauer.

Ganz behutsam befreite mich die Bäuerin aus den Armen meiner Schwester, deren Kräfte allmählich nachließen.

Auf dem Arm der Bäuerin, eng an sie gedrückt, umhüllt mit nur einer Pferdedecke, die nackten Füßchen unten rausbaumelnd, verließen wir mein Zuhause.

Hanna kam noch hinterhergelaufen und gab mir meine Fetzenpuppe.

Noch einmal hob ich den Kopf und blickte über die Schulter der fremden Frau, um meine Mutter zu sehen. Ich wollte ihr noch sagen, sie müsse mich nicht weggeben. Ich würde auch ab jetzt weniger essen.

"Muada, warum derf i net bei aich bleim?" Ich bekam darauf keine Antwort.

Zurück blieb ein rechteckiges Loch, in dem sich, im schwach flackernden Schein des Ofens, eine zusammengesunkene Gestalt befand. Wahrscheinlich die von meiner Mutter. Sie wurde immer kleiner und verschwand dann ganz.

Das Schneetreiben hatte zugenommen und mittlerweile war es auch dunkel geworden. Die zwei Rösser waren froh, dass es endlich wieder weiterging. Der Bauer zündete die beiden Sturmfackeln an und ließ ganz kurz seine Peitsche knallen.

Die Pferde zogen mit einem Ruck an, sodass sich die Bäuerin mit einer Hand an der Lehne festhalten musste, damit wir nicht auf die Ladefläche fielen. Dort schaute aus einer schneebedeckten Plane neben kurzen Baumstämmen und einigen Säcken Mehl auch ein Geweih heraus, an dem noch ein Kopf war.

Am Wagen befanden sich keine Räder, sondern Kufen, die tief in den Schnee schnitten. Nach hinten zeichneten sie eine gleichmäßige Spur, die nur manchmal von den Hufen der Pferde unterbrochen wurde, bevor sie die Dunkelheit für immer verschluckte.

Das unruhig flackernde Licht der Fackeln zeichnete gespenstisch zuckende Figuren in die tiefwinterliche Landschaft. Die Bäuerin saß mit dem Rücken zu ihrem Mann, mich hatte sie, auf ihrem Schoß haltend, eng an sich gepresst. Trotz der beißenden Kälte und des Schneegestöbers versuchte ich, am Bauern vorbei zu den Rössern zu schauen. Ich glaube, beide waren braun und hatten einen schneeweißen Schweif.

Damit ich unterwegs nicht fror, legte die Frau einige Schaffelle auf ihren Schoß und an die Brust. Zusätzlich wurde ich noch in zwei Decken eingewickelt, die viel weicher als unsere Pferdedecken zuhause waren.

Zuhause, daheim ... Würde ich es bald wiedersehen? Mein kleines Schwesterchen und Hanna?

Nur das Knirschen der Kufen im tiefen Schnee, und ab und zu das Wiehern eines der beiden Pferde, durchbrachen die unheimliche Stille. Schemenhafte Schatten begleiteten uns zu beiden Seiten. Nach hinten wurden sie immer größer und verschmolzen irgendwann mit dem Rest der Finsternis.

Doch plötzlich kamen sie uns an einer Seite bedenklich nahe. Krochen immer höher an der Felswand empor. Bedrohlich blickten sie auf uns herab, wurden größer und größer, jetzt waren sie schon über unseren Köpfen. Wichen dann aber langsam und widerwillig zurück, bis sie wieder den weißen Boden berührten und uns weiterhin völlig lautlos und geduldig folgten.

Ich fing wieder leise an zu weinen, nicht weil ich Angst vor den Schatten hatte, die uns noch immer hartnäckig verfolgten. Nein, ich war traurig darüber, weil ich zuhause so viel gegessen hatte. Hätte ich doch etwas mehr gehungert, dann wären die anderen auch satt geworden. Warum hatte ich bloß den Rest aus der Schüssel gegessen, meine Mutter musste bestimmt meinetwegen hungern. Ich könnte jetzt neben Hanna auf dem Strohsack liegen und sie würde sich eng an mich kuscheln, wie jeden Abend, wenn der Herd seine Wärme nicht mehr spendete und es bitterkalt wurde.

Ich erinnerte mich an meine Fetzenpuppe, die ich schon die ganze Zeit über fest unter meinen Arm geklemmt hatte. Jetzt zog ich sie hervor, drückte sie ganz tüchtig und nuckelte an meinem Daumen, wobei ich den Zeigefinger abwinkelte und damit immer wieder über meine Nase rieb.

Am Rücken wärmten mich dicke Schaffelle und Decken, vorne die Bäuerin. Nach einiger Zeit musste ich mich wohl in den Schlaf geweint haben. Irgendwann wurde ich von einem unsanften Ruck aus meinen Träumen gerissen.

Neugierig öffnete ich meine Augen, konnte aber nichts erkennen, nur die Stimme der Bäuerin war zu hören. Erst jetzt merkte ich, dass ich komplett in Decken eingehüllt war.

Wir waren da.

Kapitel 2: Weihnachten 1917

Mein neues Daheim

Noch vom Schlaf benommen, wusste ich nicht so richtig, ob ich mich freuen sollte. Ich entschied mich letztendlich, doch wieder zu weinen.

Der Bauer stand schon neben dem Schlitten und wartete, bis mich die Bäuerin zu ihm runter reichte. Er stellte sich dabei so ungeschickt an, dass ich, nur mit meinem Hemdchen bekleidet, in seinen ausgestreckten Armen wie ein Kaninchen zappelte, bis die Bäuerin mit den Decken kam und mich schnell warm einwickelte.

Er rief einen seiner Stallknechte, damit die Pferde abgeschirrt und versorgt wurden. In der Zwischenzeit trug mich die Frau zum Haus, aus dem durch mehrere Fenster etwas Licht schimmerte. Durch die erste Tür erreichten wir einen Raum, der doppelt so groß war wie unsere gesamte Stube.

An der rechten Seite führte eine breite Holztreppe nach oben. Anscheinend wohnten hier sehr viele Menschen.

Von der Diele gingen zwei Türen nach links ab. Eine andere führte geradeaus, wahrscheinlich zum Stall. Unter der Treppe befand sich noch eine weitere, die sich jetzt nach innen öffnete.

Ein Mädchen, sie war schon etwas älter als meine große Schwester Hanna, stand in der Tür.

"Da seid ihr ja endlich!", sagte sie und blickte über uns hinweg zum Hauseingang, durch die gerade der Bauer die Diele betrat.

"Gib mir das kleine Bündel."

Damit meinte sie wohl mich. Während sich die Frau den Mantel abstreifte und den Schnee vom Kopf schüttelte, nahm mich das Mädchen auf den Arm.

"Gottchen, du Ärmste, dein ganzes Hemdchen ist patschnass. Jetzt aber geschwind rein."

Auf ihrem Arm ging es schnell in die warme Stube.

An der Ofenbank legte sie mich auf eine weiche Decke und rieb mit ihren warmen weichen Händen meine kalten Füße.

Im Raum hielten sich noch andere Bewohner auf. Ein rothaariger Junge, der immer neben dem Mädchen her lief, schaute mich böse an, drehte sich zu den anderen und rief ganz laut:

"Die hat sich angemacht, die stinkt, die muss in den Stall."

"Bist jetzt ruhig, Hubert! Hol lieber ein Hemd und ein Paar von deinen Strümpfen. Du hast genug Sachen, die du nicht mehr anziehen kannst."

Dabei streichelte mir das Mädchen über die Haare.

Jetzt kam auch der Bauer durch die noch offenstehende Stubentür. Am Tisch, an dem neben einer Frau auch noch zwei Männer saßen, vernahm man ein ehrfürchtiges Gemurmel.

Hubert kam mit einem Bündel Stoff in der Hand zum Ofen zurück und warf es dem Mädchen vor die Füße. Im selben Augenblick klatschte die riesige Hand des Bauern in sein Gesicht. Der Bub taumelte zur Seite und blieb mit offenstehendem Mund und erstaunt dreinblickend mitten im Raum stehen. Eine Hand von ihm bedeckte die rot angelaufene Backe, die andere krampfte er vor seiner Brust zur Faust und funkelte mich mit seinen grünen Augen wütend an.

"Damit ihr es jetzt alle wisst", fing der Bauer an.

Er zog den noch völlig verdatterten Bub am Hemdkragen zu sich ran.

"Das ist die Angerl, die wird die nächste Zeit bei uns bleiben", und er deutete nach hinten zur Ofenbank, wo ich mit der Bäuerin und dem Mädchen saß.

"Die Fefa, ihr wisst schon, kann den Balg nicht mehr durchfüttern. Und jetzt hat sie sich noch eins andrehen lassen", dabei zeigte er mit dem Finger auf mich, ohne sich umzudrehen.

"Nur zum sich Durchfressen alleine ist sie nicht hier", und schaute dabei jedem Einzelnen direkt in die Augen.

"Und du, Weib, aber vor allem du, Steffi, ihr verwöhnt mir das Gör nicht, verstanden?"

"Und dir, Bub, lass dir eines gesagt sein: Wenn dir deine Schwester etwas anschafft, dann machst du es auch. Ohne Murren, hast du gehört. Sonst kriegst du wieder den Gürtel zu spüren, kapiert?"

Hubert nickte trotzig.

"Magd, ruf den Stallknecht rein, wir wollen endlich Abendessen."

Damit wandte sich der Bauer zu seiner Frau, die auch noch etwas sagen wollte.

Sie drehte sich zu mir: "Komm her, Angerl", sie fasste mich an beiden Händen.

Dabei beugte sie sich zu mir runter.

"Ich bin jetzt deine Ziehmutter, und da drüben, das ist dein Ziehvater. Hast du das verstanden?"

Ich nickte, wobei mir meine Fetzenpuppe zu Boden fiel.

Steffi hob sie schnell wieder auf und legte sie auf meine Schulter, wo ich sie mit meinem Kopf solange einklemmte, bis die Ziehmutter meine Hände wieder freigab.

Die Sachen von Hubert waren mir natürlich viel zu groß, aber dafür schön warm. Und auch nicht so kratzig wie mein Hemdchen, welches von Steffi gleich nach draußen gebracht wurde.

Am Tisch saßen wir mit mehr Leuten zusammen, als ich Finger an meinen Händen hatte. Ich glaube, es war einer mehr. Mich hatte Steffi auf ihren Schoß genommen. Die Magd, die auch auf den Namen Traudl hörte, kam mit einer dampfenden und gut riechenden Schüssel an den Tisch. Jeder hatte einen Holzlöffel vor sich liegen, sogar Hubert.

Der Bauer schlug das Kreuz zum Gebet und anschließend bekreuzigten sich alle noch mal. Meine Ziehmutter beobachtete mich während des Betens.

"Das machst du aber brav, Angerl", flüsterte sie mir zu.

Die Schüssel war bis zum Rand voll mit Kartoffelsuppe und Fleischstückchen. So ein Essen kannte ich gar nicht. Jeden zweiten Löffel davon bekam ich mal von Steffi, mal von meiner Ziehmutter. Wie das schmeckte! Aber nach dem dritten Löffel fiel mir plötzlich wieder ein, warum meine Mutter mich hatte weggeben müssen. Und der Bauer hatte es ja auch gesagt, ich durfte nicht so viel essen, sonst würden sie mich auch von hier wegschicken.

Ich bekam etwas Bauchweh, wahrscheinlich war ich satt, das Gefühl war mir bis jetzt fremd gewesen.

Auch hier beteten wir abschließend noch mal. Und ich bedankte mich beim lieben Gott heute besonders laut, sodass mich alle anschauten. Sogar der Bauer verzog schmunzelnd das Gesicht, als er zu seiner Frau blickte.

"Morgen Abend darfst du mit uns zur Mette, da kannst du dir das Jesuskindlein anschauen", raunte mir meine Ziehmutter ganz feierlich zu.

Diesmal strahlten sogar Huberts Augen. Er saß neben seiner Schwester und zwickte mich immer dann in den Fuß, wenn sie nicht hinsah.

"Steffi, schau, dass sie sich waschen und bring die beiden nach oben ins Bett", befahl der Bauer.

Ich rutschte von Steffis Schoß und griff nach ihrer Hand. An der Tür angekommen, drehte ich mich noch mal um und flüsterte ganz leise, aber so, damit es trotzdem alle hören konnten:

"Guade Nochd, Ziahmuada, Guade Nochd, Ziahvoda. Danke."

In der Diele stand ein großer Trog, an dem wir uns waschen konnten. Das Wasser war zwar kalt, aber nicht so eisig kalt wie daheim.

'Daheim, was ist daheim? Ist das dasselbe wie zuhause sein? Hier bin ich jetzt zuhause, daheim war ich woanders.'

Auch hier war das Klo nicht im Haus. Steffi hatte mich noch schnell hingetragen, weil ich nicht mit den Strümpfen nach draußen durfte. In der Diele setzte sie mich wieder ab.

"Jetzt aber schnell nach oben, sonst wird dir wieder kalt".

Sie gab mir einen zärtlichen Klaps auf den Popo.

Die Stiegen waren sehr hoch und ich musste auf allen vieren nach oben krabbeln. Der Schein der Petroleumlampe, die in der Diele hing, reichte nicht bis ganz oben. Da war es dunkel. Schemenhaft konnte man eine Tür erkennen, weil sie einen Spalt offen stand und aus dem Raum bis gerade eben noch Geräusche zu hören gewesen waren.

"Hubert, du brauchst dich nicht zu verstecken. Ich weiß, du bist da drinnen", rief Steffi und zündete dabei eine der Kerzen an, die auf der Truhe neben der Tür bereitgestellt waren.

Mit einem lauten "Huch, jetzt hab ich dich", sprang Hubert hinter der Tür hervor und erschreckte mich so sehr, dass ich laut zu weinen anfing. Obwohl Steffi ihren Bruder schon gut genug kannte, erschrak auch sie.

"Hubert, das sollst du nicht machen, Angerl wird doch erst fünf. Sei ein vernünftiger Bub und beschütze sie lieber. Du bist doch fast doppelt so alt wie sie." Und stellte jetzt die Kerze auf das kleine Tischchen neben dem Bett.

Der Raum war riesengroß, mit zwei Fenstern, die allerdings auch mit Decken verhangen waren. Neben dem großen Bett, indem wir alle drei schlafen sollten, war noch ein großer Schrank und eine Kommode, auf der sich ein Spiegel befand, den man kippen konnte.

Vor dem Bett stand ein runder Tisch mit drei Stühlen. An beiden Seiten des Bettes waren noch kleine Kasterln. Auf einem stand die flackernde und rußende Kerze.

Hubert sprang ins Bett: "Das ist *meine* Seite, nur damit du es weißt."

"Strümpfe aus und schnell unter die Decke. Die beiden Ziegel haben das Bett bestimmt schön angewärmt. Jetzt wird noch ein Nachtgebet gesprochen und dann werdet ihr hoffentlich gut schlafen."

Ich lag in einem richtigen großen Bett, die Decke bis zum Kinn hochgezogen meine Fetzenpuppe unter den Arm geklemmt und schlief während des "Vaterunsers" ein.

Irgendwann wurde ich durch schwere Schritte von draußen wach, es war noch stockdunkel. Neben mir lag jetzt Steffi. Zuerst dachte ich, es wäre Hanna, aber das konnte nicht sein, die war daheimgeblieben.

Steffi merkte, dass ich wach geworden war und flüsterte mir ganz leise zu, dass wir noch eine ganze Weile schlafen könnten.

Der nächste Tag war für mich ziemlich aufregend. Beim Frühstück waren nur Steffi, ihr Bruder Hubert und ich am Tisch.

Die Bäuerin war seit dem frühen Morgen im Stall. Eine Kuh sollte kalben, dabei kam es zu Komplikationen, wie die Bäuerin es nannte. Jetzt warteten sie, bis der andere Bauer aus der Nachbarschaft kam und mithalf.

Der Bauer selbst war heute schon sehr früh aufgestanden. Alle Knechte, sogar der Stallknecht, mussten mit ihm nach oben auf den Berg. Die Bäume, die gestern gefällt worden waren, sollten mit dem großen Schlitten runtergebracht werden. Für diese Arbeit wurde jeder Mann gebraucht. So kam es, dass ein kräftiger Mann im Stall fehlte.

Zum Frühstück gab es Brot mit Schmalz und einen Becher heiße Milch. Honig durfte ich auch haben. Steffi gab mir einen großen Löffel davon in die Milch rein. Auch zum Anziehen hatte ich jetzt sogar passende Sachen. Steffi hatte noch einiges gefunden. Sie zeigte mir im Zimmer, in welche Schublade ich meine Wäsche legen sollte.

Im Haus liefen wir mit dicken Wollsocken rum, die auf der Sohle einen Flicken aus Leder hatten. Für den Stall gab es Stiefel oder Holzschuhe. Ich bekam die Stiefel von Hubert. Der war aus denen schon lange rausgewachsen.

Endlich kam der Nachbar zur Hilfe. Hubert schaute schon die ganze Zeit zu, was jetzt mit der Kuh passierte. Als ich an der Hand von Steffi dazukam, war das Kalb schon auf die Welt gekommen.

Die Bäuerin wischte es gerade mit Stroh ab. Es wackelte, fiel um und stand wieder auf. Nach kurzer Zeit hatte es auch den Weg zum Euter seiner Mutter gefunden. Ich stand neben Steffi und hielt mich solange an ihrem Rock fest, bis wir den Stall wieder verlassen hatten.

Draußen hatte es leicht zu schneien angefangen.

Der Hof war sehr groß. Neben den Kühen waren weiter hinten im Stall einige Schweine, viele Hühner und ein Hahn. Den hatte ich heute Morgen gar nicht gehört. Neben dem Haupthaus gab es noch eines, nicht so groß und schön. Darin schlief das Gesinde. Die Magd und die Knechte.

Im Haus, in dem wir geschlafen hatten, gab es drei Zimmer. Eines war das Schlafzimmer von meinen Zieheltern. Im anderen waren zwar Möbel drinnen, aber so wie Steffi meinte, schlief da noch keiner. Es sollte irgendwann ihre Kammer werden.

Wir hörten ein Husten aus dem Raum, der immer geschlossen war. Ich hatte auch morgens von dort schon Geräusche gehört. Steffi rief ihren Bruder und beauftragte ihn, einen Moment auf mich aufzupassen, da sie nach oben müsse, um nachzuschauen.

Somit verschwand sie ins Haus.

Hubert erzählte mir, im neuen Jahr müsse er wieder zur Schule gehen. Aber dazu hätte er keine Lust, er wäre lieber zu Hause.

"Das Lesen und Schreiben finde ich lästig. Wenn ich wieder auf der Alm bin, brauche ich das alles nicht, wichtiger ist doch, ich kenne mich mit dem Viehzeug aus. Werden sie mal krank, dann muss ich ihnen helfen und nicht irgendwelche Geschichten vorlesen können."

"Hubert, Angerl, kommt mit, ihr müsst mir im Stall beim Ausmisten helfen. Traudl schafft es nicht alleine." Ich stiefelte hinter Hubert her, zu Steffi, die an der Stalltür schon auf uns wartete. Die Magd war dabei, den Mist aus der Rinne zu kratzen und in die Schubkarre zu werfen. Das Neugeborene war mit der Mutter in einer separaten Box untergebracht.

Steffi rollte immer wieder mit der vollen Schubkarre zum Misthaufen, um sie dort zu entleeren. Anschließend wurde der Boden wieder mit Stroh bedeckt. In die Fressrinne wurden frisches Heu und Essensreste aus der Küche gefüllt. Beim Heuverteilen durfte ich auch mithelfen. Der Bauer würde sich bestimmt freuen, wenn er hörte, wie tüchtig ich schon mit anfassen konnte. Als wir fertig waren, durften Hubert und ich einen Schneemann bauen.

Leider war der Schnee viel zu leicht, wir bekamen keine einzige Kugel zusammen, worüber Hubert sehr böse wurde.

"Du bist schuld!", schrie er, und stieß mich, mit dem Gesicht voran, in den tiefen Schnee. Ich versuchte, mich aus dem Haufen zu befreien, rutschte aber immer wieder mit den viel zu großen Stiefeln aus. Als ich es so gut wie geschafft hatte, schubste er mich noch mal um und drückte mein Gesicht noch tiefer in den Schnee. Ganz weit weg hörte ich die donnernde Stimme des Bauern.

"Lässt du auf der Stelle die Angerl los!"

Wie von Geisterhand wurde ich mit einem Ruck aus dem Schnee gezogen. Ich wusste in dem Moment nicht, ob ich jetzt weinen sollte oder nicht. Mir tat nichts weh. Nur meine Mütze war mir so tief ins Gesicht gerutscht, weshalb ich nichts mehr sehen konnte.

Erst jetzt merkte ich, dass ich voller Schnee war. Ich hatte ihn in den Stiefeln, er war in den Ärmeln und am Rücken lief es mir kalt herunter.

Steffi nahm sich meiner an und brachte mich in die Stube. Meine mit Schnee gefüllten Stiefel verlor ich schon in der Diele.

"Hubert, du schüttest die Stiefel aus und bringst sie an den Ofen zum Trocknen!"

Dann zog sie mir die nassen Sachen aus. Bald stand ich nackt auf der warmen Ofenbank und wurde von oben bis unten abgerubbelt. Auch meine langen Zöpfe, die bei dem Sturz aus der Mütze rausgerutscht waren, waren völlig durchnässt. Zitternd und in zwei Decken eingewickelt, mit dem Rücken am warmen Kachelofen, wartete ich auf Steffi, die mir trockene Kleider bringen wollte. Traudl stand schon am Herd und bereitete das Essen vor.

"Hier, nimm ruhig, die ist nicht mehr zu heiß", sie reichte mir eine kleine Kartoffel.

Ich musste mich etwas aus meiner Decke befreien, um an die Kartoffel zu kommen. Als Steffi mit den trockenen Sachen wiederkam, hatte ich sie schon aufgegessen.

"Das arme Hascherl musste immer hungern. Das brauchst du hier nicht mehr, gell Steffi?", und rührte im Topf weiter.

Neben den Kleidern hatte Steffi noch einen Kamm dabei, damit sollten wohl meine Haare geordnet werden. Die Unterhose aus Wolle ging mir bis unter die Achseln und sie juckte. Steffi meinte, wenn das Hemdchen dazwischen gesteckt würde, dann würde es aufhören. So war es dann auch. Jetzt die Strümpfe, die konnte ich schon alleine anziehen.

Zum Schluss bekam ich noch eine Weste drüber, damit mir auch nicht mehr kalt wurde.

"Jetzt werde ich dir deine Haare richten. Die sind aber schön und so schwarz wie die Nacht."

Sie fing an, mich zu kämmen. Ab und zu ziepte es ein bisschen, aber das war nicht halb so schlimm, als wenn Hanna mich gekämmt hätte. Jetzt war ich fertig und hatte wieder zwei schön geflochtene Zöpfe, die fast bis zu meinem Popo reichten.

"Damit kannst du auch heute Nacht zum Krippeschauen. Aber vorher wird ein Mittagsschlaf gemacht."

Der Bauer sagte zu seiner Frau, er müsste noch eine Schlittenladung Stämme runter zur Säge bringen. Wir sollten also ohne ihn das Mittagessen einnehmen. Bevor wir damit anfingen, ging Steffi mit einem kleinen Kochtopf in der Hand die Treppe hoch.

'Ob ich überhaupt schlafen kann?', dachte ich. Ich war schon ziemlich aufgeregt wegen dem Christkindl in der Krippe. Mit meiner Fetzenpuppe unter dem Arm folgte ich, nachdem wir aufstehen durften, Hubert nach oben ins Zimmer.

Erst als Hubert mich unsanft rüttelte, wurde ich langsam wach.

"Steh endlich auf, ich hab das Christkindl gehört. Hörst du es nicht, das Läuten?"

Hubert stand bereits an der offenen Tür und lauschte nach unten. Jetzt hatte ich es auch gehört, ganz leise. Schon wieder.

Ich rutschte aus dem Bett und lief zu Hubert. Draußen in der Diele war es dunkel. Außer hinter der Tür gegenüber, genau aus dem Zimmer, wo *niemand* war, konnte ich ein schwaches Flackern und Gemurmel vernehmen. Hubert nahm davon keine Notiz und zog mich Richtung Treppe. Leise und auf Socken schlichen wir runter. Unten angekommen, winkte uns Steffi in die erleuchtete Stube. Lieber Gott, war das schön.

Mitten in der großen Stube stand eine glitzernde Tanne, auf der etliche Kerzen brannten. Am Baum hingen Äpfel und in buntes Papier eingewickelte Geheimnisse. Ich konnte keinen Schritt weitergehen, mein Gesicht fing plötzlich an zu glühen. Ich schaute verlegen in die Runde. Da standen meine Zieheltern, Traudl die Magd, der Stallknecht und die vier Holzknechte.

"Na komm schon, Angerl, und du auch, Bub, ihr braucht euch nicht zu fürchten. Das Christkindl war da und hat diesen Baum mitgebracht", hörte ich meine Ziehmutter sagen.

Ich konnte mich noch immer nicht von der Stelle bewegen, da ich nicht genau wusste, ob ich das alles nur träumte. Nein, es war kein Traum, denn wie sonst hätte ich die Hand von Steffi an meiner Schulter spüren können, als sie mich sanft näher zum Baum schob. Ich beugte mich nach vorne, damit ich bloß nicht zu nahe komme. Am Boden, rund um den Baum verteilt, lagen bunte Päckchen, kleine und größere. Etwas Großes war unter einem weißen Tuch verborgen. Jetzt kam meine Ziehmutter und nahm mich auf den Arm. Sie ging mit mir ganz nahe an den Baum heran, da wo eine der vielen Kerzen brannte.

"Hier, Angerl, da sind auch Engelshaare." Und tatsächlich reichten sie von der goldenen Spitze bis runter zum letzten Ast. Jetzt erst schaute ich mir alles genauer an. Steffi deutete auf die vielen Pakete und Päckchen.

"Schau mal, Angerl, hier sind überall Geschenke, die das Christkindl aber nur für brave Kinder und Eltern mitgebracht hat."

Mir stiegen plötzlich Tränen in die Augen: "Und mei Muada, kriegt die kein Geschenk?"

Einen Augenblick lang war es ganz still, sogar das Flackern der Kerzen schien zu erstarren.

"Doch, doch", meinte mein Ziehvater, "ich denke schon, das Christkindl wird auch sie nicht vergessen haben."

"Nun lasst uns zusammen ein schönes Weihnachtslied singen. Angerl, kennst du ein Lied?", fragte meine Ziehmutter und wischte mir die Tränen aus den Augen.

"Stille Nacht, heilige Nacht", flüsterte ich ihr ganz leise ins Ohr. "Ich kenne noch eines", und hielt mich an ihrem Hals fest, "es wird schon glei dumpa, es wird scho glei Nocht."

"Das werden wir zuerst singen und anschließend 'Stille Nacht, heilige Nacht'", dabei winkte die Bäuerin alle zu sich heran.

Sie stellten sich um meine Ziehmutter, nur der Bauer blieb am Tisch zurück, nahm seine Zither und gab den Takt vor. Es waren alleine die Kerzen, die am Christbaum brannten und die Stube in ein feierliches Licht tauchten. Ich war schon ganz aufgeregt, wann es endlich losgehen würde. Die Bäuerin sang die erste Stimme, mit Steffi und der Magd. Jetzt sangen alle zusammen und ich durfte auch mitsingen. Es war so ein schönes, aber auch trauriges Lied.

Ich sang es aus voller Kehle, als ob ich ganz allein auf der Welt wäre.

Es wird scho glei dumpa,
Es wird scho glei Nåcht.
Drum kimm i zu dir her.
Mei Heiland auf'd Wåcht.
Will singen a Liadl
dem Liebling, dem Kloan.
Du magst ja nit schlåfen
I hör di nur woan
Hei, hei, hei, hei!
Schlåf süß herzliabs Kind

Es dauerte eine Weile, bis ich merkte, dass nur noch meine Stimme und die zarten Klänge der Zither im Hintergrund zu hören waren. Vor lauter Schreck hörte ich mitten in der Strophe auf und schaute mich betroffen um. Jeder starrte mich an, sogar Hubert schaute nur mit offenem Mund zu mir hoch. Vor lauter Scham vergrub ich mein Gesicht in der Schulter meiner Ziehmutter.

"Angerl, das war wunderschön. Du hast eine glockenhelle Stimme, du brauchst dich dafür nicht zu schämen", meinte Steffi, "ich wäre stolz, wenn ich so eine schöne Stimme hätte."

Beim nächsten Lied wollte ich nur noch ganz leise mitsingen. Aber schon nach den ersten Zeilen sang ich wieder mit voller Hingabe. Diesmal beendeten wir *"Stille Nacht, heilige Nacht"* gemeinsam. Außer Hubert, der war noch nicht fertig. Alle lachten.

"Bub, du kannst jetzt auch aufhören, wir wollen endlich nachschauen, was in den Paketen so versteckt ist, oder?", lachte der Bauer und stand auf.

Er ging ganz bedächtig zum Weihnachtsbaum, bückte sich, griff nach einem Paket und überreichte es der Bäuerin, die mich dafür erst mal auf dem Boden abstellen musste.

Jetzt nahm sich die Bäuerin ein kleines Päckchen und sagte zu dem Bauern: "Das hat dir das Christkindl mitgebracht."

Er bedankte sich mit einem Lächeln, wie ich es bei ihm noch nie gesehen hatte. Die Bäuerin verteilte die anderen Pakete, bis jeder eines freudestrahlend in den Händen hielt. Außer mir, meine Hände blieben leer, ich hatte nicht einmal meine Fetzenpuppe dabei. Ich wusste aber, warum ich kein Päckchen kriegen konnte. Steffi hatte vorhin gesagt, nur die braven Kinder und Erwachsenen würden vom Christkindl ein Geschenk kriegen. Hätte ich nicht immer so viel gegessen, würde ich jetzt vielleicht auch ein kleines Päckchen bekommen. Im nächsten Jahr, da würde ich aber bestimmt eines kriegen, denn ich nahm mir vor, ab jetzt immer brav zu sein.

"Was ist denn unter dem Tuch noch versteckt?", fragte Hubert und zeigte zum Baum.

"Ach, das hätten wir beinahe vergessen, da ist ja noch jemand, der jetzt wohl auch zu uns gehört. Ob das liebe Christkindl auch daran gedacht hat?", fragte mein Ziehvater und stellte sich davor.

"Für wen mag das sein, weiß das einer von euch?", er blickte dabei verschmitzt in die Runde.

Ich wusste nicht, wen er damit meinte, es hatte doch jeder ein Geschenk bekommen. Ich konnte es mir denken, es war bestimmt für denjenigen oben im Zimmer. Bald wäre es mir rausgerutscht.

"Angerl, denk nach, wer hat noch kein Geschenk bekommen?", fragte meine Ziehmutter und herzte mich ab. Jetzt musste ich es ihnen sagen. Langsam drehte ich mich zur offenen Tür und zeigte mit dem Finger nach oben.

"Aber nein, Kinderl, der Großvater hat sein Geschenk schon, aber was ist mit dir? Du hast doch noch keines bekommen!"

Alle Augen waren nun erwartungsvoll auf mich gerichtet. Ich schaute zu meinem Ziehvater, als er mit Schwung das Tuch wegriss. Ein Schaukelpferd, ein braunes mit einer weißen Mähne und langem Schweif. Es wippte noch und nickte mir dabei immer freundlich zu. Ich begriff es immer noch nicht und schaute erschrocken um mich, auch als mich meine Ziehmutter in den kleinen Sattel hob, wehrte ich mich immer noch dagegen. Warum sollte gerade ich es sein, die das schönste Geschenk sein Eigen nennen durfte?

"Angerl, das gehört dir, das liebe Christkindl hat dich doch nicht vergessen, wo denkst du denn hin?", hörte ich meine Ziehmutter sagen, und sie brachte das Pferdchen zum Wippen.

Um nicht runter zu fallen, fasste ich nach den beiden Griffen, die kurz unter den Ohren angebracht waren und strahlte dankbar jeden einzelnen dabei an. Aufkommende Tränen ließen das Bild vor mir verschwimmen.

Da wusste ich, Tränen können auch vor lauter Freude vergossen werden. Für das Wort Glück war ich noch nicht reif genug.

Traudl und Steffi deckten jetzt ganz flink den großen Tisch. In den Schüsseln befand sich eine Frittatensuppe und dazu gab es frisch angeschnittenes Brot, welches der Bauer zuvor als Dank mit dem Messer bekreuzigt hatte. Ich hatte ein Pferdchen, ein eigenes, und es war so schön. Steffi kam zu mir, reichte mir ihre Arme, denen ich mich mit voller Freude entgegenstreckte. Nach der Suppe kam das Kletzenbrot auf den Tisch.

Hubert brach von seiner Scheibe ein ordentliches Stück ab: "Probier mal, es schmeckt ganz süß."

Und wirklich, es war wie im Traum. Steffi erzählte mir, was alles in dem Brot mitgebacken wurde. Ich schmeckte getrocknete Birnen, Zwetschgen und Nüsse raus, und es war süßer als das andere Brot. Nach dem Essen machte Traudl schnell den Tisch frei. Der Bauer wollte noch etwas auf der Zither spielen, dazu streifte er sich einen Ring über den Daumen. Mein Ziehvater spielte auf seinem Instrument schöne Lieder und alle hatten fleißig mitgesungen. Bald aber hieß es, sich fertigmachen zur Mette.

Ich hatte keine Ahnung, wie weit es bis zur Kirche war, nur ab und zu, wenn der Wind von draußen reinkam, konnte man die Glocken hören, aber nur ganz leise. Steffi hatte ein neues Kopftuch bekommen, mit schönen Blumen drauf. Sie half mir auch beim Anziehen und so dauerte es nicht lange, bis wir alle fertig waren. Huberts neue Stiefel mussten noch mit einer Speckschwarte eingerieben werden, damit keine Feuchtigkeit an seine Füße kam.

'Ob ich wohl den langen Weg gehen kann?', dachte ich, als in dem Moment der Bauer eine große Buckel-Kraxn auf dem Dielenboden abstellte.

"Da werden die bösen Kinder reingeworfen, die anschließend in der Hölle verbrannt werden", hörte ich Hubert von der Treppe herunterrufen.

"Und heute kommst du in die Kraxn rein, Angerl. Aber nicht etwa, weil du ein böses Kind bist, nein, weil du für den langen Weg noch zu klein bist. Ich werde dich damit auf dem Rücken tragen", sagte der Bauer und holte zwei Decken, die er darin ausbreitete.

Ich hatte die Kraxn schon oft gesehen. Wenn das Heu an steilen Wiesen gesammelt wurde, kam es zum Weitertransport in die Kraxn.

Zwei von den Knechten und der Bauer hatten Laternen angezündet.

Der Ziehvater nahm mich hoch und hob mich rein. Zum Sitzen bekam ich noch eine zusammengerollte Decke extra. Mit all den Deckenresten, die jetzt noch über den Rand hingen, hüllte mich Steffi ein. Es schaute nur noch mein Kopf mit der grauen Mütze aus der Kraxn. Der Bauer hob sie mühelos hoch und streifte sich die Träger über seine breiten Schultern. Er nahm seine Laterne und zog einen langen Stock aus dem tiefen Schnee und los ging es. Hinter uns kamen die anderen nach. Mit dem Rücken zum Bauern konnte ich den ganzen Zug betrachten. Es sah wunderschön aus, und mir war kuschelig warm dabei.

Nach kurzer Zeit stimmten die Frauen ein Lied an und wieder sangen alle mit. Der Bauer hatte es als Erster am schwersten, er musste die Spur treten. Der Schnee reichte ihm bis zu den Knien und höher. Am Ende gingen Hubert und Steffi, wobei auch er eine Laterne tragen durfte.

Es schneite nicht, aber dafür war es eisig kalt. Schon nach kurzer Zeit bildete sich auf meiner Decke Reif vom Ausatmen. Der Holzknecht, der hinter der Ziehmutter ging, hatte schon kleine

Eiszapfen auf seinem Bart. Sogar die Augenbrauen waren teilweise damit bedeckt.

"Da vorne, da ist die Kirche. Es ist also nicht mehr weit. Hört ihr schon die Kirchenglocken läuten?", fragte der Bauer und drehte sich zu den anderen um.

Jetzt hörte ich sie endlich. Auch vom anderen Hof kamen die Bauersleute mit ihrem Gesinde von oben runter. Es sah eine Zeit lang so aus, als ob sich zwei lange schwarze Raupen durch den tiefen Schnee aufeinander zubewegten und sich an der Weggabelung zu einer noch größeren vereinten.

Durch die zusätzlichen Fackeln bekam der Schnee eine rotgelbe Färbung. Der wolkenlose Himmel war mit hellen Sternen übersät. Als wir an der Gemeindestraße ankamen, reihten wir uns bei den anderen ein, die weiter drinnen vom Graben herauskamen. Jetzt musste nur noch das letzte Stück nach oben zur Kirche zurückgelegt werden.

"Ja, das ist die Angerl. Die Ebnerischen haben sie jetzt in ihre Obhut genommen. Da geht's ihr bestimmt besser als bei ihrer Rabenmutter", hörte ich eine Frau erzählen, und sie schaute mich ganz mitleidig dabei an.

"Ich hörte, sie stammt von einem dahergelaufenen Itaka ab, da kann ja nichts Gescheites draus werden", erwiderte ihre Nachbarin.

Plötzlich blieb mein Ziehvater stehen, drehte sich langsam zu den Frauen um. Mit dem Stock versperrte er ihnen den Weg.

"Schämt ihr beiden Weibsbilder euch gar nicht? Könnt ihr nicht mal am Heiligen Abend damit aufhören, über andere herzuziehen?", fragte er ganz böse.

Ich konnte jetzt zur Kirche hochschauen. Der ganze Vorplatz, und auch ein großer Teil des Friedhofs, war von den vielen Fackeln und Laternen hell erleuchtet. Ich sah den Pfarrer mit vier Ministranten, alle in Violett gekleidet. Sie, und auch der Messner trugen ein weißes Chorhemd mit einem violetten Kragen. Mir klopfte jetzt das Herz bis zum Hals, bald durfte ich das Jesuskind und die Krippe sehen. Wir gingen noch einige Schritte zur Seite und dann nahm der Bauer die Kraxn von der Schulter und stellte sie ab. Viele der dort stehenden Menschen begrüßten meine Zieheltern. Der ein oder andere davon strich mir über die Wangen. Andere wiederum taten so, als ob sie uns nicht sehen würden, oder erwiderten nicht den Gruß. Manch einer grüßte erst dann zurück, wenn von unserer Gruppe der erste Gruß kam. Steffi hob mich aus der Kraxn und nahm mich an die Hand. Die Fackeln und Laternen wurden am Rand aufgestellt. Auch der Stock und die Kraxn wurden zurückgelassen.

Das Kirchentor war weit geöffnet, trotzdem entstand ein dichtes Gedränge. Mein Ziehvater hob mich hoch: "Damit du nicht unter die Füße kommst", meinte er. Drinnen in der Kirche brannten viele viele Kerzen. Es roch nach Weihrauch und frischem Tannengrün. Über uns spielte jemand auf der mächtigen Orgel. Wir wurden von den Nachfolgenden immer weiter nach vorne geschoben.

Das musste sie sein, die Krippe. Bevor wir hingehen konnten, musste sich jeder bekreuzigen und eine Kniebeuge machen. Auch ich wollte eine machen und dafür stellte mich der Bauer auf die Erde. Jetzt waren es nur noch wenige Schritte. Ich konnte gar nichts erkennen und blickte bittend zu meinem Ziehvater auf. Er nahm mich wieder hoch und ich faltete meine kleinen Hände vor Ehrfurcht.

Endlich standen wir direkt davor, keiner versperrte uns die Sicht. Ich war nur noch sprachlos.

In einer Futterkrippe lag das Jesuskinderl völlig nackt. Daneben standen die Heiligen Drei Könige, die heilige Maria und der heilige Joseph waren auch da. Dann gab es noch Schafe, Ziegen und einen Esel. Über der Krippe leuchtete der Stern von Bethlehem, der den Heiligen Drei Königen aus dem Morgenland den Weg gezeigt hatte. Immer wieder fragte ich Steffi, was das sei und warum das so sei. Leise flüsternd erklärte sie mir alles ganz genau.

"Wir müssen jetzt zurück zu unserer Bank, sonst bekommen wir keinen Platz mehr", meinte die Ziehmutter, die auch neben uns stand.

Die Männer setzten sich alle auf die rechte Seite, und die Frauen mit den kleinen Kindern nahmen an der linken Seite Platz. Kaum hatten wir unsere Sitzplätze gefunden, da hörte ich auch schon das helle Klingeln. Die Tür der Sakristei ging auf. Vier Ministranten und der Pfarrer schritten feierlich zum Altar. Einer davon läutete immer in bestimmten Abständen mit einer goldenen Klingel. Der andere schwenkte ein rauchendes Fass, welches einen feierlichen Duft verbreitete.

Es wurde fröhlich gesungen und andächtig gebetet. Während der Opferung kam der Messner aus der Sakristei, um die Spenden einzusammeln. Mit seinem purpurfarbenen Klingelbeutel, der an einer Stange befestigt war, schritt er jede einzelne Reihe ab. Die Gläubigen warfen ihre Spende in den Beutel, die vom

Messner mit einem leisen "Vergelt's Gott" quittiert wurde, um beim nächsten wieder kurz innezuhalten.

Zum Empfang der heiligen Kommunion wurden zuerst die Frauen und Kinder aufgefordert, nach vorne zu treten. Reihe für Reihe gingen sie zum Altar, knieten sich nieder und erhielten den Leib Christi. Ich durfte auch mit. Für mich war es das erste Mal, und so kniete ich mich hin, mit geschlossenen Augen und rausgestreckter Zunge und wartete geduldig.

Endlich kam der Pfarrer auch zu uns. Ein Ministrant hielt mir ein silbernes Tablett unters Kinn, und der Pfarrer griff in seinen Kelch und legte mir die Hostie auf die Zunge. Steffi neigte sich zu mir runter und ermahnte mich ganz leise, ich dürfe sie nicht zerbeißen.

Das Plättchen klebte eine ganze Weile auf meiner Zunge und löste sich dann aber doch ziemlich schnell auf. Als alle wieder an ihrem Platz waren, wurde das Schlusslied angestimmt und danach verließen wir die Kirche. Zuletzt bekreuzigten sich alle mit dem Weihwasser. Ich durfte mich sogar selber bekreuzigen. Draußen angekommen, warteten wir auf die anderen. Ich kam wieder in die Kraxn und wurde am nächsten Morgen neben Steffi im Bett wach. Sie erzählte mir, ich wäre schon in der Kraxn eingeschlafen, bevor wir den Weg von der Kirche runter gingen.

Nur mit einem Hemdchen bekleidet, die Fetzenpuppe an einem Bein festhaltend, schlich ich mich nach unten. Als ich ganz behutsam die schwere Stubentür aufschob, bemerkte Traudl mich schon.

"Du bist aber schon früh auf. Hast du Angst, dir könnte dein Pferdchen weglaufen?". Sie lächelte mich an.

Da stand es wirklich, mein Pferdchen! Im angemessenen Abstand blieb ich davor stehen. Meine Puppe hielt ich noch immer an einem Bein fest.

"Möchtest du damit ein bisschen schaukeln?"

Ich schaute sie mit leuchtenden Augen an und streckte ihr meine Arme entgegen. Ich ruckelte vor und zurück, aber es bewegte sich nicht.

"Halt dich jetzt schön fest."

Sie drückte mit ihrem Fuß immer wieder die Kufe runter.

"Jetzt aber schnell nach oben, waschen und anziehen."

Mein Pferdchen liebte ich heiß und innig. Es verging kein Tag, an dem ich nicht drauf gesessen hätte. Nach einigen vergeblichen Versuchen schaffte ich es sogar, ohne Hilfe aufzusteigen. Und das mit dem Schaukeln hatte ich auch schnell erlernt.

Kapitel 3: Im Jahre 1918

Der Schnee taut weg

Viele Tage später, wir waren in der Stube, da klopfte es plötzlich an der Tür. Ich rutschte sofort von meinem Pferdchen, lief zu Steffi, klammerte mich an ihrem Bein fest und fing an zu weinen. Sie hob mich hoch und versuchte mich zu trösten. Ihren Hals fest umschlungen, starrte ich ängstlich zur Tür, die sich langsam öffnete.

Zuerst sah ich nur einen goldenen Stern und dann standen die Heiligen Drei Könige mitten in der Stube. Einer davon hatte ein ganz schwarzes Gesicht, wie der an der Krippe in der Kirche. Der Pfarrer war auch dabei und blieb in der Tür stehen. Sie sagten einige Gedichte auf und sangen anschließend zwei Lieder. Meine Angst hatte sich inzwischen gelegt und bald sang auch ich aus voller Kehle mit. Mein Ziehvater drückte dem Pfarrer eine Geldspende in die Hand. Die Heiligen Drei Könige bekamen Süßigkeiten und Kletzenbrot, was sie gleich in ihrem großen Sack verschwinden ließen. Der Mohr schaute mich mit seinen großen Augen an und forderte mich auf, zu ihm zu kommen. Steffis Hand fest umklammert, ging ich näher. Jetzt sollte ich auch noch eine seiner ausgestreckten Hände anfassen. Das traute ich mich dann aber doch nicht und suchte wieder Schutz hinter Steffi.

"Erkennst du mich denn nicht, Angerl?", hörte ich eine Stimme.

Jetzt schaute ich, doch neugierig geworden, hinter Steffis Rock hervor. Noch immer streckte er mir seine Hände entgegen. Sie waren aber nicht so schwarz wie sein Gesicht.

"Ich bin's doch, der Hubert!"

Erst jetzt fiel mir auf, den hatte ich heute Morgen beim Frühstück nicht gesehen. Es war tatsächlich Hubert. Als sich die Heiligen Drei Könige wieder auf den Weg machten, schrieben sie mit weißer Kreide einige Zeichen über den Türstock. Damit sollten Haus und Hof beschützt werden, erklärte mir Steffi. Natürlich wurden auch der Stall und das Vieh gesegnet.

Für Hubert hieß es wieder früh aufstehen, er musste zur Schule gehen, was ihm überhaupt nicht gefiel. Ich dagegen freute mich schon drauf.

Das Kälbchen, das vor einigen Tagen geboren worden war, hieß Blessi und war ein Bullenkalb. Auch den besuchte ich jeden Tag und streichelte ihn, aber nur, wenn Hubert oder Steffi dabei waren.

Eine Neuigkeit hatte ich einige Tage, nachdem die Heiligen Drei Könige bei uns waren, auch noch erfahren: Ich wurde fünf Jahre alt.

Das Geweih mit dem Kopf dran hatte ich auch wieder gefunden. Hubert zeigte es mir. Es hing an den Hinterläufen festgebunden, mit dem Kopf nach unten hängend, im Geräteschuppen. Es war ein Hirsch. Hubert erklärte mir alles, was er über dieses Tier wusste. Mir hatte nur der arme Hirsch leidgetan, weil er erschossen worden war.

Die Tage wurden länger und der Schnee wich immer weiter nach oben.

Der Boden wurde tagsüber matschig und war am nächsten Morgen wieder hart gefroren. Manchmal passierte es, dass wieder alles ganz weiß war.

Heute Vormittag wollten die Bäuerin, Steffi und Hubert mit dem kleinen Wagen zur Kirche fahren. Dort wurde die Speise gesegnet, die jeder mitbrachte.

"Morgen ist Ostersonntag und am Ostermontag ist schon April", hatte Traudl gesagt.

Ich blieb auf dem Hof und half derweil in der Küche, bis die anderen von der Fleischweihe zurück waren.

Mein Ziehvater und zwei seiner Knechte waren heute schon zeitig in der Früh aufgebrochen. Sie wollten sich auf der Alm die Sennerhütte anschauen, ob der Winter großen Schaden angerichtet hatte. Auch der Zaun musste kontrolliert werden, damit sich nachher das Vieh nicht verlaufen konnte.

Steffi sollte heuer das erste Mal auf das Almvieh aufpassen.

"Sie ist mit 14 schon groß genug dazu", sagte der Bauer.

Obwohl meine Ziehmutter dachte, es könne nicht schaden, wenn sie noch ein Jahr damit warten würde. Steffi fand es jedoch großartig und wollte am liebsten sofort zur Sennerhütte. Hubert und ich mussten ihr versprechen, dass wir sie so oft wie möglich besuchen kämen. Dann dürften wir auch oben übernachten. Der Bauer meinte, wenn sich das Wetter hält, könnte mit dem Auftrieb schon zu Pfingsten begonnen werden.

Einige Wochen später stand Pfingsten vor der Tür. Leider hatte es seit Tagen ununterbrochen geregnet und heute fiel auch noch Schnee. An einen Almauftrieb war nicht zu denken. Steffi war darüber sehr traurig. Tagelang hatte sie sich auf diesen Tag vorbereitet.

"Und jetzt ist alles für die Katz", meinte sie.

Ihre Mutter nahm sie in den Arm: "Ach Maderl, das ist doch nicht schlimm. In einigen Tagen kann alles schon ganz anders ausschauen."

Die tröstenden Worte ihrer Mutter hinderten sie trotzdem nicht daran, laut aufzuschluchzen. Sie zog sich anschließend zurück und alle ließen sie in Ruhe. Ich wollte sie aber doch trösten, deshalb pflückte ich ihr ein paar Schlüsselblumen und brachte sie an ihr Bett.

Als ich bewegungslos an ihrem Bett stand, hob sie nach einer Weile den Kopf hoch und sah mich mit verweinten Augen an.

"Angerl, mein Schatz, das ist aber lieb von dir. Jetzt geht es mir schon viel besser." Sie drückte mich an sich.

Zwei Sonntage drauf war es endlich soweit. Alle Tiere, die auf die Alm kamen, wurden vorher noch gebürstet und gestriegelt. Sie bekamen Glocken um den Hals und dann setzte sich die Herde in Bewegung. Einige der Kühe waren bereits trächtig, die gingen ziemlich gemächlich ihrer Erholung entgegen. Die Bullen dagegen waren ganz schön ausgelassen. Die Knechte hatten alle Hände voll zu tun, um Rangeleien zu vermeiden. Ich hatte auch einen kleinen Stock in der Hand und klopfte ihnen so manches Mal auf den Popo, wenn sie woanders hinlaufen wollten.

Blessi war mittlerweile ein schöner Bulle geworden, aber er wollte überhaupt nicht gehorchen. Immer wieder musste einer der Knechte hinter ihm her.

Nach einigen Stunden, vielleicht zwei oder drei, ließen wir den Hochwald hinter uns. Das erste Mal sah ich die ganze Pracht der

Berge. Mein kleines Herz machte Riesensprünge, als ob ich die Sennerin sein würde.

Auf manchen Gipfeln lag noch etwas Schnee, meist an den Hängen, die auf der Schattenseite waren. Teils bestanden die Gipfel aus schroffen Felsen, aber einige hatten auch sanfte Kuppen. Da wo kein Fels oder Geröll zu sehen war, schimmerte es in allen Farben. Die feuerroten Blüten des Almrausches leuchteten schon von fern. Dazwischen drängten sich große dunkelgelb leuchtende Petergstamm-Felder, die sich fast schützend um die blauen Enzianflecken schlossen.

Gellendes Pfeifen hallte von den Felswänden zurück. Hubert blieb neben mir stehen und zog mich am Arm.

"Schau, da drüben, die Murmerl."

Jetzt sah ich sie auch, es waren sogar fünf Murmeltiere.

Zwei davon standen regungslos, wie zu Säulen erstarrt, auf verschiedenen Erhebungen und beobachteten uns sehr argwöhnisch.

Jetzt noch ein lauter Pfiff, und alle waren wie auf Kommando in ihren Höhlen verschwunden.

Wenig später streckte der eine oder andere wieder neugierig seinen Kopf aus dem Versteck.

Jetzt sah ich schon die Almhütte, über der einige Bergdohlen ihr fliegerisches Können zur Schau stellten.

Steffi erreichte als Erste die Hütte. Sie strahlte übers ganze Gesicht, als sie endlich den Schlüssel ins Schloss stecken konnte und die Tür öffnete.

Das Gesinde kümmerte sich um das Vieh. Jungvieh und Kühe wurden von den anderen getrennt. Die noch tragenden Kühe kamen nahe der Hütte in eine Koppel. Sechs Hühner, die allerdings in Kraxn nach oben getragen worden waren, kamen in den kleinen Stall, der mit einem Drahtzaun geschützt war. Im Stall bekamen auch die beiden Schweine ihren Schlafplatz. Nachdem das Viehzeug versorgt war, nahmen wir vor der Hütte auf den Bänken oder auf der Wiese Platz.

Die Hütte selber hatte eine umlaufende aus Fels gemauerte Wand, die etwas größer war als ich. Darauf waren dicke Stämme geschichtet, die an den Ecken überstanden. An der breiteren durchgehenden Bergseite waren zwei Fenster mit noch verschlossenen Läden aus Holz. Die schmale Seite, die zum Stall zeigte, hatte nur ein Fenster. Das war in der Zwischenzeit schon geöffnet worden. Vor dem Fenster befand sich ein Blumenkasten, der mit den mitgebrachten Pflanzen hergerichtet werden sollte. An der Seite, wo sich der Eingang befand, war wieder nur ein Fenster und eine Treppe mit fünf Stiegen, die in die Hütte führte. Rechts daneben befand sich ein riesiger Holzstapel, der sich bis unters Dach und weiter nach rechts bis zum Ende der Hütte erstreckte. Daneben stand ein aus einem Baumstamm geschnitzter Holztrog.

Das Dach reichte da fast bis zum Boden runter, damit das Holz vor Nässe geschützt war. Auf dem Dach waren Schindeln aus Lärchenholz, die mit großen Steinen beschwert worden waren, damit sie nicht vom Sturm weggetragen werden konnten. Man konnte auch einige neue, die erst in den letzten Tagen eingesetzt worden waren, an ihrer noch rötlichen Farbe erkennen. Die anderen waren alle grau und verwittert. An manchen bildete sich schon Moos.

Zwei Jäger kamen oben vom Grat runter. Man konnte sie schon von Weitem beobachten, wie sie zwischendurch immer wieder im Schatten der Felsen untertauchten. Bei der Hütte angekommen, packte jeder seinen Rucksack aus. Sie unterhielten sich mit den Bauersleuten und schnitten sich zwischendurch immer mal eine Scheibe von ihrem mitgebrachten Speck ab.

Einen der Jäger hatte ich schon bei der Christmette gesehen, er hatte auch einen Buben bei sich. Der war allerdings schon etwas älter als ich. Aber nicht so alt wie Hubert, er hieß Gustl und war der Sohn vom Leitenbauer.

Am späten Nachmittag ging ich mit meiner Ziehmutter, Traudl und einem Knecht wieder runter. Die Bäuerin sagte, dass sie den Großvater nicht mehr so lange allein lassen möchte, da er schon sehr schwach sei und es jeden Moment passieren könnte.

04.06.1918

Drei Tage später wusste ich, was sie damit gemeint hatte. Großvater war abends eingeschlafen und am Morgen nicht mehr aufgewacht. Er war der Vater der Bäuerin und wurde in dem Zimmer aufgebahrt, in dem er schon die ganze Zeit gelegen hatte.

Wir durften uns nur ganz leise bewegen. Meine Ziehmutter trug nur noch schwarze Kleider, selbst das Kopftuch war ohne Blumen. Die Bäuerin vom Nachbarhof kam an dem Tag rüber und wusch den Toten. Er bekam ein frisches weißes Hemd übergezogen, wurde gekämmt und rasiert. Hubert und ich schauten jeden Tag neugierig rein, ob er vielleicht doch noch leben würde. Er musste zu Lebzeiten ein freundlicher Mensch gewesen sein. Denn selbst jetzt, wo er schon tot war, konnte man noch ein Lächeln um seine Mundwinkel erkennen.

"Er ist friedlich von uns gegangen", meinte auch Traudl.

Als man ihn fertiggemacht hatte, kam auch der Pfarrer aus dem Tal zu uns hoch, schüttelte meiner Ziehmutter die Hand und betete mit uns gemeinsam einen Rosenkranz. Danach trank er noch einen kleinen Schnaps und trat mit seinem Ministranten wieder den Rückweg an.

Am Samstag wurde der "alte Ehgartner", so nannte man ihn, beerdigt.

Es kamen viele Leute zur Trauerfeier. Die Kirche war bis zum letzten Platz ausgefüllt, einige Trauergäste mussten sogar stehen. Der Pfarrer, der den Trauergottesdienst hielt, war diesmal schwarz gekleidet, wie auch seine beiden Messdiener. Einer davon war Gustl, der Leitenbauer Bub. Er trug den Behälter mit dem Weihwasser, als der Leichnam zu Grabe getragen wurde. Bevor er in dem tiefen Loch verschwand, spielte die Blaskapelle noch einen Trauermarsch.

Sogar die beiden Frauen, die meinen leiblichen Vater, den ich bisher noch nie gesehen hatte, als Itaka bezeichnet hatten, waren unter den Trauernden. Nachdem sie Großvater in das Grab runtergelassen und jeder von uns eine Blume auf den Sarg geworfen hatte, stellte sich unsere Familie an die Seite, so dass auch die anderen sich mit einem letzten Gruß vom "alten Ehgartner" verabschieden konnten. Anschließend wurde jedem von uns die Hand geschüttelt und dabei tröstende Worte gesprochen.

Manch einer sagte: "Jetzt hat er es besser", oder "was war er doch für ein guter Mensch." Auch die beiden bösen Weiber, wie mein Ziehvater sie nannte, reihten sich mit Tränen gefüllten Augen zum Händeschütteln ein.

Bei mir angekommen, sagte die etwas Ältere von beiden, "na du armes Hascherl, schaust aber scho guad aus. Bekommst da bestimmt gut zu essen."

Zuhause angekommen, zog sich Steffi schnell um, damit sie wieder auf die Alm konnte, wo jetzt Traudl so lange auf die Viecher aufpasste.

Dem anschließenden Leichenschmaus konnte sie nicht mehr beiwohnen.

In Großvaters Zimmer wurde eine Blechschüssel mit Tannenzweigen gestellt, in der glühende Kohlen lagen.

Schon nach kurzer Zeit verschwand der süßliche Geruch des Todes aus dem Haus. Nur die feierlich schwarze Bekleidung meiner Ziehmutter erinnerte mich noch manchmal daran.

Die Wochen vergingen. Es war ein Freitag, das weiß ich noch genau, da wir am Freitag immer fasten mussten. Nur der Bauer und die Knechte brauchten es nicht, weil sie schwer arbeiteten.

An dem Tag kam Hubert von der Schule zurück und strahlte übers ganze Gesicht, was er sonst nie machte. In der Diele schnallte er seinen Rucksack ab und schleuderte ihn in die nächste Ecke.

"Ferien, endlich Schulferien, morgen gehen wir zu Steffi auf die Alm."

Er nahm mich plötzlich in den Arm und drehte sich mit mir im Kreis.

"Dann hast du heute bestimmt auch dein Zeugnis bekommen", hörte ich seinen Vater, der gerade die Stalltür aufmachte und die Holzschuhe abstreifte.

"Lass doch mal sehen, ob du es wirklich verdient hast, auf die Alm zu gehen."

Huberts gute Laune war wie weggewischt. Er stellte ordentlich seine Schuhe unter die Treppe, was er sonst nie machte. Dann blickte er schuldbewusst zu seinem Rucksack, in dem sich seine Schulsachen und das Zeugnis befanden. Umständlich nestelte er an den Riemen herum.

"Soll ich dir dabei helfen?", fragte der Vater.

Kleinlaut und mit hochrotem Kopf zog er einen stark zerknitterten Zettel hervor. Bevor er ihn übergab, strich er noch mal mit der Handfläche rüber, um die ärgsten Falten wenigstens etwas zu glätten und trat respektvoll zwei Schritte zurück. Mit dem Zeugnis in der Hand ging der Bauer in die Stube, ohne dass Hubert ihm folgte.

"Bub!", war nur zu hören, und Hubert eilte in die Stube.

'Ob er jetzt deswegen den Gürtel zu spüren bekommt?' Dachte ich ängstlich und blieb draußen.

Kapitel 4: Im Jahre 1918/1926

Steffi erinnert sich

Ich konnte mich noch genau an den Abend erinnern. Es war vor fast 10 Jahren. Einen Tag vor Heiligen Abend. Draußen war es eisig kalt. Es schneite schon den ganzen Tag ohne Unterbrechung.

Der Pfarrer besuchte uns einige Tage vorher, und meine Eltern meinten, ich sollte ruhig dabei sein, schließlich würde es mich genauso betreffen.

"Franzl", fing er an, "du weißt, worum es geht. Mein Studienfreund, der jetzt Pfarrer in Oberzeiring ist, hat gebeten, mich der Sache anzunehmen. Josephine, die Hebamme, hatte ihn darauf aufmerksam gemacht."

Dabei machte er eine kurze Sprechpause, um sein wieder vollgefülltes Stamperl in einem Zug zu leeren.

"Es ist ein Jammer", und wischte sich dabei mit dem Handrücken genüsslich über die Lippen. "Nun hat sie schon das dritte Kind, wieder ein Mädchen."

"Und der Vater, wieder der Capellari?"

Anscheinend wusste mein Vater mehr über ihn.

"Nein, oder anders gesagt, ich weiß es nicht. So richtig rausgekommen ist es auch nicht bei der Angerl. Aus der Fefa war ja damals schon kein Wort rauszukriegen. Und wo *der* im Moment steckt, das weiß auch kein Mensch", antwortete der Pfarrer und schob sein leeres Glas wieder Richtung Flasche.

"So ein Hallodri, ein elendiger", kam es von meiner Mutter.

"Also, kurz und gut", setzte der Pfarrer fort, "ich möchte euch bitten, die kleine Angerl bei euch aufzunehmen."

Meine Eltern schauten sich kurz an und bald darauf nickte mein Vater mit den Worten: "Aber nur zum Durchfüttern holen wir das Balg nicht. Damit das klar ist."

"Wie alt ist sie denn etwa?", fragte ich.

"Am 15. Jänner wird sie fünf, also in drei Wochen."

Wieder leerte der Pfarrer das Glas in einem Zug.

"Meiner Seele, das ist ja noch fast ein Butzerl. Was für eine Arbeit sollte sie denn machen, damit sie ihr Essen verdient, Holz hacken vielleicht?"

Mutter schaute mich erschrocken an. Mein Vater wollte etwas erwidern, behielt es aber doch für sich.

"Ist doch wahr", sagte ich.

"In Gottes Namen, soll sie doch kommen." Das waren seine abschließenden Worte.

Zwei Tage später machten sich meine Eltern auf, um "das kleine Balg" zu holen, wie mein Vater es bezeichnete. Unterwegs wollten sie noch zum Nachbarn, um den geschossenen Hirschen und die Lärchenstämme abzuholen.

Den ganzen Nachmittag musste ich an die kleine Angerl denken. Die Vorstellung, dass eine Mutter ihr eigenes Kind weggeben musste, weil nicht genug Essen vorhanden war, wollte einfach nicht in meinen Kopf. Und wie schon der Pfarrer angedeutet hatte, waren es auch noch verschiedene Väter. Was war das bloß für eine Frau?

Allmählich brach die Dunkelheit herein, mit ihr nahm auch der Sturm zu. Unruhig verließ ich wieder die Stube, zog mir die Stiefel in der Diele an und ging nach draußen. Man konnte kaum die Hand vor Augen sehen. In dem Augenblick hörte ich eines der Pferde. Ich eilte zurück, um den anderen die Ankunft von Angerl mitzuteilen. Traudl, die Magd, legte noch einige Holzscheite nach.

Welch ein leidvoller Anblick. Mutter stand vor mir, eng an sich gedrückt hatte sie ein Bündel, aus dem oben ein kleiner Kopf mit rabenschwarzen Zöpfen rausschaute. Unten aus der Decke hingen zwei völlig nackte Beinchen. Ich nahm meiner Mutter das traurige Etwas ab und eilte damit schnell in die Stube zum Ofen. Mein Gott, sie war durch und durch nass. Ich rubbelte sie trocken, dabei umschlang sie mit ihren eiskalten dünnen Ärmchen meinen Hals. Damit löste sie bei mir eine Lawine von Zuneigung aus. Hubert, mein kleiner Bruder, brachte ihr das Notwendigste zum Anziehen. Am liebsten hätte ich ihm gleich eine gelangt, als er mir die Sachen einfach vor die Füße warf.

An der Ofenbank sollte es ihr wohl schnell wieder warm werden. Ich hatte noch nie ein so liebes Gesicht mit solch traurigen Augen gesehen.

Einen Tag später war Weihnachten. Da alle vom "Christkindl" beschenkt werden sollten, holte mein Vater Huberts altes Schaukelpferd wieder hervor, machte es schön und setzte sogar eine Mähne und einen Schweif aus echtem Pferdehaar drauf. Auch wenn mein Vater ein richtiger Brummbär war, so schlug in seiner harten Brust doch ein weiches Herz. Hubert hatte das Schaukelpferd auch schon längst vergessen.

Seit dem Tag stand Angerl immer etwas früher auf, kroch leise aus unserem Bett und schlich sich die steile Treppe runter, zu ihrem Pferdchen. Es dauerte nicht lange, da hatte sie jeder ins

Herz geschlossen. Nur Hubert nicht, der ärgerte die Kleine, wo er nur konnte. Oft beobachtete ich ihn dabei, wie er Angerl unter dem Tisch in die Beine zwickte. Dann zog ich ihm wieder mal die Ohren lang. Angerl hatte sich nie über ihn beschwert. Ganz im Gegenteil, immer wieder lief sie hinter ihm her und ließ sich sogar in den Schnee schubsen, bis sie keine Luft mehr bekam. Sie blieb immer freundlich und verzieh ihm alles.

Als wir am Heiligen Abend, bevor es zur Mette ging, gemeinsam sangen, war ich sprachlos. Welch eine wunderbare Stimme. Sie sang das ganze Lied fehlerfrei und mit unglaublicher Inbrunst. Aber nicht nur ich war verblüfft, auch alle anderen hörten zu singen auf, nur um diese klangvolle Stimme nicht zu verunreinigen.

08.08.1919 bis 07.10.1919

Wenn ich über die Sommermonate mit dem Vieh auf unserer Alm war, freute ich mich jedes Mal, wenn mich jemand besuchte. Eines Nachmittags, ein kräftiges Gewitter kam gerade vom Kreuzkogel rüber zu uns, blickte ich runter zur Waldgrenze. Da bewegte sich eine kleine Gestalt den langen Weg hoch. Ich holte meinen Feldstecher, da ich sowieso nach einer trächtigen Kuh Ausschau halten wollte.

Erschrocken setzte ich das Glas ab, weil ich meinen Augen nicht traute. Es war ein kleines Mädchen mit einem viel zu großen Mantel und einem Lodenhut, der ihr fast die Sicht nach vorne raubte, weil er so tief in die Stirn gerutscht war. In der linken Hand trug sie einen ordentlichen Stock, den sie einzusetzen wusste. Angerl!

Trotz des heftigen Regens, der jetzt auch noch wolkenbruchartig von Blitz und Donner begleitet wurde, setzte sie unbeirrt ihren Weg nach oben fort. Und das mit ihren gerade mal sechs Jahren. Ich lief ihr entgegen, in der Absicht, mit ihr zu schimpfen. Als ich aber ihr freudestrahlendes, völlig nasses Gesicht sah, konnte ich sie nur herzlich drücken. Ihre tropfenden Sachen kamen gleich über den Herd zum Trocknen. Hier oben konnte es bei Gewitter sehr schnell abkühlen. Wenn es richtig kalt war, bildete sich innerhalb kurzer Zeit eine dünne Schneedecke, wie an diesem noch frühen Nachmittag. In der Hütte waren wir geschützt und es war mollig warm. Ein greller Blitz erleuchtete die Stube, dann ein ohrenbetäubender Knall. Dies war das Ende des Gewitters. Kurz darauf durchdrang ein erster Sonnenstrahl die Wolkendecke und ein wunderschöner Regenbogen umspannte das ganze Tal. Der Schnee gab schnell seinen Widerstand gegen die Wärme auf. Zurück blieben im Sonnenlicht glitzernde Perlen, die sich an den Grashalmen festhielten, bis auch sie sich der Sonne ergaben. Drüben am Kreuzkogel dampfte der ganze Hochwald und hüllte den Gipfel in weiße Zuckerwatte. Bei der ganzen Aufregung hatte ich vergessen, nach der Kuh zu schauen. Stück für Stück suchte ich mit dem Feldstecher den Waldrand ab.

"Da drüben, schau mal, Steffi, da liegen sie."

Und so war es. Jetzt konnte ich es auch im Glas deutlich erkennen. Kuh und Kalb lagen ganz ruhig an der Baumgrenze und das Neugeborene wurde von der Mutter versorgt. Angerl machte es überhaupt nichts aus, nur mit nackten Füßen und Wollhose runter zu den beiden Tieren zu laufen. Als ich ankam, kniete sie schon davor und streichelte beide. Wir mussten versuchen, die

Mutter mit ihrem Kalb nach oben zu bekommen. Wenigstens die ersten Tage sollten sie in meiner Nähe bleiben.

Im Herbst kam Angerl in die Schule, sie freute sich schon richtig drauf. Und auch für mich ging hier oben die schönste Zeit des Jahres viel zu schnell vorbei.

Angerls erster Schultag war für sie ein richtiges Erlebnis. Mit Hubert zusammen machten sie sich auf. Sie musste zeitig aufstehen, denn der Weg runter dauerte eine gute Stunde. Als ich nach oben ging, um beide zu wecken, kam mir Angerl schon fröhlich wie immer, die Treppe nach unten hopsend und fertig angezogen, entgegen. Hubert maulte wie gewohnt. Am Nachmittag kamen beide zurück. Dasselbe Bild. Hubert mit hängendem Kopf, Angerl dagegen singend und springend. Sie erzählte, wie schön es gewesen sei und wie sehr sie sich schon auf morgen freue. Hubert schüttelte nur den Kopf und trollte sich.

03.10.1919 bis 14.06.1920

Eines Tages, es war schon kalt und der Schnee ließ nicht mehr lange auf sich warten, da nahm Angerl mich an die Hand und zog mich nach draußen.

"Steffi", sagte sie, "kannst du mir bitte dabei helfen? Ich habe den Namen vergessen." Gleichzeitig holte sie einen Karton hervor, der unter der Bank in der Diele lag. Sie machte den Deckel ab und legte nacheinander neun verschiedene Laubblätter in den unterschiedlichsten Farben und Formen behutsam auf die Bank. Sie benannte dabei jedes Blatt beim richtigen Namen.

"Nur das hier", sie hielt mir dabei bittend dreinblickend eines entgegen, "das habe ich vergessen."

"Das ist ein Erlenblatt."

Hüpfend lief sie raus, das Blatt wie eine Trophäe in der Hand haltend.

"Eine Erle, das ist eine Erle", hörte ich sie singen.

Über die Wintermonate hatten es die Kinder nicht einfach, zur Schule zu kommen. Wenn der Schnee zu hoch lag, musste die eine und durfte der andere zu Hause bleiben. Für Angerl kam es zum Glück nicht oft vor. Wenn es nicht anders ging, bettelte sie meinen Vater an. Meistens musste er sowieso runter zur Säge fahren. Den Rückweg machte sie oft alleine, vorausgesetzt, der Weg war schon gespurt. Wenn mein Vater es so einplanen konnte, versuchte er, Angerl auf dem Nachhauseweg mitzunehmen. Wieder zuhause angekommen, erzählte sie liebend gern, was sie in der Schule gemacht und erlebt hatte.

Es muss Ende ihres zweiten Schuljahres gewesen sein, als sie der Pfarrer gefragt hatte, ob sie nicht Lust hätte, im Kirchenchor mitzusingen. An dem Tag hörte ich sie schon von Weitem. Als sie mich sah, lief sie mir freudestrahlend entgegen. Sie war noch völlig aufgeregt, und es sprudelte nur so aus ihr heraus.

Da wir am nächsten Tag wieder unser Vieh auf die Alm bringen wollten, musste jeder auf dem Hof mit anpacken. Angerl und ich wollten uns um die Glocken kümmern. 16 Stück sollten es sein. Je nach Größe hatten sie auch verschiedene Töne. Die kleinen Kälber sollten noch keine bekommen, das würde sie nur nervös machen. Wir reihten alle Glocken auf der Bank am Haus auf und begannen sie zu reinigen. So hatten wir genug Gelegenheit, uns dabei zu unterhalten.

Mein Vater und einer der Knechte hatten schon vor einigen Wochen oben die Zäune ausgebessert. Abgehende Lawinen richteten über den Winter oft Schäden an. Aber auch die Pfosten der Weidezäune wurden irgendwann morsch und mussten ausgetauscht werden. All diese Arbeiten sollten vorher erledigt sein, denn wenn das Vieh oben war, hatte man genug andere Sachen zu tun. Auch an die Lecksteine für das Vieh und ans Feuerholz musste gedacht werden. Sogar im Sommer konnte oben das Wetter schnell umschlagen. Da war es lebensnotwendig, die Hütte warmzuhalten. In den letzten Wochen war ich schon einige Male auf die Alm gegangen. Vergangenen Winter hatte der Schnee das Dach ramponiert. Es musste einiges, was durch die Nässe beschädigt worden war, weggeworfen werden. Die Möbel, die ich bewegen konnte, stellte ich kurzerhand nach draußen, damit sie trocknen konnten und den modrigen Geruch schnell wieder verloren. Während ich mich um die Hütte kümmerte, reparierte mein Vater mit dem Knecht die Zäune.

Für den Almauftrieb wurden die Tiere nicht geschmückt, da bekamen sie nur die Glocken um den Hals gehängt. Unser Pfarrer segnete während des Vorbeitreibens auf der Dorfstraße jedes einzelne Stück Vieh, damit es wieder gesund zurückkehren möge.

An Angerls letztem Schultag war ich unten im Dorf, um einen Teil der von mir auf der Alm hergestellten Butter im Pfarrhof abzugeben. Bei der Gelegenheit wollte ich auch bei meinen Eltern vorbeischauen. Schon von Weitem erkannte ich die Angerl. Wie immer fröhlich hüpfend machte sie sich in Begleitung eines größeren Buben auf den Heimweg. Es war der Leitenbauer-Gustl, der über die Wintermonate unten bei den Burgers wohnte.

"Angerl, so warte doch auf mich."

Sie hörte mich nicht. Doch der Bub blieb stehen und drehte sich um, dann bemerkte auch sie mich.

"Steffi, Steffi, ich habe heute mein Zeugnis bekommen, möchtest du es sehen?", sie strahlte dabei übers ganze Gesicht.

"Da wird sich Muada aber bestimmt freuen."

In dem Moment stockte sie plötzlich.

"Es ist doch jetzt auch meine Muada, oder?", und fing an zu weinen.

Gustl schaute sie ratlos an, legte aber dann seinen Arm um sie und nickte zustimmend. Nachdem Gustl sich von uns trennen musste, setzten wir beide den Rest des Weges schweigsam fort. Ab und zu sah ich zu Angerl runter. Schniefend wischte sie sich die Tränen fort, gab aber keinen Ton mehr von sich.

Zuhause erzählte ich die Geschichte meiner Mutter. Ihre Augen füllten sich mit Tränen, weil sie derart gerührt war.

Als Angerl ihr das Zeugnis zeigte, nahm meine Mutter sie in den Arm und drückte sie fest an sich, mit den Worten, "jo i bin dai Muada."

Eng umschlungen weinten anschließend beide.

Seit dem Tag nahm man eine Veränderung wahr. Selbst bei meinem Vater, der von Natur aus ziemlich ruppig sein konnte, spürte man plötzlich seine sanfte Seite. Hubert war der Einzige, der davon nichts merkte. Was ihn aber auch nicht kümmerte. Er hatte das Wesen dazu, ein richtiger Bauer zu werden.

15.06.1922 bis 28.09.1922

Zwei Jahre später, als Angerl 10 Jahre alt war, durfte sie fast über die ganzen Schulferien bei mir auf der Alm bleiben. Ich freute mich schon richtig darauf. Manchmal war es doch ein wenig einsam. Zum Glück kamen gelegentlich Jäger und auch hin und wieder Wanderer vorbei. Am frühen Morgen, wenn sie von der Pirsch zurückkamen, machten die Jäger gerne bei mir eine kurze Pause. So wie an diesem Morgen. Angerl holte gerade frische Eier aus dem Hühnerstall, damit wir ein ordentliches Frühstück zubereiten konnten, als plötzlich eine dunkle Gestalt in der Tür stand. Ich hatte vor lauter Schreck fast den Topf mit der heißen Milch fallengelassen.

"Darf ich reinkommen?", fragte er mit leiser und auffällig rauer Stimme und trat in die Stube.

Ich starrte noch immer wie gebannt zur Tür, wo jetzt Angerl mit einem Korb voller Eier stand. Sie huschte an ihm vorbei, um die Eier neben dem Herd abstellen zu können.

"Ja bitte, setzt dich, willst einen heißen Tee?", hörte ich mich fragen.

Dabei fiel mir auf, dass er kein Gewehr bei sich hatte. Sein ziemlich schmutziger Lodenumhang hatte an der Schulter dunkle Flecken. Es sah aus wie frisch getrocknetes Blut.

Sofort erinnerte ich mich an das Gespräch in der letzten Woche, was ich zufällig mitbekommen hatte. Damals kamen einige Jäger mit Gästen aus Deutschland. Sie saßen vor der Hütte und unterhielten sich über den derzeitigen Wildbestand. Dabei fielen auch die Worte: Wilderer und drüben aus dem Pusterwald.

Während ich das Teewasser kochte und noch einige Scheitl Holz nachlegte, bereitete Angerl für uns drei das Frühstück zu. Für mich stand fest, das war er, der Wilderer vom Pusterwald.

Der Besucher war gerade im Begriff, Lodenumhang und Rucksack an einen der Haken zu hängen, als er plötzlich mitten in der Bewegung innehielt und uns lauernd anstarrte.

"Da ist alles voller Blut", stieß Angerl hervor und hielt sich vor Entsetzen die Hände vors Gesicht.

"Setzt dich wieder hin", kam es aus mir raus, als sich unser Besuch wieder eilig verabschieden wollte.

"Ich weiß, wer du bist. Aber vor uns brauchst du keine Angst zu haben. Wir verraten dich nicht. Nicht wahr, Angerl?"

Er ging wieder zurück zur Eckbank und ließ sich erschöpft fallen. Seinen Umhang und den Rucksack nahm ich an mich und brachte die Sachen nach nebenan in die Speisekammer.

Mit den Worten: "Da sind sie vorläufig besser aufgehoben", setzte ich mich anschließend zu ihm an den Tisch. Er stützte die Ellbogen auf den Knien ab und verbarg mit den Händen sein Gesicht. Schluchzend erzählte er, der Sohn eines Großbauern aus Pusterwald zu sein. Das Wildern sei eine Leidenschaft, gegen die er einfach nicht ankämpfen könne.

Nach dem Frühstück versuchte ich so gut wie möglich, seine Sachen zu reinigen, während er sich am Brunnen wusch. Kurze Zeit später verabschiedete er sich von uns. Beim Weggehen drehte er sich noch einmal um.

"Die anderen Sachen hole ich mir heute Nacht wieder", und entfernte sich zügig Richtung Kreuzkogel.

Jetzt fiel es mir wieder ein, er hatte ohne Flinte in der Tür gestanden. Die hatte er bestimmt hier in der Nähe versteckt. Angerl erzählte mir zwei Tage später, sie sei die vergangene Nacht durch einen Traum wach geworden, und dabei hatte sie zum kleinen Fenster rausgeblickt und den Wilderer beobachtet, wie er mit seinen Sachen verschwunden war. Wahrscheinlich hatte er neben seinem Gewehr auch noch das erlegte Wild versteckt gehabt. Daher auch die Blutspuren am Umhang. Wir erzählten uns anschließend die gruseligsten Geschichten über ihn, zu Gesicht bekommen hatten wir ihn jedoch nie wieder.

In diesem Sommer kamen bei uns oben fünf Kälbchen zur Welt. Angerl und ich waren wegen des bevorstehenden Almabtriebs ein wenig traurig. Sie nutzte die noch verbleibende Zeit mit Blumenpflücken. Damit band sie geschickt die schönsten Kränze weit und breit.

01.10.1925 bis 14.01.1926

Da, Gott sei Dank, keines unserer Tiere auf der Alm zu Schaden gekommen war, wurden alle für den bevorstehenden Almabtrieb geschmückt. Meine Eltern und unser ganzes Gesinde kamen an dem Morgen hoch. Mutter brachte mir ein schönes Kleid mit. Dann ging sie zu Angerl, ihr hatte ich schon am Morgen zwei hüftlange Zöpfe aus ihren wundervollen, dicken, pechschwarzen Haaren geflochten. Sie winkte die Kleine zu sich und überreichte ihr ein in Papier eingewickeltes Paket und meinte: "Das solltest du heute anziehen."

Angerl stand sprachlos vor ihr, bedankte sich und lief mit dem Päckchen in der Hand ganz geschwind zu mir. Ich wusste natürlich, was sich darin befand. Sie nahm mich an die Hand und zog mich in die Stube. Dort machte sie ganz sorgfältig das Paket auf und zog ein Kleid aus schwarzem Samt hervor. Ein Schal und eine Schürze lagen auch noch dabei. Ehrfurchtsvoll breitete sie die Geschenke aus, strich überall den Stoff glatt, dann drehte sie sich um und lief zu meiner Mutter und umarmte sie. Genauso schnell war sie wieder in der Stube und drängte mich sanft in die Kammer. Flink zog sie ihre Sachen aus und streifte sich das Kleid über. Ich band ihr die Schürze um und legte ihr das bunte Tuch über die Schulter. In ihre Zöpfe steckte ich noch einige Blumen. Sie sah darin einfach hinreißend aus.

Auch die Bauersleut mit ihren Bediensteten von der gegenüberliegenden Alm machten sich schließlich auf den Weg runter ins Tal. Von überall war das Läuten der Kuhglocken zu hören. Als wir unten ankamen, spielte die Blaskapelle und der Pfarrer spendete uns den Segen Gottes. Viele Menschen säumten den Wegesrand, darunter erkannte ich auch den Wilderer. Er zwinkerte mir nur ganz kurz zu und verschwand wieder in der Menschenmenge.

Den Winter bekamen wir in dem Jahr sehr früh zu spüren. Schon Anfang Oktober fiel der erste Schnee.

Die Jahre vergingen. Wie jeden Sommer trieben wir unser Vieh auf die Alm. Zwei Sommer lang hörte ich nichts mehr von dem Wilderer. Bis er plötzlich und völlig unerwartet auf unserem Hof auftauchte. Es war einen Tag vor Angerls 13. Geburtstag. Eine unserer besten Kühe hatte eine Problemgeburt und es wurde nach dem Viehdoktor gerufen. Der Alte, der sonst immer zu uns gekommen war, war im Frühjahr verstorben. Jetzt sollte ein Neuer kommen, hieß es. Man munkelte, er wäre kein Hiesiger, sondern einer aus dem Pusterwalder Graben. Meine Mutter wartete schon händeringend auf sein Eintreffen. Ich kam gerade aus dem Stall und wollte rüber, um warmes Wasser zu holen, als ich mit dem Wilderer an der Stalltür beinahe zusammenstieß.

"Was ..., was machst du denn hier?", stotterte ich total überrumpelt.

Er hingegen schien überhaupt nicht überrascht zu sein und antwortete lachend: "Ihr habt mich gerufen und da bin ich jetzt."

"Du bist der Viehdoktor?", ich lachte dabei laut auf.

"Ja, der bin ich – das heißt, noch nicht ganz, aber in zwei Jahren bin ich fertig. Und da es weder in Pusterwald noch in Bretstein einen Nachfolger gibt, darf ich schon jetzt neben dem Studium praktizieren."

Kopfschüttelnd ging ich rüber ins Haus und kam mit zwei Eimern warmem Wasser wieder zurück in den Stall. Hier hatte der "Wilderer" der Kuh schon einen Strick eingeführt und damit die Vorderbeine des Kälbchens zusammengebunden. Kurze Zeit später hatte er es rausgezogen. Wir machten das Euter der Mutterkuh sauber, trockneten das Kleine ab und führten es an die Zitzen, damit es säugen konnte. Die Mutterkuh lag noch eine Weile erschöpft am Boden, stand dann aber auf und umsorgte ihr Neugeborenes. Für uns war das ein Zeichen, dass es beide überstanden hatten.

Anschließend setzten wir uns noch in die warme Stube. Ich holte aus der Kredenz unseren Selbstgebrannten und schenkte ihn aus. Michael hieß also unser neuer Arzt. Ich konnte es noch immer nicht glauben und musterte ihn bei jeder Gelegenheit.

Bei unserer ersten Begegnung war er dreckig und ungepflegt gewesen, eben ein richtiger Wilderer. Als wir uns vor mehr als zwei Jahren das letzte Mal beim Almabtrieb sahen, hatte ich ihn erst gar nicht erkannt, nur seine dunklen leidenschaftlichen Augen hatten ihn verraten.

Kapitel 5: Im Herbst 1927

Ein ereignisreicher Herbst

Das Vieh konnte sich auch im vergangenen Sommer prächtig auf der Alm erholen. Die ganzen Ferien über war ich oben bei Steffi.

Der Wilderer, der uns vor einigen Jahren einen Riesenschrecken eingejagt hatte, wurde der neue Viehdoktor. Er studierte in Graz und kam in den Semesterferien oft zu uns hoch. Steffi nannte ihn liebevoll Michi. Ich hatte das Gefühl, sie mochte ihn ganz gerne. Wir saßen oft mit ihm zusammen. Er konnte, wenn sonst kein Fremder dabei war, immer spannende Geschichten erzählen. Häufig wurden wir von den anderen Jägern gefragt, ob wir vielleicht irgendetwas beobachtet hätten. Auch unten im Dorf unterhielt man sich über den geheimnisvollen Wilderer, den noch keiner zu Gesicht bekommen hatte. Steffi und ich waren die Einzigen.

Eines Nachmittags kam Michi zu uns hoch, weil sich eines der jungen Kälber ein Hinterbein gebrochen hatte.

Jeden Morgen, bevor es Frühstück gab, zählten wir das Vieh durch und dabei stellten wir fest, dass eins fehlte. Wir ließen sofort alles stehen und liegen und suchten das Kälbchen. Das Muttertier hatte sich die ganze Nacht über in seiner Nähe aufgehalten, um es zu beschützen.

Als wir näherkamen, versuchte die Mutterkuh uns abzudrängen. Bald merkte sie aber, wir wollten ihrem Kalb nur helfen und ließ uns gewähren. Steffi sah sofort, was passiert war. Wir legten das Kalb auf die Seite, damit wir an das verletzte Hinterbein kommen konnten. Sie holte aus ihrem Rucksack drei etwa gleichlange Stöcke. Diese hielt ich verteilt um das Bein, während sie eine Bandage rumwickelte. Aber wir konnten es jetzt nicht einfach hier liegen lassen. Es musste zur Hütte gebracht werden oder wenigstens in die Nähe davon, sodass wir es immer unter Beobachtung hatten. Steffi kniete sich vor das Kalb, senkte ihren Kopf so weit runter, bis ihre Haare den Bauch des Kalbes berührten. Mit einer Hand nahm sie das gesunde Hinterbein und mit der anderen umklammerte sie die beiden vorderen. Mit Schwung zog sie das Tier hoch und legte es sich auf ihren Rücken.

Ich nahm den Rucksack und wir machten uns auf den Weg zur Hütte. Zum Glück war es erst gestern auf die Welt gekommen, aber dafür schon schwer genug. Eigentlich sollte das Muttertier nach der Geburt im Stall bleiben. Aber kaum hatte das Kleine die erste Milch gesaugt, ließen sich die beiden nicht mehr aufhalten und rannten wieder nach oben.

Einer der Jäger kam an dem Morgen von seiner Pirsch zurück und so baten wir ihn, unten im Dorf Bescheid zu sagen, damit der Tierarzt nach oben käme, um sich das verletzte Kälbchen anzuschauen. Steffi wurde unruhig, was ich von ihr überhaupt nicht kannte.

Immer wieder zupfte sie an ihren Haaren oder strich sich die Falten der Schürze glatt. Sie fand ganz oft eine Ausrede, um zum Felsen rüberzugehen, von dem aus man weit nach unten schauen konnte. Gegen Mittag kam dann endlich der Doktor hoch. Diesmal gab er Steffi nicht nur die Hand, sondern umarmte sie einfach vor meinen Augen.

Wie wir auch schon festgestellt hatten, hatte sich das Kälbchen das Bein gebrochen. Michi lobte unsere Erstversorgung. Er entfernte unsere Schiene, betrachtete sich die Bruchstelle genauer und nickte zustimmend.

"Haltet bitte den Kleinen richtig fest, ich muss das gebrochene Bein noch richten, damit es wieder gut verheilen kann."

Danach schiente er das Bein neu. Die Schiene wurde mit Gipsbinden, die vorher ins Wasser gelegt wurden, bandagiert.

"Damit der Gips ungestört austrocknen kann, müssen wir den Kleinen für die nächsten 10 Stunden ruhigstellen", und schaute sich suchend im Stall um.

"Ich gebe ihm sicherheitshalber eine kleine Spritze, dann wird er die nächsten Stunden schlafen. Und damit er nach dem Aufwachen nicht gleich auf sein Bein treten kann, entlasten wir es einfach."

Schnell machten wir aus einer Pferdedecke eine Art Hängematte, über die wir den Kleinen quer rüber legten, damit die Hinterbeine nicht mehr den Boden berührten. Es sah richtig lustig aus, wie er da drinnen hin und her schaukelte.

Das Kälbchen hatte sich rasch an sein weißes Bein gewöhnt, nur hoch zu den anderen durfte es diesen Sommer nicht mehr. Dafür hatten wir ihm eine eigene Weide hinter der Hütte abgetrennt, wo es sich auch sehr wohl fühlte.

Es musste eine Woche vor dem Abtrieb gewesen sein, als zwei Jäger bei uns einkehrten. Sie waren schon mal bei uns gewesen, es lag aber schon einige Jahre zurück. Das war zu der Zeit, als sie den Wilderer suchten.

In den letzten zwei Jahren kamen des Öfteren Leute zu uns hoch. Damit wir die auch bewirten konnten, hatten wir in unserer Speisekammer immer einige Flaschen Bier, Selbstgebrannten, Speck und Geselchtes. Natürlich gab es auch Brot, Milch und Butter. Das Brot und die Butter machten wir selber. Die Jäger oder auch Wanderer freuten sich, wenn sie zur Jause auch ein kühles Bier bekamen. Für uns fielen dann auch einige Groschen als Trinkgeld ab. Die beiden Jäger waren schon ziemlich angeheitert und gaben ihr Jägerlatein zum Besten. Im Laufe der Unterhaltung kamen sie auch auf den Wilderer zu sprechen, der damals hier sein Unwesen getrieben hatte. Michi war an diesem Tag auch zufällig bei uns oben und hörte interessiert zu, was sich die beiden so zu erzählen hatten.

"Ja, ja, der Wilderer, das war ein schlauer Fuchs, den hat man nie erwischt", sagte Michi und zwinkerte Steffi zu.

"Ha, von wegen nicht erwischt!", meinte der Kleinere der beiden.

"Jetzt kann ich's ja sagen. Ich bin mir sicher, ihn damals getroffen zu haben. Denn seitdem ist's vorbei mit der Wilderei", und bestellte noch eine Runde für alle.

Michi schmunzelte nur, auch Steffi und ich drehten uns kichernd weg. Wir tischten eine deftige Jausen auf und anschließend holte Michi noch die alte Ziehharmonika aus der Stub'n. Ich stimmte ein Lied an und Steffi sang die zweite Stimme. Zum richtigen Zeitpunkt mischten sich die beiden Bassstimmen unter, und Michi begleitete uns. Er übernachtete an dem Tag oben bei uns.

Der Herbst kam und mit ihm befiel mich ein unbekanntes Gefühl. Es war für mich eine Umstellung, nicht mehr zur Schule zu gehen. War ich froh oder eher traurig, ich konnte es nicht sagen. Mich beschlich eine gewisse Unruhe. Fragen tauchten plötzlich auf, über die ich mir bis jetzt noch keine Gedanken hatte machen müssen. Durfte ich hier auf dem Hof bleiben, wenn ja, wie lange noch?

Hubert hatte damals die letzte Klasse nicht mehr zu Ende gemacht. Er war in die nächstgrößere Stadt nach Judenburg gegangen und machte dort eine Lehre zum Forstgehilfen. So konnte er seinen Vater nachher beim Fällen der Bäume und beim Abtransport des Holzes unterstützen und gleichzeitig sein Wissen in Sachen Wiederaufforstung einbringen. Er sollte in den nächsten Tagen wieder zurückkommen. Man benötigte ihn schon dringend für die bevorstehenden Holzarbeiten, da einer der Holzknechte erkrankt war. Hubert hatte schon bei seinem letzten Besuch zu Ostern angekündigt, er würde gerne nach Beendigung seiner Lehre wieder auf den Hof zurückkehren. Seine Eltern hatten natürlich nichts dagegen – ganz im Gegenteil. Ihr Bub hatte sich mittlerweile zu einem fleißigen Burschen entwickelt, der auch kräftig anpacken konnte.

Steffi und ich waren damit beschäftigt, die Glocken und den ganzen Schmuck vom gestrigen Almabtrieb wegzuräumen, als Michi auf den Hof kam. Sie ließ alles stehen und liegen, lief Michi entgegen und warf sich in seine ausgebreiteten Arme. Eigentlich wunderte mich sein Besuch nicht, schließlich musste er nach dem verletzten Kälbchen schauen. Das Kleine hatte sich schnell an das Gipsbein gewöhnt. Steffi begleitete Michi in den Stall, um nach dem Tier zu schauen, das inzwischen groß und schwer geworden war. Sie hätte das Kalb bestimmt nicht mehr auf den Schultern tragen können. Michi meinte, in einigen Tagen könnte der Gips runter. Da wir bald Mittag hatten, blieb auch Michi zum Essen.

Ich wollte wie immer nach dem Dankgebet aufstehen und meiner Arbeit nachgehen, als mich Steffi an der Hand festhielt. Der Bauer schaute fragend in die Runde und in dem Moment erhob sich Michi von seinem Platz.

"Ich bin heute hier", er wandte sich an Steffis Eltern, "um um die Hand eurer Tochter Steffi anzuhalten."

Über das Gesicht meiner Ziehmutter huschte ein freudiges Lächeln. Mein Ziehvater hingegen setzte sich aufrecht hin und lehnte sich dabei mit den Worten: "Will dich denn die Steffi überhaupt?", gemächlich in seinem Stuhl nach hinten.

Michi schaute zu Steffi, die im selben Augenblick aufsprang und ihren Schatz umarmte.

"Ich habe Michi sehr gerne, und wir würden uns sehr darüber freuen, wenn wir heiraten dürften."

Jetzt schauten sich die Eltern an, die Bäuerin nickte und dabei flossen ihr einige Freudentränen über die Wangen.

"Also unseren Segen habt ihr", sagte schließlich auch der Bauer, stand dabei auf und schüttelte seinem zukünftigen Schwiegersohn die Hand.

Auch meine Ziehmutter ging zu den beiden, umarmte sie und schniefte anschließend in ihre Schürze. Ich stand ziemlich sprachlos daneben, bis mich Steffi leicht anstupste.

"Willst du uns nicht gratulieren?" Sie nahm mich lachend in den Arm.

Nachdem sich auch Traudl wieder gefangen hatte, eilte sie zur Kredenz und holte die Gläser und den Schnaps raus.

"Heute darfst du ausnahmsweise ein kleines Stamperl mittrinken", raunte mir meine Ziehmutter zu und zwinkerte mit dem Auge.

Zu Allerheiligen kam auch Hubert zurück. Er hatte sich sehr zu seinem Vorteil verändert. Die Lehre hatte ihm gutgetan. Auch mir gegenüber war er längst nicht mehr so grob und unausstehlich wie zu seiner Schulzeit.

Die letzten Wochen hatten wir schon öfter strengen Frost und auch für die Jahreszeit ungewöhnlich viel Schnee. Hubert und der Bauer wollten mit dem zweiten Holzknecht nach oben, um Bäume zu fällen. Die beiden Pferde wurden vor den Schlitten gespannt, der noch fertig beladen werden musste.

Auf diesem Schlitten, es waren jetzt knapp 10 Jahre vergangen, hatten mich meine Zieheltern hierher gebracht. Ich konnte mich noch ganz genau erinnern, es war damals stockdunkel und bitterkalt. Meine Ziehmutter hielt mich, in mehreren Decken eingewickelt, dicht an sich gepresst im Arm. Die große Plane verdeckte diesmal keinen toten Hirschen, sondern Werkzeug, das im Wald benötigt wurde, um Bäume zu fällen und abzutransportieren. Kurze Zeit später verließ der Bauer mit Hubert und dem Knecht den Hof. Hubert ging vorneweg und führte die Pferde, eng am Zügel haltend, den Hohlweg hoch. Sie wollten keine Zeit verlieren und noch am selben Tag einige Bäume fällen.

Michi war am nächsten Tag, nachdem er bei Steffis Eltern um ihre Hand angehalten hatte, wieder nach Graz gefahren, um sein letztes Semester Veterinärmedizin abzuschließen.

In den nächsten Tagen schneite es kaum noch, dafür nahm die Kälte zu, sodass wir oft unter minus 25° Celsius hatten. Ich dachte in der Zeit an die Holzfäller, wie die wohl mit dieser fürchterlichen Kälte zurechtkamen.

Hubert erzählte: "Wir bauen uns gleich am ersten Tag einen Unterstand, den wir mit einem provisorischen Ofen warm halten, wo sich auch die Pferde aufhalten können".

Wenn sie bei Einbruch der Dämmerung wieder nach Hause kamen, freute sich jeder auf einen Platz am warmen Kachelofen und einen heißen Tee. Zuerst wurden aber die Pferde in den Stall geführt und versorgt.

Eines Mittags stürmte Hubert kreidebleich in die Stube. Die Bäuerin ahnte, dass etwas Schreckliches passiert sein musste und hielt sich entsetzt beide Hände vor das Gesicht. Steffi und Traudl standen wie versteinert vor dem Herd.

"Vater ist unter den Schlitten gekommen, wir brauchen schnell einen Arzt", er eilte wieder nach draußen, wo der Schlitten stand, mit dem die Baumstämme abtransportiert wurden. Auf dem leeren Schlitten lag der Bauer, eingehüllt in Decken, nur der Kopf schaute raus. Er war noch bei Bewusstsein, sein Atem ging stoßweise.

Als wir neben ihm standen, drehte er den Kopf zur Seite und sagte mit einem verzerrten Lächeln: "Es wird schon wieder, ist nicht so schlimm."

Dann schloss er die Augen. Wir wussten nicht, wie stark seine Verletzung war, aber er musste sofort ins Warme gebracht werden. Hubert rief nach dem Stallknecht und der Magd. Steffi und ich liefen wieder in die Stube und zogen in aller Eile einen Strohsack in die Nähe des Ofens, damit wir den Verletzten wenigstens im Warmen hatten. In der Zwischenzeit trugen die anderen den Bauern ins Haus und legten ihn behutsam auf das notdürftige Strohlager. Hubert zog die mit Schnee bedeckte Plane vom Körper des leblos daliegenden Bauern und entfernte auch die blutdurchtränkten und gefrorenen Decken. Steffi und ich schrien gleichzeitig auf und drehten uns weg.

Es sah so aus, als ob beide Beine an den Oberschenkeln glatt durchtrennt waren und nur noch vom Stoff der Hose zusammengehalten wurden. Mit jedem Herzschlag wurde weiteres Blut aus dem abgetrennten Körper gepumpt.

Die Bäuerin hatte den Schock am schnellsten überwunden und schickte den Stallknecht runter ins Dorf, um den Arzt zu holen. Wir wussten alle, es war ein sinnloses Unterfangen. Die Verletzung und der Blutverlust waren einfach zu groß. Drei Stunden später konnte der Arzt nur noch den Tod des Bauern feststellen.

Wir brachten den Leichnam ins Nebenzimmer, wo wir ihn feierlich aufbahrten. Hubert sprach tagelang kein Wort mehr. Er saß nur noch in der Stube und starrte vor sich hin. Als seine Mutter zu ihm ging und sagte, der Bauer sollte am nächsten Tag beerdigt werden, wandte er sich von ihr ab und rief: "Ich bin an allem Schuld."

Dann vergrub er sein Gesicht in beide Hände und weinte das erste Mal seit dem Unglück. Seine Mutter setzte sich zu ihm und legte tröstend den Arm um seine Schulter, mit den Worten: "Das stimmt nicht Bub, sag so etwas nicht. Gott hat es so gewollt."

Sie streichelte ihm sanft über den Kopf.

Er riss sich plötzlich von ihr los und sprang auf.

"Gott?", schrie er.

"Warum hat er mich stolpern lassen, als ich mit Vater den beladenen Schlitten lenkte", und schüttelte dabei heftig den Kopf.

Auch die Tage nach der Beerdigung blieb Hubert schweigsam und in sich gekehrt. Er ging anschließend mit dem Holzknecht und dem Stallburschen in den Wald, um die restlichen Baumstämme nach unten zur Säge zu bringen.

Zu Weihnachten herrschte eine traurige Stimmung, trotzdem holte Steffi aus dem Wald eine schöne Tanne, um sie gemeinsam mit ihrer Mutter zu schmücken. Am Heiligen Abend gingen wir das erste Mal, seit ich hier war, nicht zur Christmette. Erst nach Heilige Drei Könige kehrte wieder ein annähernd normales Leben auf dem Hof ein.

Der Bauer fehlte an allen Ecken und Enden. Auch Hubert erwachte endlich aus seiner tiefen Trauer und stürzte sich Hals über Kopf in die Arbeit. Bevor es draußen überhaupt hell wurde, war er schon auf den Beinen. Entweder fand man ihn im Stall oder im Schuppen, wo die Gerätschaften untergestellt waren, die auch das eine oder andere Mal repariert werden mussten. Er suchte in der Beschäftigung seinen Trost.

Kapitel 6: Im Jahre 1928

Gustl erinnert sich

Da unser Hof auf über 1400 Meter lag, wurden wir in den Wintermonaten manchmal über mehrere Wochen von der Außenwelt abgeschnitten. Vor diesen Monaten graute es mir jedes Mal. Dann musste ich wieder runter zum Burger, weil von dort der Weg zur Schule nicht so lang war. Nur die Weihnachtstage, bis Heilige Drei Könige, verbrachte ich oben bei meinen Eltern.

Sie, die Frau Burger, war eine gute Frau, aber der Alte war ein rabiater Kerl. Es gab niemanden aus der ganzen Familie, der keine Angst vor ihm hatte, ... ob seine Wutausbrüche damit zusammen hingen, weil er nur noch einen Arm hatte?, ich wusste es nicht.

Die letzten drei Schuljahre blieb ich auch über die Wintermonate auf dem Hof meiner Eltern.

Da ich keine Geschwister hatte, wuchs ich zwischen Mägden und Knechten auf. Meine Eltern waren sehr streng zu mir.

Ich kann mich noch an die Worte meines Vaters erinnern, als er zu mir sagte: "Gustl, Bub, wenn du mal den Hof übernehmen willst, dann musst du früh lernen, der Erste zu sein, der aufsteht, und der Letzte, der zu Bett geht. Hast du das verstanden?"

Während der schneefreien Monate musste ich immer hart arbeiten. Die Hausaufgaben machte ich meistens erst dann, wenn draußen schon die Dämmerung hereinbrach. Arbeiten musste ich natürlich genauso viel wie alle anderen auch.

Es muss noch im ersten Schuljahr gewesen sein, als wir gemeinsam zur Christmette gingen. Die Tage davor konnte ich schon nicht mehr richtig schlafen, weil ich dermaßen aufgeregt war. Ich hatte vorher noch nie eine Weihnachtskrippe gesehen. Alle hatten davon erzählt, wie schön die Figuren der Heiligen Drei Könige wären. Es schneite an dem Abend.

Als wir endlich mit den anderen vor der Kirche zusammenstanden, bemerkte ich eine Familie, deren Mann eine Kraxn auf dem Rücken trug, in der sich etwas bewegte. Neugierig näherte ich mich. Als der Bauer die Kraxn abstellte, hob er ein kleines Mädchen raus, welches rabenschwarze Haare hatte. Meine Eltern erzählten mir später, die Kleine konnte von ihrer Mutter nicht mehr ernährt werden und deshalb hätte der Ehgartner sie unter seine Obhut genommen.

Einige Jahre später traf ich sie in der Schule. Sie hieß Angerl. Man merkte ihr nicht an, dass sie keine richtige Mutter mehr hatte. Sie hüpfte immer lachend herum und sang auch im Kirchenchor mit. Wenn sie mal nicht dabei war, dann hatte man das Gefühl, es fehle etwas.

Unser Vieh wurde immer auf die Pfarreralm getrieben. Das war für mich die schönste Zeit. Wenn ich Glück hatte, durfte ich auch einige Nächte oben bei der Sennerin übernachten. Mit meinem Vater zusammen besuchten wir einmal eine andere Almhütte.

"Damit du auch mal etwas lernen kannst", meinte mein Vater.

Es war die Alm der Ehgartners. Die Tochter Steffi bewirtschaftete die Hütte mit dem gesamten Vieh das erste Mal ganz alleine. Als wir ankamen, waren auch zwei Jäger eingekehrt. Und die Angerl sah ich auch wieder.

Auch mein Vater war leidenschaftlicher Jäger. Immer wenn er unterwegs war, hatte er seine Büchse bei sich. Wenn er wieder einmal eine Gams oder anderes Hochwild geschossen hatte, tauschte er oft das Fleisch gegen Stoff oder Werkzeug ein. Natürlich blieb für uns immer noch genug übrig. Mein Vater erklärte mir alles, was ich darüber wissen musste. Wenn er vorhatte auf die Pirsch zu gehen und ich noch im Bett lag, weckte er mich ganz vorsichtig und fragte mich, ob ich mitkommen wollte. Einmal bat ich ihn, mich auch schießen zu lassen.

"Wenn du 14 bist, dann werde ich dir das beibringen. Bis dahin musst du lernen, das Wild zu achten und zu beobachten."

Es dauerte eine halbe Ewigkeit, bis ich das letzte Schuljahr erreicht hatte. Obwohl ich gerne zur Schule gegangen war, war ich doch froh, es endlich geschafft zu haben. Es vergingen noch weitere Monate, bis ich wirklich meinen ersten Schuss abgeben durfte. Meine damalige Leidenschaft für das Jagen konnte ich nicht mehr nachempfinden. Mir war die Natur lieb und dazu gehörten auch die Lebewesen. So blieb es beim ersten Schuss und ich fand meine Freude im Beobachten von Tieren.

Für den bevorstehenden Almauftrieb hatte mein Vater noch keine Sennerin gefunden. Kurz bevor der Auftrieb anstand, erzählte er mir am Frühstückstisch, er hätte ein tüchtiges Mädl für unsere Alm, die Angerl vom Ehgartner drüben. Wir hatten uns mindestens zwei Jahre nicht mehr gesehen. Ich war gespannt, wie sie aussah.

Als der Vater mit ihr auf dem Wagen ankam, standen die Pferde noch gar nicht still, da sprang Angerl schon vom Bock. Ich lief auf sie zu und erzählte ihr gleich, dass ich mit ihr zu Fuß den Weg zur Pfarreralm gehen würde. Erst wollte ich ihr noch unseren Hof zeigen, aber mein Vater drängte. Und so machten wir uns nach einer kurzen Verschnaufpause gleich auf den Weg.

Sie war noch genauso zierlich, wie ich sie in Erinnerung hatte. Zu ihrem ohnehin lieblichen Aussehen hatte sie mehr weibliche Züge hinzu bekommen. Sie war einfach ein hübsches Mädchen geworden.

Da mir Vater schon am Morgen erzählt hatte, wie er sich den Ablauf vorstellte, hatte ich meinen Rucksack schon mit dem Nötigsten vorbereitet.

Die Sennerhütte hatte Angerl gleich vom ersten Augenblick an gefallen. Ich merkte, wie ihre Gedanken im Kopf kreisten. Als wir den Hochwald verließen, konnten wir schon die Hütte mit ihren Almwiesen sehen. Als Angerl ihr Zuhause für die nächsten Monate erblickte, blieb sie fassungslos stehen, schlug beide Hände vors Gesicht und war vor Freude den Tränen nahe. Da wusste ich, mein Vater musste sich um das Vieh keine Sorgen machen. Angerl war, trotz ihrer erst 15 Jahre, schon die geborene Sennerin. Sogar meine Mutter war mit ihrer Tüchtigkeit sehr zufrieden.

In den folgenden Monaten hatte ich sie des Öfteren gemeinsam mit Vera, unserer Magd, auf der Alm besucht. Ich glaube, es war das Jahr darauf, als die Ehgartner Tochter geheiratet hatte. Wie jede Hochzeit wurde auch diese groß gefeiert. Ihr Bräutigam Michi kam aus dem Pusterwalder Graben.

Es war sehr schwierig, einen Ehrentanz mit Steffi zu bekommen, aber irgendwann war es mir doch gelungen. Auch die Angerl wurde fleißig auf den Tanzboden geführt. Ich hatte schon einige Male einen Anlauf unternommen, kam aber letztendlich immer zu spät. Dafür hatte mich die Huber Mitzi öfter zu einem Tanz überredet, als mir eigentlich lieb war. Ich hatte meine Mutter schwer in Verdacht, sie hatte da bestimmt ihre Hände im Spiel. Die Mitzi war ein nettes Mädchen und konnte auch sehr gut tanzen. Wenn es nach meiner Mutter gegangen wäre, hätte ich vermutlich keine andere zum Tanzen auffordern dürfen.

Jetzt war der günstige Moment gekommen, Angerl aufzufordern. Ich schnappte sie mir und wir liefen Hand in Hand rüber zum Tanzboden. Eine Polka wurde aufgespielt, genau das Richtige, dachte ich. Angerl hatte anfangs etwas Mühe Schritt zu halten, jedoch dauerte es nicht lange und sie lag in meinen Armen, leicht wie eine Feder. Ich kann mich nicht mehr erinnern, wie viele Tänze wir zusammen tanzten. Irgendwann blickte ich zu meinen Eltern rüber, sie mahnten mich zum Aufbruch.

Wir hatten uns danach noch einmal ganz kurz zu Fronleichnam getroffen. Da hatte sie das erste Mal ihren leiblichen Vater gesehen. An dem Tag war sie total unglücklich, das kannte ich gar nicht von ihr. So wie ich gehört hatte, bekam Angerl keine Gelegenheit, mit ihm wenigstens einige Worte zu wechseln.

Bei der Hochzeit ihrer Schwester Hanna war ich nicht dabei. An dem Tag kam einer der Jäger zu uns rein und erzählte, er hätte Vera auf der Almhütte nicht angetroffen und die ganze Gegend mit dem Feldstecher nach ihr abgesucht, sie aber nirgends entdecken können.

Sie hatte sich in letzter Zeit etwas seltsam benommen. Als ich vor einigen Tagen die Butter runterholen wollte, saß ein fremder Mann bei ihr in der Stube. Anscheinend war er ein alter Jugendfreund. Mir kam das alles ein bisschen komisch vor, weil sie sich ihm gegenüber so merkwürdig benommen hatte.

Als ich bei der Hütte ankam, schaute ich zuerst in ihre Kammer. Es waren keine persönlichen Sachen mehr von ihr vorhanden. So wie es aussah, war sie Hals über Kopf weggelaufen und hatte alles stehen und liegen gelassen. Mir blieb nichts anderes übrig, als so schnell wie möglich die Tiere zu versorgen und den Almbetrieb weiterzuführen. Vera war verschwunden.

Auch die nächsten beiden Sommer blieb ich auf der Alm.

Ostern war gerade vorbei, als mir mein Vater mitteilte, er hätte für den bevorstehenden Sommer wieder eine Sennerin gefunden, die auch anschließend als Magd auf dem Hof mitarbeiten würde. Es sollte wieder die Angerl kommen.

Kapitel 7: Im Jahre 1928

Meine Alm

Steffi und Michi wollten ursprünglich eine Woche nach Ostern heiraten. Durch den tragischen Tod des Bauern wurde die Hochzeit verschoben, da das Trauerjahr eingehalten werden musste. Michi bot sich an, Ende des Frühjahres auf den Hof zu ziehen, um Hubert zu unterstützen.

Für das bevorstehende Osterfest ging ich immer zu den Chorproben runter ins Tal. Es war zu dieser Zeit für mich eine willkommene Abwechslung. Nach dem Singen am Gründonnerstag nahm mich der Pfarrer kurz zur Seite und bat mich, ihn ins Pfarrhaus zu begleiten, da er mit mir etwas Wichtiges bereden müsste. Ich dachte, er wollte über den Hauptgottesdienst am Ostersonntag sprechen, bei dem wir im Chor singen sollten. Als er mir einen Stuhl anbot, um mich zu setzen, wurde ich stutzig.

"Angerl", fing er an, "du bist ein überaus tüchtiges Mädel, du warst auch schon einige Sommer mit Steffi auf der Alm und ihr habt gemeinsam auf das Vieh aufgepasst. Ich möchte nicht lange drum herumreden", und legte eine kurze Atempause ein.

"Könntest du dir vorstellen, eine eigene Alm zu bewirtschaften?", setzte er dann fort und blickte mich fragend an.

"Ich weiß, das kommt sehr überraschend für dich, ich möchte dich damit auch nicht überrumpeln. Die Sache ist die: Ein Bauer, den du bestimmt kennst, sucht händeringend nach einer zuverlässigen Sennerin und da habe ich sofort an dich gedacht. Diejenige, die heuer eigentlich oben weitermachen sollte, hat plötzlich alles stehen und liegen lassen und ist ihrem Freund nach Graz nachgereist."

Ich schaute ihn ganz verdutzt an und dachte im ersten Augenblick, der Herr Pfarrer würde sich einen schlechten Scherz mit mir erlauben.

"Aber mein Zuhause, was soll ich meiner Mutter und den anderen sagen?", erwiderte ich fragend.

"Ich wollte erst mit dir sprechen, ob du dir das überhaupt vorstellen könntest. Mit deiner Mutter würde ich mich dann natürlich auch verständigen. Ich glaube schon, dass sie einwilligen würde."

"Auf welche Alm soll ich denn rauf? Hier in Bretstein ist mir darüber nichts bekannt."

Der Pfarrer beugte sich vor und faltete dabei seine Hände.

"Die Pfarreralm – die solltest du übernehmen. Natürlich würde man dich, wo es nur geht, unterstützen. Ich könnte es mir schon vorstellen, auch wenn du noch sehr jung bist".

Ich spürte, wie ganz langsam die Hitze in mir hochstieg, als mir der Ernst des Gespräches bewusst wurde. Dabei war ich doch erst 15 Jahre alt und auch nicht die Kräftigste. Sofort fiel mir ein, wie Steffi das verletzte Kälbchen auf die Schultern genommen hatte.

'Was mache ich, wenn mir das passieren würde?', schoss es mir durch den Kopf. Ich war hin- und hergerissen. Ich, eine Sennerin? Und dachte dabei an Steffi. Wie alt war sie eigentlich gewesen, als sie das erste Mal alleine oben war? Wenn ich mich recht erinnerte, war ich gerade mal sechs Jahre, das heißt also, Steffi war damals 14 Jahre alt.

"Ja, ich würde es sehr gerne machen", hörte ich mich sagen.

"Das freut mich. Ich werde gleich morgen zu euch kommen und mit deiner Mutter sprechen. Die wird bestimmt stolz auf dich sein."

Auf dem Heimweg hatte ich das Gefühl, als ob ich auf einer Wolke schweben würde. Ich konnte keinen klaren Gedanken mehr fassen. Es drehte sich alles nur noch darum, was mich da oben erwarten würde. Ich hatte schon von der Pfarreralm gehört. Sie lag im Falmtal, in der Nähe vom Leitenbauer, Gustls Vater. Wie es Gustl wohl gehen mag?

Am nächsten Tag besuchte uns, wie angekündigt, der Pfarrer. Ich hatte meiner Mutter davon noch nichts erzählt. Nur mit Steffi hatte ich darüber gesprochen. Ich konnte meine Freude vor ihr nicht verheimlichen. Sie nahm mich in die Arme und drückte mich ganz herzlich.

"Angerl, das ist doch schön, eine ganze Alm für dich alleine. Du wirst die beste Sennerin, wirst schon sehen."

Meine Mutter war einigermaßen erstaunt, als der Pfarrer bei uns auftauchte.

'Ob es mit der verschobenen Trauung von Steffi und Michi zusammenhängen könnte?' war ihr erster Gedanke.

Diesmal ließ sich der Pfarrer mehr Zeit, bevor er mit seinem Anliegen rausrückte. Weil ich in der Stube eigentlich nichts verloren hatte, beschäftigte ich mich derweil im Stall, als Steffi nach mir rief. Nach dem Lächeln auf Steffis Gesicht zu urteilen, hatte das Gespräch einen guten Ausgang genommen. Ich betrat die Stube und begrüßte den Pfarrer mit einem kleinen Knicks. Meine Mutter bat mich, neben ihr Platz zu nehmen und strich mir zärtlich übers Haar. Da wusste ich, auch sie wünschte sich von ganzem Herzen, dass ich Sennerin würde. Auch Hubert saß am Tisch und klopfte mir leicht auf die Schulter.

"Du wirst es schon machen, Mädl. Nutz die Gelegenheit."

Seit dem Tod seines Vaters hatte er dessen Platz am Tisch eingenommen.

Um mich mit der Verantwortung, die auf mich zukam, vertraut zu machen, holte mich der Bauer in derselben Woche persönlich ab. Ich war etwas verwirrt, als ich die große hagere Gestalt erkannte, die vom Pferdefuhrwerk sprang. Denn es war Gustls Vater, der Leitenbauer. Er sah sich ganz kurz um, erblickte mich und kam mit den Worten auf mich zu: "Bist du etwa die Angerl, unsere neue Sennerin?"

"Ja, das bin ich. Ich hatte aber keine Ahnung, wer der Besitzer von der Alm ist", antwortete ich etwas stotternd.

"Ich bin nur der neue Pächter für die nächsten Jahre", lachte er, und ging ins Haus. Ich wusste in dem Moment nicht, was ich davon halten sollte und folgte ihm in die Stube, wo sich auch meine Ziehmutter und Steffi aufhielten. Als ich zögernd in der Stubentür stand, winkte mir Steffi zu.

"Setzt dich zu uns, es geht ja schließlich um dich, worüber hier gesprochen wird."

Ich wusste von der Alm nur soviel, dass sie sich weiter drinnen im Falmtal befand und der Hof von Gustls Eltern sehr weit oben liegen würde. Es sollten in der nächsten Woche 40 Stück Jungvieh, 18 trächtige Kühe und ungefähr 10 Muttertiere auf die Alm getrieben werden. Dazu kam noch einiges an Federvieh. Ein Teil der Hühner und deren Eier wurde für den Eigenbedarf benötigt. Die überschüssige Milch sollte entweder zu Butter, aber auch zu Käse weiterverarbeitet werden. Es war schon einiges mehr an Vieh, was dann betreut werden musste.

Kurze Zeit später saß ich vorne auf dem Wagen neben dem Bauern. Beim Runterfahren musste er die ganze Zeit mit angezogener Bremse fahren, um die Pferde zu entlasten. Wir rumpelten auf dem Schotterweg über eine kleine Brücke, vorbei an Huber und bogen rein ins Falmtal. An der rechten Seite des Weges plätscherte ein kleines Bächlein talauswärts, welches nach der Brücke in den Bretsteinbach floss. Schon einige Minuten später überquerten wir es, um auf den Leitenbachweg zu kommen. Unterwegs erzählte mir der Bauer, wie wir anschließend den Weg oben vom Hof zu Fuß rüber zur Pfarreralm gehen würden. Dieser sollte in der nächsten Woche auch beim Almauftrieb genommen werden.

Oben angekommen, erwartete uns schon sein Sohn Gustl. Er erzählte mir ganz aufgeregt, dass er mich zur Alm begleiten werde. Sein Vater käme mit dem Fuhrwerk über den normalen Weg nach. Da er sowieso noch einiges an Material zur Sennerhütte bringen müsste, könnten wir dann mit ihm gemeinsam zurückfahren. Er würde mich bis raus zum Huber bringen.

"Unseren Hof zeige ich dir ein anderes Mal, damit können wir uns heute nicht aufhalten", meinte er und schulterte seinen Rucksack.

Gemeinsam durchquerten wir eine frisch gemähte Wiese, wo das Jungvieh sich mit den Muttertieren aufhielt und nachweidete. Das letzte Stück davon, welches dreieckig in den Wald reinragte, war besonders steil. Gustl musste mir manchmal seine Hand reichen, um mich vor einem Abrutschen zu bewahren. Als wir den Weidezaun an einer günstigen Stelle überwunden hatten, betraten wir Waldboden. Nach einigen Metern kamen wir auf einen ausgetretenen Weg, der ziemlich eben weiterführte.

Wir verließen den Wald und überquerten den Korbach, der unterhalb des Gipfels vom SteinerBrunner entsprang. Hier setzten wir uns hin und genossen die Aussicht in das schöne Tal. Dieser Weg, das konnte man sehen, war schon mehrmals für Viehtriebe benutzt worden. Als kleiner Bub, so verriet mir Gustl, war er schon oft hier gewesen.

Eine gute Stunde später sahen wir schon den Einschnitt des Pfarrerbachs, und fast auf gleicher Höhe war vor uns auch die Hütte zu sehen. Mein Zuhause für die nächsten Monate. Das Herz schlug mir dabei so heftig, dass ich dachte, Gustl müsste es doch hören. Die Wiesen leuchteten rot und gelb, dazwischen wieder Flecken mit blauem Enzian. Murmeltiere kündigten unser Kommen mit grellen Pfiffen an.

Immer wieder musste ich stehen bleiben. Da mich der Anblick so überwältigte, stiegen mir vor lauter Freude Tränen in die Augen. Gustl fasste mich um die Schulter und zusammen ließen wir die wunderbare Natur auf uns einwirken. Wir sahen jetzt auch das Pferdefuhrwerk, an dem zwei Männer damit beschäftigt waren, den Wagen zu entladen.

Gustls Vater und einer seiner Knechte entluden Mehl und diverse andere Sachen. Darunter befand sich auch Geschirr. Das mitgebrachte Brennholz kam zum Teil in die Stube unterm Herd. Der Rest wurde draußen unter dem Dachvorsprung aufgeschichtet. Die Hütte war etwas geräumiger als die bei Steffi. Auch hier war der Dachboden als Schlafstätte für unvorhergesehene Gäste ausgebaut. Von der Diele aus gingen zwei Türen weg. Eine davon war der Abstellraum für Lebensmittel und Geschirr, hinter der anderen die Schlafkammer. Das in der Speisekammer entdeckte Butterfass nahm ich gleich mit nach draußen zum Brunnen. Mit einer Bürste schrubbte ich alles ab und ließ es zum Trocknen in der Sonne stehen. Auch die anderen Schüsseln am Herd nahm ich mit raus. Ich konnte sogar Käse machen. Es lagen einige Formen dafür im Regal.

Als die Sonne am späten Nachmittag schon lange Schatten warf, machten wir uns auf den Heimweg. Ich hatte auch anschließend noch eine gute halbe Stunde zu gehen. Gustl saß mit mir am Wagenende und wir ließen die Beine runterbaumeln. Der Weg war teilweise sehr holprig. Einige Male mussten wir den Pfarrerbach durchqueren, der an manchen Stellen noch recht tief war. Die beiden Pferde ließen sich aber davon nicht beeindrucken und gingen stur ihren gewohnten Weg. Es dauerte nicht annähernd zwei Stunden, bis wir wieder beim Huber waren und ich mich verabschiedete. Ich versprach dem Bauern, einen Tag früher als geplant meinen Dienst anzutreten, damit wir gemeinsam die letzten Vorbereitungen für den Almauftrieb treffen könnten.

Wieder zu Hause angekommen, musste ich Steffi alles erzählen. Sie freute sich mit mir und auch meine Ziehmutter meinte, es würde mir auf der Pfarreralm bestimmt gut gefallen. Ich konnte kaum den Tag erwarten, an dem ich mit meinem Rucksack über den Schultern losmarschieren würde. Gustl war in der Zwischenzeit noch einmal bei uns gewesen und hatte schon mal vorab einige Sachen von mir mitgenommen, damit ich nachher nicht mehr so viel zu tragen hatte.

Trotz meiner Freude fiel mir der Abschied doch sehr schwer. Steffi würde zur selben Zeit wieder auf ihre Alm gehen, Michi und Hubert mussten sich um den Hof kümmern. Und meine Ziehmutter würde, wenn überhaupt, nur Steffi auf der Alm besuchen. Das hieß für mich, ich würde meine Leute bis zum Herbst nicht mehr zu Gesicht bekommen.

Als ich am nächsten Morgen zeitig in der Stube war, um meinen Proviant zu verstauen, nahm mich die Bäuerin noch einmal in die Arme und drückte mich tüchtig.

"Bleib ein braves Mäderl, Angerl, gell, das versprichst du mir?"

Auch Steffi und Michi umarmten mich. Michi meinte noch mit einem Augenzwinkern, ich solle mich bloß vor den Wilderern hüten. Sogar Hubert fügte scherzhaft hinzu: "Wenn dir einer zu nahe kommen sollte, dann rufst du ganz laut und schon sind wir da."

Ich kontrollierte zum zigsten Mal meine Siebensachen, bevor ich das Haus verließ. Ein kurzer Blick zurück, wo alle standen und mir nachwinkten, dann waren meine Augen nur noch nach vorne gerichtet. Mit ausladenden Schritten und vor Stolz geschwellter Brust ging ich voran. Die Sonne gewann den Kampf gegen den Morgennebel und bald darauf warf ich lange Schatten, die immer wieder vor mir auswichen.

Tief in Gedanken versunken erreichte ich die Brücke vor Huber. Mitzi stellte gerade die vollen Milchkannen raus. Sie wurden regelmäßig mit dem Fuhrwerk abgeholt und nach Möderbrugg in die Molkerei gebracht.

"Angerl, wo willst du schon so früh hin?"

"Ich bin auf dem Weg zum Gustl, wir treiben morgen das Vieh auf die Alm. Ich bin die neue Sennerin auf der Pfarreralm."

"Das trifft sich ja sehr gut, ich bin auch ab morgen drinnen im Falmtal, auf der Fassbergerhütte. Da kann ich dich öfter besuchen kommen."

Mit dieser erfreulichen Nachricht ging ich beschwingt den Leitenbachweg hoch.

Noch bevor ich den Hof erreichte, hörte ich schon die Viecher brüllen. Auch die spürten die Veränderung. Für sie war es wie Sommerfrische. Ich glaube, die freuten sich genauso wie ich, dass es endlich losging.

Am nächsten Morgen herrschte schon in aller Herrgottsfrühe hektisches Treiben. Einige der Milchkühe und ein Stier mussten auf dem Hof zurückbleiben. Sie wollten aber unbedingt zu den anderen, die man in ein separates Gatter getrieben hatte. Mit Mühe und Not gelang es uns aber dann doch, sie in den Stall zurückzubringen.

Ich hatte noch gar keine Zeit gehabt, den Bauern zu begrüßen. Erst als wir alles wieder unter Dach und Fach hatten, kam er zu mir und sagte, dass wir gleich aufbrechen würden. Die eingeschlossenen Rinder machten mittlerweile ein derartiges Spektakel, auch die anderen wurden immer unruhiger.

Wir waren insgesamt zu Acht, die für den Auftrieb zur Verfügung standen. Den Bauern ausgenommen, der kam mit dem Pferdefuhrwerk auf dem anderen Weg nach. Gustls Mutter ging mit uns den Steig entlang. Die Bäuerin gab Anweisungen, wie das Vieh getrieben werden musste. Sie verringerte das Tempo, wenn die tragenden Kühe nicht nachkamen. Manchmal rief sie nach dem ein oder anderen, um einzugreifen, wenn eines der Kälber meinte, einen anderen Weg gehen zu müssen. Sie war es gewohnt, Befehle zu geben und missbilligte jegliche Verzögerungen.

Besonders achtgeben mussten wir auf die Tiere, wenn wir uns einer der Quellen näherten. Da war besondere Aufmerksamkeit gefragt. Am Korbach angekommen, gönnten wir den Tieren, aber auch uns, eine kleine Pause. Denn die nächste Wasserstelle war erst kurz vor der Fassbergerhütte und bis dahin waren es bestimmt noch zwei Stunden. Zum Glück ging der Weg meist ohne steile Etappen weiter, so hatte das Vieh auch keine Gelegenheit ihn zu verlassen, er war zu schmal. Rechts ging es steil nach oben und links mochte man manchmal nicht hinunter schauen. Die Unruhe hatte sich bei der Herde schnell gelegt. Nur die ganz jungen Kälber, die durfte man nicht aus den Augen verlieren. Es gab einige darunter, die ziemlich ungestüm waren.

Zwei weitere Stunden waren vergangen, als wir uns unter der Fassbergerhütte befanden. Hier an der Quelle konnte die Herde ihren Durst löschen und sie hatte auch wieder etwas mehr Platz. Dies wurde natürlich gleich wieder von einigen ausgenutzt, die sich nachher nur widerwillig zur Herde zurücktreiben ließen. Nach der letzten Biegung kam auch schon die Almhütte in Sicht. Die Tiere merkten, jetzt fingen ihre Ferien an. Sie waren kaum zu bremsen, manche davon kannten die Umgebung schon aus den vorangegangenen Jahren. Die, die das erste Mal hier oben waren, liefen einfach hinterher. Nur die trächtigen Kühe schritten gemächlich weiter und blieben instinktiv in Hüttennähe, wo auch ihre eingezäunte Weide war. Einige konnten sich noch nicht so recht entscheiden. Sollten sie sich zu den ganz jungen Kälbern dazugesellen oder erlagen sie doch dem Charme und der Schönheit, die ihnen die große Weide versprach?

Die Hühner und Küken wurden vor der Hütte freigelassen. Die hatten es am schwersten gehabt, denn sie durften unterwegs nicht aus ihren Käfigen. Sie verstreuten sich sofort in alle Himmelsrichtungen. Sie wurden erst am Abend in den Stall gebracht. Der war groß genug, um im Notfall auch noch fünf bis sechs trächtige Kühe unterzubringen, damit bei einer Geburt auch die Tiere versorgt werden konnten.

Meine Sachen, wie zum Beispiel die Wäsche, brachte ich gleich in meine Kammer. Für das Einräumen hatte ich momentan keine Zeit. Ich musste den Herd anmachen und für die Leute ein Essen zubereiten.

Bei unserem letzten Besuch hatte ich alle Luken des Herdes geöffnet, damit die Feuchtigkeit entweichen konnte. Trotzdem qualmte die ganze Stube, bevor die aufsteigende Hitze den Kamin zum Ziehen brachte. Da sowieso alle Türen und Fenster offen standen, zog der Qualm auch schnell ab. Ich bereitete eine große Schüssel Polenta zu. Dazu kamen Grammelschmalz und einige Streifen Speck. Draußen auf der Bank hatten wir alle genug Platz, um gemeinsam zu essen.

Kapitel 8: Im Jahre 1928

Meine schönsten Wochen

Die Sonne wanderte unaufhörlich weiter nach Westen und sehr bald schlichen die ersten Schatten über die Almwiesen. Die Bauersleute machten sich auch kurz danach auf den Heimweg. Nur eine Magd, die blieb die nächsten Tage auch oben, damit sie mich zu Anfang unterstützen konnte, bis sich alles eingespielt hatte. Mir fiel ihr rechtes Bein auf, welches sie nachzog. Vera hieß sie und kam von St. Johann rüber. Wir räumten alles weg, wuschen das Geschirr und die große Schüssel ab und schafften die mitgebrachten Sachen an ihren Platz. Die Speisekammer war gut gefüllt. Ich glaubte, es fehlte mir für die nächste Zeit an Nichts. Wir hatten neben den Grundnahrungsmitteln, wie Mehl, Grieß, Salz, Zucker und so weiter, auch genügend Most und andere Getränke, die aber den eventuell einkehrenden Gästen, wie Jägern und Wanderern vorbehalten waren. Darauf legte die Bäuerin großen Wert.

Endlich war auch das letzte Huhn im Stall. Wir setzten uns vor die Hütte und Vera erzählte mir, warum sie aus St. Johann fortgegangen war.

Ihr Vater und ihr einziger Bruder waren in Frankreich im Krieg gefallen. Ihre Mutter starb, als sie 15 Jahre alt war. Die letzten vier Jahre hatte sie bei ihrer Großmutter verbracht, die alleine lebte und einen kleinen Hof hatte. Als auch die Oma im letzten

Sommer verstorben war, zog sie nach Pöls. Dort hatte sie einen Bauern aus Bretstein getroffen, der ihr geraten hatte, sich beim Leitenbauer vorzustellen.

"Und warum hast du nicht die Almwirtschaft übernommen?"

Da streifte sie den Strumpf von ihrem rechten Bein runter.

"Deswegen!"

Sie hielt mir das Bein hin, damit ich es besser sehen konnte.

Eine lange grässliche Narbe verlief vom Knie bis zum Außenknöchel. Die Narbe war anscheinend noch nicht vollkommen verheilt, da an zwei Stellen noch eine Kruste zu sehen war, und außerdem war die Wade auffällig dünn.

"Wie ist das passiert?"

"Es war im letzten Sommer auf dem Großen Bösenstein."

Sie schenkte uns etwas verdünnten Most ein.

"Mein damaliger Freund versprach mir, mir die Edelrautehütte zu zeigen und hoch zum Großen Bösenstein zu wandern. An dem Morgen schaute es nach einem wunderschönen Bergwetter aus. Er war Soldat und hatte einige Tage frei. An der Hütte angekommen, fragte ich die Sennerin, was sie vom heutigen Wetter halten würde. Sie sagte, wahrscheinlich wäre ein Wetterumschwung zu erwarten und riet uns davon ab, noch weiter zu gehen. Mein Freund schlug alle Warnungen in den Wind und es kam beinahe zum Streit zwischen uns."

Sie hob ihre Schürze hoch und wischte sich damit die Tränen aus den Augen.

"Wir gingen also gemeinsam weiter, rauf zum Hauseck und am Grat entlang zum Großen Bösenstein. Der Wind frischte etwas auf, als wir eine kurze Rast machten. Hiasl, mein Freund, merkte meine aufkommende Unruhe. Mir kamen wieder die Worte der Sennerin in den Sinn. Mein Freund zerstreute meine Bedenken, aber trieb mich zur Eile. Wir waren gerade im Begriff, die Rinne zu durchsteigen, als der angekündigte Wetterumschwung eintraf. Hinter uns herrschte noch das schönste Wetter, aber über den Grat schoben sich schwere dunkle Gewitterwolken."

Wieder setzte sie ab und stand auf. Sie ging um den Tisch rum, stellte sich gebeugt vor mich hin, faltete ihre Hände und sagte mit erhobener Stimme: "Wir hätten noch umdrehen können, wir wären zwar nass geworden, aber mehr wäre uns nicht passiert."

Dabei machte sie mit den Händen energische Bewegungen, um ihren Worten damit Nachdruck zu verleihen. Jetzt setzte sie sich zu meiner linken Seite.

"Mein Freund wurde wütend und schrie mich an. Er meinte, wir müssten unbedingt noch vor dem Gewitter den Grat erreichen. Ein Umkehren so kurz vor dem Ziel, das käme für ihn überhaupt nicht in Frage. Wenn ich umkehren möchte, den Weg würde ich ja kennen, und damit stieg er weiter. Einen Augenblick zweifelte ich an der Richtigkeit ihm zu folgen. Aber auf der anderen Seite konnte ich auch Hiasl verstehen. Ich schaute nach oben, wo mein Freund unbeirrt und ohne sich noch einmal nach mir umzuschauen, einfach weiterkletterte. Vor lauter Wut hatte ich Tränen in den Augen. Oben würde ich ihm meine Meinung sagen, das hatte ich mir fest vorgenommen. Ich dachte noch, ausgerechnet hier müssen wir uns streiten, wo man besonders aufpassen musste. Ein Fehltritt, ein falscher Griff und man rutscht ab. Ich kann mich nicht mehr erinnern, ob ich den Satz zu Ende gedacht hatte, als in unmittelbarer Nähe ein Blitz einschlug. Ich hatte mich so erschrocken, weil mein erster Gedanke

Hiasl galt, den ich aus den Augen verloren hatte. Dabei belastete ich den falschen Fuß und rutschte ab. Es waren nur einige Meter. Aber zu meinem Unglück klemmte ich mir mein Bein in einen Felsspalt ein. Mein Oberkörper wurde aber durch den Schwung hangabwärts gerissen. Mit dem Bein hing ich aber noch immer fest. Ich rief, so laut ich konnte, nach meinem Freund, der mein Schreien aber falsch deutete und zurückrief, er sei schon oben angekommen. In dem Augenblick hätte ich ihn erschießen können. Mit jeder Bewegung, die ich machte, um nach einem Halt zu fassen, rutschte mein eingeklemmter Fuß immer tiefer, begleitet von höllischen Schmerzen. Ich versuchte, meinen Rucksack abzustreifen, damit sich die Zuglast etwas verringern würde. Um ihn freizubekommen, musste ich den Oberkörper anheben, weil mein Rücken gegen die Felswand gepresst war. Das zweite Bein baumelte hilflos und vergeblich nach Halt suchend hin und her. Ich weiß auch nicht mehr, wie lange ich schon kopfüber gehangen hatte, jedenfalls stand plötzlich Hiasl kreidebleich neben mir. Dabei schreckte ich hoch, weil ich von einigen Steinen getroffen wurde. Wahrscheinlich war ich für einen Moment bewusstlos gewesen, weil nun der Regen in Sturzbächen herunter kam."

Wieder stand Vera auf und gestikulierte wortlos mit geballten Fäusten in den Abendhimmel.

"Wie er mich aus meiner Lage befreit hatte, weiß ich nicht mehr. Aber wir mussten noch stundenlang in der ungeschützten Rinne hocken, bis wir es riskieren konnten, uns Meter für Meter nach unten zu wagen. Hiasl nahm mich mit einem geübten Griff über die Schulter. Mein verletztes Bein und einen Arm hielt er fest und so ging es talwärts. Den ganzen langen Weg runter zerfleischte er sich mit Selbstvorwürfen.

Wie schwer meine Verletzung war, stellte man erst im Krankenhaus Kalwang fest, wo ich drei Monate lag. Mein Freund, der Hiasl, hatte mich nach einem Monat verlassen, weil er dachte, ich würde sowieso ein Krüppel bleiben."

Ich war derart schockiert und einen Moment lang nicht in der Lage, etwas darauf zu antworten. Was mich neben dem körperlichen Leid, das Vera widerfahren war, aber am meisten entsetzte, war das Verhalten ihres Freundes.

"Wenn wir heute nicht auf dem Boden schlafen wollen, müssen wir unsere Kammer fertigmachen", riss sie mich so aus meinen Gedanken.

Ich lag noch lange wach. Ab und zu war von Vera ein leises Stöhnen zu vernehmen, was mich sofort wieder an ihre Geschichte erinnerte.

04.07.1928 bis 16.08.1928

Gegen vier Uhr früh wurde ich plötzlich wach. Aus dem Stall vernahm ich ein Trampeln und Klopfen. Auch Vera, die neben mir lag, war sofort hellwach. Ein Fuchs konnte es nicht sein, da hätten die Hühner schon längst Alarm geschlagen.

Eine der trächtigen Kühe …?!

Schnell warfen wir uns etwas über und eilten zum Stall. Im Schein der Petroleumlampe bemerkte ich, wie sich auf dem Boden neben der Kuh in der ersten Box etwas bewegte.

Ich ahnte schon, was passiert war. Die Kuh hatte gerade gekalbt und kniete neben ihrem Kind und leckte es gründlich. Wir öffneten den Verschlag und rieben das Neugeborene mit sauberem Stroh ab. Nach einigen vergeblichen Versuchen stand es dann auf den Beinen. Freilich noch ziemlich wackelig, aber es konnte schon an das Euter der Mutter heran. Es war zwar noch sehr ungeschickt und musste auch gleich einen kräftigen Schubser einstecken, der es wieder zu Boden warf. Aber es ließ nicht locker, sodass es beim dritten Anlauf auch Erfolg hatte.

Der Tag erwachte schon ziemlich aufregend. Am Horizont wechselten die Farben vom dunklen Morgenrot ins helle Gelb über. Einige kleine Wolken hielten an ihrer sonnenabgewandten Seite die dunkelrote Farbe noch fest, bis auch dort die eintreffenden Sonnenstrahlen ein stahlblaues Firmament schafften. Die Almwiese über uns wurde mit einem goldenen Tuch überzogen, welches sich langsam und überaus sanft unserer Hütte näherte. Ich stand am Brunnen und war von der Schönheit, die mir hier oben geboten wurde, tief bewegt. Auch Vera verharrte in ihrer Tätigkeit. Gemeinsam warteten wir auf den Augenblick, bis sich die Sonne über den Bergkamm schob.

Wie weggewischt war der fehlende Schlaf und jede von uns ging mit Eifer ihrer Arbeit nach. Meine erste Aufgabe nach unserem gemeinsamen Frühstück war, wie jeden Morgen, den Viehbestand zu kontrollieren und darauf zu achten, ob sich eines der Tiere auffällig verhielt. Mit dem Feldstecher in der einen und dem langen Stock in der anderen Hand begab ich mich auf den Weg, der mich zu einem Platz oberhalb der Hütte führte. Da lag ein riesiger einzelner Felsbrocken, den man ohne viel Mühe von der Rückseite erklettern konnte. Diese Stelle hatte ich mir schon gestern bei unserer Ankunft als steinernen Hochsitz ausgeguckt. Ich hatte schnell rausgefunden, wo ich am besten nach oben gelangen konnte. Der Felsen war bestimmt zweimal so hoch wie unsere Hütte. Man konnte sich darauf ganz bequem mit zwei oder auch sogar drei Personen gleichzeitig aufhalten. Oben angekommen, stieß ich einen lauten Jodler aus, den man bis ins Tal runter hören musste.

Vera, die gerade auf dem Weg zum Stall war, drehte sich winkend zu mir um und erwiderte den Gruß.

'Wahrscheinlich habe ich jetzt einige Tiere verschreckt', dachte ich und musste lachen. Ich war so unsagbar glücklich, deshalb konnte ich es nicht lassen, noch einen Jodler auszustoßen. Dieser wurde mir sogar von der anderen Seite des Tales erwidert.

Die Tiere waren alle vollzählig und keines davon schien sich verletzt zu haben oder machte einen kranken Eindruck. Ich blieb noch eine Weile sitzen und genoss die schöne Aussicht. Von hier oben konnte man weit ins Tal runterschauen, aber auch die ganzen Almwiesen bis hoch zum Grat überblicken. Dabei blieb mein Augenpaar an der Fassbergeralm hängen. Ich nahm wieder meinen Feldstecher und suchte gründlich die Gegend ab. Auf der Hütte rührte sich noch nichts, aber dafür war es auch noch zu früh am Tag. Ich überlegte, wenn die Mitzi und das Vieh heute auch um dieselbe Zeit losgehen würden wie wir gestern, dann könnten sie erst am späten Nachmittag dort eintreffen. Ich verließ meinen steinernen Hochsitz und lief wieder zur Hütte runter. Vera hatte sich in der Zwischenzeit um die anfallenden Hausarbeiten gekümmert.

Schon seit geraumer Zeit beobachtete ein Adler unser Treiben. Aber vor allem behielt er die Hühner im Visier. Wir konnten natürlich nicht den ganzen lieben Tag auf das gackernde Federvieh aufpassen. Deshalb hatten wir aus einigen Zaunpflöcken und

Hasenstalldraht ein Stück Wiese eingezäunt, in dem wir die Hühner mit ihren Küken rumpicken ließen. Mit dieser Maßnahme konnten wir sie vor eventuellen Bedrohungen aus der Luft schützen. Um ein Huhn zu schlagen, brauchte der Adler eine hindernisfreie An- und Abflugbahn, und diese hatten wir ihm damit verbaut.

Einige der Mutterkühe kamen am Nachmittag freiwillig zur Almhütte, um gemolken zu werden, weil ihre Kälber nicht mehr oder nicht mehr genug gesäugt hatten. Die Milch benutzten wir einmal für unseren täglichen Bedarf, aber auch zur Herstellung von Butter und Käse.

Ich bereitete alles vor, um in den nächsten Tagen Butter zu stoßen. Zuallererst musste das Butterfass für einige Tage ins Wasser gestellt werden, damit das Holz aufquellen konnte und somit dicht wurde. Die gewonnene Milch wurde durch ein Leinentuch gesiebt und in Milchkannen abgefüllt, die wiederum in den Brunnentrog zum Kühlhalten gestellt wurden. Dort herrschte durch das fließende Quellwasser immer eine gleichbleibende Temperatur. Der Rahm, der sich in den Kannen gebildet hatte, wurde regelmäßig abgeschöpft und auch gekühlt. Ein paar Tage später hatte ich genug Rahm und konnte mit dem Schlagen beginnen. Diese Arbeit war ziemlich anstrengend, aber nach einiger Zeit wurde die Mühe belohnt. Das Wasser, welches sich während des Ausbutterns vom Milchfett getrennt hatte, verwandelte sich in köstliche Buttermilch. Kurz bevor die Butter so fest wurde und sich nicht mehr schlagen ließ, wurde sie gesalzen und mit Wasser klargespült.

Vera, die eine Woche mit mir auf der Almhütte gewesen war, musste leider wieder auf den Hof zurückkehren. Wir verbrachten unseren letzten gemeinsamen Nachmittag noch eine Zeit lang schweigend auf unserem steinernen Hochsitz. Jede hing ihren Gedanken nach.

'Es wird für mich eine große Umstellung werden, ganz alleine auf der Hütte zu sein', dachte ich so.

Die Mitzi vom Huber war zum Glück schon seit einigen Tagen auf der Fassbergerhütte. Wir konnten uns durch die Feldstecher beobachten und hatten uns gegenseitig zugewinkt. Vera hielt heute Abend das letzte Mal nach den Kühen Ausschau. Bevor wir uns zur Nachtruhe begaben, fragte ich sie, ob sie die fertige Butter mitnehmen könne.

Am nächsten Morgen hörte ich Vera schon in aller Herrgottsfrühe in der Stube herumwirtschaften.

"Ich konnte einfach nicht mehr schlafen. Tut mir leid, dass ich dich geweckt habe", entschuldigte sie sich.

Sie kümmerte sich derweil noch um das Vieh im Stall und ließ, wie jeden Tag, die Hühner und die Schweine raus, während ich das Frühstück zubereitete. Unser Neugeborenes war schon zwei Tage später mit der Mutter auf die Wiese zum Weiden gegangen. Um die beiden brauchten wir uns nicht mehr zu kümmern.

Beim Frühstück kaute jede von uns ziemlich lustlos auf ihrem Brot herum. Für eine große Abschiedsszene waren wir beide nicht geschaffen. Und so blieb es bei einer kurzen, aber herzlichen Umarmung.

"Ich komm dich bestimmt besuchen", und ein "ich freue mich drauf", waren die letzten Worte, bevor wir uns trennten.

Ich nahm den Stock, der immer neben der Hüttentür lehnte und machte mich auf den Weg, um die Tiere zu zählen. Es war an dem Morgen etwas kühler, auch der Himmel blieb bewölkt. Ein Wetterumschwung stand bevor. Schon musste ich wieder an Vera denken. Ich kletterte auf meinen Felsen und suchte die Gegend nach ungewöhnlichen Dingen ab. Es konnte durchaus passieren, dass ein Hochwild sich verletzt hatte und irgendwo lag. Dann war es meine Aufgabe, einen Jäger zu benachrichtigen. Im Laufe der Zeit bemerkte man sofort jede Veränderung. Heute war aber alles in Ordnung, auch das Vieh war vollzählig. Jetzt hatte ich die Gelegenheit, zu schauen, wie weit Vera schon war. Sie hatte den oberen Steig gewählt, der über die Fassbergerhütte führte. Da würde sie sich bestimmt noch etwas bei Mitzi aufhalten.

In den folgenden drei Wochen hatte ich sehr viel zu tun. Veras Abwesenheit merkte ich wohl. Jeder Tag war ausgefüllt. Die trächtigen Kühe warfen ihre Kälber fast hintereinander. Meistens passierte es tagsüber, wenn sie sich auf der Wiese in Hüttennähe aufhielten. Bei einigen wusste ich am Morgen schon, dass es noch am selben Tag passieren würde.

Zweimal kam ein Jäger vorbei. Als das Wetter wieder besser wurde, ließen sich auch vereinzelt Wanderer blicken. Das war aber eher selten der Fall. Einer der Knechte vom Leitenbauer kam auch ab und zu hoch, um die Butter abzuholen. Im Austausch brachte er mir wiederum Sachen mit, die ich benötigte.

Heute musste ich hoch zum Kar. Beim Zählen am Morgen war mir aufgefallen, dass sich zwei der Kälber auf den Weg zum Bruderkogel gemacht hatten. Wahrscheinlich war an einer Stelle der Weidezaun beschädigt worden. Meist wurden diese Schäden durch die Hörner der Tiere verursacht, die natürlich da bevorzugt grasen wollten, wo es nicht möglich war. Es passierte auch durch unachtsame Wanderer, die den Zaun einfach runtertraten, damit sie unbeschadet auf die andere Seite kamen.

Mit dem notwendigen Werkzeug im Rucksack machte ich mich auf. Die Stelle hatte ich schnell gefunden, aber die Kälber hatten sich zwischenzeitlich getrennt, so ging jedes seinen eigenen Weg. Zu Mittag hatte ich sie endlich wieder auf die Weide zurückgetrieben und auch die schadhafte Stelle am Zaun ausgebessert.

Ich hatte gewusst, ich würde einige Zeit unterwegs sein, deshalb hatte ich mir auch eine Jause eingepackt. Ich suchte mir eine Stelle, wo ich mich in Ruhe hinsetzen und essen konnte. Die Almwiesen leuchteten in allen Farben, dazwischen meine Tiere. Eine neugierige Bergdohle setzte sich in unmittelbare Nähe. Sie ahnte schon, hier konnte sie ein Stück Brot abstauben. Die Kuhglocken läuteten aus allen Richtungen, mal etwas lauter, dann wieder leiser. Dazwischen die grellen Pfiffe der Murmerl, wenn sich eine Kuh oder ein Kalb ihrem Bau näherte. Auch der Adler zog wieder seine Runden und hielt Ausschau nach Nahrung für seine Jungen. Er könnte seinen Horst entweder auf dem Seitner – oder Schattnerzinken haben. Heute schien das Weibchen auf Beuteflug zu sein. Ich beobachtete fasziniert, mit welcher Eleganz sich der Adler über der ganzen Alm bewegte. Irgendetwas hatte er sich ausgeguckt, denn seine Kreise wurden enger. Ich nahm meinen Feldstecher und versuchte herauszufinden, was er ins Visier genommen hatte. Eines unsere Hühner vielleicht?

Nein, das war es nicht, es musste weiter unten sein. Wahrscheinlich eines der Murmeltiere, die sich heute unter der Hütte aufhielten. Ich erblickte zwei davon, wie sie ahnungslos auf der

Wiese spielten. Plötzlich ein Schatten, und nur noch eines der beiden stand wie angewurzelt da. Sein Spielkamerad befand sich leider schon in den Krallen des Adlers, der sich mit seiner quiekenden Beute majestätisch Richtung Schattnerzinken entfernte.

Beim Blick rüber zur Fassbergeralm machte ich eine Bewegung aus. Auf dem Steig, der zu meiner Hütte führte, kam eine einzelne Person hoch. Ich setzte mein Glas an, um diese genauer zu beobachten. Es war Mitzi, sie wollte mich besuchen kommen. Ich sprang hoch und stieß einen kräftigen Jauchzer aus. Sie blieb stehen, drehte sich zu mir um und winkte mit beiden Armen. Ich packte schnell meine Siebensachen zusammen, warf mir den Rucksack über die Schulter, noch ein prüfender Blick aufs Vieh, und dann rannte ich runter. Beinahe wäre ich gestürzt, als ich in eine Murmeltierhöhle trat.

Fast zeitgleich und völlig außer Atem, fielen wir uns vor der Hütte in die Arme. Nachdem wir uns eine Zeit lang vornübergebeugt mit gestreckten Armen auf den Knien abgestützt hatten, um zu verschnaufen, wollten wir gleichzeitig mit einem Satz beginnen. Wir mussten darüber so lachen, dass es wieder dauerte, bis wir uns endlich beruhigt hatten. Schließlich legte ich meinen Rucksack ab und wir setzten uns vor die Hütte.

Mitzi erzählte mir, sie hätte mich schon den ganzen Vormittag beobachtet, wie ich hinter den Kälbern hergelaufen wäre, um sie wieder in die eingezäunte Wiese zu treiben. Ich fragte sie, ob sie schon mal Käse gemacht hätte. Selber zwar noch nicht, antwortete sie, aber sie hätte schon oft genug zugeschaut und auch mitgeholfen. Außerdem sei es nicht so anstrengend wie Butter zu schlagen. Ich ließ mir die einzelnen Schritte erklären. Es schien wirklich einfach zu sein. Wenn ich heute noch anfangen würde, könnte ich schon in der nächsten Woche das Ergebnis probieren. Natürlich nahm die Reifedauer Einfluss auf den Geschmack. Aber ein Anfang wäre damit schon gemacht. Und Milch gab es im Moment genug, weil nicht mehr alle Mutterkühe ihre Kälber säugen mussten.

Mitzi und ich unterhielten uns noch eine Weile und ich versprach ihr, für sie ein großes Stück Steirerkäse beiseitezulegen. Als wir uns verabschiedeten, fragte sie mich, ob ich irgendwann die Zeit haben würde, sie jemals auf der Fassbergerhütte zu besuchen. Ich musste ihr die Antwort schuldig bleiben.

Noch am selben Abend bereitete ich die Milch für die Käseherstellung vor. Ich war schon fast fünf Wochen alleine auf der Alm. Ich gewöhnte mich daran, hier oben in der Einsamkeit zu leben. Auch wenn nicht jeden Morgen wunderschöne Sonnenaufgänge zu beobachten waren, so fand ich immer wieder etwas Neues, was mich fesselte. Einsam fühlte ich mich nie, auch wenn sich tagelang keine Menschenseele blicken ließ. Ich hatte meine Tiere und die Natur. Ich ging immer wieder gerne zu meinem steinernen Hochsitz, suchte mit dem Feldstecher die Almwiesen nach den Tieren ab, zählte sie und war immer aufs Neue glücklich, wenn alles vollzählig und gesund war.

Mein Käse machte auch Fortschritte. Die große Schüssel füllte ich bis oben mit Milch und legte ein Tuch drüber. Den Rahm, der sich bildete, verwendete ich für meine Butterherstellung. Weil die Milch nicht gekühlt wurde, fing sie nach einigen Tagen an zu stocken. Ich schöpfte die Molke sorgfältig ab und erwärmte den Topfen auf dem Herd. Was mir zuerst fehlte, waren Leinentücher, in die ich den Topfen reingeben und auspressen konnte. Aber da der Knecht sowieso zweimal die Woche die

Butter runterbringen musste, hatte er mir beim nächsten Mal auch noch einige Leinentücher mehr mitgebracht. Die schnitt ich mir schnell zurecht, legte den Topfen rein und presste ihn kräftig aus. In der Speisekammer hingen zuletzt sechs gefüllte Leinenbeutel zum Abtropfen. Am Anfang hatte ich vergessen, den Topfen nochmal zu erhitzen und mit kaltem Wasser abzuschrecken. Ich hatte auch die Käseformen gefunden, in die anschließend der Topfen hineingepresst werden musste.

Seit zwei Wochen lagen sechs Käselaibe im Regal. Ich konnte es kaum erwarten, das erste Stück zu probieren.

Mehr als die Hälfte der Zeit auf der Alm war um. Ich konnte mir nicht vorstellen, in einigen Wochen die Hütte und die Alm wieder verlassen zu müssen. Ich durfte nicht daran denken, sonst überfiel mich eine tiefe Traurigkeit. Je mehr ich versuchte, diese Gedanken wegzuwischen, desto tiefer prägten sie sich ins Gedächtnis. Tagsüber war ich durch meine Arbeit abgelenkt, nachts jedoch hatte ich Zeit darüber nachzudenken.

Ich wollte gerade wieder meinen Ausguck am Spätnachmittag verlassen und schaute nochmal routinemäßig zur Fassbergerhütte rüber. Ich sah zwei Personen, die auf dem Weg zu mir waren. Das machte mich jetzt aber doch neugierig. Wer mochte das sein, zu dieser Zeit? In einer Stunde würde es dunkel werden. Ich nahm den Feldstecher und schaute mir die beiden einmal genauer an.

"Das gibt's doch nicht", entfuhr es mir, "Vera und Gustl?"

Ich stand auf und machte mich durch heftiges Winken bemerkbar. Auch sie winkten zurück. Das war vielleicht eine Riesenüberraschung, die beiden hier bei mir. Ich lief ihnen ein kurzes Stück entgegen. Vera sah ziemlich erschöpft, aber glücklich aus.

"Sie wollte unbedingt zu Fuß gehen", erzählte Gustl. "Obwohl ich ihr vorgeschlagen hatte, den Pferdewagen zu nehmen", und schüttelte dabei Vera freundschaftlich mit beiden Händen an den Schultern.

"Du bist mir vielleicht Eine", und umarmte sie dabei fest.

Bevor wir in die Hütte gingen, schaute sich Gustl noch einmal um und nickte dabei anerkennend, als er mit eingezogenem Kopf die Stube betrat.

"Ich hatte mir vorhin noch überlegt, ob es sich überhaupt lohnen würde, für mich alleine ein Omelett aus der guten Biestmilch zu machen. Aber jetzt seid ihr zum Glück gekommen. Ich hoffe, ihr habt auch Hunger mitgebracht. Hättet ihr denn Appetit darauf?", fragte ich.

Gustl sah sich auch die Speisekammer an.

"Wir haben nicht nur Appetit, sondern auch unsere Sachen zum Übernachten mitgebracht. Es sei denn, du willst uns gleich wieder vor die Tür setzen."

Er lachte dabei laut auf.

Vera und ich räumten nach dem Essen alles weg und machten das Geschirr sauber. Gustl schaute noch mal in den Stall, um nach dem Rechten sehen. Anschließend saßen wir noch lange in der Stube zusammen. Bald hätte ich nicht mehr daran gedacht.

"Vera, Gustl, ihr müsst unbedingt noch meinen Steirerkäse probieren."

Ich war gespannt, wie er jetzt schmecken würde. Ich ging in die Speisekammer, um einen kleinen Laib zu holen. Gustl lachte:

"Und ich dachte schon, du hast den guten Käse extra wegen uns unter den Tüchern versteckt, damit wir dir bloß nichts weg-essen."

Der Laib bekam schon eine feste dunkle Kruste und duftete ganz köstlich. Natürlich reichte ich dazu auch selbst gebackenes Brot. Aber das war für mich nichts Neues. Schließlich gab es gar nichts anderes. Ich wartete, bis die beiden sich das erste Stück in den Mund schoben. Plötzlich sprang Gustl auf, hielt sich die Hand vor den Mund. Die andere Hand presste er gegen seinen Bauch und lief dabei im Gesicht rot an. Vera und ich ließen vor lauter Schreck alles fallen, sprangen sofort auf und eilten zu ihm. Als wir uns besorgt zu ihm herunterbeugen wollten, erhob er sich ruckartig, riss dabei die Arme in die Luft und stieß einen kräftigen Jauchzer aus.

"Mein Gott, schmeckt der vielleicht gut", dabei lachte er mich an.

Auch ich lachte sofort mit.

"Du Depp, du blöder, das machst du aber nicht noch einmal", sagte Vera, und stieß ihn unsanft mit ihrem Ellbogen lachend in die Seite.

"Entschuldige Angerl, ich wollte euch keinen Schrecken einja-gen. Aber lustig war es trotzdem."

Er nahm mich dabei ganz fest in den Arm. Es war das erste Mal, dass wir uns so nahe gekommen waren.

Kapitel 9: Im Jahre 1928/1929

Wieder Zuhause

Die letzten Tage auf der Alm vergingen wie im Flug. Die Tiere und ich hatten die Zeit gut überstanden. Auch die damals noch trächtigen Kühe waren alle gesund mit ihren kleinen Kälbern zurückgekehrt. Allerdings wurden sie diesmal nicht über die Fassbergerhütte zurückgetrieben, sondern den normalen Weg runter am Pfarrerbach entlang und raus nach Bretstein. Dort gab es wie jedes Jahr wieder ein richtiges Fest. Bevor aber die Tiere zu ihrem angestammten Platz zurückgeführt wurden, erhielt jedes einzelne den Segen vom Pfarrer.

Wieder am Hof meiner Zieheltern angekommen, hatte ich erhebliche Schwierigkeiten, mich wieder in den Alltag einzufügen. Es fing schon mit dem Aufstehen am frühen Morgen an, dass ich gegen das eingeengte Gefühl ankämpfen musste. Ich fühlte mich wie eingepfercht. Hatte die Alm aus mir einen Eigenbrötler gemacht? Ich sehnte mich nach dem Einklang mit der Natur. Kein Kuhglockengeläut, kein Pfeifen der Murmeltiere und doch müsste ich überglücklich und dankbar sein.

'Warum bin ich nur so undankbar, ob man mir es auch ansieht?', fragte ich mich. Anscheinend ja, denn einige Tage später sprach mich Steffi an.

"Hast du einen Augenblick Zeit?", sie legte dabei ihren Arm auf meine Schulter.

"Ich denke, wir sollten mal miteinander reden."

Ich ahnte sofort, worum es ging, und versuchte, das Ganze mit einem kleinlauten "Entschuldigung Steffi" abzumildern.

Sie drückte mich an sich und schaute mir lächelnd ins Gesicht.

"Ach, Angerl, ich weiß doch, wie du dich jetzt fühlst und alle anderen auch. Glaubst du, mir ist es anders ergangen? Unsere Mutter hatte mir irgendwann erzählt, jedes Mal, wenn sie von der Alm wieder runter musste, hatte sie anschließend eine Woche lang geweint. Auch mir ging es nicht viel besser. Ich brauchte danach immer einige Tage, bis ich mich wieder an das Leben hier unten gewöhnt hatte. Kannst du dich noch an die erste Nacht auf der Alm erinnern? Wie war bei dir die erste Nacht? Ich bekam damals sogar Angst."

Als wir zusammen über den Hof gingen, kam Hubert mit dem Pferdewagen den Weg hoch.

"Na, Angerl, hast wohl Heimweh nach der Einsamkeit. Aber das wird schon wieder. Sind ja nur ein paar Monate, dann kannst ja wieder rauf. Ich hab's immer gesagt, du bist die geborene Sennerin."

Er brachte sein Fuhrwerk zum Stehen, sprang vom Wagen und landete direkt vor meinen Füßen. Steffi tätschelte mir die Schulter.

"Hubert hat recht. In drei Monaten ist Weihnachten und ehe du dich versiehst, haben wir schon wieder Ostern."

"Ihr habt ja recht, obwohl ich noch gar nicht weiß, ob ich wieder rauf darf. Der Bauer hat mir nichts weiter gesagt."

"Wenn es nicht *die* Alm ist, dann eben eine andere. Du wirst schon sehen." Damit ging sie in den Stall, um ihre Arbeit weiter zu verrichten.

Ich merkte plötzlich, wie gut mir das Gespräch getan hatte. Der alte Schwung kam wieder zurück, mit ihm auch wieder die Lust aufs Singen. Morgen früh schon, da würde ich runter zum Pfarrhaus gehen. Wir hatten immer am Samstag unseren Chortag. Ich freute mich richtig drauf.

Steffi und Hubert hatten recht, ein paar Tage später war alles wieder in Ordnung. Steffi und Michi hatte ich nach einer unserer Chorproben im Pfarrhaus getroffen. Sie wollten mit dem Pfarrer sprechen, ob es vielleicht doch möglich wäre, noch in diesem Jahr zu heiraten. Eigentlich hätte ich auf die beiden warten und mit ihnen zusammen nach Hause gehen können. Dann hatte ich es mir anders überlegt und mich allein auf den Heimweg gemacht. Unterwegs fiel mir mein Schaukelpferd ein. Wo hatte man es aufbewahrt? Erinnerungen kamen wieder hoch. Ich hatte mir fest vorgenommen, nach dem Pferdchen zu suchen. Es wurde an dem Ort aufbewahrt, wo es vor knapp elf Jahren auch gestanden hatte, im Geräteschuppen.

Ich kann mich heute noch genau daran erinnern, als wir um den Tannenbaum standen, jeder hatte sein Geschenk bekommen, nur ich nicht. Ich wusste ja, warum ich vom Christkindl nichts bekommen hatte, weil ich meiner kleinen Schwester das Essen weggegessen hatte. Und deshalb war ich zu den Ehgartners gekommen, sonst wäre Maria verhungert. Und doch hatte mich das Christkindl nicht vergessen. Mein heiß geliebtes Pferdchen. Jeden Morgen schlich ich leise auf Zehenspitzen runter in die Stube, um zu schauen, ob es noch da ist. Anfangs dachte ich, es wäre bloß ein schöner Traum gewesen.

Ich trat näher ran, pustete den Staub ab und streichelte über die weiche Mähne. Ich erschrak, als unerwartet Hubert neben mir stand.

"Weißt du noch, wie ich immer zu dir gesagt hatte, das ist kein Pferdchen, sondern ein Gaul? Du wurdest auch nicht müde, mir immer wieder zu sagen, dass das ein Pferdchen sei."

Ich konnte mich noch sehr gut daran erinnern. Hubert hatte mich oft geärgert, aber ganz tief im Herzen war er ein guter Mensch.

"Oder, wie du mich in den tiefen Schnee geschubst hattest?", fragte ich lachend, "und dein Vater dir deshalb beinahe den Hintern versohlt hatte."

Ein Schatten huschte einen kurzen Augenblick über sein Gesicht.

"Ja, unser Vater", und ein leiser Seufzer kam über seine Lippen. "Er war sehr streng, aber nie ungerecht. Ich weiß, er hatte sich mit seiner harten Schale oft schwergetan. Auch wie er sich dir gegenüber am Anfang verhalten hatte, das tat ihm anschließend sofort wieder leid. Und du glaubst gar nicht, wie er sich gefreut hatte, als er den Gaul, ich meine natürlich das Pferdchen", dabei zeigte er lachend auf mein Schaukelpferd, "wieder hergerichtet hatte."

Hubert erzählte mir, es sei auch einmal sein Pferd gewesen.

"Ich bin damit zu wild umgegangen, ich schaffte es einfach nicht, es endlich mal von der Stelle zu bewegen. Da verlor ich schnell das Interesse daran. Ein Pferd, mit dem ich nur schaukeln konnte, das wollte ich nicht haben. Und irgendwann stand es nicht mehr an seinem Platz. Erst da hatte ich es plötzlich vermisst. Und als Vater das Pferd wieder hergerichtet hatte, mit einer neuen Mähne und einem schönen Pferdeschweif, da wurde ich eifersüchtig."

"Es war ja schließlich *mein* Pferd", meinte er schmunzelnd.

Damals hatte ich mir darüber keine Gedanken gemacht. Ich war auch noch viel zu klein gewesen, um darüber ernsthaft nachdenken zu können. Hubert war eben ein Bub, und die sind halt so, dachte ich.

"Falls ich nicht mehr bei euch sein kann, darf ich das Pferdchen trotzdem mitnehmen?", fragte ich ihn.

"Aber Angerl, es gehört doch schon so lange dir", sagte Hubert. "Es ist dein Geschenk und das wird es immer bleiben."

23.03.1929

Die ersten blühenden Bäume kündigten den herannahenden Frühling an. Die Wiesen waren zwar noch nicht frei von Schnee, aber immer öfter drängten sich die neugierigen Krokusspitzen durch die stetig dünner werdende Schneedecke. In den Mulden hielt er sich noch hartnäckig und meinte, seine Zeit wäre noch längst nicht vorbei. Der Kuckuck war zurück und rief schon wieder aus dem Wald. Man spürte die allgemeine Aufbruchstimmung. Auch die Schneeglöckchen kündigten unmissverständlich den Frühling an.

Die Bäuerin wurde dagegen immer ruhiger. Sie machte sich nur noch sehr selten auf den Weg ins Dorf. Den ganzen Winter über blieb sie auf dem Hof. Nur am ersten Todestag ihres Mannes hatte ich sie zum Friedhof runter begleitet. Anfangs dachten wir, sie käme am besten mit der neuen Situation klar. Aber sie blieb in ihrer Trauer versunken.

Doch am vergangenen Sonntag hatte sich ihr Gesicht aufgehellt, als Michi bei Tisch erzählte, Steffi und er hätten das Aufgebot bestellt. Er kam extra über die Osterferien aus Graz zurück, um auf dem Hof auszuhelfen. Michi verstand sich sehr gut mit seiner zukünftigen Schwiegermutter und er war auch einer der wenigen, der sie aufzuheitern vermochte. Heute allerdings verabschiedete sich meine Ziehmutter gleich nach dem Frühstück und sagte zu uns, sie hätte beim Pfarrer etwas zu erledigen und sie würde die Post mit hochbringen.

Ich wusch draußen gerade die Milchkannen aus und stellte sie kopfüber zum Trocknen, als die Bäuerin zurückkam. In der einen Hand hatte sie immer ihren Stock und in der anderen diesmal die Post.

"Angerl, komm doch mal her zu mir", rief sie mir zu. Als ich bei ihr stand, streichelte sie mir mit dem Handrücken über meine Wange und meinte: "Schau mal, da ist Post für dich dabei."

Sie reichte mir einen schneeweißen Brief. Ich sah sie ganz erstaunt an und wischte mir schnell meine noch nassen Hände an der Schürze ab. Zögernd und ganz vorsichtig, als ob ich etwas Zerbrechliches bekommen würde, nahm ich den Brief entgegen. Ehrfurchtsvoll betrachtete ich ihn. Die fehlende Briefmarke fiel mir in der Aufregung nicht auf. Ich konnte es nicht glauben, noch nie hatte ich Post bekommen. Aber irgendjemand musste mich kennen und wollte mir etwas mitteilen. Ich blieb vor meiner Ziehmutter wie angewurzelt stehen.

"Ja willst du gar nicht lesen, was drinnen steht?", fragte sie mich.

Jetzt kam auch Steffi dazu, weil sie dachte, auch für sie wäre etwas dabei.

"Angerl hat einen Brief bekommen, Steffi", hörte ich meine Ziehmutter sagen. Ich bemerkte in dem Augenblick nicht, wie sie zu Steffi schaute und dabei mit einem Auge zwinkerte. Ich drehte den Brief hin und her, las noch mal die Adresse, ob wirklich ich damit gemeint war. Es war mir ein wenig unangenehm, vor den Augen der anderen einen Brief zu öffnen. Ich wünschte, Steffi hätte auch einen bekommen, dann hätten wir unsere Post gleichzeitig öffnen können. Ich wendete den Brief, um ihn zu öffnen. Als ich den Absender sah, warf ich einen neugierigen Blick drauf. Hanna Gassner, wer mochte das wohl sein? Um mich endgültig zu vergewissern, dass der Brief tatsächlich mir gehörte, schaute ich mir nochmal die Adresse an. Er war an mich adressiert, da gab es keinen Zweifel. Aus dem aufgerissenen Kuvert holte ich zusammengefaltetes Papier, dessen vier Seiten bis auf die letzte Zeile vollgeschrieben waren.

Zu Beginn las ich noch laut vor:

Liebste Angerl!

Ich bin deine Schwester Hanna, bitte verzeih mir, dass ich mehr als 10 Jahre gebraucht habe, um den Mut aufzubringen, dir zu schreiben. Ich schäme mich dafür zutiefst.

Es gilt auch nicht als Entschuldigung, dass ich erst durch Zufall vor einigen Wochen erfahren habe, wo du überhaupt untergekommen bist. Als Mutter dich damals den fremden Leuten mitgegeben hatte, sprach ich mit ihr kein Wort mehr. Ich weinte nur noch Tag und Nacht.

Die kleine Maria bekam kurz darauf eine Lungenentzündung und starb zu Heilige Drei Könige. Sie wurde kein halbes Jahr alt. Ein Jahr später wurde Mutter wieder schwanger, es war wieder ein Mädchen und trug denselben Namen. Auch die kleine Maria wurde kurz nach der Geburt weggegeben. Man brachte sie zu Pflegeeltern nach Zeltweg. Mehr ist mir darüber nicht bekannt. Unsere Mutter fand gleich darauf Arbeit in Pöls. Mich wollte oder konnte sie nicht mitnehmen.

Ich musste kurz unterbrechen. Ich fühlte mich so, als ob ich in einen zugefrorenen See gefallen wäre und unter der Eisschicht nach Luft schnappen würde. Meine Hände zitterten und die Buchstaben fingen an, vor meinen weit aufgerissenen Augen zu tanzen. Ich schaute mich erschrocken um, in der Erwartung dies wäre alles nur ein Traum. Meine Stimme wurde leiser, bis ich von mir selber nur noch ein gleichmäßiges Murmeln vernahm, was auch vor Strich und Punkt nicht Halt machte.

Der Pfarrer aus Oberzeiring hatte dafür gesorgt, dass ich bei einem Bauern unterkam. Besonders gut ging es mir bei denen nicht. Ich wurde wegen jeder Kleinigkeit geschlagen, auch wenn ich keine Schuld hatte. Als ich dreizehn wurde, fing der Sohn des Bauern an, mich anzufassen. Ich setzte mich zur Wehr und schrie um Hilfe, aber es war zu der Zeit keiner in der Nähe, der mir helfen konnte.

In meiner Not lief ich zum Gendarmerieposten und erzählte denen, was mir passiert war. Die hatten mir nicht geglaubt und dachten, ich wäre vom Hof einfach ausgerissen. Sie brachten mich natürlich wieder zurück und schilderten dem Bauern, was ich mir für Geschichten ausgedacht hätte. Noch im Beisein der Beamten prügelte mich der Bauer windelweich. Keiner der beiden hatte mir geholfen. Sie drehten sich um und verließen die Stube. Einer davon schaute nochmal zurück und meinte zum Bauern nur, er solle es nicht zu toll treiben.

Der rabiate Bauer hatte mir mehrere Rippen gebrochen und mich dann in den Stall geworfen, wo man mich unbeachtet liegen ließ. Irgendjemand bekam wohl ein schlechtes Gewissen oder hatte einfach nur Mitleid. Der gerufene Arzt brachte mich sofort ins Spital.

Nach einem 4-wöchigen Krankenhausaufenthalt hatte mich danach die Fürsorge aufgenommen. In deren Obhut blieb ich bis zu meinem 18. Lebensjahr. Den Bauern habe ich zu meinem Glück nie wieder gesehen. Ich hatte schon zu der Zeit, in der ich noch unter der Aufsicht der Fürsorge stand, in Pusterwald eine Arbeit als Magd bekommen. Da ging es mir verhältnismäßig gut.

Unsere Mutter hatte sich in all den Jahren nicht sehen lassen. Erst als ich im letzten Sommer mit Franzl, dem Sohn des Bauern, wegen einer Milchlieferung mit nach Möderbrugg rausgefahren bin, hatte ich erfahren, sie wäre nach Zistl gezogen.

Es hieß, sie sei mit deinem Vater Albert Capellari zusammengezogen. Ich dachte immer, wir hätten denselben Vater.

Franzl hatte mir schließlich geholfen, die Adresse zu erfahren. Ich hatte danach monatelang hin und her überlegt, ob ich unsere Mutter besuchen sollte oder nicht. Franzl konnte mich schließlich doch dazu überreden und so sind wir letzte Woche am Gründonnerstag nach Zistl rausgefahren.

Ich bekam weiche Knie, als wir auf dem Hof standen und ich nach meiner Mutter fragte. Im selben Moment ging auch schon eine Tür auf und unsere Mutter stand vor mir. Hinter ihr kam auch dein Vater. Bis zu diesem Zeitpunkt dachte ich noch immer, es wäre auch meiner. Ich zögerte einen Augenblick, aber da nahm mich unsere Mutter schon in den Arm und weinte vor lauter Freude. Vater bat uns schließlich rein, um Platz zu nehmen.

Unsere Mutter war fassungslos. Sie brachte lange Zeit kein Wort raus, ohne nicht laut zu weinen. Noch auf dem Weg zu ihr hatte ich mir fest vorgenommen, sie zur Rechenschaft zu ziehen.

Jetzt, wo mir gegenüber nur noch ein schluchzendes, in sich zusammengesunkenes kleines Bündel Mensch saß, brachte ich es nicht mehr übers Herz, alte, aber noch nicht verheilte Wunden aufzureißen.

Als sie mich, von Weinkrämpfen geschüttelt, bat, ihr zu verzeihen, nickte ich nur noch, in der Hoffnung ihren Tränenfluss zu stoppen.

Vater setzte sich neben sie auf die Bank und nahm sie in den Arm. Sie verbarg ihr Gesicht an seiner Brust.

Mutter erzählte mir aus freien Stücken in kurzen Sätzen, die immer wieder von ihrem Schluchzen unterbrochen wurden, ihren Leidensweg. Und ich hatte dabei nicht das Gefühl, sie würde damit versuchen, ihr Verhalten zu entschuldigen oder gar zu rechtfertigen. Natürlich wollte sie auch haarklein von mir wissen, wie es mir ergangen war. Meine schlimmen Erlebnisse habe ich, aus Rücksicht auf ihren Zustand, verschwiegen.

Nach einer Weile stand unser Vater auf und meinte zu Mutter, wenn schon reiner Tisch gemacht werde, dann hätte ich auch das Recht zu erfahren, dass er nicht mein leiblicher Vater sei. Ich war nicht schockiert, aber auch nicht enttäuscht. Vielleicht etwas überrascht, als "Vater" damit herauskam.

Ich hatte ihn als Kind sowieso kaum gesehen und nach dem Krieg hieß es immer, er wäre noch in Gefangenschaft. Eine Beziehung hatten wir, aufgrund seiner dauernden Abwesenheit, nie aufbauen können.

Weil wir gerade dabei waren, reinen Tisch zu machen, fragte Franzl meine Mutter, wo damals Angerl hingekommen sei. Und erst da erfuhr ich, wo du damals abgeblieben bist.

Mein Franzl und ich wollten an dem Tag sowieso zum Friedhof nach Bretstein. Bei der Gelegenheit wollten wir auch gleich dem Pfarrer einen Besuch abstatten. Er musste es schließlich am besten wissen, was mit dir anschließend geschehen war. Ich erzählte ihm die ganze Geschichte. Er hörte mir ganz aufmerksam zu. Als ich ihn fragte, wo du hingekommen bist, zögerte er keinen Augenblick länger und erzählte mir zu meinem Erstaunen, dass du seitdem oben beim Ehgartner bist.

Sobald es geht, werde ich dich besuchen kommen. Ich freue mich schon darauf, dich zu sehen. Diesen Brief habe ich, mit der Erlaubnis des Pfarrers, noch im Pfarramt geschrieben.

Deine Schwester Hanna

Hier stand es wieder: "Deine Schwester Hanna." Ich drehte das Blatt nochmal um und wiederholte einige Sätze laut. Hunderte von Fragen warteten auf Antwort.

Hanna erzählt

Nachdem wir meine Mutter und ihren Mann, Angerls Vater, verlassen hatten, machten wir uns sofort auf den Weg nach Bretstein zum Pfarramt.

Ich war noch immer mit meinen Gedanken bei meiner Mutter, als Franzl an die Pfarrtür klopfte. Der Pfarrer persönlich öffnete uns die Tür. Er bat uns, in seiner privaten Stube Platz zu nehmen. Es dauerte eine ganze Weile, bis ich ihm alles Wissenswerte über Angerl und mich geschildert hatte. Wenn ich eine Sprechpause einlegte, schüttelte er manchmal sein weißes Haupt und sah mich voller Mitgefühl mit seinen ehrlichen, wasserblauen Augen an. Er könne sich noch genau daran erinnern, sagte er, als ihn damals der Pfarrer aus Oberzeiring ansprach und ihn darum bat, eine gute Bleibe für die Kleine zu suchen. Auch er kannte die Verhältnisse, mit denen unsere Mutter zu kämpfen hatte. Mein leiblicher Vater hatte sich schon während der Schwangerschaft meiner Mutter aus dem Staub gemacht und war gleich zu Beginn des Krieges gefallen.

"Kurz nachdem du geboren wurdest, lernte deine Mutter Albert Capellari kennen", fuhr er fort. "Capellari, wie der Name schon sagt, ist Italiener. Er kommt aus Trient und war in der gesamten Obersteiermark als Stuckateur unterwegs. Während des Krieges wurde er an der linken Hand durch eine Granate so schwer verletzt, dass er anschließend seinen Beruf nicht mehr ausüben konnte. Seitdem hält er sich mit Gelegenheitsarbeiten über Wasser. Deine Mutter hatte ihn in Pöls, wo sie in der Papierfabrik gearbeitet hatte, wiedergetroffen. Gemeinsam kehrten sie vor vier Jahren Pöls den Rücken und ließen sich in Zistl nieder. Angerls Vater hatte in unserer Kirche auch an einigen Heiligenfiguren den Stuck ausgebessert."

Er erhob sich aus seinem Sessel, schritt langsam mit den Händen auf dem Rücken Richtung Fenster und drehte sich wieder uns zu, um fortzufahren.

"Als ich ihm damals erzählte, Angerl würde sich hier ganz in der Nähe aufhalten, war er nicht sonderlich überrascht. So wie er sagte, hatte er mal kurz nach dem Krieg Angerls Ziehvater, den Ehgartner, bei der Säge getroffen. Und der hätte ihn damals vor allen Leuten einen Hallodri genannt, der nur Kinder in die Welt setzen und dann das Weite suchen würde. Seitdem hätte er diese Gegend hier gemieden. Und er fügte hinzu, es sei auch für Angerl besser, wenn sie auch in Zukunft nichts über seine Existenz erfahren würde. Denn schließlich hätte er sie auch nur zwei - oder dreimal zu Gesicht bekommen."

Ich konnte es noch nicht fassen, was uns der Pfarrer da erzählt hatte. Angerls leiblicher Vater wusste die ganzen Jahre über, wo sich seine Tochter aufhielt und hatte sich nie drum gekümmert? War es tatsächlich Gleichgültigkeit oder nur pure Feigheit?

"Für die Angerl war es auf jeden Fall besser so. Die war und ist dort gut aufgehoben. Sie hatte es verdient, in einer guten Familie aufzuwachsen."

Da hatte der Pfarrer recht, aber auch ich hätte es verdient gehabt, oder? Er riet mir deshalb, meiner Schwester vorerst einen Brief zu schreiben. Angerl wäre jetzt schon 16 Jahre alt und sähe einiges mit anderen Augen.

Auf dem Nachhauseweg warf ich den Brief, den ich beim Pfarrer noch geschrieben hatte, in den Postkasten vom Ehgartnerhof. Da befand sich auch der Unterstand für die Milchkannen, deren Milch zweimal die Woche von der Molkerei abgeholt wurde.

Ich hatte mir fest vorgenommen, meine Schwester so schnell wie möglich zu besuchen.

Es war ein weiter Weg von Pusterwald nach Bretstein, aber Franzl meinte, er wäre schon des Öfteren über die Schönalm rüber zur Keckalm und dort an der rechten Seite vom Keckgraben runter nach Bretstein gegangen. Zwei Tage später machte ich mich auf den Weg über die beiden Almen zu Angerl. Auf der Schönalm war ich früher schon öfter. Ich konnte mich aber nicht erinnern, schon einmal weiter gegangen zu sein. Der Weg war angenehm zu gehen, schade nur, dass ich alleine unterwegs war. Es war wieder einer der Tage, die am frühen Morgen mit einem purpurroten Himmel einen sonnigen Tag versprachen.

Um 8 Uhr ging die Sonne über den Berggipfeln auf und verlieh ihnen goldene Hüte. Einige Gamsen und Hirsche verließen die schützenden Latschenfelder, um auf den sattgrünen Almwiesen zu äsen. Ich setzte mich hinter einen großen Stein und beobachtete das Hochwild bei ihrem *Frühstück*. Der Wind stand günstig, und so konnten sie keine Witterung von mir aufnehmen. Auch die sonst so umsichtigen Murmerl hatten meine Anwesenheit noch nicht bemerkt. Ich traute mich kaum, einen Finger zu bewegen, als ein Roter Milan mit seinem unverwechselbaren Ruf nicht nur mich aufschreckte. Da keines der Tiere in der Lage war, mich auszumachen, hoben sie zwar alle ruckartig die Köpfe und drehten sich zu mir, aber ihr Fluchtinstinkt gab ihnen noch nicht den nötigen Befehl. Der Greifvogel über mir ließ einfach nicht locker und pfiff jetzt ähnlich wie eine Dampflok, bis eines der Murmeltiere Alarm schlug, und zwar wegen der drohenden Gefahr aus der Luft. Aus dem Hirschrudel löste sich eine Kuh und das war für alle der Befehl zur Flucht. Nur die Hirschkuh, die trabte zu ihrem neuen Platz und sah erstaunt zu, wie ihre Gefährten den Frühstückstisch in aller Eile verließen.

Kein Tier war mehr zu sehen, sogar der Milan trollte sich, als ob er dachte, denen habe ich aber den Spaß gründlich verdorben.

Als ich aufstand und mich anschickte weiter zu gehen, spürte ich, wie zig Dutzend Augenpaare jede meiner Bewegungen genau verfolgten. Ich hatte mir fest vorgenommen, das nächste Mal würde ich mit Franzl hier hochgehen.

Die Keckalm hatte ich schnell erreicht. Die dazugehörige Sennerhütte war noch nicht bewirtschaftet. So schön es hier auch war, aber Sennerin könnte ich nie werden.

Von da war der Keckgraben nicht mehr weit. Vom Grat oben konnte ich jetzt schon auf Bretstein runterschauen. Ich musste mich rechts vom Bach halten, hatte Franzl gesagt. Ich schaute mich nach einem Weg oder Steig um, der nach unten führte. Es fanden sich gleich mehrere, einer davon schien mir passend zu sein. Er war von den Kühen getreten worden, die von der Bretsteiner Seite rauf auf die Alm getrieben wurden. Beim Runtergehen fiel mir der frisch gefällte Hochwald auf. Ich nahm den Hohlweg, der in eine große Wiese auslief. Als ich vorne die Kuppe erreichte, konnte ich auf einen größeren Bauernhof schauen. Ich sah auch zwei Personen, die sich zwischen Stall und Haupthaus aufhielten und lachten. Die größere von den beiden, es war eine junge Frau, hielt eine Milchkanne fest, die die andere ihr unbedingt abnehmen wollte. Die zweite wandte mir den Rücken zu, es war auch eine Frau, eher noch ein Mädchen. Sie war zierlicher und hatte pechschwarzes Haar, welches zu Zöpfen geflochten, kranzförmig ihren Kopf zierte. Ich blieb stehen und starrte gebannt auf die beiden runter, mein Puls hämmerte gegen die Schläfen, mir wurde leicht schwindelig. Jetzt wurde die Größere auf mich aufmerksam und stupste die andere an. Sie drehte sich abrupt um und stieß im selben Moment mit einem lauten Schrei meinen Namen aus:

"Hanna!"

Ich lief im Zickzack den steilen Hang runter, um meine Schwester in die Arme zu schließen.

"Hanna, Hanna, wo kommst du denn so plötzlich her? Damit habe ich nicht gerechnet, dass du über die Keckalm gehen würdest. Das ist übrigens Steffi, die Ehgartner Tochter."

Nachdem wir uns die Hand gereicht hatten, ging Steffi mit den Kannen rüber zum Brunnen. Sie drehte sich noch einmal lächelnd zu uns um.

"Komm Hanna, ich möchte dir auch meine Ziehmutter vorstellen. Komm mit!", sagte Angerl, nahm mich an der Hand und führte mich in die Stube.

"Schau mal, Muada, wen ich dir mitgebracht habe, das ist Hanna, meine große Schwester."

'Muada sagte sie zu ihr, aber was sollte sie nach all den Jahren sonst sagen', ging es mir durch den Kopf.

"Von dir hatte die Angerl oft gesprochen. Du hast damals brav auf deine Geschwisterchen aufgepasst. Ich kann mich noch gut daran erinnern. Na dann lass ich euch halt alleine, ihr habt euch bestimmt viel zu erzählen."

Sie erhob sich von der Bank.

"Zeig deiner Schwester ruhig alles, sie wird sich bestimmt dafür interessieren, wie du aufgewachsen bist. Leider ist Angerls Ziehvater letztes Jahr gestorben, zu früh, viel zu früh."

Wir beide hatten uns wirklich viel zu erzählen. Angerl schilderte ausführlich und mit leuchtenden Augen, auf welcher Alm sie im letzten Jahr schon als Sennerin gewesen war. Sie wurde dann doch etwas nachdenklicher, als ich sie fragte, welche sie in diesem Jahr bewirtschaften würde.

"Ich weiß es leider noch nicht", sagte sie mit trauriger Stimme und schmollte dabei. Doch dann warf sie beide Arme hoch.

"Und wenn es auch in diesem Jahr nichts mehr werden sollte, im nächsten Jahr gehe ich wieder rauf."

Sie strahlte sofort wieder übers ganze Gesicht.

"Aber Hannerl, ich rede und rede, dabei hast du mir von dir noch gar nichts erzählt, außer das, was du mir geschrieben hattest."

"Was sollte ich dir an so einem schönen Tag noch von mir erzählen?"

Wir setzten uns auf die Bank vors Haus.

"Das meiste hatte ich dir bereits geschrieben. Aber eines weißt du noch nicht und deshalb freue ich mich so, es dir persönlich sagen zu können."

Ich drehte mich dabei ganz kurz zur Seite, um die Spannung zu erhöhen.

"Mein Franzl und ich wollen am 23. Juni heiraten und dazu bist du natürlich herzlichst eingeladen."

Angerl fiel mir dabei so ungestüm um den Hals, dass wir fast von der Bank gefallen wären.

Die Zeit war leider so schnell vergangen, aber ich war trotzdem glücklich, als wir uns voneinander verabschiedeten.

Für das bevorstehende Fronleichnamsfest trafen wir uns regelmäßig beim Pfarrhaus, um gemeinsam die Kapellen für den Kreuzweg herzurichten. Wir banden aus Tannenzweigen lange Girlanden, mit denen wir die Kapellen, Bildstöcke oder Marterl entlang des diesjährigen Kreuzweges schmückten. Wir teilten uns dafür in Gruppen auf. Zuerst wurde alles geputzt, rundherum das Gras geschnitten und, wenn notwendig, auch hie und da etwas nachgepinselt. Dafür waren die Buben zuständig. Wir Mädchen schmückten anschließend alles. Die Vasen wurden unten am Bach gereinigt, mit Wasser aufgefüllt und in jede taten wir frische Blumen. Wenn wir eine Station fertig hatten, gingen wir gemeinsam singend zur nächsten. Auch die Buben schlossen sich uns an. Der Prozessionsweg führte, wie nahezu jedes Jahr, bis hinein zum Grenimoar. Das war beinahe am Ende vom Bretsteiner Graben.

Zwei Tage später war es endlich so weit. Meine ganze Familie nahm daran teil. Wir gingen geschlossen runter, um uns anschließend auf dem Kirchplatz zu versammeln. Einige Bauersleute kamen mit ihren Familien sogar von Zistl, um an der Prozession teilzunehmen. Hatte nicht Hanna erzählt, meine leiblichen Eltern würden da wohnen? Den Gedanken bekam ich plötzlich nicht mehr aus dem Kopf. Mein Interesse richtete sich jetzt nur noch auf die Menschen, die sich von der rechten Seite zu uns gesellten. Mein Hauptaugenmerk galt Mann und Frau, die ohne Kinder unterwegs waren. Das Dumme war nur, ich konnte nicht einfach stehenbleiben, bis das letzte Paar sich meiner Blickkontrolle unterworfen hatte. Jetzt kamen auch die anderen aus dem Graben und dem Falmtal zu uns. Unter denen erblickte ich ganz kurz Gustl mit seinen Eltern.

Am Kirchplatz angekommen, liefen der Herr Pfarrer und der Bürgermeister schon aufgeregt herum. Die Mädchen und Buben vom Chor standen etwas abseits und als sie mich sahen, winkten sie mir zu. Ich verabschiedete mich von meiner Familie und lief zum Chor. Unser Lehrer war auch dabei und versuchte ein wenig Ordnung zu schaffen. Weil sich der Prozessionszug erst formieren musste, dauerte es eine ganze Zeit, bis wir losgehen konnten.

An der Spitze des Zuges waren die Ministranten. Der Erste trug das Kreuz. Dahinter kamen die mit Weihrauch und Glocken. Ihnen folgte der Pfarrer, der unter einem Baldachin die Monstranz trug. Dann kamen wir, die Buben und Mädchen vom Chor. Der kleine Messner wieselte immer zwischen dem Pfarrer und unserem Lehrer hin und her, damit wir auch das richtige Lied oder

Gebet anstimmen konnten. Nach uns kamen die Familien, Männer, Frauen und Kinder.

An der Weggabelung zur Dorfstraße befand sich die erste Kapelle. Der ganze Zug blieb stehen. Und um den Pfarrer, der unter seinem Baldachin stand, wurde ein Halbkreis gebildet. Hier wurde gemeinsam das erste Gebet gesprochen. Bevor wir zur nächsten Kreuzstation pilgerten, sangen wir noch eine Strophe aus einem Kirchenlied. Singend und betend ging es weiter rein in den Graben. Vorbei an Huber und Burger. Beim Grenimoar angekommen, wurde eine längere Rast gemacht. Unseren Durst konnten wir am Brunnen mit frischem Quellwasser löschen. Die Mädchen kreischten, wenn sie von den Buben nassgespritzt wurden. Ich hatte mir einen Platz gesucht, von dem aus ich alles überblicken konnte. Gustl entdeckte ich auch bei einer Gruppe junger Burschen. Er stand mit dem Rücken zu mir. Ich dachte an Steffis Hochzeit, als er mit mir getanzt hatte. In dem Moment drehte er sich um und sah mich. Er winkte und lief das zwar kurze, aber steile Stück Wiese zu mir hoch.

Mit schweißglänzender Stirn und leicht außer Atem stand er vor mir. Mit einer Hand versuchte ich, meine Augen gegen die blendende Sonne abzuschirmen, mit der anderen strich ich immer wieder über meine Schürze.

"Angerl, deine Schürze ist jetzt glatt genug. Darf ich mich zu dir setzen?", er sah mich dabei etwas schelmisch an.

Ich hatte ihn mit meiner Antwort wahrscheinlich zu lange warten lassen. Er saß schon neben mir. Seinen Steirerhut mit dem Gamsbart hatte er abgenommen, die Arme auf seine angewinkelten Knie abgestützt und drehte den Hut mit beiden Händen haltend an der Krempe.

"Deinem Gamsbart muss es aber auch bald schwindelig werden, wenn du deinen Hut noch schneller drehst", neckte ich.

Ganz beiläufig erzählte ich ihm, wonach ich Ausschau halten würde.

Wir fanden es spannend, die Menschen zu beobachten. Wenn ich jemanden sah, der besonders auffällig aussah oder sich in unseren Augen vielleicht merkwürdig benahm, fragte ich Gustl, ob er die Person vielleicht kennen würde.

"Schau mal, Angerl, kennst du den da drüben? Der steht schon die ganze Zeit alleine da. Es geht keiner zu ihm hin und er spricht auch mit niemandem."

Ich schaute in die Richtung, in die er deutete.

"Den kenne ich auch nicht. Wo mag der wohl herkommen?"

Während ich noch krampfhaft überlegte, wer das sein könnte, sagte Gustl: "Schade, wir müssen schon wieder runter, der Herr Pfarrer will jetzt noch die heilige Messe lesen."

Nachdenklich schlenderte ich neben ihm die Wiese runter. Ich versuchte nochmal, den Unbekannten unter der Menge ausfindig zu machen, aber er war wie vom Erdboden verschwunden.

Jene Bauersleute, deren Höfe weiter drinnen im Graben lagen, verabschiedeten sich vom Pfarrer. Beim Zurückgehen blieben wir an den übrigen Kapellen und Bildstöcken stehen, die wir nicht geschmückt hatten und sprachen immer ein kurzes Gebet. Als wir den Hof der Burgers passiert hatten, kam Gustl wieder zu mir, um sich zu verabschieden. Die Gruppe löste sich immer mehr auf. Ich blieb kurz stehen, um nach meiner Familie Ausschau zu halten, da sah ich meine Ziehmutter schon heftig winken. Sie wirkte ziemlich aufgeregt. Hatte sie etwa der lange Weg zu sehr angestrengt?

Besorgt fragte ich, "Muada, wie geht's dir, war wohl doch zu viel für dich. Aber wir sind ja bald zuhause."

"Ach was, so schlecht geht es mir doch nicht", und hakte sich bei mir ein.

"Aber jetzt halt dich fest. Dein leiblicher Vater, der Albert Capellari, befand sich unter den Prozessionsteilnehmern. Drinnen beim Grenimoar stand er eine ganze Weile abseits von allen anderen. Mir hat's die alte Summerin erzählt. Sie hat ihn wiedererkannt. Ich konnte ihn nur einen kurzen Augenblick sehen. Und als ich versuchte, durch das Gewühl zu ihm zu kommen, war er verschwunden, der Hallodri."

Mir sackten die Knie weg und ich spürte nur noch zwei kräftige Arme, die mich festhielten. Ich versuchte, wieder festen Boden unter die Füße zu bekommen, es gelang mir nicht. Meine Beine waren kraftlos.

Ich sah ihn genau vor mir, mittelgroß und von schlanker Gestalt. Nicht gerade kräftig gebaut. Der breitkrempige schwarze Hut mit den typischen Speckflecken. Sein längliches bartloses Gesicht, das durch den Schatten der Hutkrempe zum Teil verdeckt war. Die dunklen Augen mit dem melancholischen Ausdruck. Sein schwarzes volles Haar, mit silbrigen Fäden durchzogen. Die dunkle Jacke mit den aufgenähten Stoffflecken an den Ellbogen, dazu die schwarze Hose mit ihren unverkennbaren Altersspuren. Mein Vater.

Erst als ich aufgeregte Stimmen wahrnahm, wurde ich wieder in die Wirklichkeit zurückgerufen. Irritiert schaute ich in die Gesichter, die sich über mich beugten. Hubert war der Erste, der mich mit besorgter Miene ansprach: "Angerl, geht's dir wieder gut? Bleib noch sitzen, trink etwas Wasser, das wird schon wieder."

Ich griff nach Huberts Arm und versuchte mich daran hochzuziehen. Mir war noch immer etwas flau im Magen, als ich wieder auf eigenen Beinen stand. Gedankenblitze schossen durch meinen Kopf. Ob er mich auch erkannt hatte? Wollte er vielleicht mit mir sprechen? Warum war er alleine bei der Prozession? Ich fand keine Antwort auf all die Fragen.

Auf dem Weg hoch zur Kirche, trennte ich mich von meiner Familie. Ich wollte dem Pfarrer noch helfen, die Sachen wieder zu ordnen. Dabei waren meine Gedanken noch immer bei meinem Vater. Wo war er geblieben? Keiner hatte ihn auf dem Rückweg bemerkt.

Gedankenverloren verrichtete ich im Pfarrhof meine Arbeit und machte mich wieder auf den Weg nach Hause. Die Gemeindestraße war menschenleer. Einige Hundert Meter vor mir, an der anderen Seite der Brücke, bemerkte ich eine Gestalt, die sich auch talauswärts bewegte.

"Herr Capellari, Vodda, ich bin’s deine Angerl", wollte ich rufen.

Aber nur ein unverständliches Flüstern kam über meine Lippen.

Auch aus den Steinen,
die dir in den Weg
gelegt werden,
kannst du etwas Schönes bauen.
Lisa Böhm

Teil II

Angerl wird erwachsen
1928 bis 1935

Kapitel 1: Im Jahre 1928/1932

Steffi im Glück

Der Besuch meiner lange verschollenen Schwester Hanna blieb nicht das einzige aufregende Erlebnis dieses Frühjahrs. Wie mir anschließend meine Ziehmutter erzählte, hatte sie allem Anschein nach den Brief falsch gedeutet. Sie war der Meinung gewesen, es handle sich um eine Einladung von Steffi zu ihrer Hochzeit. Denn die fand am Donnerstag, den 9. Mai 1929, statt, am Christi Himmelfahrtstag.

Wir vom Chor probten für das bevorstehende Fest einige schöne Lieder ein. Die gesamte Jägerschaft aus Bretstein, Falmtal und aus dem ganzen Pusterwaldergraben, sowie deren Schützenvereine und die freiwilligen Feuerwehren, waren dabei. Sogar viele von Michis Kommilitonen aus Graz kamen der Einladung nach.

Steffi und Michi gaben ein außerordentlich hübsches Brautpaar ab. Es wurde bis spät in die Nacht gefeiert und getanzt. Ich betrat das erste Mal eine Tanzfläche, als mich Michi aufforderte, mit ihm eine Polka zu tanzen. Schon nach den ersten Umdrehungen hatte ich das Gefühl, in seinen Armen durch die Luft zu schweben. Ich war noch ganz benommen, als der Tanz zu Ende war und Michi mich zum Tisch zurückführte.

Auch Gustl und seine Eltern waren gekommen. Gustl war ein fleißiger Tänzer. Er forderte sogar Steffi zu einem Ehrentanz auf. Auch mit der Huber Mitzi tanzte er sehr oft. Ob er auch mich einmal zum Tanz auffordern würde?

An unserem Tisch saßen auch die Eltern und die beiden Schwestern von Michi. So wie es aussah, hatte der Vater dem Wunsch seines Sohnes, Tierarzt zu werden statt den Hof zu übernehmen, nachgegeben und sich auch damit abgefunden.

Ich hatte meine Hoffnung, dass Gustl mich endlich zum Tanzen auffordern würde, schon begraben. Jedoch als mich ein Bursche vom Tanzboden wieder zum Platz führte, kam er endlich an.

"Angerl, schenkst du mir den nächsten Tanz?"

Er war inzwischen schon einen guten Kopf größer als ich und schlank war er geworden. Oder war er das schon immer? Ich hatte sonst nie darauf geachtet, warum aber fiel es mir jetzt auf? Und dann spielte die Kapelle zum nächsten Tanz auf.

Er wartete meine Antwort gar nicht ab, sondern schnappte mich bei der Hand und lief mit mir durch die Menschenmenge zur Tanzfläche. Sie spielten wieder eine Polka. Die ersten Schritte konnte ich noch mithalten, dann hatte ich das Gefühl, den Boden unter den Füßen zu verlieren. Wie bei Michi vorhin, nur irgendwie doch ganz anders. Mir wäre es am liebsten gewesen, die Kapelle hätte immer weiter gespielt.

Steffi litt scheinbar noch immer an Magenbeschwerden. Während des Festes war sie oft ziemlich blass im Gesicht. Auch in den letzten Tagen hatte sie sich nicht sonderlich wohlgefühlt. Sie meinte, es käme bestimmt durch die ganze Aufregung der letzten Wochen und der damit verbundenen Hochzeitsvorbereitungen. Darauf sagte ihre Mutter lachend: "Wenn es nicht was ganz anderes ist."

Was sie damit meinte, war mir nicht ganz klar. Über eine Krankheit würde sich meine Ziehmutter bestimmt nicht lustig machen.

Es war am Pfingstsonntag. Steffi und Michi waren die Woche zuvor in die große Wohnung umgezogen, in der nach dem Tod des Bauern die Bäuerin alleine die Räume bewohnte. Michi und Steffi hatten bis dahin noch immer in getrennten Zimmern geschlafen. Die Probleme mit ihrem nervösen Magen hatte sie aber noch immer. Ich machte mir echte Sorgen um sie. Als wir uns am Sonntagmorgen trafen und Steffi wieder mal kreidebleich war, sprach ich sie darauf an.

"Steffi, du musst jetzt aber wirklich zum Arzt gehen. Ich kann nicht länger zuschauen, wie du leiden musst und dich dabei immer wieder übergibst. Heute Morgen fällt es mir besonders stark auf."

Sie schien mich falsch verstanden zu haben, denn sie lief laut lachend auf mich zu. Ich drehte mich erstaunt um, weil ich nicht wusste, ob ihr Lachen nicht jemand anderem galt.

"Ach, Angerl", sie strahlte mich dabei an. "Ich bin doch schwanger. Ich bekomme ein Butzerl. Konntest du dir das nicht denken?"

Alle anderen wussten es, nur ich dummes Küken machte mir Sorgen um ihre Gesundheit. Ich schüttelte den Kopf und lachte schließlich auch mit.

"Zuerst dachte ich auch, ich hätte einen nervösen Magen, wegen der ganzen Aufregung und so. Aber als Mutter damals diese

Bemerkung gemacht hatte, da konnte ich es erst auch nicht glauben."

Steffi war tatsächlich schwanger und so wie sie sagte, sollte das Butzerl im November auf die Welt kommen.

Zu Allerheiligen gingen wir gemeinsam mit der Ehgartnerin runter zum Friedhof. Steffi hatte schon tüchtig zugelegt. Aber wie sie sagte, mache das Kind noch keine Anstalten auf die Welt kommen zu wollen. Michi und ich nahmen sie in unsere Mitte. Der Weg war wieder schneefrei und für die Jahreszeit zu warm. Die Bäuerin hakte sich bei ihrem Sohn Hubert ein. Sie hatte sich zum Glück während des Jahres wieder ganz gut erholt. Als wir die Brücke überquerten, wurde ich sofort wieder an Fronleichnam erinnert. Ich blickte talauswärts, wohin mein Vater aus meinem Blickfeld verschwunden war.

Auf dem Friedhof brannten fast an jedem Grab Kerzen. Auch wir hatten welche mitgebracht, um sie am Grab des Bauern anzuzünden. Anschließend gingen wir noch in die Kirche, um ein stilles Gebet für alle Verstorbenen zu sprechen.

Ich betete für meine Eltern. Dabei kam das Gefühl von tiefer Trauer über mich, und ich fragte Gott, ob es wirklich sein Wille sei, dass ich meinen leiblichen Vater nie kennenlernen sollte.

Vergeblich bemühte ich mich, die Bilder von Fronleichnam aus meinem Gedächtnis zu wischen. Je mehr ich mich anstrengte, das Geschehene durch andere Gedanken zu ersetzen, desto intensiver formten sich die einzelnen Mosaike zu einem fertigen Bild meines Vaters. Am Ende blieb wieder nur eine dunkel gekleidete Gestalt, die sich, wie ein auf frischer Tat ertappter Dieb, in gebückter Haltung, aus meinem Leben davonstahl.

Der November ging mit zunehmender Kälte dem Ende entgegen. Michi wurde von Tag zu Tag nervöser. Einmal hatte ich eine Unterhaltung zwischen ihm und der Bäuerin mitbekommen.

Da fragte er ganz besorgt, ob das alles noch richtig sei, er mache sich Sorgen um Steffi. Die Bäuerin beruhigte ihn jedoch mit den Worten: "Es wird kommen, wenn Gott es will."

Und am ersten Adventssonntag, es war der 1. Dezember 1929, erblickte der kleine Michael mit Gebrüll das Licht der Welt. Er hatte dichtes rabenschwarzes Haar. Es war ein kräftiger Junge mit den Gesichtszügen der Bäuerin. Alle atmeten befreit auf, sogar der Bäuerin sah man ihre Erleichterung an.

Kapitel 2: Im Jahre 1932

Der Ernst de Lebens beginnt

In den vergangenen Jahren verbrachte ich die Sommermonate auf der Alm. Steffi hatte mit ihrem Kleinen am Hof genug zu tun. Es wäre auch gar nicht gegangen, mit dem Butzerl oben auf der Hütte. Sie hätte den Kleinen überall mit hinnehmen müssen.

Es war kurz vor Ostern 1932. Ich war gerade 19 Jahre alt geworden. Als ich nach dem Chorsingen die Kirche verließ, stieß ich beinahe mit dem alten Leitenbauer zusammen. Er fragte mich, ob ich einen Augenblick Zeit für ihn hätte. Da er auch im Begriff war, den Heimweg anzutreten, begleitete er mich bis hinunter zur Gemeindestraße. Ich hörte von Veras unerklärlichem Verschwinden und auch, dass Gustl deshalb die Sennerei auf der Alm übernehmen musste. Ohne weitere Umschweife sprach der Bauer sein Anliegen aus: Ob ich mir vorstellen könne, Veras Stellung auf Dauer einzunehmen? Da Steffi im kommenden Sommer wieder auf die Alm gehen wollte, überlegte ich, eine Stellung als Sennerin in Pusterwald anzunehmen. Ich hätte auch noch über die Sommermonate auf dem Hof bleiben können, aber eine Entscheidung stand bevor. Mir wäre die Pfarreralm natürlich lieber gewesen. Da kannte ich die Örtlichkeiten und Mitzi war auch jedes Jahr auf der Fassbergerhütte. Und ich würde Gustl wiedersehen.

Ich sprach noch am selben Tag mit meiner Familie darüber.

Am Ostersonntag gab ich dem Leitenbauer meine Zusage.

In den folgenden Tagen erlebte ich eine Berg- und Talfahrt der Gefühle. Einerseits war ich stolz, dass ich mich dazu entschlossen hatte, dann wieder beschlich mich die Angst, vielleicht doch die falsche Wahl getroffen zu haben.

Hubert sprach mir Mut zu, aber auch Steffi und Michi freuten sich mit mir. Obwohl meine Ziehmutter meinen Entschluss akzeptierte, hocherfreut war sie darüber nicht.

Meine Sachen waren gepackt, denn am nächsten Morgen sollte Gustl mich abholen. Steffi und Michi zogen sich zur Nachtruhe zurück und Hubert war mit Traudl und dem Knecht noch im Stall, als mich meine Ziehmutter in ihre Arme schloss. Ich merkte schon die ganzen Tage, dass sie sich mit irgendetwas rumplagte.

"Angerl", fing sie an. "Bleib immer ein braves Mädl und lass dir nichts zuschulden kommen."

Ich schaute sie an und schluckte verlegen.

"Aber Muada, ich bin doch nicht aus der Welt. Was soll ich schon anstellen können? Ich werde meine Arbeit verrichten und dabei eine gute Magd sein. Ich verspreche dir, du kannst immer stolz auf mich sein."

An dem Abend ging ich mit gemischten Gefühlen zu Bett. Ich konnte nicht einschlafen und wälzte mich andauernd hin und her. Irgendwann zerrte mich die Müdigkeit in einen traumlosen Schlaf.

Kurz nach dem Frühstück kam auch Gustl schon mit dem Pferdewagen an. Jeder Bewohner des Hofes nahm mich zum Abschied in den Arm. Besonders lang hielt mich meine Ziehmutter fest. Sie sagte kein Wort mehr, sondern tätschelte nur zärtlich meine Wange und drehte sich dann abrupt zur Seite, damit ich ihre Tränen nicht sehen konnte.

10.05.1932

Der Weg zu meiner neuen Arbeitsstelle und meinem Zuhause auf unbestimmte Zeit verlief sehr schweigsam. Ich versuchte, mir die Worte meiner Ziehmutter zu erklären. Als der Wagen über die untere Brücke rumpelte, schreckte ich hoch. Genau hier an dieser Stelle hatte ich gestanden und meinem Vater nachgeblickt, bis meine Augen brannten. Ich hatte mich nicht getraut, diese innig herbeigesehnte Wahrnehmung durch einen Wimpernschlag zu unterbrechen, weil ich Angst gehabt hatte, ihn im selben Augenblick für immer aus den Augen zu verlieren.

Gustl schien den Grund meines Schweigens zu ahnen und schloss sich meiner Nachdenklichkeit aus Kameradschaft an, indem auch er beharrlich schwieg. Auf dem Hof meines neuen Zuhauses angekommen, sprang er vom Wagen, lief um die Pferde herum zu meiner Seite und reichte mir die Hand mit den Worten: "Willkommen bei uns und deinem neuen Zuhause, auf dass du immer glücklich sein mögest."

Ich kletterte wortlos vom Wagen und drehte mich einmal im Kreis. Für mich war es einfach nur eine Geste der Neugier und nicht der Genugtuung. Anscheinend hatte es die Bäuerin anders aufgefasst. Ich bemerkte in ihren Augen eine gewisse Art von Missbilligung. Bestimmt habe ich es falsch gedeutet, redete ich mir ein, als sie mir zur Begrüßung die Hand reichte.

"Es liegt alleine an dir, wie wohl du dich hier fühlen wirst. Solange du deine Arbeit ordentlich machst, und weißt, wo du hingehörst, werden wir bestimmt gut miteinander auskommen. Nicht wahr, Bauer?"

"Die Angerl ist ein tüchtiges Mädl, das hat sie uns schon damals gezeigt. Und da war sie gerade mal 15, oder?", warf der Bauer mit einem beschwichtigenden Unterton ein.

Die Bäuerin hat es bestimmt nicht so gemeint, dachte ich, als sie mir meine Kammer zeigte. Die war im ersten Stock und hatte einen Balkon, von dem man auch in die anderen Räume gelangen konnte. Sie erklärte mir den Tagesablauf und meinte, ich solle anschließend runter in die Stube kommen, dann könnte sie mir noch alles für mich Wichtige zeigen. Als ich alleine in meiner Kammer war, setzte ich mich auf das Bett und starrte versonnen auf den Hof runter. Ich dachte über die Worte der Bäuerin nach und besonders über ihren Tonfall. War es ein Fehler gewesen, die Stellung anzunehmen? Warum musste sie mich daran erinnern, woher ich komme? War es eine Schande, ohne leibliche Eltern aufzuwachsen? Ich hatte mir das Leben auch nicht so ausgesucht.

Beim Runtergehen hörte ich aus der Stube Töpfe klappern. Als ich eintrat, stand die Bäuerin am Herd, ihr Mann saß am Tisch und stopfte sich gerade eine Pfeife. Gustl war nicht im Raum.

"Setzt dich an den Tisch, Agnes", und trocknete sich die nassen Hände in ihrer Schürze ab.

Nach einigen Selbstverständlichkeiten kam sie auch gleich auf die Almwirtschaft zu sprechen. Sie lobte meine Arbeit von damals und auch, dass ich mich für diese Stelle entschieden hatte und es mir bestimmt nicht leichtgefallen wäre, diesen Schritt zu gehen. Ich spürte förmlich, wie sie krampfhaft versuchte, mir etwas Unangenehmes, harmlos verpackt, deutlich zu machen.

"Die Vera hatte es immer gut bei uns gehabt, alles haben wir getan, damit sie bleibt. Aber nein, da kommt so ein Dahergelaufener auf die Alm, verdreht ihr den Kopf und schon verliert sie ihren Verstand und brennt mit ihm durch."

"Das ist der Dank dafür. Ich hoffe, dir kommt so etwas nie in den Sinn. Haben wir uns verstanden?", und band sich ihre Schürze los.

Der Bauer hatte bis dahin nichts gesagt, außer mal den Kopf genickt und seine Pfeife mit dem Daumen nachgestopft. Jetzt stand er auf und bedeutete mir, ihm zu folgen. Er zeigte mir das Vieh und welche Tiere davon in den nächsten Tagen auf die Alm kommen sollten und auch wo welche Gerätschaften zu finden waren.

"Du musst die Bäuerin auch verstehen, sie wurde von Vera arg enttäuscht und jetzt ist sie natürlich misstrauisch."

Dabei drehte er sich um und hielt nach seiner Frau Ausschau, ob sie sich in unmittelbarer Nähe befand. Er schaute stirnrunzelnd mit den Worten zum Himmel: "Heute wird noch Regen kommen, aber wenn der vorbei ist, dann treiben wir das Vieh nach oben."

Ein richtiges Gespräch wollte einfach nicht aufkommen, als wir den gleichen Weg beschritten, den ich damals mit seinem Sohn gegangen war. Gustl war am Hang und mähte die Wiese. Zwei Knechte halfen ihm dabei. Der eine hatte auch eine Sense, der zweite verteilte den frischen Schnitt, damit es schneller trocknen konnte.

Ich war erleichtert, als wir am oberen Waldrand ankamen und ich sah, wie er sich anschickte, zu uns zu kommen. Wir setzten uns für einen kurzen Augenblick. Ein fernes Donnern kündigte das herannahende Gewitter an. Ich konnte direkt auf den Keckgraben schauen, der gegenüber von uns langsam in dunkle Wolken eingehüllt wurde. Wind kam auf und die beiden mussten sich sputen, das letzte Stück auch noch gemäht zu bekommen. Der Wind frischte auf und drehte auf Südost. Ich lief rüber zu ihnen und half bei den letzten Handgriffen. Kaum waren wir fertig, fielen die ersten Tropfen. Im Nu versank der Keckgraben mit seinem ganzen Gebirgskamm in ein tiefes Schwarz. Die Tropfen wurden immer größer. Ein greller Blitz erhellte für einen Augenblick die Landschaft, gefolgt von einem ohrenbetäubenden Knall. Jetzt öffnete der Himmel alle Schleusen. Gerade noch rechtzeitig erreichten wir das Haus. Ich lief gleich nach oben in meine Kammer, weil ich dachte, ich hätte meine Balkontür noch offenstehen. Als ich die Tür aufriss, stand mir plötzlich eine dunkle Gestalt gegenüber. Ich wich erschrocken zurück und stieß einen kurzen Schrei aus.

"Ich bin kein Gespenst, ich habe nur die Tür zum Balkon zugemacht und wollte auch gleich bei der Gelegenheit die letzten Lumpen von Vera mitnehmen."

Jetzt erst erkannte ich die Bäuerin, mit einem Bündel Wäsche unter dem Arm geklemmt. Ohne ein weiteres Wort zu verlieren, drängte sie sich an mir vorbei nach draußen. Mein Herz klopfte mir noch immer bis zum Hals, als ich längst alleine im Zimmer stand. Das war also die Kammer von Vera. Gedacht hatte ich es mir eigentlich schon. Ich machte die Petroleumlampe an und versuchte meine Habseligkeiten in der Kommode unterzubringen. Dann stand ich mitten im Raum, mit beiden Händen meine Fetzenpuppe ganz fest an mich gepresst.

Kapitel 3: Im Jahre 1932/1933

Wieder auf der Alm

Eine Woche später konnten wir das Vieh auf die Alm treiben. Es war diesmal anders. Die Bäuerin hatte sich in den letzten Tagen merklich zurückgenommen. Nicht, dass sie mir gegenüber unhöflich wurde, überhaupt nicht. Wenn ich Fragen hatte, nahm sie sich besonders viel Zeit, mir alles genau zu erklären und blieb auch immer freundlich dabei. Ob der Bauer mit ihr gesprochen hatte? Beim Auftrieb übergab sie das Sagen größtenteils mir. Natürlich ließ sie dabei kein Vieh und keinen Knecht aus den Augen und griff dann und wann auch ein, wenn es nötig war. Wir hatten in dem Jahr nicht so viel Vieh wie damals, aber immer noch genug, um keine Langeweile zu bekommen.

Nachdem das Vieh auf seine Plätze verteilt war, konnte ich mich um die Stube und meine Kammer kümmern. Die Bäuerin war kurze Zeit später mit den Knechten zum Hof zurückgegangen. Gustl war mit seinem Vater auf der oberen Weide, um die Lecksteine zu verteilen. In der Zwischenzeit bereitete ich für uns das Essen zu. Das Wetter war ziemlich unbeständig. Mal brannte die Sonne dermaßen heiß vom Himmel, dann wieder blieb es den ganzen Tag über trüb und regnerisch. An dem Tag war es schwül heiß. Es war wieder ein Gewitter im Anmarsch.

Die Kühe waren unruhig und die Gelsen immer lästiger. Ich ging vor die Hütte, um nachzuschauen, wo die beiden waren, aber da sah ich sie bereits den Weg entlang gehen. Ich stellte rasch das Gericht auf den Tisch, damit sie schnell essen konnten und noch trocken nach Hause kamen. Beim Verabschieden vermisste ich bei Gustl das gewohnte Strahlen seiner Augen, mit dem er seine Lebensfreude ausdrückte.

Ob ich meinen Stock noch finden würde, den ich damals unter einen Dachbalken gelegt hatte? Ich konnte es kaum glauben, er lag noch genau an derselben Stelle. Mit ihm in der Hand ging ich rauf zu meinem steinernen Hochsitz. Aus einigen Felsritzen zwängten sich Enzianblüten, und Flechten hatten einen Teppich ausgebreitet, auf dem ich mich niederließ. Mein Blick ging rüber zur Fassbergerhütte. Auch da wurde das Almvieh hochgebracht. Mit dem Feldstecher versuchte ich, unter den Menschen, die eifrig rumliefen, Mitzi zu erkennen. Da war sie. Als ob sie es gespürt hätte, drehte sie sich augenblicklich zu mir um und winkte hoch. Mein Herz machte Freudensprünge, weil ich wusste, wir würden uns diesmal bestimmt öfter treffen. Ich setzte mein Glas ab und schaute zum Hochwald rüber. Gustl und seinen Vater konnte ich nicht mehr sehen, sie waren bereits im Wald verschwunden.

Mir gingen die letzten Tage durch den Kopf. Die ersten Worte der Bäuerin zu meinem Empfang hatte ich nicht vergessen. Ich konnte es hin- und herdrehen wie ich wollte, ihr Verhalten mir gegenüber gab mir Rätsel auf. Auch Gustl hatte ich anders in Erinnerung. Seitdem ich auf dem Hof war, benahm er sich merkwürdig. Er war zurückhaltender geworden, fast abweisend. Seine Fröhlichkeit, genau das war es, was ich an ihm vermisste. Er machte auf mich einen überraschend erwachsenen Eindruck. Es passte so gar nicht zu ihm oder wollte ich ihn vielleicht anders sehen?

Bevor ich wieder zur Hütte zurückging, kontrollierte ich noch die Tiere auf den Wiesen. Manche waren gerade am Anfang dermaßen übermütig und dabei verletzten sie sich sehr leicht. Wenn sie einige Tage auf der Weide waren, wussten sie die Gefahren schon besser einzuschätzen. Aber so wie es aussah, hatten sich die Tiere schnell zurechtgefunden. Ich nahm mir für den nächsten Tag einen Besuch auf der Fassbergeralm vor.

Das erwartete Gewitter kam erst am frühen Morgen, so dass ich mir den Gang zu Mitzi sparen konnte. Ich wartete nach dem Morgengrauen noch eine Weile ab, in der Hoffnung, der Himmel würde vielleicht noch etwas aufklaren. Leider ging mein Wunsch nicht in Erfüllung. Und so blieb mir nichts anderes übrig, als so weit hochzugehen, bis ich alle Tiere sehen und auf ihre Vollständigkeit überprüfen konnte. Es gestaltete sich äußerst schwierig, bei dem Wetter den richtigen Punkt zu finden, um einen klaren Überblick zu bekommen. Einige Tiere lagen dicht beieinander, andere wiederum suchten Schutz in den Latschen. Letztendlich fehlten mir drei Kälber. Ich stieg höher, musste aber die bereits gezählten Tiere im Auge behalten, die immer wieder im dichten Nebel verschwanden. Zum Glück hatten sie bei diesem Wetter keine große Lust, ständig ihren Standort zu wechseln.

Nach einiger Zeit befand ich mich oberhalb der Herde, konnte aber die fehlenden Kälber nirgends entdecken. Das Gewitter tobte sich über dem Bretsteingraben aus. Die Blitze zuckten unaufhörlich und schlugen zweimal unter der Fassbergerhütte ein. Dabei dachte ich an Mitzi, wie der wohl zumute war. Eine riesige Nebelwolke schob sich von der Waldgrenze hoch. Die Hütte war nicht mehr zu sehen. Bald wurde auch ich von ihr erfasst und eingehüllt. Ich hielt nach einem großen Felsen Ausschau, um dahinter wenigstens einen sicheren Halt zu bekommen. Ich musste allerdings noch höher steigen, als mir lieb war. Endlich angekommen, lehnte ich mich erschöpft mit dem Rücken gegen den Felsen. Jetzt kam Wind auf, der die Nebelwand schnell weiter nach oben jagte. Auch der Regen machte eine kurze Pause, die ich sofort dafür ausnutzte, weiter nach den drei Ausreißern zu suchen. Viel höher konnten sie nicht gegangen sein, dann hätten sie nämlich den Zaun überwinden müssen, und der war nicht beschädigt worden.

Es gab nur noch zwei Möglichkeiten: Entweder konnte ich sie deshalb nicht finden, weil sie sich in den Latschen verkrochen hatten. Oder sie waren nach links rüber, wo sich ein kleiner See befand, der in einer Mulde lag. An die dritte Eventualität mochte ich gar nicht denken, aber ich musste damit rechnen. Es passierte hin und wieder, dass ein Vieh vom Blitz erschlagen wurde. Aber gleich drei Stück auf einmal, das war eher unwahrscheinlich. Ich entschied mich für die zweite Möglichkeit, den See. Kaum setzte ich meine Gedanken in die Tat um, da drang ein klägliches Rufen aus der besagten Richtung. Mein Gott, was war ich in dem Moment erleichtert und beschleunigte meine Schritte. Zwischendurch lockte ich sie durch Rufe, die ihnen vertraut waren. Der Wind hatte den Nebel weggeblasen und machte sich dran, eine wenn auch kleine Wolkenlücke zu schaffen. Ich krabbelte zuletzt auf allen vieren am Hang entlang, um zu den Kälbern zu kommen.

Da standen sie dicht beieinander, zitterten wie Espenlaub und schauten mich fast vorwurfsvoll mit ihren großen Augen an.

"Kinder, was macht ihr denn für Sachen? Ihr habt mir vielleicht einen Schrecken eingejagt."

Zu Tränen gerührt lief ich auf sie zu und busselte jedes einzelne Kalb liebevoll ab. Als ob der liebe Gott sich mit uns freute, schickte er ganz kurz einige Sonnenstrahlen auf die spiegelnde Fläche des kleinen Sees. Jetzt erst bemerkte ich, wie nass ich geworden war. Mein langer Rock hatte sich mit Nässe vollgesogen, meine Hände und der Lodenumhang waren voller Lehm und Gras. Der Köcher meines Feldstechers war ein einziger Dreckklumpen, der an meinem Hals baumelte. Ich musste laut auflachen und stieß dabei einen herzhaften Jodler aus, der kurze Zeit später von Mitzi und einem Unbekannten erwidert wurde.

Ich überzeugte mich, dass keiner meiner kleinen Ausreißer sich verletzt hatte und führte sie zu ihrer Herde zurück, wo sie von ihren sehnsüchtig wartenden Müttern herzlich empfangen wurden.

Mein Zeitgefühl hatte mich völlig im Stich gelassen. Für mich galt nur noch, runter zur Hütte, einheizen und aus den triefenden Sachen raus. Im Zickzack ging es nach unten, dabei setzte ich bei jedem Richtungswechsel geschickt den Stock ein und machte jedes Mal einen Riesensprung.

Bei der Hütte angekommen, lehnte ich ihn wieder an seinen Platz neben der Tür und streifte im Gehen meinen Umhang ab.

Der Herd wollte nicht so recht ziehen und qualmte mir die ganze Bude voll. Ich riss die Tür auf, damit der Rauch abziehen konnte, und entledigte mich gleichzeitig meiner tropfenden Kleidung. Splitterfasernackt huschte ich in meine Kammer, die nassen Klamotten lagen verstreut auf dem Stubenboden. Ich zitterte noch am ganzen Körper, auch als ich schon wieder trockene Sachen anhatte. Das Feuer im Herd tat nun endlich auch seinen Dienst und wärmte allmählich die Stube. Ich legte noch einige Scheite nach, bevor ich meine Siebensachen vom Boden aufhob und zum Trocknen auf die Leine hing.

Zwei Wochen später hatte ich endlich die Gelegenheit, Mitzi einen Besuch abzustatten. Die Fassbergerhütte war ähnlich geräumig wie unsere. Ich half Mitzi beim Buttern und anschließend setzten wir uns draußen vor die Hütte, damit wir auch einen Blick auf die Pfarreralm werfen konnten. Wir sprachen über allerlei belanglose Dinge. Sie erzählte mir, wie sie mich vor zwei Wochen beobachtet hatte, als ich im Gewitter die Ausreißer gesucht hatte.

Da fiel mir der unbekannte Jodler ein und ich fragte Mitzi danach. Sie wurde für einen kurzen Moment etwas verlegen und nahm mir das Versprechen ab, mit keinem auch nur ein Sterbenswörtchen darüber zu reden.

"An dem besagten Morgen suchte ein Jäger bei mir vor dem Gewitter Schutz. Er kam von der Gaisbergeralm und verfolgte mit seinem Hund die Fährte eines verletzten Hochwildes. Durch das einsetzende Gewitter verlor der Hund die Spur, und so hatte er sich oben am Kar entschlossen, zur Fassbergerhütte zu gehen, da er davon ausging, sie wäre noch nicht bewirtschaftet. Und dabei kamen wir uns eben näher, verstehst du?", sie senkte schuldbewusst ihren Kopf.

Ich wollte darauf nicht weiter eingehen. Mitzi war meine Freundin, trotzdem war ich ein bisschen enttäuscht von ihr. Aber ich ließ mir nichts anmerken, das musste schließlich jeder für sich entscheiden. Meine Frage wurde damit beantwortet, obwohl ich es nicht so genau wissen wollte.

Sie zeigte mir das neugeborene Kälbchen und gab mir noch einige Tipps zur Herstellung des Steirerkäses. Für mich wurde es wieder Zeit, mich um meine Tiere zu kümmern.

Leider vergingen auf der Alm die Tage und Wochen immer viel zu schnell. Beim Abtrieb, den wir schon einige Tage früher als geplant machten, pfiff ein eisiger Wind von oben herab. Es roch nach Schnee.

Kapitel 4: Im Jahr 1933

Vorbei ist die Zeit auf der Alm

Der Winter kam viel zu früh. Teilweise blieb das Heu auf der Wiese, weil der Schnee ein Einfahren unmöglich machte. Wir hofften immer noch auf einige trockene Tage, aber es war nichts zu machen. Wir mussten mit dem auskommen, was wir hatten. Die Stimmung verschlechterte sich zunehmend, je näher wir dem Jahreswechsel kamen.

Ausgerechnet am Stefanitag musste sich einer der Holzknechte so schwer am Bein verletzen, dass er seiner Arbeit nicht mehr nachgehen konnte. Die Bäuerin schimpfte mit ihm und meinte, er wolle sich nur davor drücken. Von Rechts wegen hätten wir ihn runter zum Arzt bringen müssen, aber er weigerte sich. Ich versorgte die Wunde an seiner rechten Wade so gut es ging.

Es war der Neujahrsmorgen 1933. Ich befand mich gerade mit frischem Verbandsstoff auf dem Weg zum Gesindehaus, als sich mir die Bäuerin in den Weg stellte und den Zutritt zum Knecht verweigerte.

"Jetzt ist Schluss damit", keifte sie. "Geh deiner Arbeit nach und fang hier bloß kein Techtelmechtel an. Ich habe das lange genug geduldet. Die Lumpen soll er sich in Zukunft selber wechseln. Er hat uns schließlich schon genug Ärger gemacht. Soweit kommt es noch, wegen so einer Kleinigkeit braucht er auch noch eine eigene Krankenschwester."

Ich war für einen Augenblick unfähig, auch nur ein einziges Wort zu erwidern.

"Irgendjemand muss ihm die Wunde reinigen."

Ich drückte ihr die Schüssel mit dem Verbandszeug in die Hand, drehte mich um und ging. Ich hatte mich noch keine vier Schritte entfernt, da hörte ich sie hinter mir schon kreischen.

"Das Zeugs bringst du gefälligst selber wieder dahin, wo du es hergeholt hast!" Gleichzeitig verspürte ich einen Schlag gegen die Schulter. Die sauberen Mullbinden und die Flasche mit dem Wundöl lagen jetzt im dreckigen Schnee. Ich sammelte schnell die Sachen auf und lief damit in die Stube zurück. Da angekommen, ließ ich mich auf die Bank fallen und gab meinen Gefühlen freien Lauf. Als ich hörte, wie sich jemand vor der Tür den Schnee von den Schuhen klopfte, wischte ich mir das Gesicht mit meiner Schürze trocken und stellte mich an den Herd. Es war Gustl, der die Stube betrat.

"Was hast du denn mit der Bäuerin gehabt?", wollte er wissen. Ich senkte den Kopf und stand wie versteinert da. Als ich keine Antwort gab, trat er näher an mich heran, fasste mich an den Schultern und drückte mich fest an sich. Mit der Hand hob er mein Kinn an und küsste mir die Tränen von den Wangen. Jetzt war es um mich geschehen. Meine ganze Trauer und Enttäuschung weinte ich raus. Ich konnte meinen Tränenfluss auch nicht mehr rechtzeitig stoppen, als wieder jemand die Stube betrat.

"Ja, schämst du dich denn überhaupt nicht? Dich jetzt meinem Sohn an den Hals zu schmeißen?"

Es war die Bäuerin. Ich spürte, wie Gustl mich behutsam, aber bestimmt, auf die Bank setzte.

"Jetzt ist es aber genug, Muada! Hör endlich auf, auf Angerl rumzuhacken. Sei doch froh, dass durch ihre Pflege der Knecht schnell wieder auf die Beine kommt."

So hatte ich ihn noch nie erlebt.

"Entweder holst du einen Arzt hoch oder Angerl versorgt ihn solange, bis er wieder laufen kann", zischte er, aber diesmal ganz leise.

"Oder willst du es machen? Dann geh rüber!"

Mit der Bemerkung: "Dann verhätschle ihn in Gottes Namen weiter", war für die Bäuerin die Auseinandersetzung beendet.

Fragend schaute ich zu Gustl, und sah, wie er sich mit einem verachtenden Blick von seiner Mutter abwandte. Noch nie in meinem Leben hatte ich einen derartigen Streit miterlebt.

Am Tag vor Heilige Drei Könige konnte der Knecht wieder aufstehen und leichte Arbeiten verrichten. Mit der Verletzung hatte er aber noch bis weit ins Frühjahr hinein gehadert.

01.01.1933 bis 03.09.1933

Seit dem Neujahrstag hatte sich das Zusammenleben auf dem Hof spürbar verändert. Als Folge der schlechten Heuernte musste sich der Bauer von einigen seiner Tiere trennen. Das drückte noch mehr auf die ohnehin schon deprimierte Stimmung. Die Bäuerin tat ihr Übriges dazu, indem sie den noch nicht voll einsatzfähigen Knecht schikanierte und ihn Arbeiten verrichten ließ, die er mit dem verletzten Bein nur mit großer Anstrengung erledigen konnte. Es blieb mir nicht verborgen, wenn sie mit ihm schimpfte und ihm dabei unterstellte, er wolle sich nur vor der Arbeit drücken. Ich half ihm, so gut es ging, was wiederum von der Bäuerin mit Argwohn registriert wurde. Wenn es dem Bauern zu bunt wurde, versuchte er, auf seine Frau beruhigend einzuwirken, was von ihr aber nur mit lautem Gekeife quittiert wurde. Man spürte förmlich, wie sich eine unsichtbare Wand zwischen Gesinde und Bäuerin aufbaute und ich stand dazwischen.

Gustl erzählte mir, in diesem Jahr würden wir zu Maria Himmelfahrt das Vieh auf die Alm treiben. Ich konnte die Zeit gar nicht mehr abwarten. Obwohl mich die Bäuerin in den letzten Wochen zufriedengelassen hatte, sehnte ich mich nach der Stille und der Einsamkeit. Sie gab mir sogar die Erlaubnis, wieder beim Chorsingen mitzumachen. Das ließ ich mir nicht zweimal sagen. Obwohl wir Anfang April noch viel Schnee hatten, machte ich mich auf den Weg nach unten. Es war schön, sich wieder mit den anderen zu treffen und Neuigkeiten auszutauschen. Ich sprach mit niemandem über unsere Verhältnisse auf dem Hof. Von der Huber Mitzi hatte ich erfahren, in Deutschland würde ein politischer Umbruch stattfinden. Ich hatte das alles nicht verstanden und es hatte mich auch nicht wirklich interessiert, da die ganze Geschichte doch so weit weg war.

Es war am Gründonnerstag. Als ich nach der Chorprobe wieder nach Hause ging, kam mir Gustl mit dem Fuhrwerk entgegen. Er hatte die restlichen Baumstämme zur Säge gebracht und auf dem Rückweg einige Vorräte eingekauft. Er bot mir an, mich mit nach oben zu nehmen. Ich nahm vorne neben ihm auf der Bank Platz. Es dauerte nicht lange, da fing ich an zu frieren, weil mir die Bewegung fehlte.

"Frierst du?", fragte er mich.

Mein Zittern war ihm wohl nicht entgangen. Er legte seinen Arm um meine Hüfte und zog mich dichter zu sich ran. Als ich immer noch fror, nahm er die Decke, auf der er saß, und wickelte mich damit ein. Mit einer Hand hielt er die Zügel und mit der anderen mich. Ich spürte seine Wärme. Langsam fühlte ich mich wohler und ein mir nicht mehr ganz unbekanntes Gefühl machte sich wieder in mir breit. Es war so ähnlich wie damals zu Fronleichnam, nur viel stärker.

14.04.1933 bis 08.09.1933

Seit dem Tag forderten wir die *zufälligen* Begegnungen heraus. An unscheinbaren Kleinigkeiten merkte ich, wie wir uns auch innerlich Stück für Stück näher kamen.

Die Wochen bis zum Almauftrieb wollten nicht vergehen. Mir fiel plötzlich ein, dass ich drei ganze Monate oben verbringen würde. Ich war nicht in der Lage, die Freude und das Glück, das ich sonst empfunden hatte, abzurufen. Erst als es unwiderruflich so weit war und es nach oben ging, ergriff mich wieder die gewohnte Sehnsucht.

Die Fassbergerhütte wurde in dem Jahr nicht bewirtschaftet, dafür kamen vom anderen Bauern, für den sonst Mitzi die Almwirtschaft betrieben hatte, einige Jungtiere dazu. Die Bäuerin war diesmal beim Almauftrieb nicht dabei. Sie war einige Tage zuvor im Krankenhaus in Judenburg an der Galle operiert worden. Vermutlich war sie deshalb auch immer so gereizt gewesen.

Ich war im ersten Moment doch ein wenig enttäuscht, weil auch Mitzi nicht mehr oben war. Es war doch immer ein beruhigendes Gefühl, wenn man in der Nähe jemanden wusste. Gustl versprach, mich oft zu besuchen, da er auch die Butter runter ins Dorf bringen musste. Kurz nachdem alle die Alm verlassen hatten, ging ich ohne Umwege zu meinem steinernen Hochsitz. Ich inhalierte die Stille mit geschlossenen Augen, dabei lief mir ein wohliger Schauer über den Rücken. Dann blickte ich zum Kar hoch, tastete mich am Grat langsam weiter, bis zum Gipfel vom Bruderkogel und in einer Ebene weiter zum SteinBrunner. Die Sonne befand sich bereits nahe dem Horizont. Dadurch wurden die Felsflanken mit einem Hauch von Abendröte golden angestrahlt. Dieser Nektar für Körper und Seele wurde durch das entfernte Geläut der Kühe und den warnenden Rufen der Murmeltiere untermalt. Die Spitze des Schattens meines steinernen Hochsitzes wanderte langsam aber stetig in Richtung Hütte. Mittlerweile gaben wir ein bizarres Bild ab. Der Schatten machte keinen Unterschied zwischen Mensch und Natur, beide warfen dieselbe dunkle, manchmal sogar bedrohliche Farbe auf den Boden oder an die Wände. Sofort fielen mir die Bilder wieder ein, die das flackernde Licht der Fackeln an die Felsen geworfen hatte, als mich damals die fremden Menschen von meiner Mutter weggeholt hatten. Mit einem Mal hatte der Schatten die ganze Wiese in ein dunkleres Licht getaucht. Sogar die Fassberghütte hatte für den heutigen Tag ihren Glanz eingebüßt und musste vor der kommenden Dunkelheit kapitulieren. Für mich wurde es Zeit, die Tiere zu zählen, bevor auch die davon verschlungen wurden.

Ich bereitete noch am selben Abend das notwendige Geschirr vor, damit ich am nächsten Tag frühzeitig mit dem Buttern beginnen konnte. Die erste Nacht verlief genauso, wie ich es mir vorgestellt hatte. Ich lag lange wach und musste mich erst wieder an die Stille gewöhnen, die dann und wann von noch nicht vertrauten Geräuschen unterbrochen wurde.

Meine erste Butter war gerade fertig geworden, und so hatte ich endlich die Gelegenheit, bei schönem Wetter nach oben zum Gipfel des Bruderkogels zu gehen. Ich holte meinen Stock und packte den Rucksack mit den nötigsten Sachen. Das Wetter war stabil, so dass ich keinen plötzlichen Umschwung zu befürchten hatte. Die Tiere bei der Hütte waren versorgt, also machte ich mich auf den Weg. Es war früher Vormittag, das Tal lag noch in dichtem Nebel, als ich die Stelle erreichte, an der ich im letzten Jahr die drei kleinen Ausreißer gefunden hatte. Diesmal war die Sicht bis weit unter die Baumgrenze ungetrübt. Der Almrausch stand jetzt in voller Blüte, einige Murmerl hatten schon ihre Höhlen verlassen und genossen die wärmenden Sonnenstrahlen. Einer der Adler verließ den Speierkogel und kontrollierte nun den kompletten Kessel unterhalb des Bruderkogels. Die aufmerksamen Wachen, die das Treiben des Murmerlnachwuchses beaufsichtigten, hatten den lautlosen Jäger schon mit einem warnenden Pfiff angekündigt. Mich hatten sie längst als harmloses Wesen eingestuft. Nur wenn ich einem ihrer Eingänge zu nahe kam, stießen sie in kurzer Folge mehrere Pfiffe aus. Solange sich der Adler in ausreichender Höhe befand, stellte er für sie keine unmittelbare Gefahr dar.

Von der Anhöhe aus sah ich zu meiner Linken die Schüttneralm mit dem Schüttnerkogel. Am Grat setzte ich meinen Weg nach rechts zum Bruderkogel fort. Von hier oben konnte ich die ganze Herde mühelos beobachten. Am Kar angekommen, suchte ich einen windstillen Platz, packte den Rucksack aus und nahm eine Kleinigkeit zu mir. Mit dem Feldstecher suchte ich anschließend die Almwiesen ab, um eventuelle Auffälligkeiten am weidenden Vieh zu entdecken. Alles war vollzählig und schien wohlauf zu sein.

Der Morgennebel gab nach zähem Ringen mit der aufsteigenden Sonne endlich den Blick zum Tal frei. Noch nie hatte ich meine Heimat aus dieser Sicht gesehen. Ich versuchte mich zu orientieren, indem ich den Weg des Almauftriebes, soweit es ging, zurückverfolgte. Die Fassbergerhütte war leicht zu erkennen. Weiter südöstlich lag der Korbachgraben und hinter der nächsten Erhebung musste Gustls Hof sein. Aber da er in einem Einschnitt lag, konnte ich nur auf den Gipfel des Saurüssels schauen, den ich auch von einer bestimmten Stelle vom Hof aus sehen konnte.

Ich setzte das Glas ab, doch meine Gedanken verweilten auf dem Hof. Ich dachte an die Bäuerin, wie es ihr wohl ginge? Hoffentlich hatte sie alles gut überstanden. Sie war bestimmt die ganze Zeit über von großen Schmerzen geplagt worden. Die Bilder im Kopf kreisten um eine Person, um Gustl. In meinem gedanklichen Tagebuch lag die Seite noch offen, als er mich vor seiner Mutter in Schutz genommen und meine Tränen trockengeküsst hatte. Ein Mann hatte mich noch nie so umarmt und dabei in mir eine Lawine von Gefühlen ausgelöst. Ich grübelte: 'Ob er es gespürt hat, was ich in diesem Moment fühlte? Wie hat er es eigentlich empfunden? Oder war es eine spontane Reaktion, die ich in meiner Fantasie zu einem Ereignis aufbausche?'

Um mich nicht kopflos in weitere Hirngespinste zu verstricken, nahm ich wieder das Glas und schaute den Falmtalgraben entlang, bis raus zu Huber. Dort wanderte mein Blick an der anderen Seite im Zickzack den Wald hoch, bis ich den Gipfel des

Predigstuhls erkannte. Links war der Keckgraben und etwas tiefer eine größere Lichtung mit Wiesen und einem großen Hof. Mein Zuhause!

Es wirkte auf mich erschreckend fremd und farblos, obwohl ich dort eine glückliche und unbeschwerte Kindheit verbringen durfte. Für meine Undankbarkeit schämte ich mich plötzlich. Ich schloss die Augen, um mir einige schöne Erinnerungen wieder ins Gedächtnis zu rufen. Das bedrückende Bild konnte und wollte ich so nicht vor meinem inneren Auge stehen lassen. Bald darauf wich das Grau und der Ausblick füllte sich mit Geborgenheit und freundlichen Farben.

Wenn ich noch zum Bruderkogel rüber wollte, dann wurde es aber auch bald Zeit meine Sachen wieder zu packen. Eine knappe Stunde würde ich bestimmt brauchen, da es stetig bergauf ging. Je höher ich stieg, desto tiefer bekam ich Einblick in die unten liegenden Täler und Mulden. Den Großen Bösenstein konnte ich von hier oben schon die ganze Zeit bestaunen.

'Wie es wohl Vera jetzt geht', fiel mir dabei ein. 'Ob sie noch mit ihrem Hiasl zusammen ist? Und wo mögen sie sich aufhalten?' Auf jeden Fall hatte sie es verdient, dass es ihr gut ging. Man weiß schließlich nicht, warum sie alles einfach Hals über Kopf verlassen hatte. Den Gedanken noch nachhängend, erreichte ich den Gipfel des Bruderkogels. Es blies ein heftiger Wind, aber dafür war der Berg auch bekannt. Der Weg, der am Kamm entlang führte, trennte behutsam die blühenden Almwiesen, die man zurück bis zum Schüttnerkogel sah. Es breitete sich ein einziges Blütenmeer auf sattgrünem Untergrund aus.

Oberhalb der Lackneralm äste ein Rudel von mindestens 50 Hirschen zwischen dem weidenden Almvieh. Der Adler schien an der Ostflanke des Schüttnerkogels etwas entdeckt zu haben. Ich riss mein Glas hoch. Er war hinter einem Gamskitz her, was sich anscheinend verletzt hatte. Das Kleine versuchte verzweifelt, den Angriffen auszuweichen. Deutlich geschwächt setzte es zu einem weiteren Sprung an, um der Gefahr zu entkommen. Aber der Angreifer ließ nicht locker. Wieder schoss der große Adler im Sturzflug runter, schlug seine messerscharfen Krallen in das arme Kitz, riss es hoch und schleuderte es weiter die Felsen runter, bis es regungslos liegen blieb. Auf dem Geröllfeld hatte der Todeskampf sein Ende gefunden. Wie bestellt, schob sich in dem Moment eine einzelne Wolke vor die Sonne, um dem ganzen Szenario die gebührende Düsternis zu vermitteln. Es war ein erbarmungsloses Schauspiel, aber gleichzeitig hatte es mich so in seinen Bann gezogen, dass ich nicht wegschauen konnte.

Um die grausamen Bilder so schnell wie möglich aus dem Kopf zu bekommen, suchte ich meine Herde ab. Bei jedem Tier verharrte ich einen Augenblick und war dankbar, alle gesund zu sehen. Auf dem Rückweg fragte ich mich, warum die fertige Butter noch nicht abgeholt wurde? Eigentlich hätte es schon gestern passieren müssen. Ohne mich dagegen wehren zu können, schob sich Gustl in den Vordergrund meiner Gedanken. Meine Gegenwehr verlor zunehmend an Glaubwürdigkeit, je klarer die Auseinandersetzung mit seiner Mutter ins Bild rückte.

Mir stellte sich die Frage: 'Mag er mich? Hat er mich wirklich lieb?'

Sie ließ sich nicht mehr verdrängen. Mein Herz wollte eine Antwort darauf. Wie es um meine Gefühle stand, das wurde mir auf einem Schlag klar. Ich mochte ihn sehr gerne.

Durch das ganze Gefühlschaos war ich zu guter Letzt vom Weg abgekommen. Was zur Folge hatte, dass ich mich auf meine Schritte konzentrieren musste, um nicht zu stürzen. Der Verstand ließ nicht lange auf sich warten und überschüttete mein Herz mit Vorwürfen, mir solche Flausen in den Kopf zu setzen. Gustl war schließlich Sohn eines angesehenen Bauern. Und ich …? Wirklich nur eine Dahergelaufene, die ihm schöne Augen machte?

'Aber ich hab ihn doch gern, darf ich das nicht?'

Gnadenlos attackierte mich mein Verstand weiter.

'Und mag er dich überhaupt, hast du dich das schon mal gefragt?'

Ich hatte noch nicht zu Ende gedacht, als die Ernüchterung mit eisigem Griff, die gerade noch lodernden Flammen meines Herzens erstickte.

Es war der Sommerfrost.

Mit hängendem Kopf lehnte ich meinen Stock an die Hüttenwand und streifte den Rucksack von den Schultern, während ich in die Stube trat. Irgendetwas irritierte mich … die Kraxn, die gehörte Gustl! Mein Herz versuchte, sich mit einem Riesensatz aus der noch immer eisigen Umklammerung zu befreien.

"Gustl", flüsterte ich, "du bist es wirklich?"

Sofort ermahnte mich die Vernunft, und meine eben noch freudig erregte Stimme reduzierte sich schlagartig.

"Mit dir hatte ich heute nicht mehr gerechnet", kam es mir schon ziemlich gefasst über die Lippen.

"Ja, meine Angerl, freust du dich denn gar nicht?"

"Aber sicher."

Weinend warf ich mich an seinen Hals. Mein Herz stand lichterloh in Flammen. Zärtlich nahm er mein Gesicht in seine Hände, zog mich näher und küsste meine Wange, wie damals. Er hielt noch immer mein Gesicht mit beiden Händen fest, als er mir fragend in die Augen sah. Einen Wimpernschlag lang verharrten wir, bis er sich wieder zu mir herunterbeugte und mich auf die Stirn küsste. Ich schloss meine Augen und fühlte, wie seine weichen Lippen die meinen berührten. Mein Verstand wollte noch einen Einwand vortragen, kapitulierte aber schon auf halbem Wege, bevor sein Mund meine geöffneten Lippen erreichen konnte.

Es kam bei mir auch dann kein schlechtes Gewissen auf, als wir meine Kammer wieder verließen und uns eng umschlungen vor die Hütte setzten, um die letzten Sonnenstrahlen zu genießen.

"Ich hab dich lieb, Angerl, und ich hoffe, du hast das nicht bereut, was wir getan haben", sagte er ganz leise und streichelte mir dabei etwas verlegen die Wange.

"Nein. Ganz im Gegenteil."

Ich lehnte meinen Kopf an seine Schulter.

"Komm, lass uns noch mal zum steinernen Hochsitz gehen, bevor die Sonne weg ist."

Ich nahm seine Hand, um ihn hochzuziehen. Wie kleine Kinder liefen wir zum Felsen. Als wir unsere Plätze eingenommen hatten, kehrte bei jedem von uns der geistige Alltag zurück. Gustl schaute regungslos geradeaus. Ich versuchte, das Ziel seines Blickes ausfindig zu machen, um vielleicht hinter das Geheimnis seiner Schweigsamkeit zu kommen. Das Ziel war der Hof seiner Eltern, was bei ihm wahrscheinlich unbewusst ein Mahlen der Kiefer auslöste. Als er merkte, dass ich ihn schon etwas länger beobachtet hatte, drehte er sich mit einem fröhlichen Lächeln zu mir um.

"Machst du dir Sorgen, Gustl?"

Ich nahm dabei seine Hand und drückte sie fest an meine Wange.

"Sag's mir bitte."

Verlegen kratzte er einen kleinen Stein aus dem Felsen und warf ihn weg.

"Denkst du an deine Mutter? Wie geht es ihr überhaupt?", bohrte ich weiter.

Dadurch konnte ich ihm eine Brücke bauen.

"Soviel ich weiß, geht es ihr schon viel besser. Mein Vater war am Wochenende bei ihr. Wahrscheinlich kommt sie bald wieder nach Hause."

Das war das Einzige, was ich aus ihm herausbekam.

"Wenn du nicht mit mir zusammen sein möchtest, dann sag es. Ich spüre doch, wie sehr du dich damit beschäftigst."

Ich war schon den Tränen nahe und versuchte krampfhaft das Gespräch aufrechtzuerhalten.

"Glaubst du, ich mache mir keine Gedanken?"

Ich sprang vom Felsen runter und ging um den Stein herum, bis ich ihm gegenüberstand. Ich schaute zu ihm auf und erschrak, als ich in sein Gesicht sah. Er hatte Tränen in den Augen, die er sich verstohlen mit dem Ärmel abwischte.

"Meine Mutter wird alles versuchen, um uns zu trennen. Das ist das, wovor ich Angst habe."

Mir war von Anfang an klar gewesen, die Bäuerin würde mich nicht mit offenen Armen empfangen.

"Aber wir brauchen ja nicht gleich mit der Tür ins Haus fallen, oder?", erwiderte ich. Er hob den Kopf, sein eben noch trauriges Gesicht hellte sich auf.

"Du hast recht, kommt Zeit, kommt Rat."

Er sprang mit weit ausgebreiteten Armen vom Felsen runter und landete direkt vor meinen Füßen.

"Du hast recht, Angerl, uns wird schon was einfallen."

Wir machten ein Wettrennen zur Hütte. Natürlich war ich Erste. Schnell packten wir die Kraxn voll mit Butter und alles war fast so wie vorher. Nur beim Abschied nahm er mich ganz fest in die Arme und küsste mich lange auf den Mund. Ich schob ihn sanft, aber mit Nachdruck von mir weg. Er schaute mich ganz erstaunt an.

"Darf ich meine Braut nicht mal mehr zum Abschied küssen?"

Er zog mich wieder in seine Arme.

"Die ganzen Leute können uns sehen, wenn wir vor der Hütte stehen. Was sollen die bloß von uns denken?"

Er ließ mich los, ging dabei einige Schritte rückwärts, riss seinen Hut vom Kopf und schleuderte ihn hoch in die Luft.

"Hallo Leute, hallo Jäger und Wilddiebe, schaut mal alle her", er drehte sich dabei im Kreis.

"Ich küsse jetzt meine Angerl. Und nur damit ihr's wisst, ich hab sie unglaublich lieb."

Ich musste laut lachen und wollte schnell weglaufen, aber Gustl war viel schneller. Er brauchte nur drei, vier Schritte, da packte er mich schon von hinten, drehte mich um und hob mich dabei so hoch, dass ich auf ihn herunterschauen konnte. Ich kreischte wie wild und flehte ihn an, mich doch wieder runter zu lassen. Da er mich an der Taille festhielt, schwebte ich fast waagrecht in der Luft. Ganz langsam senkte er mich ab, und zwar so weit, bis sich unsere Lippen berührten und er mich küssen konnte.

Gustl kam in der darauffolgenden Zeit fast regelmäßig zu mir auf die Alm und unsere gegenseitige Liebe wuchs ins Unermessliche. Jeder Abschied wurde immer mehr zur Folter und steigerte gleichzeitig die Sehnsucht. Es war eine wundervolle Zeit, die wir miteinander verbrachten. Wir sprachen nicht mehr über mögliche Probleme, dazu war uns die Zeit zu kostbar. Wir waren einfach nur glücklich.

Das Ende der Almsaison rückte unaufhörlich näher. Obwohl ich mich einerseits freute, bald jeden Tag in Gustls Nähe zu sein, so schlichen sich jetzt doch Bedenken ein. Früher oder später würden wir uns seinen Eltern gegenüber bekennen müssen.

Bei einem seiner Besuche erzählte er mir, seine Mutter sei wieder zu Hause und hätte nichts von ihrem Wesen eingebüßt. Das war für unsere Situation nicht unbedingt vorteilhaft.

Der Almabtrieb wurde diesmal von einem heftigen Gewitter begleitet und eines der Kälber rutschte ab und verletzte sich tödlich. Uns blieb nichts anderes übrig, als den Abtrieb fortzusetzen und die Bergung auf später zu verschieben. Allerdings war es auch nicht meine Entscheidung gewesen, den oberen Steig zu wählen, gegen den ich von vornherein meine Bedenken geäußert hatte. Die Bäuerin hatte darauf bestanden. Obwohl ich nicht im

Entferntesten die Mittel hatte, das Unglück zu verhindern, so wurde es mir doch von ihr indirekt angelastet, ohne dass sie es offen aussprach.

Jeder von uns war heilfroh, als wir den Hof erreichten und das Vieh sicher untergebracht hatten. Wie es der Brauch war, wurde nach jedem Abtrieb gefeiert. Voraussetzung war allerdings, es durfte weder Mensch noch Vieh zu Schaden gekommen sein. Da es aber an dem Tag wie aus Eimern schüttete, wurde das Dorffest kurzerhand verschoben. Trotzdem rief der Bauer anschließend seine Leute zusammen und schenkte in der Stube einen von seinem guten Schnaps aus. Die Bäuerin lehnte das angebotene Glas energisch ab.

"Da oben verreckt das Vieh und hier wird gesoffen. Das ist ja wohl der Gipfel der Unverfrorenheit", und verließ wutentbrannt die Stube.

Der Bauer meinte es eigentlich nur gut. Denn nach der Geschichte mit dem Kalb sank die ohnehin schlechte Stimmung auf einen neuen Tiefpunkt. Und so ein Unglück musste ausgerechnet ihr, der Bäuerin passieren. Das verletzte ihren Stolz umso mehr. Wortlos stellte jeder sein leeres Glas auf den Tisch zurück und verließ die Stube, um bloß der Bäuerin keinen weiteren Anlass zu einem ihrer mittlerweile gefürchteten Wutausbrüche zu geben.

Der Alltag kehrte wieder auf dem Hof ein. Jeder, so schien es, hatte den Unglückstag mehr oder weniger vergessen oder ihn irgendwie aus seinen Gedanken verdrängt. Selbst die Bäuerin hatte sich wieder beruhigt und verhielt sich sogar auffällig freundlich dem Gesinde gegenüber. Auch mich ließ sie zufrieden, obwohl ich fest damit gerechnet hatte, sie würde sich an mir rächen wollen.

Da es auch die folgenden Tage noch zu stark regnete, beschloss man kurzerhand, den Kadaver des abgestürzten Kalbes nicht mehr zu bergen. Wahrscheinlich hatte eh schon längst einer der Adler den Leckerbissen entdeckt und sich darüber hergemacht. Und das war auch gut so, wer weiß, was da noch alles hätte passieren können. Diese Passage war selbst bei normalen Wetterverhältnissen sehr tückisch.

Das wegen des schlechten Wetters verschobene Dorffest, sollte nun am kommenden Wochenende nachgeholt werden. Mit dieser Nachricht kam Gustl zurück, als er die Butter nach unten gebracht hatte.

Kapitel 5: Herbst 1933

Auf dem Dorffest

Die Bauersleute sahen keinen Grund, warum wir nicht am Dorffest teilnehmen sollten. Schließlich waren schon 14 Tage vergangen und außerdem, so sagte man sich letztendlich, hatte man das ganze Vieh gesund und wohlbehalten vor dem Abtrieb zusammengehabt. Sogar die Bäuerin pflichtete ihrem Mann rückhaltlos bei. Darüber war selbst der Bauer erstaunt und nahm sie spontan vor allen Leuten in den Arm. Das versuchte sie mit einer abwehrenden Bewegung vergeblich zu verhindern.

Wir hatten noch einige Arbeiten zu erledigen, bevor wir gemeinsam zum Dorffest gehen konnten. Ich war gerade im Begriff, im Stall nach dem Rechten zu schauen, als Gustl die steile Wiese heruntergelaufen kam. Seit ich von der Alm zurück war, sahen wir uns natürlich jeden Tag. Wenn wir uns unbeobachtet fühlten, nahm er mich schnell in den Arm und küsste mich. Von Tag zu Tag baute sich in mir das Verlangen nach ihm immer stärker auf. Auch er sehnte sich nach meiner Nähe und so versuchten wir jede Gelegenheit zu nutzen, um für einige Augenblicke alleine zu sein.

Als wir auf dem Dorffest ankamen, herrschte schon eine ausgelassene Stimmung. Die Kapelle spielte gerade eine Polka auf, da entdeckte ich die Huber Mitzi und auch Steffi mit ihrem Michi.

'Die werde ich nachher bestimmt noch mal treffen', dachte ich.

Diesmal war das Dorffest um einige Attraktionen reicher. Neben einem Ringelspiel und zwei Schießbuden war auch eine Wahrsagerin auf dem Platz. Der Bauer und seine Frau steuerten auf das Festzelt zu, während ich mich mit der Magd und den anderen noch umschaute.

"Angerl, das ist ja schön, dich wiederzusehen."

Steffi nahm mich freudestrahlend in die Arme.

"Steffi. Ich hatte dich schon gesehen, als wir reinkamen. Wo hast du Michi gelassen?"

"Der steht hinter dir, mit dem kleinen Michael."

Jetzt spürte ich einen Arm auf meiner Schulter und drehte mich um. Auch Michi umarmte mich auf das Herzlichste. Und neben ihm stand der kleine Bub und schaute mit großen blauen Augen zu mir hoch. Mein Gott, was für ein herziger Bub.

"Und du, du bist der Michael, was bist du vielleicht groß geworden", ich nahm ihn auf den Arm, um ihm ein kleines Küsschen auf die Wange zu geben.

"Das steht dir aber gut", hörte ich eine vertraute Stimme neben mir.

Gustl war es, der uns in dem Gewühl entdeckt hatte.

"Der Kleine muss ja schon bald vier Jahre alt werden. Im Dezember, richtig?"

"Das weißt du aber noch ganz genau, Angerl", erwiderte Steffi lachend.

"Ich werde den Tag bestimmt nicht vergessen", und zwinkerte ihr zu.

Der kleine Michael streckte seine nackten Ärmchen zu seinem Papa rüber, was für mich bedeutete, dass ich ihn schweren Herzens wieder abgeben musste.

"Kommt, lasst uns rüber zum Tanzboden gehen, vielleicht finden wir einen Platz für uns alle", schlug er vor.

Auf dem Weg dahin kamen wir auch an dem Häuschen der Wahrsagerin vorbei. Es erinnerte mich sofort an das Märchen Hänsel und Gretel, von den Gebrüdern Grimm. Michi mit dem Kleinen auf den Schultern und Gustl waren schon vorausgeeilt, um einen schönen Platz für uns zu ergattern.

Schon als ich das Häuschen von Weitem sah, zog es mich magisch an. Jetzt stand ich direkt davor und mir lief ein eisiger Schauer über den Rücken. Steffi, die sich bei mir eingehakt hatte, blieb auch stehen und wir schauten uns fragend an. Beide hatten wir denselben Gedanken. Wir drehten uns zu den Männern um, die anscheinend einen Platz gefunden hatten und uns zuwinkten. Und so gaben wir uns einen Ruck und gingen weiter. Der völlig wolkenlose Himmel strahlte in seiner schönsten Pracht.

"Los, Angerl, komm, lass uns eine Runde tanzen. Mal sehen, ob du es nicht verlernt hast."

Michi war noch genauso wie früher. Wann hatte ich eigentlich das letzte Mal getanzt? Es musste bei Steffis und Michis Hochzeit gewesen sein. Michi wollte gar nicht mehr vom Tanzboden runter.

"Jetzt holst du dir die Steffi, ich passe so lange auf den Kleinen auf".

Ich zog ihn lachend hinter mir her.

Es dauerte nicht lange und der Kleine wollte unbedingt zu seinem Papa auf die Schultern. Ich nahm ihn an die Hand und wir gingen zu den beiden. Michi schnappte sich seinen Sohn, hob ihn sich mit Schwung auf die Schultern und schon strahlte der Kleine wieder übers ganze Gesicht. Jetzt konnte ich endlich auch mit Gustl tanzen.

Langsam neigte sich der Tag dem Abend zu und die Eltern mit ihren kleinen Kindern verließen allmählich den Festplatz. Auch Steffi und Michi machten sich mit ihrem Sohn, der schon ziemlich müde aussah, auf den Nachhauseweg. An unseren Tisch gesellten sich auch die Hubers und Anastasia dazu, die Tochter der Burgers. Wir kannten uns vom Chorsingen.

So wie mir Gustl erzählte, hatte die es auch nicht leicht mit ihrem jähzornigen Vater. Stasl, so nannten wir sie, erzählte am Tisch, sie sei vorhin bei der Wahrsagerin gewesen und hatte sich die Zukunft voraussagen lassen. Mitzi und ich waren ganz Ohr und wollten mehr darüber wissen.

Gustl interessierte das Thema nicht so richtig und ging zu seinen Eltern, die sich im Zelt aufhielten. Stasl erzählte uns Dinge, die uns aus dem Staunen nicht mehr rauskommen ließen.

"Die wusste Sachen über mich, das war unglaublich."

Dabei wurde sie vor Aufregung ganz rot im Gesicht.

"Da muss ich unbedingt hin. Ich möchte ja schließlich wissen, wer mich letztendlich heiratet", meinte jetzt Mitzi lachend. "Vielleicht heirate ich gar nicht und es bleibt mir einiges erspart."

"Ich komme auch mit". Und sprang auf.

Stasl wollte auch dabei sein und begleitete uns.

Auf dem Weg zum Hexenhäuschen, wie wir es schon scherzhaft nannten, wurde mir doch ein bisschen komisch.

'Es ist doch Aberglaube', ging es mir durch den Kopf. 'Und das ist eine Sünde, hatte uns der Pfarrer erzählt.'

Ich wollte schon wieder umkehren, als wir am Häuschen ankamen. Mitzi spielte das Ganze herunter.

"Das ist doch alles Hokuspokus, Angerl, da darfst du doch nichts von glauben. Von Stasl und mir mag die alte Hexe vielleicht etwas wissen, aber von dir, da weiß sie nichts, rein gar nichts", munterte mich Mitzi auf. "Und darüber kannst du dann bloß noch lachen."

Ich drehte mich suchend um.

'Wenn wenigstens Gustl hier wäre, wer weiß, was die mir da drinnen erzählt. Ich gehe jedenfalls nicht als Erste rein, das steht schon mal fest', dachte ich.

Meine Aufregung war völlig umsonst, denn bevor wir noch weiter diskutieren konnten, war Mitzi schon hinter dem dicken schwarzen Vorhang verschwunden.

"Die hat es aber eilig", sagte Stasl.

Ich hingegen war froh, noch ein wenig Zeit gewonnen zu haben. Aber besser ging es mir deshalb auch nicht. Es dauerte eine gefühlte Ewigkeit und ich war doch überrascht, als Mitzi lachend den Vorhang zur Seite schob und ins Freie trat. Ich war erleichtert, als ich ihr Gesicht sah.

"Wie war es? Erzähl doch!", wollte ich von ihr wissen.

"Erst kommst du noch dran und dann setzen wir uns hin und lachen uns kugelig." Sie schob mich in Richtung Vorhang. Ich zögerte noch einen Augenblick, den eine andere nutzte, um schnell von ihrem Glück zu erfahren.

Mitzi sagte kein Sterbenswörtchen und zwinkerte dabei unentwegt die Stasl an. Einerseits empfand ich es wie eine Erlösung, als sich der Vorhang wieder öffnete. Aber jetzt gab es für mich auch kein Zurück mehr. Wie im Schlaf ging ich auf den schwarzen Vorhang zu, ich spürte meine Füße nicht mehr. Erst als ich ihn anfasste, erschrak ich. Er war bedeutend schwerer, als ich vermutet hatte. Oder träumte ich alles nur, lag es vielleicht daran? Obwohl ich jetzt ganz genau wusste, dass ich ihn endlich zur Seite geschoben hatte, stand ich wieder vor einer schwarzen Wand. Ich blieb stehen, um mich zu orientieren. Geradeaus ging es nicht weiter, da war wirklich eine Wand aus Holz. Aber links und rechts davon flackerte schwacher Kerzenschein.

"Komm näher, mein Kind."

Es war eine überaus ruhige und sympathische Stimme, die aus der Finsternis leise an mein Ohr drang. Meine Augen hatten sich an die Dunkelheit gewöhnt und ich nahm die linke Öffnung, um weiter in den Raum vorzudringen. Es roch nach Sandelholz und Wachs.

"Hab keine Angst, ich tue dir nichts Böses. Komm her zu mir."

Mir fiel sofort wieder das Märchen ein. War da nicht die böse Hexe auch so freundlich, oder? Ich unternahm im Geiste noch einen kläglichen Versuch, mich wieder heimlich nach draußen zu schleichen. Anscheinend hatte der sprechende schwarze Stoff wirklich hellseherische Fähigkeiten.

"Du kannst nicht zurückgehen, dafür bist du zu neugierig."

Damit hatte sie mich bis ins Mark erschüttert.

Wie konnte sie nur wissen, dass ich umkehren wollte? Auch wenn ich jetzt zurückgehen könnte, sie hatte recht, ich war einfach zu neugierig. Ich versuchte mit aller Gewalt, das schwarze Gebilde, welches von zwei Kerzen schemenhaft erleuchtet wurde, im Auge zu behalten. Wieder wurde ich an die eisige Winternacht erinnert, in der wir von unheimlichen Schatten begleitet wurden. Bei jedem Schritt, den ich nach vorne setzte, flackerten die Kerzen unruhig auf. Ich näherte mich der Gestalt, die vermutlich auf einem Stuhl saß. Vor ihr ein Tisch, auf dem die Kerzen standen, in der Mitte davon glitzerte und glänzte etwas Rundes, eine Kristallkugel. Davor stand ein Stuhl mit der Lehne zu mir gerichtet. Ich sah noch immer kein Gesicht.

Jetzt erkannte ich ihren Kopf, er war tief gesenkt und mit einem schwarzen Tuch bedeckt. Auf dem kleinen Tisch lag eine blutrote Samtdecke, die bis zum Boden reichte. Die glitzernde Glaskugel ruhte auf einem schwarzen Kissen aus Samt. Wieder wurde meine Seele mit eisigem Griff umklammert.

"Setzt dich, mein Kind", forderte mich die Gesichtslose mit beruhigender Stimme auf. Völlig willenlos tastete ich nach der Lehne, die Gestalt noch immer fest im Blick. Ich setzte mich gerade so weit drauf, dass ich nicht runterrutschte. Sämtliche Gliedmaßen und alles, was man sonst beim menschlichen Körper für eine Flucht benötigte, waren auf das Äußerste gespannt. Ihr Gesicht, warum zeigt sie es mir nicht? Vielleicht, weil es so entstellt ist?

Ich hatte mal darüber gelesen, dass Menschen, die zum Beispiel einen Geburtsfehler hatten oder durch einen schweren Unfall verunstaltet wurden, bei Zigeunerfamilien unterkamen und auf Jahrmärkten als Attraktion zur Schau gestellt wurden.

Ein überaus unruhiges Flackern der Kerzen deutete auf eine Bewegung im Raum hin. Ich saß wie erstarrt da, die Gestalt, die sich immer noch nicht bewegte, fest im Auge behaltend.

Hinter mir spürte ich einen leichten Windstoß.

'Ist also doch noch jemand im Raum', schoss es mir eiskalt durch den Kopf. Ich versuchte mich zu beruhigen, Mitzi und Stasl standen doch draußen.

Ich saß sprungbereit auf der äußersten Stuhlkante, als etwas Weiches mein Bein streifte. Erschrocken sprang ich hoch und starrte entsetzt auf den Boden.

"Maxi, Maxi mein Kleiner, komm her zu Frauchen. Du kannst doch das Kindchen nicht so erschrecken. Aber du tust niemanden etwas, du bist doch ein liebes Hündchen."

Und jetzt sah ich es endlich. All meine Erwartungen wurden mit einem Schlag zunichtegemacht. Unter dem Schleier blickte mir ein rundliches, freundliches Gesicht entgegen. Ich sah weder Warzen noch tiefe Falten. Selbst die Zähne waren makellos. Ihr schöner Mund war leicht nach oben geschwungen und die Lippen leuchteten rot. Sie bückte sich zur Seite, um Maxi auf ihren Schoß zu heben. Unter dem schwarzen Tuch verbargen sich silbergraue, lockige Haare. Rote Pendel waren an ihren Ohren befestigt. Sie hatten von der Form her Ähnlichkeit mit Tränen.

Mir fiel ein Stein vom Herzen und ich setzte mich wieder hin, aber diesmal wesentlich entspannter. Vor mir saß eine schöne, sehr gepflegt aussehende Frau.

"Du möchtest also etwas über deine Zukunft erfahren", sie reichte mir dabei ihre Hände. Ich verspürte keine Scheu mehr und legte meine Hände in die ihren. Ein leichter Schauer lief mir durch meinen Körper, als meine Hände den dicken Samt der roten Decke berührten. Ich verspürte einen leichten Druck in den Fingern, der aber sofort nachließ. Zwischen uns lag das schwarze Samtkissen mit der glitzernden Kugel drauf.

"Ich nehme an, du hast dir diesen Schritt gut überlegt. Denn das, was ich dir hier und heute erzähle, lässt sich nicht mehr rückgängig und vergessen machen. Es wird immer in deinem Kopf bleiben, dich ein ganzes Leben lang begleiten und dich immer wieder an den heutigen Tag erinnern. Ist dir das bewusst mein Kind?"

Wieder fühlte ich diesen leichten nicht unangenehmen Druck. Fragt sie das jeden? Das ist doch nur Spaß, was hier gemacht wird, das darf man doch nicht ernst nehmen. Stasl und Mitzi haben doch auch darüber gelacht, mehr will ich gar nicht. Warum stehe ich nicht auf und gehe einfach wieder raus? Ich sah mich schon draußen stehen und erzählen, dass ich vor der Wahrsagerin Angst bekommen hatte.

'Ich bleibe jetzt hier, egal welche Geschichten sie sich ausdenken mag, es ist sowieso nur alles erfunden.'

Ich schaute meinem Gegenüber tief in die Augen und nickte.

"Falls ich dir unangenehme Dinge erzählen muss, denk einfach, es ist sowieso nur alles erfunden. Wenn's denn hilft", murmelte sie.

Und wieder dieser sanfte Druck.

Jetzt ließ sie meine rechte Hand los, nahm stattdessen meine andere und legte sie bedächtig in ihre Hände. Ihre Haut fühlte sich weich und glatt an. Eine angenehme Wärme durchströmte jetzt meinen Körper. Mit ihrem Daumen strich sie von der Mitte meiner Handfläche nach außen, zum Ende meines Daumens und ließ ihn darauf ruhen. Ich fühlte mich total ruhig und entspannt, es war fast so wie damals, als ob mir Steffi eine Gutenachtgeschichte erzählen würde. Dem kleinen Maxi wurde es zu langweilig und er sprang wieder von ihrem Schoß auf die Erde.

Sie zog meine Hand näher zu sich ran, so dass ich mich etwas vorbeugen musste. Sie senkte den Kopf und über ihr Gesicht fiel wieder der dunkle Schatten. Immer wieder strich sie mit der anderen Hand über meine Handfläche. Sie sagte noch immer keinen Ton, beugte sich aber noch weiter über den Tisch.

"Bitte unterbrich mich ab jetzt nicht mehr, es sei denn, ich frage dich etwas oder du möchtest die Sitzung abbrechen."

Ich nickte und war froh, als es endlich losging.

"Du bist mit Geschwistern aufgewachsen, aber es dauerte nur kurze Zeit, da musstest du fort. Es war kalt, bitterkalt und stockfinster. Ich sehe Sonne, dir geht es besser und du bist glücklich, sehr glücklich. Deine Mutter ist ganz weit weg, aber du hast eine neue gefunden. Du warst gut in der Schule und singst gerne. Magst du Schaukelpferde?"

Diese gezielte Frage riss mich aus den Gedanken.

"Ja", stotterte ich. "Ich hatte vom Christkindl mal ein schönes Schaukelpferdchen bekommen."

Und als ob die Frage das Normalste auf der Welt wäre, erwartete ich einfach nur, dass sie weitererzählen würde.

"Du liebst die Natur und bist gerne alleine. Deine Schwester, sie hat dich gesucht und gefunden. Deine Mutter war nicht dabei. Den Vater sehe ich nicht, doch, aber weit weg, ich kann ihn nicht erkennen. Du wirst Mutter, aber du …"

"Was aber?", warf ich ein, nachdem ich eine angemessene Zeit abgewartet hatte. "Sagen sie es mir doch!"

Sie hob den Kopf, ihr Gesicht war plötzlich grau. Sie drückte meine Hand und schloss sie.

"Ich kann dir nicht mehr sagen, leider."

Sie blickte mich mit den Augen einer trauernden Mutter an, die gerade ihr Allerliebstes zu Grabe getragen hatte.

"Du brauchst nichts bezahlen, aber bitte geh jetzt."

Ich aber wollte unbedingt wissen, wie die Geschichte weiterging.

"Bitte erzählen sie weiter, ich weiß doch, es ist nur eine Geschichte. Ich verspreche ihnen, ich werde nichts davon glauben."

Ihre Augen füllten sich mit Tränen, als sie sich wieder über meine Hand beugte.

"... aber du findest kein Glück. Es tut mir so leid für dich. Deine schönsten Jahre sind gewesen. Man wird dir sehr viel Unrecht und Leid zufügen. Nicht alle, die zu dir freundlich sind, meinen es ehrlich. Weit weg von hier wirst du für dein weiteres Leben vorbereitet werden. Es wird dein Frohsinn dir genommen. Und was die Menschenhand nicht kann, macht unser Herrgott. Deinen Frieden wirst du nur in deinem Glauben finden. Man wird deinen Stolz brechen, aber niemals deinen Willen. Die nötige Stärke dafür wirst du alleine aus deinem Glauben schöpfen können. Und zu später Stunde wirst du dafür belohnt werden."

Sie schloss zärtlich meine Hand und lehnte sich zurück. Ich merkte, wie mir ungewollt Tränen die Wange runterliefen und fasste in meine Schürzentasche.

"Ich nehme kein Geld von dir. Aber eines werde ich dir auf deinen Weg mitgeben, Kindchen. Solange ich lebe, werde ich immer an dich denken und dich in meine Gebete einschließen."

Ich wollte aufstehen, aber mein Körper verweigerte mir seinen Gehorsam. Nur mühsam konnte ich mich vom Stuhl lösen. Ich drehte mich um. Ein kleiner Lichtspalt gab mir die Orientierung. Ich musste raus, diese unheimliche Finsternis zerrte an meiner Seele. Mir drohten wieder die Beine zu versagen und ich hielt mich am dicken, schwarzen Vorhang fest. Als ich begriff, was mir den Halt gab, erschrak ich und stolperte nach draußen. Ich sah Mitzi und Stasl wie sie erst lachten, aber mich plötzlich mit weit aufgerissenen Mündern ungläubig anstarrten, als ob ich aus einer anderen Welt käme.

Ich war in einer anderen Welt gewesen und war ihr nur scheinbar entronnen.

Meine beiden Freundinnen versuchten mein Gestammel, das ich zwischen heftigen Weinkrämpfen preisgab, zu entschlüsseln. Es drehte sich der ganze Rummelplatz um mich herum und entfernte sich langsam.

Angenehme Stille bettete mich ein. Nur das Rauschen der Adlerschwingen drang an meine Ohren. Mein Blick streifte über die wunderschön blühenden Almwiesen. Jetzt vernahm ich Stimmen, es rief jemand meinen Namen. Aber woher kam die Stimme und wer rief nach mir?

Jetzt erkannte ich sie, es war die von Mitzi. Ach ja, sie war unten bei ihrer Almhütte und rief nach mir. Es waren aber auch andere, fremde Stimmen darunter. Was klatschte denn immer an meine Wange? Die Stimmen wurden lauter und deutlicher.

"Angerl, so wach doch auf!"

Der Adler war weg und mit ihm die Stille. Dafür waren die Geräusche des Rummelplatzes wieder deutlicher zu hören. Ich öffnete die Augen und blickte in viele besorgte Gesichter, drei davon waren mir vertraut, meine beiden Freundinnen und Gustl.

"Angerl, was ist denn passiert? Geht's dir jetzt wieder etwas besser? Hier, nimm einen Schluck Wasser."

Jetzt nahm ich auch wahr, dass er neben mir saß und mir das Glas Wasser reichte. Ich erzählte ihm nicht, warum ich so geweint hatte, nur dass mir, von der stickigen Luft im Raum der Wahrsagerin, schlecht geworden war. Als es mir besser ging, brachte er mich nach Hause.

Kapitel 6: Im Jahre 1933/1934

Advent 1933

Wir sprachen noch oft über meinen Besuch bei der Wahrsagerin.

So wie die Stasl mir schilderte, bin ich an dem besagten Nachmittag den beiden halb bewusstlos und bitterlich weinend in die Arme gefallen. Sie hatten mich sofort zwischen sich genommen und etwas abseits des Rummels auf die Wiese gelegt. Mitzi war zurückgelaufen um Gustl zu suchen. Das Letzte, woran ich mich erinnern konnte, war der Moment, als ich mich wieder vom Stuhl erheben wollte. Natürlich konnte ich mich noch an jedes Wort erinnern, das mir die Wahrsagerin gesagt hatte. Aber darüber hatte ich noch mit keinem Menschen gesprochen, auch nicht mit Gustl. Stasl erzählte mir irgendwann, *die Hexe*, wie sie von allen genannt wurde, hatte kurz nach meinem Zusammenbruch ihre Bude geschlossen.

Ich versuchte, dieses Ereignis aus meinem Gedächtnis zu streichen. Es gelang mir nicht. Es blieb seitdem immer gegenwärtig.

Zwischen Gustl und mir hatte sich, was unsere Gefühle betraf, nichts geändert. Jedoch wurde es immer komplizierter, unsere gegenseitige Zuneigung vor den anderen zu verbergen. Ob etwa die Bäuerin doch schon etwas ahnte?

Es häuften sich die Zufälle, dass wir uns gerade da über den Weg liefen, wo sie eigentlich nichts zu suchen hatte. Auch beim Essen wurde ich in letzter Zeit unverhohlen von ihr gemustert. Ich hatte mir fest vorgenommen, sie nach dem Grund zu fragen, aber Gustl beschwichtigte mich und meinte, ich würde es mir nur einbilden.

'Wahrscheinlich hat er recht', dachte ich mir und verwarf mein Vorhaben.

Es lag schon reichlich Schnee, als ich zum Wald rüberging, um einige schöne Tannenzweige für den Adventskranz zu suchen. Als ich durch den kniehohen glitzernden Schnee stapfte und mich über die Stille freute, brach ich wie aus heiterem Himmel plötzlich in Tränen aus. Ich hatte das Bild der Wahrsagerin vor Augen und spürte den sanften Druck ihrer weichen Hände.

"Deine schönsten Jahre sind gewesen", prophezeite sie mir.

'Ist ja alles nur erfunden. Alles nur Hokuspokus', wie Mitzi schon sagte. Ich wischte mir mit dem Ärmel übers Gesicht und brachte mich mit einem lauten Lacher auf andere Gedanken.

In der warmen Stube sortierte ich die Zweige und band sie zu einem schönen Kranz zusammen. Wann hatte ich eigentlich meine letzte Monatsblutung gehabt?

"Hier Angerl, diese Kerzen werden wir in der Adventszeit abbrennen. Die habe ich gestern vom Pfarrer bekommen. Die sind schön, nicht wahr?", unterbrach mich die Bäuerin und stand plötzlich mit einem offenen Karton neben mir.

"Danke, Bäuerin, die sind wirklich schön und brennen bestimmt ganz lange", erwiderte ich und legte die Schachtel neben mich auf die Bank.

Übermorgen war erster Advent, also der dritte Dezember.

'Eigentlich hätte ich sie schon vor 14 Tagen haben müssen. Ich verstehe das nicht'. Ich fasste reflexartig an meinen Bauch.

Wie es der Brauch war, wurde zur Adventszeit an jedem Adventsonntag vor dem Frühstück gemeinsam gebetet. Die letzte Nacht hatte ich unruhig geschlafen und so war es nicht verwunderlich, dass ich an dem Morgen die Erste in der Stube war. Ich heizte den Herd ein und stellte die Kerzen auf den Tisch.

Seit zwei Tagen plagte mich nach dem Aufstehen eine leichte Übelkeit. Heute allerdings musste ich schnell rauslaufen, weil ich mich übergeben musste. Obwohl ich mich in der Stube ganz leise verhalten hatte, begegnete ich der Bäuerin, als ich von der Toilette zurückkam. Ich dachte mir dabei nichts Besonderes, und grüßte sie freundlich mit "guten Morgen, Bäuerin."

Anstatt sich zu bedanken und den Gruß zu erwidern, war ihre erste Frage: "Hast du etwas Falsches gegessen?" Ich zuckte nur mit den Schultern und streifte meine Holzpantoffeln wieder ab.

"Kriagst wui net ebba oan Popa?"

Wie vom Blitz getroffen blieb ich mitten in der Stube stehen. War das nicht bei Steffi genauso gewesen, mit ihrem angeblich *nervösen* Magen? Ich fühlte mich dermaßen überrumpelt und brachte kein Wort raus. Die Bäuerin hingegen hatte damit keine Probleme.

"Mir ist das schon in den letzten Tagen aufgefallen. Du schaust ja auch aus wie frisch Erbrochenes. Und wundern tät's mich nicht, wo du schon die ganze Zeit hinter meinem Sohn her bist."

Zum Glück wurde sie in ihrem Redeschwall vom Knecht unterbrochen, der gerade die Stube betrat. Ich stellte mich ans Fenster und nestelte verlegen in meiner Schürzentasche rum.

'Was ist, wenn sie recht hat?' Jetzt einen klaren Gedanken zu fassen, war unmöglich. Gustl und die anderen traten ein, nur der Bauer fehlte noch. Ich blickte zu ihm rüber und er zwinkerte mir verschmitzt zu. Jetzt betrat auch der Bauer die Stube und eröffnete den Rosenkranz, indem er vorbetete. Als wir fertig waren, beeilte ich mich, die Einbrennsuppe auf den Tisch zu bekommen, um bloß nicht wieder mit der Bäuerin aneinanderzugeraten. Unbedarft, wie Gustl eben war, fragte er mich vor allen Leuten, ob mir nicht gut sei, weil ich kaum was angerührt hatte. Ich hob den Kopf, um ihm zu antworten, aber seine Mutter war schneller. Ihr Ton besaß wieder die unverkennbare Mischung aus Schadenfreude und Verachtung.

"Ich hoffe für sie, dass es ihr bald besser geht."

Sie warf ihrem Sohn einen zornigen Blick zu. Er hatte die Anspielung zuerst gar nicht registriert, nur der Ton hatte ihn dann doch nachdenklich gestimmt. Das Gesinde begriff sofort, dass es Zeit wurde, den Schauplatz so schnell wie möglich zu verlassen. Der Bauer überlegte nicht lange: "Bist etwa in anderen Umständen oder was ist hier los?", fragte er ruhig.

Jetzt war es ausgesprochen und auch Gustl schien es jetzt endlich begriffen zu haben. Man verlangte von mir eine Antwort, ich stand praktisch mit dem Rücken an der Wand.

"Ich weiß es nicht, es kann aber durchaus sein", entgegnete ich ohne Reue.

Wie eine Raubkatze duckte sich die Bäuerin, als sie auf ihren Mann zuging. Die linke Hand ausgestreckt und anklagend auf mich gerichtet, fauchte sie ihn an.

"Und rate mal, wen dieses Flitscherl ins Bett gezogen hat? Deinen Sohn!"

Ich wäre vor Scham am liebsten im Erdboden versunken.

"Nur weil ich ihn gern habe, bin ich doch noch lange kein Flitscherl", erwiderte ich gekränkt.

Trotz der explosiven Stimmung behielt der Bauer die Ruhe. Er schaute seinen Sohn an und forderte ihn auf, endlich seinen Mund aufzumachen. Dabei kam er mir wie ein kleiner Junge vor, der beim Äpfelklauen erwischt wurde.

"Bub, hast du die Angerl auch gern?"

Diesmal wurde auch seine Stimme schärfer.

"Ich weiß nicht genau .... Ja, ich glaube schon."

Jetzt holte die Bäuerin zum zweiten Schlag aus.

"Wenn, wovon ich ausgehe, du tatsächlich schwanger bist, bleibt doch die Frage, ob er überhaupt der Vater ist?"

Sie drehte mir dabei triumphierend ihren Rücken zu.

"Nachdem, was ich bis jetzt gehört habe, scheint die Zuneigung eher nur von deiner Seite zu kommen."

Das war der Gipfel! Ich musste mich hinsetzen.

Von ihm, dem Mann, den ich über alles gern hatte, kam nur ein kleinlautes, "aber Muada," aus seinem Munde.

Ich konnte meine Enttäuschung nicht mehr länger verbergen und verließ still weinend die Stube.

Gustl kam hinterher und wollte mir das erklären. Ich wusste nicht, was es da noch zu beschönigen gab und schloss mich in meiner Kammer ein. Es bestand für mich keine Aussicht, einer weiteren Konfrontation aus dem Wege zu gehen. Mir blieb nichts anderes übrig, als meine Arbeit zu verrichten und darauf zu vertrauen, dass man mich, um Gottes willen, in Ruhe lassen würde.

Das Gesinde hielt sich raus, bis auf Einen. Dessen Frau arbeitete auch als Magd auf dem Hof. Gustl ließ irgendwann mal verlauten, der Knecht hatte darauf spekuliert, dass seine Frau einmal die Sennerei übernehmen würde.

Die folgenden Tage waren für mich sehr schlimm, es war ein täglicher Spießrutenlauf. Nur der Bauer blieb freundlich und sprach mit mir. Wenn seine Frau mich sah, hagelte es Beleidigungen, wo dann auch schon mal der Bauer dazwischenfunkte.

Am 4. Adventssonntag fragte mich die Bäuerin, ob ich denn endlich meine Monatsblutung bekommen hätte. Als ich es verneinte, schrie sie mich mitten auf dem Hof an, so dass es jeder hören musste.

"Du Hure du, ich hoffe wenigstens, du hast noch so viel Anstand, dir das Balg so schnell wie möglich wegnehmen zu lassen. Hier auf meinem Hof wird es nicht aufwachsen, das verspreche ich dir."

Im selben Moment knallte der Bauer hinter sich die Schuppentür zu.

"Was höre ich gerade, *dein* Hof? Da habe ich aber auch noch ein Wörtchen mitzureden. Das Kind, das Angerl im Bauch trägt, ist schließlich unser Fleisch und Blut."

Das war unser 4. Advent und der Rest vom Jahr war auch nicht viel besser. Außer, dass Gustl jetzt halbwegs begriff, auf welche Seite er eigentlich gehörte.

Ich konnte es selber noch nicht ganz glauben, aber ich sollte bald ein Kind gebären? Ich war doch noch nicht mal 21 Jahre alt. Statt mir beizustehen, um mich vor den Attacken seiner Mutter zu schützen, ging er mir auch noch aus dem Weg.

Wenn ich mich unbeobachtet fühlte, kam es schon mal vor, dass ich vermeintlich ohne Grund in Tränen ausbrach. Den Anlass gab mir fast immer Gustl. Entweder lief er mir wortlos über den Weg oder ich dachte an die Zeit, in der ich glücklich in seinen Armen gelegen hatte.

Das Unwohlsein am Morgen hatte nachgelassen, dafür hatten Selbstvorwürfe diesen Platz eingenommen. Wie sollte es weitergehen? Die Vorstellung, dass er mich jemals heiraten wollte, entfernte sich von Tag zu Tag mehr. Hatte ich damals wirklich geglaubt, er würde mich zum Altar führen? Ich konnte mich nicht erinnern, darüber auch nur ein Wort gehört zu haben. Ich hätte es einfach nicht so weit kommen lassen dürfen. Wir hatten uns doch so gern gehabt.

Den derzeitigen Zustand würde ich nicht mehr lange aushalten, das wurde mir immer bewusster.

Es war nach Heilige Drei Könige. Der tagelange Föhnsturm fegte den ganzen Schnee fort. Ich nahm diese Gelegenheit wahr, um ins Dorf zu gehen.

"Ich hoffe, du lässt dir das Balg wegmachen", rief mir die Bäuerin drohend hinterher, als sie beobachtete, wie ich den Hof verließ.

Ihre Äußerung versetzte mir einen derart heftigen Stich, dass ich auf dem Weg nach unten wieder einmal mehr nur Trost in den eigenen Tränen finden konnte. Ihre Worte waren so verletzend. Meine Kraft, ihr weiter die Stirn zu bieten, schmolz dahin, wie der Schnee in der Sonne. Wie lange würde ich es noch aushalten, was würde sie sich noch einfallen lassen, um mich vom Hof zu jagen?

Durch die Schneeschmelze war der Weg ungemein rutschig geworden. Was den Vorteil hatte, dass ich die ganze Aufmerksamkeit auf meine Schritte lenken musste. Und demzufolge konnte ich eine Zeit lang nicht über das Morgen nachgrübeln. Mit festem Boden unter den Füßen kehrte auch etwas von meiner ursprünglichen Lebensfreude zurück. Ich erschrak, als ich sogar in einem Anflug von Heiterkeit anfing, ein Lied zu singen.

Es ist mein Kind, und mein Kind gebe ich freiwillig nicht her. Durch diese freudigen Gedanken wurden meine Schritte beflügelt. Kurz vor Huber fiel mir ein, es wäre besser, zuerst die Butter beim Pfarrhof abzuliefern. Zur Mitzi konnte ich auch noch auf dem Rückweg reinschauen. Wie es der Zufall so wollte, stand sie schon vor dem Haus, als ich um die Ecke kam.

"Das ist ja kurios, gerade habe ich an die Wahrsagerin gedacht und jetzt kommst du daher."

Ich war von ihrem Erscheinen so gerührt, dass ich sie allzu heftig umarmte und wir beide beinahe gegen die leeren Milchkannen fielen. Es dauerte eine Ewigkeit, bis wir uns voneinander lösten. Mitzi wich einen Schritt zurück, fasste mich an den Schultern und starrte mich ungläubig von der Seite an.

"Angerl, bist du etwa schwanger?"

Das war die Mitzi, wie ich sie seit jeher kannte. Immer geradeheraus.

Ausflüchte brauchte ich nicht vorbringen. Ich war doch gekommen, um mit ihr zu sprechen, mich ihr gegenüber zu offenbaren. Ich brauchte jemanden, dem ich mich anvertrauen konnte, der mir zuhörte und mir meine Ängste nahm.

"Ja, von Gustl, wie du dir vielleicht schon denken kannst."

"Ach, du meine Güte. Und die Alte, die ist bestimmt begeistert, oder?"

Mitzi lachte dabei. Ich fand das alles nicht so lustig, musste aber doch über ihre Respektlosigkeit schmunzeln.

"Lass uns reingehen, da können wir uns ungestört weiter unterhalten."

In ihrer Kammer nahmen wir auf der Bank Platz. Ich redete mir alles von der Seele. Wenn mich wieder mal die aufsteigenden Tränen am Sprechen hinderten, nahm mich meine Freundin in den Arm.

"Von dem habe ich mehr erwartet. Nimm dich bloß in Acht vor der Alten. Die ist wohl zu allem fähig."

Darüber so offen zu sprechen, hatte mir richtig gutgetan. Zumal ich ihr das Versprechen geben musste, mich nicht unterkriegen zu lassen.

Jetzt hatte ich auch keine Angst mehr, dem Pfarrer gegenüberzutreten. Dem hatte man die *Schande* bestimmt schon erzählt. Natürlich würde ich ihn bitten, mir die Beichte abzunehmen, denn schließlich hatte ich eine große Sünde begangen. Die letzten Schritte zum Pfarrhaus fielen mir doch schwerer, als ich dachte. Wie sollte ich das Gespräch beginnen? Wie würde er reagieren?

"Angerl, was machst du bloß für Sachen?"

Ich fuhr zusammen, als ich seine Stimme hinter mir vernahm.

"Komm, mein Kind, lass uns gleich in den Beichtstuhl gehen, du hast mir bestimmt viel zu erzählen."

Obwohl er mein Pfarrer war, fand ich es äußerst unangenehm, mit ihm über das 6. Gebot zu sprechen. Nachdem ich den Beichtstuhl verlassen hatte, blieb ich noch in der Kirche zurück, um meine Vaterunser zu beten, die mir zur Buße auferlegt worden waren. Der Herr Pfarrer ging ins Haus rüber, wo ich dann auch die Butter abgeben konnte.

Ich hatte das Gefühl, von einer großen Last befreit worden zu sein, als ich mit meinem Gebet fertig war und danach dem Pfarrer gegenübertrat. Mir war schon klar, dass ich damit noch nicht entlassen war. Auch wenn ich alles gebeichtet hatte, blieben noch die Fragen offen, über die ich mir schon oft den Kopf zerbrochen hatte.

"Was wird nachher mit dir und dem Kind, Angerl?"

Ich zuckte schuldbewusst mit den Achseln.

"Ich weiß es nicht, Herr Pfarrer."

Mehr fiel mir nicht ein.

"Ich kann mir nicht vorstellen, dass du jemals die Schwiegertochter der Leitenbäuerin wirst."

Die Antwort musste ich ihm schuldig bleiben.

"Aber ihr müsst doch schon darüber gesprochen haben, du und ..."

Wir hatten aber nicht mehr gesprochen, seitdem ich sicher wusste, dass ich schwanger war.

"Ich weiß momentan nicht, wie es weitergehen soll. Vielleicht lässt sich die Bäuerin umstimmen, wenn sie sieht, wie gern wir uns haben und er keine andere will."

Da meine Erwartungen nicht allzu hoch waren, was den Ausgang des Gesprächs betraf, verließ ich, wenigstens von meinen Sünden befreit, den Pfarrhof.

Auf dem Nachhauseweg dachte ich darüber nach, warum mich der Pfarrer diesmal gar nicht gefragt hatte, ob ich zu den Chorproben kommen würde, obwohl eigentlich nicht mehr viel Zeit blieb. Denn in diesem Jahr war Ostern 14 Tage früher.

Kapitel 7: Im Jahre 1933/1934

Die Bäuerin erzählt

Ich hatte es geahnt, dass es so enden würde. Schon damals, als mein Mann mit ihr ankam, da wusste ich, sie würde nur Unglück bringen. Und mein einziger Sohn hatte nichts Besseres zu tun, als ihr einen Balg anzudrehen.

Anfangs dachte ich, solange sie oben auf die Viecher aufpasst, sollte es mir recht sein. Wen hätten wir sonst nach oben schicken sollen? Gustl brauchten wir dringend auf dem Hof, und Vera hatte sich ohne ein Wort aus dem Staub gemacht.

Damals war Agnes erst 15, als sie zusammen mit Vera die Hütte bewirtschaftete. Im Kirchenchor war sie auch und sie war immer da, wo auch mein Bub war. Dieses kleine hinterlistige Luder.

Der Alte hatte natürlich an ihr einen Narren gefressen. Es dauerte nicht lange, da hatte sie auch meinen Sohn um den Finger gewickelt.

Sie war auch noch so raffiniert und wollte partout das Kind behalten, das hatte ich ihr nicht zugetraut. Wenn ich damals nicht ins Krankenhaus gemusst hätte, dann wäre es nie so weit gekommen, dafür hätte ich schon gesorgt. Als ich wieder rauskam, hatte ich ein längeres Gespräch mit dem Bauern. Ich wollte wissen, wie oft mein Sohn die Agnes oben schon besucht hatte, und ob er schon mal über Nacht weggeblieben war. Darauf wurde der Bauer richtig fuchsig und meinte, ich würde wohl niemandem trauen.

Ich als Mutter merkte doch sofort, zwischen den beiden braute sich etwas zusammen. Gustl war mir zu oft mit seinen Gedanken auf Wanderschaft. Wenn ich ihn darauf ansprach, bekam ich nur fadenscheinige Ausflüchte zu hören.

Einige Tage vor dem ersten Advent saßen wir zusammen in der Stube, um den Adventskranz zu binden. Ungeschickt war sie nicht, die Agnes. Den Kranz hatte sie wirklich schön gemacht. Ich hatte mich auch ehrlich darüber gefreut, auch weil ich für eine kurze Zeit das Gefühl hatte, es wäre doch nichts zwischen den beiden.

Am Sonntagmorgen aber, da wusste ich es besser. Kreidebleich kam sie von der Toilette zurück. Besorgt fragte ich sie noch, ob sie etwas Schlechtes gegessen hätte. Sie zuckte nur mit den Schultern.

Da war mir klar, sie war *dick*. Es kann sich kein Mensch vorstellen, wie ich mich dabei gefühlt hatte. Mit Engelszungen hatte ich versucht, ihr vom Austragen abzuraten. Sie hörte einfach nicht auf mich. Ich musste unbedingt meinen Sohn davon überzeugen, dass dieses Weibsbild überhaupt nicht zu ihm passen würde. Darüber musste ich unbedingt mit dem Herrn Pfarrer sprechen und mir Rat einholen.

Einige Tage später stand ich bei ihm im Pfarrhaus. Ich hatte ihm ein schönes Stück Fleisch und Käse mitgebracht. Da ich ja wusste, wie gerne er das mochte. Bei der Gelegenheit klagte ich ihm mein Leid und er versprach, bei passender Gelegenheit mit Agnes darüber zu reden. Natürlich hatte ich ihm nichts davon erzählt, dass ich es am liebsten gesehen hätte, wenn die Agnes sich das Kind hätte wegnehmen lassen. Was hätte der Herr Pfarrer dann bloß von mir gedacht? Wo ich doch immer die Kirche besuche und auch regelmäßig zur Beichte gehe.

Etwas erleichtert kehrte ich wieder auf den Hof zurück. In der folgenden Zeit versuchten wir, uns aus dem Weg zu gehen, was nicht immer gelang. Dann kam es mir wieder hoch. Jetzt, wo ich den Gustl davon hatte überzeugen können, dass diese Person nicht die richtige für ihn wäre, bekam plötzlich der Bauer komische Anwandlungen. Der glaubte wohl nicht allen Ernstes, ich würde einer Heirat zustimmen. Nicht mit der *Dahergelaufenen.*

'Natürlich wäre es unmenschlich, eine Schwangere vom Hof zu jagen. Soll sie ihr Kind kriegen, aber mehr nicht. Bis dahin wird noch einige Zeit vergehen und wer weiß, was noch passiert.'

Bei meinem Sohn zeigte sich sein weicher Charakter. Den hatte er bestimmt von seinem Vater geerbt. In letzter Zeit hatte ich einige Male beobachten können, wie Agnes und er öfter miteinander gesprochen hatten, als unbedingt notwendig gewesen wäre. Anscheinend war sie in der Zwischenzeit auch beim Pfarrer gewesen und hatte ihre Sünden gebeichtet.

Zur Ostermesse gingen wir gemeinsam runter. Ich hatte nichts zu verbergen, das wusste jeder. Was mir allerdings überhaupt nicht gepasst hatte, war, dass Gustl nach der Messe mit ihr alleine nach Hause gegangen war. Ich hoffte nur, sie würde ihn nicht wieder um den Finger wickeln. Aber der Bauer wollte unbedingt mit dem Bürgermeister politisieren, dabei verstand er sowieso nichts davon.

Ich hatte wenigstens erreicht, dass das Luder nicht mehr im Kirchenchor mitsingen durfte.

'Wo kämen wir denn dahin, wenn eine Schwangere, die keinen Mann hat, vorne steht und auch noch fromme Lieder singt.'

Für die Alm hatten wir dieses Jahr die Frau des Knechts genommen. Die war schon immer scharf drauf gewesen, mal eine Sennerin zu sein. Die Agnes hatte ich in dem Glauben gelassen, ich hätte mich mit der Situation abgefunden.

Beim Almauftrieb wollte sie unbedingt dabei sein. Mir war es recht, es hätte ja passieren können, dass sie ausrutscht oder ein Vieh sie mitreißt. Ich spielte die besorgte Bäuerin und sie nahm es mir sogar ab. Dabei musste ich natürlich ziemlich behutsam vorgehen, um keinen Verdacht bei den anderen zu erregen. Mir blieb dabei nicht erspart, mit anzusehen, wie Gustl mit ihr zusammen auf dem Felsen hockte und sich lange unterhielt. Leider konnte ich von dem, was sie sich *Wichtiges* zu erzählen hatten, nichts verstehen.

Als sich Gustl anschickte, mit dem Pferdefuhrwerk zurückzufahren, bot er der Agnes an, sie mitzunehmen. Diese Situation kam mir wie gerufen.

"Das solltest du dir überlegen, Agnes, es ist doch ein beschwerlicher und langer Fußweg für dich", meinte ich so unschuldig, wie es nur ging.

Sie blieb tatsächlich noch mal stehen und drehte sich zu ihm um. Auf ihren langen Stock gestützt, blickte sie nachdenklich zum Bauern rüber. Dem fiel natürlich nichts Besseres ein, als ihr davon unbedingt abzuraten. Woher hatte er plötzlich diese Weisheiten. Ich startete noch einen letzten Versuch, sich wenigstens meiner Begleitung anzuvertrauen. Aber auch das lehnte sie ab.

Als ich meinen Heimweg antrat, begegnete ich dann doch noch der Agnes. Sie kam geradewegs von der Fassbergerhütte runter. Einen kurzen Augenblick überlegte ich, ob ich einfach so tun sollte, als ob ich sie nicht sehen würde. Dann blieb ich doch stehen und wartete an der Weggabelung auf sie. Sie tat sich schon schwer mit dem Gehen, das sah man ihr an. Aber warum musste es unbedingt unser Kind sein, mit dem sie sich eingelassen hatte?

"Hallo, Agnes, na, warst bei der Stasl?", fragte ich der Höflichkeit halber.

"Dann können wir den Rest zusammen gehen. Wir werden uns wohl vertragen, oder was meinst du?"

Sie sagte nichts und nickte nur.

Erst wollte ich ihr noch zusetzen, aber ich hatte es sein lassen. Bin schließlich kein Unmensch. Was mir allerdings wirklich Sorgen machte, war die Tatsache, dass sich mein Sohn in den letzten Wochen vor der Niederkunft auffällig rührend um die werdende Mutter kümmerte.

Ich hatte mich seit dem Almauftrieb bei Agnes sehr zurückgehalten.

Ab und zu ertappte ich mich sogar dabei, auf ihren Zustand Rücksicht zu nehmen.

Es war ein schwüler Tag im Juli, als es endlich so weit war.

Ihre Wehen fingen an. Die Hebamme meinte, es wäre nun an der Zeit, die Agnes mitzunehmen. Sie hätte unten für sie ein Zimmer, wo sie die letzten Tage bis zur Entbindung bleiben könnte.

Mir konnte es nur recht sein, wenn uns damit die Verantwortung abgenommen wurde.

Sie sollte ihr Kind bekommen und dann würden wir weitersehen. Eines wusste ich jedoch mit Sicherheit, auf *meinem* Hof würde sie niemals Bäuerin werden.

Am 17. Juli kam das Kind zur Welt, es war ein Bub und wurde auf den Namen Friedrich getauft. Was sie sich dabei wohl wieder gedacht hatte? Hätte bloß noch gefehlt, dass sie ihn Gustl genannt hätte.

Kapitel 8: Im Jahre 1934

Trügerischer Burgfrieden

Es waren die ersten Ostern, an denen ich nicht im Chor mitsingen durfte. Mir wurde schnell klar, warum man mich ausgeschlossen hatte. Eine Frau wie ich, die von einem angesehenen Bauernsohn geschwängert worden war, hatte es doch nur auf den Hof abgesehen. Einen Moment lang schmerzte es mich schon, dass ich den Chor diesmal aus einer anderen Sicht betrachten musste. Mein einziger Trost war, ich konnte Gustl doch noch überreden, mit mir zur Kirche zu gehen. Obwohl ich das Gefühl hatte, dass er sich in seiner Haut nicht immer wohlfühlte, so blieb er doch an meiner Seite. Sogar die Bäuerin ließ mich in letzter Zeit in Ruhe und besuchte mit uns gemeinsam den Ostergottesdienst. Bei der Predigt sprach der Herr Pfarrer von einschneidenden politischen Veränderungen. Angeblich stand unser Land kurz vor einem Bürgerkrieg, weil unser Bundespräsident, Herr Dollfuß, mehrere Sozialisten hatte verhaften lassen. Das hatte er zwar nicht von der Kanzel gepredigt, aber wir sollten beten und Buße tun.

Nach der Messe traf man sich vor der Kirche und es wurde diesmal nicht über den strengen Winter oder die schlechte Ernte gesprochen. Nein, das große Gesprächsthema war die Politik. Ich war froh, dass sich Gustl an keinem der Gespräche beteiligte und mit mir heimging. Wir waren seit langem wieder unter uns. Seine Eltern blieben zurück, um vom Bürgermeister mehr Informationen über die derzeitige Lage zu bekommen. Als wir vom

Falmtalgraben abbogen, um nach oben zum Hof zu kommen, blieb ich stehen und drehte mich ihm zu. Er versuchte meinem Blick auszuweichen, indem er zu Boden starrte. Ich musste ein Gespräch mit ihm zustande bekommen. Diese Gelegenheit würde sich nicht mehr so schnell bieten, dessen war ich mir bewusst.

"Du, wir müssen endlich miteinander reden."

Ich nahm sein Gesicht in beide Hände. Er schaute mich mit seinen dunklen Augen traurig an und schloss mich fest in seine Arme. Sein Kinn ruhte auf meinem Kopf, so dass ich spürte, als er endlich zu sprechen begann.

"Ach, meine kleine Angerl", ein tiefer Seufzer folgte nach einiger Verzögerung. "Du weißt doch, wie gern ich dich habe und wie leid mir das alles tut."

Ich wusste, jetzt durfte ich ihn nicht unterbrechen und drückte ihn nur zärtlich.

"Du kannst dir nicht vorstellen, wie ich mich gefühlt habe, als meine Mutter so schlecht über dich gesprochen hat. Am liebsten hätte ich dich genommen und wäre mit dir weggelaufen. Aber du musst sie auch verstehen, sie will eben nur das Beste für mich."

Jetzt musste ich doch aufhorchen und löste mich abrupt von ihm. Er sprach aber weiter, ohne auf meine Reaktion einzugehen oder sie zu bemerken.

"Wir werden natürlich für dein Kind da sein und auch dafür sorgen, damit es ihm gut geht."

Ich hatte jetzt den Eindruck, ich würde in einem Buch lesen und den Text nicht verstehen.

"Du meinst wohl unser gemeinsames Kind. *Ich* bin die Mutter und *du* der Vater. Ich verstehe jetzt nicht ganz, worüber du sprichst."

Er ging einige Schritte weiter und drehte sich ruckartig um.

"Aber Angerl, natürlich ist es auch mein Kind und ich werde auch immer zu dir halten. Ich wollte dir doch damit nur sagen, wir werden uns alle um das Kleine kümmern. Du wirst sehen, es wird alles gut. Schau mal, meine Mutter ist jetzt schon dir gegenüber ganz anders geworden, oder hast du es noch nicht bemerkt?"

Die letzten Wochen waren tatsächlich fast harmonisch verlaufen, im Gegensatz zu vorher, das stimmte schon. Inzwischen kannte ich die Launen der Bäuerin. Ihre Abneigung mir gegenüber war allgegenwärtig. Sie zeigte sie aber nicht mehr so offen.

"Sicherlich habe ich es auch bemerkt. Aber glaubst du wirklich, deine Mutter hat sich damit abgefunden, dass du der Kindsvater bist?"

Verlegen knackte Gustl sich einen Zweig vom Haselnussstrauch ab.

"Meine Mutter ist im Grunde genommen eine herzensgute Frau. Sie tut sich halt schwer, sich mit der Situation abzufinden. Aber glaube mir, Angerl, wenn dein Kind erst mal da ist, ich meine, unser Kind, dann wird sich auch Mutter darüber freuen."

"Bist du dir wirklich sicher, dass sie sich darüber freuen wird? Und wie soll es nachher weitergehen, heiratest du mich etwa?"

Oh je, das war mir rausgerutscht. Eigentlich hatte ich nicht vorgehabt, ihn danach zu fragen. Aber hatte ich nicht auch ein Recht darauf, zu wissen, wie ich dran war?

"Wenn du mich nicht heiraten kannst oder möchtest, wird deine Mutter es bestimmt nicht zulassen, dass ich auf dem Hof bleibe."

Ich spürte, wie die mühsam aufgebaute Vertrautheit sich wieder von uns entfernte.

"Ich würde dich sofort heiraten, lieber heute als morgen. Das kannst du mir glauben."

'Jetzt raus mit der Sprache, dann weiß ich wenigstens, woran ich bin', dachte ich mir.

"Aber ich kann das nicht alleine entscheiden. Es geht schließlich nicht nur um das Kind ..."

Es ging ihm also um den Hof. Damit war das Gespräch, von dem ich mir mehr erhofft hatte, beendet.

Es war nicht so, dass wir beide kein Wort mehr gesprochen hätten, nein, im Gegenteil, er war ab dem Zeitpunkt sehr besorgt um mich. Er half mir bei jeder Gelegenheit, und wir unterhielten uns auch, wo immer es möglich war. Wir tauschten sogar kleine Zärtlichkeiten aus, die aber zum größten Teil seiner Initiative zugeschrieben werden mussten. Jedoch wurde das Wort *Zukunft*, nicht mehr in den Mund genommen.

Die Tiere wurden auch in diesem Jahr auf die Alm gebracht. Die Tage, bis es soweit war, fielen mir besonders schwer. Nicht weil jetzt die Frau des Knechts die Almwirtschaft übernommen hatte. Nein, es war einfach die Freiheit, aber auch die Einsamkeit, nach der ich mich sehnte.

Auf dem steinernen Hochsitz ins Tal oder zu den Gipfeln schauen. Dem Läuten der Kuhglocken zuhören, die spielenden

Murmerl beobachten. Die Flugbahnen des Adlers verfolgen. Einfach die Abgeschiedenheit und das Einssein mit der Natur, das fehlte mir.

Die Bäuerin meinte fürsorglich, ich sollte mich schonen und auf dem Hof bleiben, aber ich wollte noch einmal nach oben, das Gefühl einatmen und mitnehmen. Wer wusste, wann ich wieder diese Gelegenheit haben würde.

Gustl und einer der Knechte waren mit dem Pferdefuhrwerk schon frühmorgens aufgebrochen, um den Proviant und noch einiges an Werkzeug und Material nach oben zu bringen. Unterwegs versank ich in Gedanken und erinnerte mich mit etwas Wehmut an das Jahr, als ich mit ihm diesen Weg gegangen war. Es kam mir vor, als ob es gestern gewesen wäre, als wir uns dem Korbach näherten. Inzwischen waren aber sechs Jahre vergangen.

Und genau an dieser Stelle hatten wir damals, Gustl und ich, eine Pause eingelegt. Ich blieb stehen und fasste den großen Stein an, auf den wir uns niedergelassen hatten. Im selben Augenblick spürte ich mein Kind in mir. Es drehte sich wahrscheinlich wieder, als ob es etwas geahnt hätte. Sofort schoss mir die Prophezeiung der Wahrsagerin durch den Kopf. Da fiel mir siedend heiß ein, ich hatte diese Sünde gar nicht gebeichtet.

"Deinen Frieden wirst du nur in deinem Glauben finden", hatte sie damals gesagt.

'Ich muss morgen zum Herrn Pfarrer, das darf ich ihm nicht verheimlichen.'

Ich überlegte, ob ich ihm vielleicht noch andere wichtige Sachen verschwiegen hatte.

Das Vieh wurde zum Weitergehen angetrieben und mir fiel es diesmal besonders schwer, den Weg fortzusetzen. Es kamen Zweifel auf, ob es wirklich gescheit war, diese Anstrengung in meinem Zustand, auf mich zu nehmen. Scheinbar hatte die Bäuerin meine Gedanken erraten.

"Ist dir das nicht doch zu viel, Agnes?", fragte sie mich scheinbar ehrlich besorgt.

"Nein, es geht schon, Bäuerin, wir sind auch bald da. Dann kann ich mich ein wenig ausruhen, bevor wir wieder zurückgehen."

Tragen musste ich zum Glück nichts und der Weg ging auch ziemlich eben dahin. Bis auf den letzten Anstieg zur Hütte hoch.

Die ersten Tiere waren auch schon angekommen.

'Ob mein langer Stock noch an derselben Stelle ist?', fiel mir dabei ein. 'Den werde ich mitnehmen, bevor ich wieder zurückgehe.'

Ich steuerte sofort mein Versteck an und tatsächlich, der lange Stock war an seinem Platz. In die Hütte wollte ich nicht gehen, ich befürchtete, zu viele Erinnerungen würden wieder hochkommen. Also nahm ich den Stock und ging noch einmal zum steinernen Hochsitz. Ich stellte mich in seinen langen Schatten und schaute nach oben. Hinter mir vernahm ich ein leises Geräusch und drehte mich neugierig um. Es war Gustl, der mir gefolgt war.

"Möchtest du noch einmal hochklettern?", fragte er.

Ich nickte und stellte meinen Stock ab. Damit ich oben bequemer sitzen konnte, breitete er seine Lodenjacke aus. Es war mir schon etwas merkwürdig zumute, als wir beide nebeneinander wieder auf dem Felsen saßen. Nur diesmal blickte *ich* in Richtung des Hofes, auf dem ich jetzt lebte. Mit Gewalt musste ich die aufkommenden Tränen unterdrücken. Ich bat ihn, mir wieder runter zu helfen.

Mir war die ganze Situation auch ziemlich peinlich, da jeder wusste, wie unser derzeitiges Verhältnis war.

"Angerl, du kannst doch mit dem Fuhrwerk mitfahren, dann brauchst du nicht zu laufen", rief er mir nach.

Ich dachte nur, diesen Vorschlag sollte ich in meinem jetzigen Zustand lieber nicht annehmen.

"Das solltest du dir überlegen, Agnes, es ist doch ein beschwerlicher und langer Weg für dich", hörte ich die Bäuerin sagen.

Sicherlich hatte sie recht, ich könnte beim Runtergehen ausrutschen oder stolpern. Aber als ich mir das Gerumpel auf dem Wagen vorstellte, da stand mein Entschluss fest. Selbst der Bauer hatte Bedenken und meinte, es wäre immer noch besser zu stolpern, als auf dem Wagen stundenlang durchgeschüttelt zu werden.

Dabei warf er seiner Frau einen verständnislosen Blick zu.

Nachdem ich der neuen Sennerin das Geschirr zum Buttern und einige andere wichtige Sachen gezeigt und erklärt hatte, verabschiedete ich mich rechtzeitig und wünschte der Magd noch mal alles Gute und sie möge mit den Tieren im Herbst wieder gesund auf den Hof zurückkehren.

Die Bäuerin bot sich an, mich zu begleiten, aber da ich noch bei der Fassbergerhütte vorbeischauen wollte, lehnte ich dankend ab. Mit dem langen Stock in der Hand fühlte ich mich um einiges sicherer. Ich wusste nicht genau, ob Mitzi auf der Hütte war. Sicher war nur, sie war schon bewirtschaftet. Was mich allerdings ein wenig wunderte, Mitzi hatte nicht rübergewunken. Wahrscheinlich war sie gerade hinter den Viechern her, weil die vielleicht wieder ausgerissen waren. Es dauerte nicht lange, da stand ich vor ihrer Hütte. Ich konnte auch schon von Weitem sehen, dass der Herd angemacht wurde. Eine kleine Rauchsäule war für eine kurze Zeit sichtbar.

Natürlich hatte mich die Sennerin schon längst gesehen, aber es war etwas ungewöhnlich, dass sie sich nicht bemerkbar gemacht hatte. Ich wollte gerade nach ihr rufen, als sich die Hüttentür öffnete, ... und statt der Mitzi stand die Stasl in der Tür.

"Ja, damit hast du nicht gerechnet, Angerl, oder?"

Sie lief auf mich zu, um mich zu umarmen.

"Gut schaust du aus. Komm, lass uns in die Sonne setzen. Bevor sie hier untergeht, müsst ihr drüben schon die Lampe anmachen".

Sie deutete dabei mit dem Daumen über ihre Schulter zur Pfarreralm rüber.

Sie erzählte mir, dass ihr Vater plötzlich der Meinung war, seiner Tochter die Schönheiten der Natur näherbringen zu müssen.

"Warum ist er nicht schon viel früher auf diese Idee gekommen? Es hieß immer, ich hätte dazu keine Lust. Das stimmte gar nicht, ich wurde überhaupt nicht gefragt."

Richtig kennengelernt hatte ich Stasl genau genommen erst an dem Tag, an dem ich zur Wahrsagerin gegangen war. Ich wollte das Thema eigentlich nicht ansprechen, aber es ließ sich nicht mehr umgehen. Während ich erzählte, schüttelte Stasl zwischendurch ungläubig den Kopf.

"Warum bist du nicht aufgestanden und rausgelaufen?"

Ja, warum hatte ich es nicht fertiggebracht? Weil ich zu neugierig war. Ich wollte einfach genau erfahren, was sie sich über mich ausgedacht hatte.

"Es war das Schaukelpferd", hörte ich mich sagen, "genau deshalb bin ich dageblieben. Wie konnte sie wissen, dass ich ein Schaukelpferd hatte?"

Jetzt konnte ich mich auch wieder erinnern. Mit dieser Frage hatte sie mein Misstrauen endgültig beseitigt.

Ich erzählte Stasl alles, was mir damals die Wahrsagerin prophezeit hatte.

Als wir auf Gustl zu sprechen kamen, spürte ich wieder, wie mir die Tränen hochstiegen. Ich konnte nicht schlecht über ihn denken, auch wenn ich immer weniger daran glaubte, dass er mich jemals heiraten würde. Ich hatte ihn trotzdem immer noch sehr gern. Jetzt wo ich mehrmals am Tag durch die Bewegungen in meinem Bauch daran erinnert wurde, dass ich sein Fleisch und Blut in mir trug, wuchsen auch meine Ängste stetig an.

"Und wie kommst du mit der Bäuerin klar? Sie schien ja darüber nicht gerade begeistert gewesen zu sein."

Ich hätte mich lieber über andere Dinge mit ihr unterhalten, aber ich merkte, wie gut es mir tat, mit jemandem darüber zu sprechen.

"Seit einigen Wochen ist es sehr still zwischen uns, ihre Freundlichkeit ist mir beinahe etwas unheimlich."

Stasl betrachtete mit Sorge meinen Bauch, der in den letzten Wochen mächtig an Umfang zugelegt hatte und meinte: "Ich wünsche dir von ganzem Herzen, dass es auch weiterhin so bleibt."

Ich war so glücklich, dass ich den kleinen Umweg über die Fassbergeralm auf mich genommen hatte. Ich hatte schon immer das Gefühl, in Stasl eine gute Freundin gefunden zu haben.

Mir war es letztendlich egal, ob ich mich mit Mitzi oder Stasl unterhielt. Bei Stasl hatte ich allerdings den Eindruck, sie wäre sehr feinfühlig und würde gerade deshalb sosehr unter den Launen ihres Vaters leiden.

Mitzi hingegen war schon immer die Robuste, die konnte man nicht so schnell verletzen.

Bei dem Getratsche hatten wir doch tatsächlich die Zeit übersehen.

"Ich glaube, die Bäuerin macht sich schon auf den Heimweg", sagte Stasl und setzte das Fernglas ab.

"Jetzt wird es aber allerhöchste Zeit. Ich muss mich sputen, denn sonst ist die Bäuerin vor mir auf dem Hof. War wirklich schön, mit dir zu sprechen. Nur schade, dass die Zeit so schnell vergangen ist. Aber wenn das Butzerl da ist, werde ich dich bestimmt wieder besuchen kommen."

Beim Verabschieden konnten wir beide die Tränen nicht mehr zurückhalten.

Kapitel 9: Im Jahre 1934/1935

Mein eigen Fleisch und Blut

Ich war der Hebamme überaus dankbar, dass sie mich einige Tage vor meiner Niederkunft zu sich genommen hatte. Gustl und ich hatten uns auf den Namen Friedrich geeinigt, falls es ein Bub werden sollte. Über einen Mädchennamen hatten wir seltsamerweise gar nicht nachgedacht.

Die Geburt, so bestätigte mir nachher die Hebamme, verlief wie jede andere.

Als ich endlich das kleine Bündel Leben in den Händen halten durfte und sah, dass es ein Bub war, musste ich vor Glück weinen. Im Krankenhaus waren alle sehr nett zu mir und beglückwünschten mich zu meinem hübschen Kind. Besonders Schwester Stefanie bemühte sich aufopfernd um uns. Zu meiner Freude über ein gesundes Kind, mischte sich klammheimlich die Ungewissheit, die drei Tage später komplett von mir Besitz ergriff. Was würde aus uns beiden werden? Diese Frage stellte ich mir immer öfter, je näher der Tag kam, an dem ich das Krankenhaus mit dem Kleinen verlassen musste. Von meinen Leuten kam mich niemand besuchen, warum auch? Sicher hätte ich mich über jeden Besucher gefreut.

So stand ich eines Morgens vor dem Krankenhaus, auf den Schultern hatte ich meinen Rucksack mit etwas Unterwäsche. In der linken Hand hielt ich die Tasche, die mir Schwester Stefanie überlassen hatte. Sie war mit Windeln und Tüchern ausgelegt. Darauf gebettet lag der kleine Bub unter einer bunten Decke und schaute mich mit großen Augen an.

Als ob er sagen wollte: "Und wo geht es jetzt hin?"

Die Schwester hatte mir erklärt, wie ich mit dem Postbus nach Bretstein fahren konnte. Und so wartete ich mit dem Kleinen in der Tasche auf den Bus, der mich bis zu den Hubers bringen sollte. Von dort brauchte ich nur noch eine knappe Stunde bis nach oben zum Hof.

Ich konnte natürlich nicht einfach aussteigen und weitergehen, ohne Mitzi wenigstens Guten Tag zu sagen. Ich wollte ihr auch stolz meinen Sohn zeigen. Als der Bus vor der Gaststätte hielt, stürmte Mitzi schon raus. Sie umarmte mich und wich erschrocken zurück.

"Wo ist das Butzerl?", fragte sie ganz erstaunt.

Als ich meine Tasche anhob, schlug sie beide Hände vor den Mund und gleichzeitig rannen Tränen über ihre Wangen. Sie öffnete die Tasche vorsichtig mit zwei Fingern.

"Ach Gottchen, das kleine Würmchen. Ist es ein Buberl, ja? Der ist aber süß."

Ich musste ihr natürlich ausführlich über die Geburt erzählen.

"Und jetzt, was wird jetzt mit dir?"

Das war die Frage, auf die ich noch immer keine Antwort hatte.

"Ich weiß es noch nicht. Jetzt gehe ich hoch, alles Weitere wird sich ergeben."

Der Empfang fiel erwartungsgemäß kühl aus. Gustl war nicht da, er musste an dem Vormittag auf die Alm.

Die Bäuerin begrüßte mich mit den Worten: "Der Bauer hat dir eine Kiste zusammengenagelt. Da kannst du diese Schande ablegen."

Sie deutete dabei verächtlich auf meine Tasche, in der der Kleine friedlich schlief. Ich war über ihren plötzlichen Sinneswandel dermaßen schockiert, dass ich kein Wort über die Lippen brachte.

Sie fragte weder wie es mir ging noch ob es ein Buberl oder ein Mäderl geworden war. Hatte sie etwa darauf spekuliert, dass ich gar nicht mehr zurückkommen würde?

Einzig und allein der Bauer fragte mich, was es geworden und ob alles gut gegangen sei.

"Ich habe für den Kleinen, wie heißt er eigentlich?, ein Bettchen gebastelt. Es ist zwar nicht unbedingt das Schönste, aber ich glaube, er wird sich hier schon wohlfühlen. Und das wünsche ich euch beiden."

Am liebsten hätte ich den Bauern umarmt.

"Friedrich heißt er", antwortete ich.

Dabei schwang ein gewisser Unterton von Stolz mit.

"Na, zum Glück bist du nicht auf die Idee gekommen, ihn so wie meinen Sohn zu nennen. Das wäre ja noch schöner gewesen", keifte die Bäuerin von hinten.

In der kurzen Zeit meiner Abwesenheit hatte sich auf dem Hof so einiges zum Schlechten verändert. Selbst Gustl wich mir aus und fand immer wieder neue Ausreden, damit er bloß sein eigen Fleisch und Blut nicht auf den Arm nehmen musste. Die Bäuerin nahm auf mich keine Rücksicht, ganz im Gegenteil.

Bei jeder sich bietenden Gelegenheit schikanierte sie mich, wo es nur möglich war. Bei der Mahd für den Winter musste ich den Kleinen immer dabeihaben. In der Tasche konnte ich ihn nur die erste Zeit unterbringen. Das war auch bequem für ihn, aber bald reichte ihm der Platz nicht mehr aus. Was zur Folge hatte, dass er immer quengelte, wenn ich ihn wieder reinlegen wollte. Am steilen Hang konnte ich ihn auch nicht einfach auf eine Decke legen.

Wieder war es der Bauer, der mir einen Wäschekorb brachte, in dem hatte der Kleine ausreichend Platz. An den beiden Griffen machte ich je einen Strick fest und band den Korb zwischen die Stämme zweier Apfelbäume.

Jetzt konnte Fritzchen waagrecht liegen und auch ein wenig hin und her geschaukelt werden. Der Bäuerin missfiel es natürlich, dass gerade ihr Mann Mitgefühl zeigte.

Es war um die Adventszeit herum, als eines Vormittags die Bäuerin unten im Dorf war. Ich stand gerade am Herd und bereitete das Mittagessen vor. Fritzchen lag in seinem Wäschekorb in der Stube nebenan und schlief. Die letzten Nächte hatte er mich immer wach gehalten. Wahrscheinlich bekam er sein erstes Zähnchen und das tat ihm manchmal sehr weh, sodass er immer wieder aus dem Schlaf schreckte und weinte. Für mich war es dann besonders schwierig, meine Arbeit gewissenhaft zu verrichten. Ich hörte, wie der Kleine nebenan wach wurde und gleich wieder anfing zu weinen. Da ich gerade einen großen Topf mit kochenden Wasser in beiden Händen hielt, konnte ich nicht sofort nach drüben und nachschauen. Ich goss also das Wasser ab und nahm mir vor, mich anschließend gleich um Fritzchen zu kümmern.

Ich wusste mittlerweile, wann er mich nur beschäftigen wollte und wann er wirklich Schmerzen hatte. Plötzlich vernahm ich das Wimmern unmittelbar hinter mir. Ich drehte mich erschrocken um und schaute in das Gesicht vom Bauern, der mit glänzenden Augen und etwas hilflos dastehend, seinen Enkelsohn im Arm hielt.

Ich werde diesen Augenblick nie vergessen, als wir uns gegenüberstanden. Der Kleine hatte die Schmerzen völlig vergessen und war darüber selber sprachlos. Er schaute sich seinen Opa ganz genau an. Mit den kleinen Händchen griff er in dessen Bart und machte den Bauern ganz verlegen. Ich wischte mir die Hände an der Schürze ab und wartete noch einen Moment, bevor ich den Kleinen in Empfang nahm.

"Er hat ja so jämmerlich geweint, da musste ich ihn doch zu seiner Mama bringen, oder?"

Die Worte klangen wie eine Entschuldigung.

"Es ist dein Enkelkind, Bauer", sagte ich lächelnd und nahm ihm Fritzchen ab.

18.04.1935 bis 20.05.1935

Der Kleine gedieh prächtig und ich war richtig stolz auf meinen Bub. Bis vor Kurzem hatte ich ihn noch gestillt, jetzt fütterte ich ihn immer öfter mit Brei oder einem alten Brotstück. In der Zeit wo er gezahnt hatte, gab ich ihm eine Speckschwarte. Darauf kaute er besonders gerne rum und es linderte die Schmerzen.

Mit ihm schien die Zeit noch schneller zu vergehen. Ostern stand vor der Tür und es wurden noch keine Vorbereitungen für den Almauftrieb getroffen. Die Magd, die im letzten Jahr noch oben war, war mit ihrem Mann gemeinsam nach Pusterwald gegangen. So kam es, dass auf dem Hof für eine unbestimmte Zeit, zwei Arbeitskräfte fehlten, die von uns allen ersetzt werden mussten.

Mit dem Frühling kehrte meine Sehnsucht zur Alm zurück. Fritzchen stillte ich nur noch zwischendurch. Er war ein recht braves Kind. Wenn ich mit ihm sprach, hatte ich das Gefühl, er würde schon jedes Wort verstehen. Ich war so glücklich darüber, ihn geboren zu haben. Er gab mir Trost, wenn ich traurig war. Wenn ich mich über seinen Korb beugte, wusste er ganz genau, gleich würde ich ihn auf den Arm nehmen. Er lächelte mich dabei an, strampelte mit den kleinen Beinchen und reckte mir seine Ärmchen voller Erwartung entgegen, als ob er sagen wollte: "Mami, nun nimm mich doch endlich in deine Arme."

Er konnte sich über jede Kleinigkeit freuen. Oft lachte er dabei richtig laut auf und schon musste ich herzlich mitlachen. Das waren die Augenblicke, in denen ich mich besonders unbeschwert fühlte. Seit einiger Zeit versuchte auch Gustl mir zu zeigen, dass er doch ein wenig stolz auf seinen Sohn war. Das waren dann die Momente, die in mir wieder Hoffnungen weckten, um kurze Zeit später von Enttäuschungen abgelöst zu werden. Wenn ich wieder mal auf den Boden der Tatsachen zurückgeworfen wurde, begann ich zu grübeln und suchte zum wiederholten Male vergeblich nach einem Ausweg. Es blieb dabei nicht aus, dass ich nach solchen Rückschlägen ein Tal der Verzweiflung durchschritt. In diesen finsteren Zeiten suchte ich Trost im Gebet und fand ihn auch.

Gustl und sein Vater waren jetzt öfter auf der Almhütte, um die Schäden des Winters zu beseitigen. Der größte Teil der Arbeiten, die sonst die Magd verrichtet hatte, wurde jetzt auf mich übertragen. Manchmal wusste ich nicht mehr, was ich zuerst machen sollte.

Fritzchen fing nun an zu krabbeln. Der Wäschekorb hatte somit ausgedient. Damit ich ihn nicht immer irgendwo ablegen musste, um meine Arbeit verrichten zu können, fragte ich die Bäuerin, ob ich den alten Rucksack aus der Diele nehmen könnte. Seit ich auf dem Hof war, war er noch kein einziges Mal benutzt worden. Er gehörte dem alten Bauern, der schon lange unter der Erde lag. Damit hatte er bestimmt erlegtes Wild transportiert. Er war völlig verdreckt und übersät mit alten Blutflecken. Das war vermutlich auch der Grund, weshalb ihn keiner mehr benutzen wollte.

Ich machte mir den Waschkessel heiß und kochte ihn aus. In den Boden schnitt ich zwei Löcher und oben die Schnur zum Zubinden entfernte ich, damit der Kleine sich nicht wehtun konnte. Mit einer Decke und Windeltüchern unter dem Popo, setzte ich Fritzchen hinein. Die Beinchen baumelten unten lustig raus, aber da konnte nichts weiter passieren. Dann schulterte ich mir den umgebauten Rucksack mit dem Kleinen drinnen. Anfangs fühlte er sich überhaupt nicht wohl, da er nichts von der Gegend sehen konnte und nur meinen Nacken vor sich hatte. Erst als ich ihn so reinsetzte, dass er nach hinten über den Rand des Rucksacks schauen konnte, strahlte er übers ganze Gesicht. Sogar die Bäuerin rang sich ein Lächeln ab. Für mich war es zuerst auch ungewohnt, aber es dauerte nicht lange, da merkte ich bald nicht mehr, dass mir der Kleine im Nacken saß.

Später sprach mich die Bäuerin im Stall an.

"Dann kannst du ja wieder auf die Alm. Den Kleinen wirst dabei schon nicht verlieren."

Ich hatte es eher als eine Anspielung verstanden und nicht weiter darüber nachgedacht. Am nächsten Abend, als ich in meiner Kammer lag und der Kleine schon friedlich und zufrieden auf dem Boden schlief, fiel mir wieder die Bemerkung der Bäuerin ein. 'Warum eigentlich nicht?', ging es mir durch den Kopf. 'Bei welcher Arbeit könnte Fritzchen mich wirklich behindern?'

Ich glaube, ich hatte die ganze Nacht nichts anderes getan, als jede Handbewegung und Tätigkeit, die ich bis jetzt auf der Alm getan hatte, mir wieder und wieder vor Augen zu führen. Ich konnte keine einzige Situation finden, wo mich der Rucksack wirklich behindert hätte.

.

Einige Tage später, ich fand mich schon mit dem Gedanken ab, dass die Bäuerin es tatsächlich nur als bloße Anspielung betrachtet hatte, sprach mich der Bauer an.

"Angerl, würdest du es dir wirklich zutrauen ...?"

Bevor er den Satz zu Ende sprechen konnte, antwortete ich schon mit einem nicht überhörbaren, "das würde ich von ganzem Herzen gerne machen."

Er schaute mich ein wenig überrascht an.

"Du weißt schon, was ich meine, Angerl."

Ich nickte nur heftig. Dabei spürte ich, wie Fritzchen freudig mit seinen Beinchen strampelte. Als ob er sagen wollte: "Endlich geht's wieder auf die Alm."

Meine Freude darüber war so groß, dass ich kaum noch schlafen konnte.

10 Tage vor Christi Himmelfahrt war es so weit. Ich war wieder Sennerin.

Kapitel 10: Im Jahre 1935

Mein kleines Paradies

Dieser Almauftrieb war nicht wie jeder andere. Für mich hatte er eine besondere Bedeutung. Es war so, als ob ich zur Sommerfrische fahren würde. Obwohl ich diesen Ausdruck nur aus Büchern kannte, stellte ich es mir einfach nur wunderschön vor.

Daran, dass man vielleicht nur meine Arbeitskraft ausnutzen würde, hatte ich überhaupt nicht gedacht und kam mir auch nicht in den Sinn. Für mich war es ein Stück wiedergewonnene Freiheit. Eine Art Geschenk des Himmels.

Natürlich musste ich den Tagesablauf auf der Alm den meines Kindes anpassen.

Der Kleine schlief schon oft durch, sodass ich frühzeitig aufstehen konnte, um die Tiere im Stall zu versorgen. Anschließend machte ich den Herd an, um für uns das Frühstück zuzubereiten.

Wenn das Wetter gut war, steckte ich Fritzchen schnell in den Rucksack, nahm meinen langen Stock, der mir auch auf dem Hof nicht verloren gegangen war und spazierte zum steinernen Hochsitz.

Für kurze Strecken hängte ich mir den Rucksack nur über die linke Schulter.

So konnte ich dem Kleinen in seine erstaunten Augen schauen, wenn er das Pfeifen eines Murmerl mit einem freudestrahlenden "Oh" oder "Da" quittierte.

Für uns war jeder Tag ein schöner Tag, egal wie das Wetter auch sein mochte. Fritzchens liebster Platz war auf dem Felsen, wenn er in seinem umgebauten Rucksack, der eher einer übergroßen Windel glich, auf meinem Schoß saß und jede Bewegung genau beobachtete.

Als einer der Adler über uns schwebte und die Murmerl ihre Warnrufe ausstießen, zog der Kleine die Stirn kraus, als ob er die Gefahr erkannte.

Mit dem Bauern hatten wir vereinbart, jede Woche würde jemand vom Hof kommen und die fertige Butter abholen. Die beste Zeit dafür war früh am Morgen.

Ich kam gerade aus dem Stall, als der Bauer vor mir stand. Ich hatte ihn schon gesehen, bevor ich nach den Tieren schaute. Es war schon eine Gewohnheit, dass ich, sobald ich vor die Hütte trat, die Gegend nach ungewöhnlichen Dingen absuchte. Dabei blieb mir nicht verborgen, wenn jemand aus dem Hochwald kam und die letzte halbe Stunde praktisch ungeschützt den Weg zur Hütte beschritt.

Er setzte seine Kraxn ab und begrüßte mich freundlich.

Die Stube hatte ich noch nicht eingeheizt, weil ich den Herd nicht unbeaufsichtigt lassen wollte. Manchmal passierte es, dass er mir die Stube vollqualmte, bevor er richtig brannte. Diesmal ging er schnell an und strahlte kurze Zeit später gemütliche Wärme aus. Ich setzte für den Bauer einen Kaffee auf. Für den Kleinen und mich machte ich Milch und Brei warm.

"Wie geht es euch beiden? Dir scheint das Leben hier oben richtig gutzutun, oder?"

Tatsächlich war es so, dass ich schon nach einigen Tagen merkte, wie gut mir die Veränderung bekam. Fritzchen machte sich in dem Moment auch bemerkbar. Es dauerte eine Weile, bis es ihm doch zu bunt wurde und auch er versorgt werden wollte.

Der Bauer packte seine Kraxn aus, während ich mich um den Kleinen kümmerte. Neben Brot und Speck brachte er auch ein Glas Marmelade und Honig mit. Zuletzt holte er eine Packung von ganz unten. Es war Kakao, wir konnten uns Kakao zubereiten.

Bei meinen Zieheltern gab es das nur zu ganz besonderen Anlässen. Kann auch sein, dass ich es nur geträumt hatte.

Als ich mit dem Kleinen fertig war und er brav aufgestoßen hatte, schaute Fritzerl seinen Opa an und streckte die Arme nach ihm aus.

Der Bauer war darüber so gerührt, dass ihm Tränen in den Augen standen, als er mit seinen riesigen Händen den Kleinen unter die Achseln fasste und über den Tisch hob. Jetzt war Fritzerl in seinem Element. Er hüpfte auf dem Schoß seines Opas auf und ab und quiekte zwischendurch vor lauter Freude. Mit seinen Händchen wuselte er immer wieder in Opas Bart.

Ich hatte den Bauern noch nie so vergnügt und glücklich gesehen. Am liebsten hätte er sich von ihm gar nicht trennen wollen.

Ich hatte in der Zwischenzeit die Kraxn mit Butter gefüllt. Als ich ihm den Kleinen wieder abnahm, der natürlich von dem Gehopse nicht genug kriegen konnte, war mir so, als ob ein Anflug von Traurigkeit seinen Gesichtsausdruck für einen Augenblick verändern würde.

Zum Abschied sagte er mir: "Angerl, du sollst eines wissen, wenn es nach mir gehen würde, wäre einiges anders."

Ich blieb mit dem Kleinen auf dem Arm noch so lange draußen stehen, bis der Bauer, ohne sich noch ein einziges Mal umzudrehen, im Hochwald verschwand. Als ich mich aus meiner Starre löste, fing auch Fritzerl wieder zu zappeln an. Dabei fiel mir auf, ich hatte ganz vergessen, ihm Strümpfe anzuziehen. Er strampelte und wand sich so lange in meinen Armen, bis er endlich den Boden unter den Füßen spüren konnte. Bald würde der Kleine laufen, jedenfalls übte er schon fleißig. Noch hielt er sich an meinen Zeigefingern fest. Das taufeuchte Gras war ihm nicht ganz geheuer. Aber daran gewöhnte er sich sehr schnell, anscheinend fand er sogar Gefallen dran, weil es ihn an den Füßen kitzelte.

In der Stube wurde es schon etwas schwieriger. Auf dem Holzfußboden konnte sich der Kleine leicht einen Span einziehen. Deshalb legte ich in eine Ecke einige Decken auf den Boden und kippte die beiden Bänke um, damit er mir nicht immer entwischen konnte.

Das passte ihm überhaupt nicht. Er wollte doch überall ganz nahe bei mir sein. Wenn er mich auch nur für kurze Zeit nicht mehr sehen konnte, fing er an zu weinen. Falls ich draußen bei Regen zu tun hatte, kam er in seinen Rucksack, den ich unterm Dach beim Brennholz festhakte. Da wurde er nicht nass und konnte außerdem praktisch alles überblicken.

Bis jetzt konnte ich mit den Tieren zufrieden sein. Alle waren sie gesund und keines davon hatte sich verlaufen oder gar verletzt.

In der Fassbergerhütte war wieder die Stasl. Das wusste ich deshalb, weil wir uns gegenseitig noch am ersten Abend mit dem Feldstecher beobachtet hatten. Es verging kein Tag, an dem wir uns nicht begrüßten.

Zweimal kam sie mich auch besuchen. Für mich waren solche Ausflüge schon etwas schwieriger, da ich Fritzerl dabei hatte. Sicherlich wäre es auch möglich gewesen, aber ich wollte ihn lieber in gewohnter Umgebung lassen.

Dreimal schon war die Butter abgeholt worden. Kein einziges Mal kam Gustl. Einerseits war ich darüber froh, auf der anderen Seite war ich enttäuscht, wenn er wieder nicht zu mir hochkam.

Heute sollte eigentlich wieder jemand kommen. Ich stand wie gewohnt auch an dem Morgen vor der Hütte und suchte mit dem Feldstecher die Tiere ab. Schwenkte rüber zur Fassbergerhütte bis runter zum Hochwald. Es war kurz vor sechs Uhr, die Sonne hatte sich schon freigekämpft und versprach einen schönen Julitag. Der Hochwald lag noch im Schatten, als sich daraus eine Gestalt löste. Eigentlich nichts Ungewöhnliches, außer dass mir der Gang sehr vertraut war. Es war Gustl, der sich heute tatsächlich auf den Weg gemacht hatte.

Ich nahm den Feldstecher, um mich davon zu überzeugen. Er war es wirklich! Mir kam plötzlich meine ganze Routine abhanden. Was wollte ich eigentlich machen, in den Stall gehen?, ja genau. Ich musste die Tiere versorgen, das hatte ich um diese Zeit immer gemacht. An dem Morgen machte ich vor lauter Aufregung einige Handgriffe doppelt und dafür vergaß ich andere.

Wäre es nicht besser gewesen, er wäre auf dem Hof geblieben?

Was wollte ich eigentlich? Mehr als vier Wochen stand ich jeden Morgen vor der Hütte und sehnte mich danach, dass auch Gustl sich blicken lassen würde. Was war denn bloß in mich gefahren? Seit Dezember hatten wir, bis auf einige Ausnahmen, kaum mehr gesprochen, geschweige denn, uns berührt. Was bildete er sich bloß ein? Meinte er, wenn er jetzt hochkäme, mich wieder um den Finger wickeln zu können?

Ich wollte ihm nicht zeigen, dass ich ihn erwartete. Also ging ich, nachdem ich die Tiere versorgt hatte, wieder in die Stube, um den Herd anzumachen. Kaum züngelten die ersten Flammen hoch, da klopfte es schon an der Tür.

"Guten Morgen, Angerl, ich hoffe, ich bekomme auch einen Kaffee von dir."

Ich schloss die Klappe vom Herd und stand langsam auf.

"Guten Morgen, Gustl, warum solltest du hier keinen Kaffee bekommen? Ich habe dich vorhin schon gesehen, als du aus dem Hochwald gekommen bist. Warst ziemlich schnell hier."

Fritzerl war zwar noch in der Kammer, wurde aber durch unsere Unterhaltung wach, was er gleich mit einem "Mami" kundtat. Mir kam das gerade recht. So konnte ich meine Verlegenheit gut verbergen.

"Ich mache uns gleich Frühstück, aber zuerst muss ich *unser* Kind versorgen."

Ich ging in die Kammer und machte den Kleinen sauber. Mit ihm auf dem Arm kam ich wieder in die Stube. Sonst setzte ich ihn meistens in den Rucksack, der neben der Tür seinen Stammplatz hatte. Wenn Platz war, kam der Kleine in seine Burg, wie ich die beiden umgekippten Bänke nannte. Da konnte ich ihn aber an dem Morgen nicht reinsetzen, weil wir die zweite Bank brauchten.

"Möchtest du vielleicht *deinen* Sohn solange auf den Arm nehmen, bis ich unser Essen fertig habe?"

Ich setzte ihm, ohne eine Antwort abzuwarten, den Kleinen auf den Schoß. Wie von einer Schlange gebissen wich er erschrocken zurück, als er die Füßchen von seinem eigenen Sohn plötzlich auf seinen Beinen spürte.

Einerseits musste ich insgeheim schmunzeln, aber eigentlich war ich von seiner Reaktion enttäuscht.

"Das ist auch *dein* Kind, der wird dich schon nicht beißen."

Ich drehte mich etwas verärgert um, damit ich das Essen fertigmachen konnte.

"Das weiß ich doch, aber ich habe noch nie ein kleines Butzerl in der Hand gehalten", stotterte er verlegen.

"Das 'kleine Butzerl' wird nächste Woche ein Jahr alt oder hast du das etwa auch vergessen?"

Ich wunderte mich über meinen schroffen Ton und doch war ich stolz darauf, dass es endlich aus mir herauskam. Auch wenn ich ihn noch immer gern hatte, lag es mir schon seit langem auf dem Herzen. Ich drehte mich zu den beiden, um zu sehen, wie sie miteinander klarkamen. Eigentlich hätte ich heulen können, als ich das sah.

Fritzerl saß auf der äußersten Kante von Gustls Knien, der ihn fast mit ausgestreckten Armen festhielt, als ob er ein wildes Tier vor sich hätte. Beide begutachteten sich, wobei Fritzchen diese Situation auch nicht ganz geheuer vorkam.

Als ich das Essen auf den Tisch stellte, war der Kleine nicht mehr zu halten. Er wand sich wie eine Schlange in den Armen seines Vaters, um endlich aus der Umklammerung befreit zu werden.

"Gib ihn mir, bevor er dich wirklich beißt."

Ich setzte dabei ein versöhnliches Lächeln auf. Gustl verzog das Gesicht, entspannte sich aber sofort, als er von der *Last* befreit wurde. Die anfängliche, fast befremdliche Distanz legte sich allmählich. Einen wesentlichen Beitrag dazu leistete unser Kind. Zuerst ging es dem Kleinen nicht schnell genug, von seinem Vater wegzukommen, dann jedoch streckte er zu meinem Erstaunen seine Ärmchen nach ihm aus.

Wenn es doch so bleiben könnte, dachte ich ganz kurz.

Fritzerl hatte vor seinem Papa keine Scheu, eher umgekehrt, was mich sehr nachdenklich stimmte.

"Ich müsste nach den Viechern schauen, willst du mitgehen?", fragte ich ihn.

"Zum steinernen Hochsitz?"

Ich wollte gerade den Kleinen in den Rucksack setzen, als Gustl meinte:

"Fritzerl können wir auch so mitnehmen. Ich setze ihn auf meine Schultern."

Und schon beförderte er ihn mit einem weiten Schwung auf seine breiten Schultern. Das gefiel dem Kleinen außerordentlich gut. Voller Stolz schaute er mich von oben herab an und strahlte übers ganze Gesicht.

Ohne dass jemand ein Wort sagte, schauten wir eine ganze Weile ins Tal hinunter. Genau in dem Moment, als ich die Stille brechen wollte, setzte auch er zu einem Satz an. Wir schauten uns erstaunt an und schon wieder fingen wir zur selben Zeit zu sprechen an.

"Angerl, du zuerst."

Er lachte dabei laut auf.

Ich musste auch lachen und schaute zum Kleinen hoch, dem unser Spiel anscheinend Spaß machte.

"Fang du an, ich hab es wieder vergessen."

"Ich hab's vor lauter Schreck auch vergessen."

Er drehte sich dabei blitzschnell zu mir und küsste mich auf den Mund. Ich war noch damit beschäftigt, das eben Geschehene einzuordnen, da stand er bereits wieder auf der Wiese.

"Entschuldige, Angerl, das ist mir so rausgerutscht. Es wird Zeit, dass ich mich auf den Heimweg mache."

Fritzerl, der noch auf ihn saß, drehte sich ängstlich zu mir um und fing an zu weinen, weil ich ganz erschrocken auf dem Felsen zurückgeblieben war.

Mit dem jetzt schreienden Bub ging Gustl mit weit ausholenden Schritten runter zur Hütte. Endlich eilte ich hinterher und riss ihm unseren Sohn von seinen Schultern.

Ganz langsam drehte er sich um und sah mich an. Seine ohnehin dunklen Augen lagen jetzt ganz tief in den Höhlen. Wenn ich nicht den feuchten Glanz darin bemerkt hätte, wäre mir wahrscheinlich vor lauter Angst der Bub aus den Armen gerutscht.

"Ich werde dich immer gern haben, Angerl, aber wir werden nie heiraten können – leider."

28.09.1935

Als Gustl mir das oben auf der Alm beim Abschied noch vor die Füße warf, war ich zuerst fassungslos. Nicht weil er mich wahrscheinlich nie heiraten konnte, sondern mehr über die Art, wie dieser Satz zustande gekommen war.

Von dem Tag an war Fritzerl nur noch *mein* Kind. Ich war so glücklich darüber, ihn geboren zu haben. Meine ganze Liebe und Zuneigung wurde seitdem mit keinem Menschen mehr geteilt. Mein Bub war es, der mir Halt gab, der mich mit seiner unverbrauchten Fröhlichkeit jeden Tag aufs Neue daran erinnerte, dass es sich eben doch lohnte, auf der Welt zu sein.

Es verging seitdem kein Tag, an dem ich nicht mit meinem Kind gebetet hätte. Jeden Morgen nach dem Waschen und vor dem Frühstück nahm ich Fritzerl an seine kleine weiche Hand und betete mit ihm ein Vaterunser. Auch am Abend, wenn ich ihn zu Bett brachte, gab es vorher eine Geschichte übers Jesuskind und anschließend betete ich mit ihm ganz kurz. Meistens fielen ihm dabei schon die Äuglein zu, auch wenn er versuchte, sie noch mit aller Gewalt offen zu halten. Wenn mich wieder mal ein Anflug von Traurigkeit überkam, nahm ich meinen Sohn und drückte ihn fest an mich und busselte ihn ab.

Es kam manchmal vor, dass mir dann auch einige Tränen über die Wangen liefen. Dann schaute mich der Kleine mit großen Augen und den Mund zu einem O geformt erschrocken an. Er zeichnete die nasse Spur mit seinem kleinen Zeigefinger nach, um sie anschließend endgültig zu verwischen. Hinterher schämte ich mich oft, weil ich mein eigenes Kind dazu missbraucht hatte, meine Traurigkeit zu bekämpfen, die einzig und allein ich zu verantworten hatte.

Gustl war seitdem nicht mehr auf der Almhütte gewesen. Ich hätte mich damit trösten können, endlich Klarheit zu haben. Aber wenn ich ehrlich zu mir war, es war eigentlich schon immer vorauszusehen gewesen. Er hatte mich zwar sehr gerne und ich war davon überzeugt, er tat es immer noch. Doch gegen den Willen seiner Mutter kam niemand an, nicht einmal sein Vater. Ich musste mir jetzt darüber ernsthafte Gedanken machen, wie mein Leben mit dem Kleinen weitergehen sollte. Auf dem Hof gab es für uns keine gesicherte Zukunft mehr. Solange ich hier auf der Alm war, konnte ich mein Kind behüten und ernähren. Aber die Zeit ließ sich nicht festhalten, sie lief erbarmungslos weiter und verlangte eine Entscheidung, egal wer sie letztendlich treffen würde.

Ob ich die Stasl bitten sollte, rüberzukommen? Mit irgendjemandem musste ich sprechen. Je näher der Zeitpunkt kam, an dem die Tiere zurück auf den Hof gebracht werden sollten, desto unruhiger wurde ich. Wenn wenigstens der Bauer hochkommen würde.

Sobald ich den Kleinen zum Schlafen gelegt hatte, fingen meine Gedanken an zu kreisen. Schon als Kind hatte ich immer gerne gelesen und so kam es immer öfter vor, dass ich mich in die Heilige Schrift vertiefte, ohne dabei das Heranbrechen des neuen Tages zu bemerken.

"Deinen Frieden wirst du nur in deinem Glauben finden." Diese Worte der Wahrsagerin hallten mir in den Ohren.

Erschreckend schnell vergingen die letzten fünf Wochen. Morgen schon sollten die Tiere wieder runtergebracht werden. Ein Weg in die Ungewissheit stand mir bevor. In der letzten Nacht bekam ich kein Auge mehr zu. Auch Fritzchen schlief sehr unruhig, als ob er spürte, was auf uns zukam. Die drei Monate auf der Alm hatten ihm richtig gutgetan. Das Laufen, ohne sich dabei festzuhalten, machte ihm keine Probleme mehr.

Auch das Wort "Mami", sagte er schon ganz deutlich.

Die Kühe und das Jungvieh, die sich auf der Alm immer im Freien aufgehalten hatten, trieb ich schon am Abend zuvor zusammen.

Die Stube und die Kammer hatte ich geputzt und unsere persönlichen Sachen lagen auch bereit.

Wahrscheinlich würde Gustl mit dem Fuhrwerk kommen und seinen Vater und einen Knecht mitbringen. Ich war schon seit dem frühen Morgen auf den Beinen, damit nachher alles reibungslos ablaufen konnte.

Mit dem Feldstecher in der Hand suchte ich die Gegend ab, um vielleicht etwas Ungewöhnliches zu entdecken. Außer ein paar Gamsen, die über das Grat kamen, konnte ich weiter nichts beobachten.

Leicht nervös ging ich wieder in die Stube und überzeugte mich von dem Zustand, den ich hinterlassen würde. Über der Eckbank befand sich ein kleiner Altar, auf dem die Figur der heiligen Maria stand, zu der ich in den schlaflosen Nächten oft gebetet hatte. Darüber hing das Kreuz mit Jesus. Alles hatte seine Ordnung und war auf dem rechten Platz. Noch gestern hatte ich in das kleine Glas neben der Figur frische Blümchen getan. Versonnen schaute ich auf den Altar. Der Kleine hielt sich mit beiden Händchen an meiner Schürze fest, als meine Augen sich auf die Eckbank senkten. Irgendetwas passte nicht ins Bild. Ich wich einige Schritte zurück, um einen besseren Überblick zu bekommen.

Was war das, was dort in der Ecke auf dem Boden lag? Bevor ich überhaupt meine Gedanken umsetzen konnte, war Fritzerl schon losgelaufen und krabbelte unter die Bank. Ich wollte aufschreien, ihn zurückrufen, aber es war schon zu spät. Mit einem Stoffknäuel in der Hand drehte er sich freudestrahlend zu mir um. Ich schlug beide Hände vors Gesicht – meine Fetzenpuppe. Das konnte doch nicht möglich sein, wie kam sie überhaupt hierher? Ich hatte sie schon jahrelang nicht mehr gesehen. Wenn ich mich recht erinnern konnte, lag sie immer in der Kommode meiner Kammer. Jetzt stand mein kleiner Bub vor mir, beide Händchen nach mir ausgestreckt, und in einer hielt er voller Freude meine alte, aber heiß geliebte Fetzenpuppe.

Wie konnte das möglich sein? Ich wusste nur eines, mit nach oben gebracht hatte *ich* sie mit Sicherheit nicht, obwohl ich so manches Mal das Verlangen nach ihr verspürte. Hier war doch die Ecke, die ich für Fritzerl zum Spielen eingerichtet hatte. Es kamen nur zwei Menschen in Frage: Gustl oder sein Vater.

"Hat der kleine Bub die Fetzenpuppe also doch noch gefunden?", vernahm ich plötzlich eine mir wohlbekannte Stimme.

Ohne, dass ich sein Kommen gehört hatte, stand der Bauer in der Tür.

"Hast du mir aber einen Schrecken eingejagt. Aber wie kommst du denn zu der Fetzenpuppe?"

Der Bauer drehte den Kopf zur Seite.

"Ja hast du ihr denn nichts davon erzählt?"

Seine Stimme klang ehrlich erstaunt. Im Hintergrund sah ich jetzt auch Gustl.

"Was solltest du mir nicht erzählt haben?"

Mich beschlich ein höchst ungutes Gefühl. Mein Magen krampfte sich zusammen, ich ahnte etwas Schlimmes. Instinktiv drückte ich meinen Bub fester an mich.

"Was solltest du mir sagen, Gustl, was?"
Jetzt trat er aus dem Schatten seines Vaters, sodass ich ihn sehen konnte.
"Angerl, wenn wir hier so weit sind, dann nehme ich euch beide mit dem Fuhrwerk mit. Dann kann ich dir alles in Ruhe erklären. Einverstanden?"
Der Bauer drehte sich um, stieg wieder die Treppe runter und ging kopfschüttelnd, ohne ein Wort zu sagen, an seinem Sohn vorbei.
"Ich bin zu Fuß hochgegangen, also werde ich auch wieder zurückgehen. Wenn es so wichtig ist, was du mir zu sagen hast, dann hast du noch Zeit dazu."
Mit diesen Worten ließ ich ihn verdutzt stehen und wendete mich wieder meiner Arbeit zu. Ich war an dem Tag nicht die Einzige, die gereizt war. Es herrschte allgemein Gewitterstimmung. Mir fiel auf, dass diesmal die Bäuerin nicht mit dabei war, man hätte sie eigentlich nicht überhören können.
Um mein Kind nicht aus den Augen zu verlieren, setzte ich es in den Rucksack. Es waren zu viele interessante Dinge, die um ihn herum passierten und er wollte überall dabei sein. Er war nicht damit einverstanden, nur untätig hinten zu sitzen, aber ich konnte heute auf seine Proteste keine Rücksicht nehmen. Ich machte mir mehr über das plötzliche Erscheinen der Fetzenpuppe Sorgen. Es musste also jemand aus irgendeinem Grund in meiner Kammer gewesen sein. Das war eigentlich noch nichts Ungewöhnliches. Doch die Puppe lag nicht offen rum, das wusste ich ganz genau. Sie war in einer der Schubladen meiner Kommode. Man hatte also meine Abwesenheit genutzt, um in meinen Sachen zu wühlen. Wer aber mochte daran Interesse ha-

ben und aus welchem Grund? Ich besaß keine Schätze, die ich vor den Bauersleuten hätte verstecken müssen. Ich konnte mir den Kopf noch so zermartern, ich kam nicht weiter.

Die Geburtsurkunde, ... die lag in derselben Schublade!

In Fritzchens Geburtsurkunde stand nicht der Name des leiblichen Vaters. Das kam daher, weil Gustl mich damals nicht im Krankenhaus besucht hatte und nachher hatte auch keiner mehr daran gedacht. Ich hatte also noch das alleinige Sorgerecht, das musste damit zusammenhängen.

Die Stimme des Bauern riss mich aus meiner Nachdenklichkeit.

"Angerl, wenn es dir recht ist, fahre ich mit dem Fuhrwerk zurück und Gustl soll mit dir gehen."

Zu Fritzchen gewandt meinte er lächelnd: "Dich würde ich ja gerne mitnehmen, aber dafür bist du leider noch zu klein."

Er streichelte ihm zärtlich über den Kopf.

Ich war damit einverstanden und gespannt, was er mir zu erzählen hatte. Kurze Zeit später brachen wir auf. Gustl hatte es so eingerichtet, dass ich mit dem Kleinen auf dem Rücken die Nachhut bildete.

Erst nachdem wir an der Fassbergerhütte vorbei waren, konnte er endlich seine Hemmungen überwinden und brach sein Schweigen.

"Angerl, nun warte doch!" Er zog mich am Ärmel.

Ich blickte mich um und blieb stehen.

"Damals, als du im Krankenhaus gewesen warst, hatte keiner von uns gedacht, dass es vielleicht irgendwann einmal wichtig sein würde, mich als leiblichen Vater des Kindes einzutragen. Irgendwann hatte meine Mutter, als sie unten im Dorf war, mit dem Bürgermeister gesprochen. Der hatte sie darauf aufmerksam gemacht, wenn dir eventuell, was wir nicht hoffen wollen, doch etwas zustoßen sollte, würde das Gericht für Fritz einen Vormund bestimmen. Und das willst du doch bestimmt auch nicht. Und deshalb habe ich die Geburtsurkunde des Kleinen gesucht. Da habe ich auch die Fetzenpuppe gefunden."

Dabei schaute er den Kleinen an, der bei mir hinten im Rucksack saß und brav spielte.

"Und das hast du mir nicht erzählen können? Konntet ihr damit nicht warten, bis ich wieder auf dem Hof bin? Ich finde es trotzdem unverschämt, dass ihr in meinen Sachen gewühlt habt, während ich hier oben war."

Beim Korbach machten wir eine kurze Rast. Ich hob den Kleinen aus seinem Rucksack, damit er sich ein bisschen bewegen konnte. Das Plätschern der Quelle zog ihn sofort magisch an. Ich nahm ihn an die Hand und ließ ihn gewähren. Gustl blieb an dem Stein sitzen, wo wir Pause gemacht hatten, als wir das erste Mal zur Alm hochgegangen waren. Damals war ich gerade mal 15 Jahre alt gewesen.

"Weißt du eigentlich, warum ich mit dir darüber nie mehr gesprochen habe? Du und deine Mutter, ihr habt euch geschämt, weil ich ein Kind von dir bekommen hatte. Deshalb wollte ich lieber meinen Mund halten, um deiner Mutter nicht wieder einen Grund zu geben, mich zu demütigen. *Ich* bin schließlich diejenige, an der sie ihre Launen auslässt."

Mit hängendem Kopf trottete er neben mir her, wie ein kleiner Schuljunge, der seine Hausaufgaben vergessen hatte. Ich merkte wie er versuchte, die richtigen Worte zu finden.

Ich hatte immer noch gehofft und mir eingeredet, eines Tages würde sich alles zum Guten ändern. Sogar noch heute glomm in mir ein Fünkchen Hoffnung. Sicherlich hatte sich in mir seit seinen verletzenden Worten etwas verändert. Ich betrachtete unsere Situation immer öfter aus der Sichtweise der Menschen, die auch davon betroffen waren. Bei seinem Vater wusste ich, er war ein herzensguter Mensch. Für ihn war meine Herkunft kein Grund, mich anders zu behandeln. Bei der Bäuerin sah es allerdings ganz anders aus. Da war der Charakter nicht so wichtig. Die Hauptsache war, man hatte sich ihr in jeder Hinsicht unterworfen. Sie duldete keine Widerworte, nicht mal aus dem engsten Familienkreis, ihr Wort galt.

Und Gustl, er machte sich zum Opfer seiner zwiespältigen Gefühle.

Einerseits sehnte er sich danach, eigene Empfindungen zu erfahren, hatte aber gleichzeitig Angst davor, dem Reiz der Liebe nicht gewachsen zu sein.

In seinen Augen hätte es für ihn zur Folge, dass die enge Bindung zu seiner Mutter darunter leiden oder sogar aufgehoben werden könnte.

Mit seinen 28 Jahren konnte er sich noch nicht von der unsichtbaren Nabelschnur seiner Mutter trennen. Ob es ihm jemals gelingen würde?

Ich konnte ihm einfach keinen Vorwurf machen.

Und trotzdem oder gerade deshalb, hatte ich ihn noch immer sehr gern. Dagegen war auch seine Mutter machtlos.

Wenn die Kraft zu Ende
geht und das Atmen
zu schwer wird,
ist der Weg zur
Freiheit ein Trost
für alle.
Lisa Böhm

Teil III

Hass, Gewalt und Angst
1935 bis 1941

Kapitel 1: Im Jahre 1935/1936

Was kommt jetzt?

Gustl und ich waren noch vor dem Erntedankfest nach Oberzeiring zum Gemeindeamt gefahren und hatten die Vaterschaft in Fritzchens Geburtsurkunde nachtragen lassen.

Ab dem Zeitpunkt war auch die Bäuerin um eine Spur freundlicher. Warum, das sollte ich allerdings erst später erfahren. Den Winter über war es mit dem Kleinen nicht so schwierig. Die Idee mit dem Rucksack hatte sich bewährt. Ich konnte ihn überall hin mitnehmen, die Fetzenpuppe war auch immer dabei. Sogar zur Christmette nahm ich den Kleinen mit. Manche der *frommen* Kirchengänger hatten zwar hinter meinem Rücken getuschelt, aber Fritzchen hatte es sehr gut gefallen.

Ich musste dabei an meine erste Christmette denken. Auch ich saß damals hinten in der Kraxn vom Ehgartner. Da gab es einige, denen das nicht gepasst hatte, aber mein Ziehvater hatte sie sofort zum Schweigen gebracht.

Ich hatte gehofft, dass ich welche vom Hof der Ehgartners bei der Mette treffen würde. Und tatsächlich, da kamen sie. Meine Ziehmutter hatte sich bei ihrem Sohn Hubert untergehakt. Vorneweg lief ein blonder Bub und sammelte eifrig Schnee, um seinen Vater, der etwas weiter hinten mit Steffi ging, zu bewerfen. Steffi führte an ihrer Seite ein Mädchen, das ungefähr drei Jahre alt war. Hatte sie wirklich ein zweites Kind und noch dazu ein Mädchen bekommen? Das hatte sie sich immer gewünscht.

Als meine Ziehmutter mich sah, blieb sie wie angewurzelt stehen. Auch ich hielt für einen kurzen Augenblick inne. Meine Augen füllten sich mit Tränen. Während ich langsam auf sie zuging, breitete sie ihre Arme aus. Ihren Stock ließ sie dabei achtlos in den Schnee fallen. Ich vergrub mein Gesicht an ihrer Schulter und dabei brachen in mir alle Dämme.

"Muada …"

"Meine kleine Angerl", hörte ich sie in mein Ohr flüstern.

Ein ungeduldiges Klopfen auf meinem Rücken erinnerte mich daran, dass ich noch den Kleinen hinten im Rucksack hatte.

"Ja, Jesses Maria!", verzückt riss Steffi eine Hand hoch und bekreuzigte sich, "was sehe ich denn da? Da steckt ja ein ganz kleiner Bub drinnen."

Michi musste sofort von seinem Papa hochgehoben werden. Auch das Mädchen wollte ihre Neugierde befriedigt wissen und streckte ihre Ärmchen der Mutter entgegen. Hubert nahm mir den Rucksack ab und musste laut auflachen.

"Das scheint dir wohl in die Kraxn gelegt worden zu sein, als damals unser Vater dich damit zur Mette gebracht hatte. Weißt du das noch, Angerl?"

Fritzchen schaute ängstlich zu mir, als Hubert ihn auf den Arm nahm, während mich meine Ziehmutter etwas zur Seite zog.

"Nun erzähl uns mal, Angerl, wie geht es dir?"

Dabei schaute sie sich um, ob möglicherweise andere Kirchengänger von der Unterhaltung etwas verstehen könnten, was nicht für deren Ohren bestimmt war.

Als die Kinder von Michael und Steffi unruhig wurden, ging er mit ihnen zum Friedhof, um Opas Grab zu besuchen. Ich hatte meiner Ziehmutter auch nur das Wesentliche erzählt. Steffi und Hubert schüttelten zwischendurch immer wieder ungläubig den Kopf. Meiner Ziehmutter merkte man ihre Anteilnahme förmlich an. Sie stand zwischen ihren beiden Kindern und schaute mich voller Mitleid an.

"Als ob du nicht schon genug mitgemacht hättest. Ich wünsche dir, dass sich alles zum Guten wenden wird."

Sie nahm mich dabei wieder in den Arm.

"Und wenn du nicht mehr weiter weißt, kannst du jederzeit wieder zu uns kommen. Damit seid ihr doch auch einverstanden, oder, Steffi und Hubert?"

Hubert war der Erste, der die Worte wiederfand.

"Unser Haus steht dir zu jeder Zeit offen. Ich wünsche es euch beiden von ganzem Herzen, dass ihr glücklich werdet."

Auch Steffi umarmte mich und wir sahen uns ganz lange nur schweigend an.

"Ach, Angerl, das tut mir alles so leid", sie wendete sich weinend ab.

"Das wird schon werden", meinte ich. "Immer, wenn ich nicht mehr wusste, wo vorne oder hinten war, hatte ich mit Fritzchen gemeinsam gebetet. Danach ging es mir immer besser. Das hatte auch die Wahrsagerin damals vorausgesagt."

Die Kirchenglocken mahnten die Andächtigen zur Eile. Wie jedes Jahr war auch dieses Mal die Kirche bis auf den letzten Platz besetzt. Einige der Bauern, vor allem die der jüngeren Generation, blieben hinter der letzten Bankreihe stehen, um den Frauen und Kindern den Sitzplatz zu überlassen. Vorne neben dem Altar, wo die Krippe aufgebaut war, stand Michael mit seinen beiden staunenden Kindern. Da wir noch einige Minuten Zeit hatten, ging ich auch nach vorne, um Fritzchen das Jesuskind zu zeigen, wie es in seiner Krippe lag.

Meine Leute, Gustl und seine Eltern saßen bereits in der vordersten Reihe. Der Bauer gab mir zu verstehen, dass er neben sich noch einen Platz freigehalten hatte. Die Glocken läuteten zum dritten und letzten Mal.

Der Kleine konnte sich daran nicht sattsehen, immer wieder zeigte er auf die Figuren und ich musste ihm jede einzelne erklären.

Anschließend gingen wir gemeinsam nach Hause. Wir beide, ich mit dem Kleinen auf dem Rücken, gingen vorweg.

Das alte Jahr endete ohne besondere Ereignisse. Außer, dass die Schulkinder nicht mehr "Grüß Gott", sondern "Österreich" beim Grüßen sagen mussten.

Auf dem Hof, so schien es, hatte sich nach außen hin nichts verändert. Über die Wintermonate lief alles viel ruhiger, allein das Wetter gab die Aktivitäten vor. Holzfällarbeiten waren vom Wetter kaum betroffen. Zu Maria Lichtmess wurde wieder die Krippe abgebaut, die Figuren einzeln verpackt und weggeschlossen.

An dem Nachmittag kam der Bürgermeister und einer von den Herren, die man in letzter Zeit im Dorf öfter beobachten konnte. Wenn der Bürgermeister sich persönlich auf den Weg nach oben machte, hatte es einen besonderen Grund. Der Bauer hatte sie anscheinend erwartet, jedenfalls war er über ihr Erscheinen nicht sonderlich überrascht, aber auch nicht hocherfreut. Er bot ihnen kein Glas Selbstgebrannten an, sondern Tee, den ich zubereitet hatte. Der Bauer ließ nach Gustl rufen und die vier setzten sich in die gute Stube nach nebenan. Was da genau besprochen wurde, hatte ich nicht verstanden, nur dass der Bauer dabei ziemlich wütend geworden war. Das kannte ich von ihm gar nicht. Ich hörte nur einmal ganz deutlich, als der Bauer sagte: "Wollt ihr jetzt auch noch kontrollieren, was bei uns auf den Tisch kommt?"

Die Begleitung des Herrn Bürgermeisters sagte daraufhin: "Wer viel hat, muss mit den anderen teilen. Ihr müsst deshalb bestimmt keinen Hunger leiden. Wenn sie in Zukunft ein Wild erlegen und es nicht unverzüglich melden, so ist das Wilderei und wird dementsprechend bestraft."

Damit war das Gespräch beendet und die Herrschaften verließen den Hof.

Es dauerte eine ganze Weile, bis sich der Bauer beruhigt hatte. Immer wieder schimpfte er vor sich hin.

Später erzählte mir Gustl Einzelheiten des Gesprächs. Bauern, die einen Waldbesitz hatten, mussten einen bestimmten Anteil der gefällten Baumstämme unentgeltlich der Gemeinde überlassen. Das Hitlerdeutschland setzte Österreich mit der sogenannten *Tausendmarksperre* unter Druck. Hitler hatte 1933 ein Gesetz erlassen, dass jeder deutsche Staatsbürger vor einer Reise nach Österreich 1000 Reichsmark zu bezahlen hatte. Dies hatte zur Folge, dass der Tourismus um über 40 % zurückging.

Die meisten Bauern in Bretstein brauchten deshalb keinen Hunger zu leiden. Weiter draußen und in den Städten sah es schon ganz anders aus. Wir bekamen hier oben kaum etwas mit. Und wenn der Bauer auf die Jagd ging, dann schoss er eben zwei Stück Wild und nur eines davon wurde gemeldet.

05.02.1936

An dem Tag brachte die Bäuerin zwei Frauen mit auf den Hof. Eine etwa in ihrem Alter, die andere war bestimmt die Tochter und musste in Gustls Alter gewesen sein. Dieser Besuch konnte nichts Gutes bedeuten.

Scheinbar kannten sich die Drei schon länger. Die Ältere sprach die Bäuerin mit dem Vornamen an. Die Jüngere nannte sich Gundl und war tatsächlich die Tochter. Als sie mich wahrnahmen, verstummte die Unterhaltung und die Bäuerin ging mit den beiden in die Stube, wo sie sich ungestört unterhalten konnten.

Am nächsten Morgen stand Gundl in der Stube und bereitete gemeinsam mit der Bäuerin das Frühstück vor. Vor lauter Schreck vergaß ich zu grüßen und blieb in der Tür, mit der Klinke noch in der Hand, stehen. Zu Gundl gewandt: "Das ist die, von der ich euch schon erzählt habe", höhnte die Bäuerin. "Um die da brauchst du dich nicht weiter zu scheren", und warf mir dabei einen verächtlichen Blick zu.

Ich stand bewegungslos da und konnte die Situation noch nicht begreifen, als ich hinter mir den Bauern wahrnahm. Mit flehendem Blick drehte ich mich um, in der Hoffnung, dass das alles nicht wahr sei. Bis gestern war es immer meine Aufgabe gewesen, dafür zu sorgen, dass rechtzeitig das Essen auf den Tisch kam.

"Das ist die neue Wirtschafterin, Angerl, die wird jetzt einen Teil deiner Arbeit übernehmen."

Merklich leiser fuhr er fort: "So will es die Bäuerin nun mal haben."

"Darf ich den Brei für mein Kind hier noch zubereiten?"

Diesen Satz musste ich mir förmlich rauspressen. Wenn oben nicht mein Kind auf mich gewartet hätte, hätte ich auf der Stelle alles stehen und liegen gelassen.

Die Bäuerin suhlte sich förmlich in meiner offensichtlichen Verzweiflung.

"Das sprichst du am besten mit Gundl ab."

Die wandte sich mit einem gönnerhaften Blick zu mir um, und ließ mich an den Herd, damit ich endlich den Brei kochen konnte. Mit der heißen Schüssel und einem Löffel in der Hand machte ich mich schnell auf den Weg in meine Kammer, wo ich den Kleinen schon weinen hörte.

Kapitel 2: Im Jahre 1936

Gundl erzählt

Als ich mit meiner Mutter das erste Mal auf dem Hof stand, da wusste ich, hier würde ich einmal das Sagen haben.

Die Leitenbäuerin und meine Mutter, die kannten sich noch von früher. Und wie es der Zufall wollte, trafen sich die beiden in Möderbrugg. Meine Mutter brachte an dem Tag ein Paket zur Post, und die Bäuerin wollte eine Stellenanzeige aufgeben, dabei kamen sie ins Gespräch.

Mein damaliger Verlobter hatte mich wegen einer aus der Stadt sitzenlassen. Ich war daraufhin wieder zu meinen Eltern gezogen.

Mit der Bäuerin verstand ich mich gleich auf Anhieb. Wir waren aus demselben Holz geschnitzt, wie meine Mutter später irgendwann treffend bemerkt hatte. Als ich fragte, warum sie überhaupt nach einer Wirtschafterin suchen würde, wenn schon eine Magd auf dem Hof sei, da meinte sie etwas schroff, "die jetzige wird uns in Kürze verlassen."

Natürlich hatte mir die Größe des Anwesens mit den Wäldern und dem Viehbestand imponiert. Und doch wurde ich den Eindruck nicht los, die Bäuerin und meine Mutter würden mir etwas verschweigen. Auf dem Weg zum Haus fiel mir wieder die Magd auf, die ich gleich nach unserer Ankunft kurz gesehen hatte.

Sie war einige Jahre jünger als ich, zierlich mit pechschwarzen langen Haaren, die sie sich geschickt zum Kranz geflochten hatte. Ich wunderte mich über ihren alten Rucksack, den sie trug.

Aber als sie sich umdrehte, sah ich darin einen kleinen Jungen, dem es sichtlich Spaß machte, auf diese Art von seiner Mama getragen zu werden. Glücklich war sie darüber anscheinend nicht.

Offenbar war der Bäuerin die Begegnung mit der Magd unangenehm. Ziemlich abrupt beendete sie das Gespräch und bat uns in die Stube. Ich hätte mir gerne die Stallungen und die nähere Umgebung etwas gründlicher ansehen wollen, denn schließlich hätte es mich schon interessiert, was da auf mich zukam. Kaum in der Stube angekommen, schaute sich die Bäuerin verstohlen nach der jungen Magd um, ob wir wirklich ungestört waren. Mit einem triumphierenden Lächeln setzte sie sich an den Tisch und ließ endlich die Katze aus dem Sack.

"Gundl, mit deiner Mutter habe ich darüber schon ausführlich gesprochen."

Dabei legte sie ihre Hand auf meinen Arm.

"Ich möchte mit offenen Karten spielen. Du hast mich vorhin gefragt, warum wir eine Wirtschafterin brauchen, wenn wir schon eine Magd auf dem Hof haben. Die Agnes, so heißt sie, hat ein Kind, wie du bemerkt hast. Dieses Kind …", und lehnte sich mit einem verächtlichen Gesichtsausdruck zurück, "… dieser Fratz ist von Gustl, meinem Sohn. Sie hat ihm solange schöne Augen gemacht, bis er weich geworden ist. Diese Dahergelaufene hat es nur auf den Hof abgesehen. Den *Popa*, wenn er überhaupt von ihm ist, versucht sie als Druckmittel zu benutzen. Aber damit hat sie sich ganz schön in den Finger geschnitten.

Mittlerweile weiß auch er, wohin er gehört. Und es wird allerhöchste Zeit, hier wieder klare Verhältnisse zu schaffen."

Aus der Kredenz holte sie drei Stamperl und eine Flasche Selbstgebrannten.

Nachdem sie die Gläser vollgemacht und uns zugeprostet hatte, fuhr sie fort.

"Also wie gesagt, Gustl habe ich gehörig den Kopf gewaschen und ich würde es gerne sehen, wenn ihr euch näher kennenlernen würdet. Wenn du verstehst, wie ich das meine."

Dabei zwinkerte sie mir zu und machte die Gläser erneut voll. Meine Vermutung hatte sich bestätigt, aber ich hatte nicht damit gerechnet, dabei auch noch verkuppelt zu werden. Etwas überrascht schaute ich zu meiner Mutter rüber.

"Gundl, kannst du dir vorstellen hier zu arbeiten?"

Ich konnte es mir durchaus vorstellen.

"Die Stellung würde ich gerne annehmen, vorausgesetzt, Bäuerin, ich habe hier freie Hand. Wenn du weißt, was ich meine. Ob ich Gustl auch von meinen Fähigkeiten überzeugen kann, das wird sich zeigen. Wann kann ich anfangen?"

Damit waren wir uns einig. Die Bäuerin hatte uns angeboten, gleich über Nacht zu bleiben.

Am nächsten Morgen kam es zur ersten persönlichen Begegnung zwischen Agnes und mir. Die artete beinahe in eine Auseinandersetzung aus. Eigentlich mehr zwischen der Bäuerin und Agnes. Ich hielt mich zurück. Aus der Nähe betrachtet machte sie einen recht netten Eindruck auf mich. Dass bei ihr der Sohn der Bäuerin schwach wurde, konnte ich gut verstehen.

Nachmittags fuhren meine Mutter und ich mit Gustl runter, um meine Sachen zusammenzupacken, die ich in der nächsten Zeit benötigen würde.

Im Beisein meiner Mutter sprach Gustl nur das Notwendigste. Auf Fragen antwortete er knapp und ausweichend. Ich konnte ihn schlecht einschätzen, da meine Sitzposition sehr ungünstig war. Gerne hätte ich sein Mienenspiel beobachtet. Auf dem Rückweg war ich mit ihm alleine. Alles was ich brauchte und für mich wichtig war, lag auf der Ladefläche des Fuhrwerks.

Ich saß jetzt dicht neben ihm, was ihm scheinbar nicht unangenehm war. Mir fielen seine dunklen, teils traurigen Augen auf. Wir unterhielten uns über belangloses Zeugs. Wenn ich ihn das ein oder andere Mal zum Lachen brachte, dann funkelten seine Augen schelmisch. Als wir ins Falmtal einbogen, ließ ich mich absichtlich an seine Seite fallen. Reflexartig griff er zu und hielt mich doch etwas länger als notwendig am Arm fest. Als er sich dessen bewusst wurde, zog er ihn schnell zurück. In dem Moment wusste ich, das Eis zwischen uns war gebrochen.

Die darauffolgenden Wochen verbrachte ich damit, mir einen Überblick zu verschaffen und behutsam die Gunst des Bauern für mich zu gewinnen. Das war leider nicht einfach. Der Bauer stand auf Angerls Seite, wie er sie nannte, damit musste ich mich erst mal abfinden.

Beim Jungbauern hatte ich leichteres Spiel. Sein anhaltender Liebesentzug trieb ihn mir förmlich in die Arme. Mit zweideutigen Antworten und scheinbar unbeabsichtigten Berührungen meinerseits, hielt ich ihn an der Leine. Die Bäuerin beobachtete meine Fortschritte mit Genugtuung, der Bauer hingegen durchschaute mein Spiel, stand dem aber hilflos gegenüber. Gezielt legte ich meinen Köder aus und zog ihn im letzten Moment zurück. Ich wusste, dass er mir nicht mehr lange widerstehen konnte. Dafür war sein Charakter nicht stark genug.

Den anfänglichen Skrupel hatte ich schnell abgelegt, als ich merkte, welch leichtes Spiel ich mit ihm hatte. Für mich war klar, dass die Agnes vom Hof musste. Sie war die Einzige, die meinem Glück noch im Wege stand.

Wenn nicht gerade die Bäuerin Angerl schikanierte, dann half ich aus. Falls ich mein Ziel erreichen wollte, musste sie verschwinden. Ich würde mir diesen Fang nicht mehr entkommen lassen. Dafür würde ich sogar die bisherige Aufgabe von Angerl übernehmen und auf die Almhütte gehen. Da könnte ich sogar das ein oder andere Mal mit Gustl ungestört sein, ohne immer vom Bauern misstrauisch beobachtet zu werden.

Meine Freude darüber, mit dieser Entscheidung Angerl mitten ins Herz getroffen zu haben, konnte ich kaum verbergen. Was Besseres konnte mir gar nicht einfallen. Gustl war auf dem Hof unter der ständigen Beobachtung seiner Mutter, Angerl heulte sich die Augen aus und der Bauer hatte sowieso nichts zu bestellen.

'Wenn ich erst mal auf der Alm bin, bekommt er das, wonach er sich schon monatelang sehnt. Und im Herbst werde ich Angerl mitsamt ihrem *Popa* vom Hof jagen.'

Kapitel 3: Im Jahre 1936

Erst nimmt sie mir Gustl ...

Mit Gundl hatte sich die Bäuerin eine treue Verbündete auf den Hof geholt. Seither verging kein Tag, an dem ich nicht ausgeschimpft oder auf andere Art und Weise gedemütigt wurde. Die Einwände vom Bauern wurden von mal zu mal leiser und Gustl fühlte sich immer mehr zu ihr hingezogen. Dass sie nur mit ihm spielte, das merkte er gar nicht.

Ich konnte es kaum noch erwarten auf die Alm zu kommen. Gundl schien sich für diese Aufgabe nicht begeistern zu können. Ich aber könnte wieder Kraft schöpfen. Auch für Fritzchen wäre es wieder ein schönes Erlebnis. In den nächsten Tagen sollte darüber entschieden werden.

Die Tage verstrichen, ohne dass in meiner Gegenwart auch nur ein Sterbenswörtchen über den bevorstehenden Almauftrieb gesprochen wurde. Ich wurde immer ungeduldiger, brachte aber nicht den Mut auf, die Bäuerin danach zu fragen. Gundl war es schließlich, die meiner Ungewissheit ein Ende setzte.

"Übermorgen sollen die Viecher raufgetrieben werden, pack schon mal die Sachen zusammen, die oben gebraucht werden, du weißt ja besser Bescheid."

'Gott sei Dank', dachte ich, 'endlich geht's wieder los.'

Während sich in mir ganz langsam die Spannung der letzten Wochen zu lösen begann und ich dankbar und erleichtert Gundl hinterherblickte, drehte sie sich im Weggehen noch einmal um. Erst dachte ich, sie wollte an meiner Freude teilnehmen und mein strahlendes Gesicht sehen. Als sich aber unsere Blicke trafen, hatte ich das Gefühl, als ob sie mir etwas bewusst verheimlichte. Das Funkeln in ihren Augen erinnerte mich sofort an die Bäuerin, wenn sie mich verletzen wollte.

"Meine Sachen habe ich bereits gepackt, hoffentlich habe ich nichts vergessen", vernahm ich plötzlich Gundl hinter mir.

Ich wollte es nicht gehört haben. Ich versuchte erfolglos, meine eben noch aufblühende Freude im Keim zu ersticken, damit ich mit der drohenden Enttäuschung besser umgehen konnte. Die Worte kamen mit einer unvorstellbaren Freundlichkeit über ihre Lippen, sodass ich es nicht glauben konnte, was an meine Ohren drang.

"Aber es wäre auch nicht ganz so schlimm, denn Gustl würde mir das ein oder andere bestimmt gerne nachbringen wollen."

Es drehte sich plötzlich alles im Kreis, ich dachte noch an die Wahrsagerin und dann wurde mir schwarz vor Augen.

Von allen Seiten vernahm ich Stimmen und zwischendurch ein hässliches Lachen. "Was ist mit Angerl passiert, Gundl? Du hast doch gerade noch mit ihr gesprochen, oder?"

Die Stimme klang besorgt, es war die des Bauern.

"Vielleicht ist sie wieder schwanger", spottete Gundl.

'Wo ist mein Kind?', das war mein erster Gedanke, als ich meine Augen aufschlug. Jetzt erst wurde mir das ganze Szenario bewusst. Ich lag am Hang und mir gegenüber stand der Bauer mit Fritzchen auf dem Arm. Ich setzte mich hoch und richtete meinen Kittel zurecht. Der Kleine streckte mir verängstigt die Ärmchen entgegen.

"Ich glaube, er möchte gerne wieder zu dir", und überreichte mir dabei Fritzchen. "Geht's dir wieder besser, Angerl?", fragte der Bauer, "sonst bleib doch noch sitzen." Gundl stand unmittelbar hinter ihm und grinste mir dabei schadenfroh mitten ins Gesicht. Für mich war im Moment nur eines wichtig, dass meinem Bub dabei nichts passiert war.

Jetzt wurde auch die Bäuerin auf uns aufmerksam und bewegte sich schnellen Schrittes uns entgegen.

"Ja, was ist denn hier los, hast du nichts anderes zu tun, als mit deinem Kind im Schatten zu sitzen?", und blickte dabei fragend in die Runde.

"Die Angerl ist ohnmächtig geworden", antwortete der Bauer, "und deshalb sitzt sie im Schatten, um sich zu erholen."

"Bist vielleicht schon wieder *dick*?", und bückte sich dabei mit drohend erhobenem Zeigefinger zu mir herab.

"Das war auch mein erster Gedanke, deshalb hatten wir sie gleich in den Schatten gelegt", heuchelte Gundl und ließ mich dabei nicht aus den Augen.

"Soll ich dir ein Glas Wasser bringen, Angerl?"

Und wieder schoss sie ihre honigsüßen Giftpfeile in meine Richtung. Sie wusste, dass sie ihr Ziel nicht verfehlen würden.

"Danke, Gundl, das ist sehr lieb von dir, aber es geht schon wieder", und stand auf. "Damit sich keiner unnötig Sorgen machen muss, ich bin mit Sicherheit nicht schwanger."

Damit war der Vorfall für mich abgeschlossen – aber nur nach außen.

Der Bauer wartete solange, bis die beiden Frauen das Interesse an mir verloren hatten.

"Angerl, ich weiß zwar nicht, was wirklich vorgefallen ist, aber Gundl scheint daran nicht ganz unschuldig zu sein. Stimmt's?"

Ich nickte nur stumm und versuchte wieder auf die Beine zu kommen.

"Ich hätte es so gerne gesehen, dass du wieder auf die Alm kommst, aber ich kam gegen die beiden nicht an. Die Gundl hat sich sehr schnell eingelebt. Das hat sie heute wieder unter Beweis gestellt", und legte mir mitfühlend die Hand auf die Schulter.

"Ihr Spiel habe ich längst durchschaut. Mit ihrer Boshaftigkeit steht sie der Bäuerin in Nichts nach. Ganz im Gegenteil, da kann sogar meine Alte noch etwas von lernen. Angerl, ich gebe dir jetzt einen guten Rat: Schau dich um, ob du nicht woanders eine bessere Stellung bekommst. Die beiden schrecken vor nichts mehr zurück. Und mit Gustl brauchst du bestimmt nicht mehr rechnen, der hat sich schon längst in Gundls Spinnennetz verheddert – nur er will es noch nicht wahrhaben, weil er blind ist."

Obwohl ich es schon längst geahnt hatte, so war ich doch von den Worten des Bauern überrascht.

"Wo soll ich hingehen, Bauer, wieder zurück zur Ehgartnerin? Sie hatte es mir, als wir uns irgendwann bei der Mette trafen, sogar angeboten, aber was soll ich da? Soviel ich weiß, wird jetzt auch Hubert heiraten und seine Frau zu sich auf den Hof holen. Da ist kein Platz für mich und den Buben. Auch wenn sie es gut mit mir meint."

Ich wollte die nächsten Wochen abwarten. In der Zeit wo Gundl auf der Alm ist, werden wir uns auch nicht über den Weg laufen. Und wenn sie erst mal zur Ruhe kommt und merkt, dass ich für sie keine Gefahr sein kann, wird sich hoffentlich auch ihre Laune ändern.

Es war ungewohnt ruhig, seitdem Gundl mit den Viechern den Hof verlassen hatte. Ich half dem Bauern beim Mähen der Wiese, die vom Haus nach unten ging. An diesem steilen Hang traute ich es mir nicht zu, den Bub auf dem Rücken zu tragen. Da ich ohne ihn schon genug Schwierigkeiten hatte, mich einigermaßen sicher auf den Beinen zu halten. Also breitete ich eine Decke unter einem der Apfelbäume aus. Damit er mir nicht runterkullern konnte, wickelte ich um eines seiner strammen Beinchen einen Strick, den ich am Baum befestigte. So konnte ich ihn immer im Auge behalten. Er konnte aufstehen und sich so weit, wie der Strick es zuließ, fast ungehindert bewegen.

Am nächsten Morgen – es war ein Freitag, da hatte Fritzchen seinen zweiten Geburtstag. Es war nicht Gustl, der leibliche Vater von Fritzchen, der daran gedacht hatte. Das hätte mich auch gewundert. Denn der hatte an diesem Morgen *dringendere* Sachen auf der Alm zu erledigen. Nein, es war der Bauer, der den Kleinen im Beisein seiner Frau auf den Arm genommen hatte und ihm zu seinem zweiten Geburtstag gratulierte. Sogar die Bäuerin machte mir eine persönliche Freude, indem sie sich an dem Tag mit ihren abfälligen Bemerkungen erstaunlicherweise zurückhielt.

Der Sommer neigte sich dem Ende zu. Je näher der Almabtrieb kam, desto unruhiger wurde ich. Seit dem vertrauten Gespräch zwischen dem Bauern und mir grübelte ich immer öfter über meine Situation nach und was ich daran ändern könnte und müsste. Ich ertappte mich immer wieder dabei, dass ich zwischen Gustl und mir doch noch einen Funken Hoffnung fand. Es waren wahrscheinlich unbeabsichtigte kleine Gesten, vielleicht auch das ein oder andere Wort von ihm, welches mir wieder Mut machte. Ob es daran lag? Oder bildete ich mir das alles nur ein?

Kapitel 4: Herbst 1936

Gundl macht Ernst

Das Vieh wurde gesund und vollzählig von der Alm getrieben.

Diesmal wurde meine Unterstützung nicht verlangt, was mir ganz recht war. Bei deren Ankunft nahm ich den Kühen gleich den Blumenschmuck und die Glocken ab und verteilte die Tiere auf den Weiden, damit sie sich schnell wieder umgewöhnen konnten.

Das Gesinde und die Bauersleut saßen gemeinsam draußen am großen Tisch bei Most und einer deftigen Jause. Nur zwei fehlten, Gustl und Gundl.

Diese Feststellung alleine reichte aus, um meine mühsam aufgebaute Hoffnung mit einem Schlag zu vernichten.

Trotzdem fand ich dafür eine plausible Erklärung, als die beiden nach einer knappen Stunde lachend aus dem Wald traten. Keiner der Anwesenden kümmerte sich um sie, nur der Bauer blickte mich besorgt an. Die Bäuerin tat so, als ob sie davon keine Notiz nehmen würde. Nur ein kurzes Funkeln in ihren Augen verriet ihre innere Zufriedenheit, die sie beim Näherkommen der beiden, mit einem Lächeln preisgab.

Statt einer kurzen Begrüßung erhielt ich von Gundl nur Tadel und Vorhaltungen darüber, in welch schlechtem Zustand ich die Almhütte verlassen hätte. Tagelang hätte sie aufräumen und saubermachen müssen. Wie gerne hätte sie mehr Butter fertiggemacht, aber das war ihr aufgrund des derart miserablen Zustands nicht möglich.

Die Bediensteten schienen davon nichts mitbekommen zu haben, denn keiner pflichtete ihr bei, als sie nach Bestätigung suchend von einem zum anderen blickte. Nur der Bauer, der schüttelte den Kopf.

"Weißt du eigentlich, welchen Schmarrn du daherredest?", und schlug mit der flachen Hand auf den Tisch, sodass die Krüge wackelten.

Ab diesem Zwischenfall zeigte Gundl ihr wahres Gesicht. Der Bauer hatte recht, als er sagte, sogar seine *Alte* könnte von ihr noch etwas lernen. Die Beschimpfungen und Demütigungen nahmen von Tag zu Tag an Härte zu. Solange sich noch andere in unserer Nähe befanden, begnügte sie sich mit bissigen Bemerkungen.

Bald aber reichte es ihr nicht mehr, dass der Kleine vor lauter Angst zu schreien anfing und ich mich weinend auf den Boden kauerte und ihm die Ohren zuhielt. Sobald sie sich jedoch unbeobachtet fühlte, trat sie mit dem Fuß nach mir oder schlug mit einem Stock auf mich ein. Es war ihr in dem Moment völlig egal, ob dabei auch der Kleine getroffen werden konnte.

"Ich jage dich mitsamt deinem Bastard vom Hof, darauf kannst du Gift nehmen."

Der Herbst ließ sich nicht aufhalten. Eisige Winde heulten Tag und Nacht. Der Bauer fuhr mit Gustl schon am frühen Morgen zur Säge runter, um Baumaterial zu besorgen. Außer der Bäuerin und Gundl waren nur noch die Magd und ein Knecht auf dem

Hof, die mir von Anfang an nicht unbedingt freundlich gesonnen waren. Mich befiel bei dem Gedanken ein beklemmendes Gefühl.

Sogar der Bub spürte die feindselige Atmosphäre in der Luft und wollte immer so nah wie möglich an meiner Seite sein. Ich hatte keine Vorstellung, wie dieser Tag zu Ende gehen würde. Ich wusste nur eines: Mein Kind werde ich zu beschützen wissen.

Das Schicksal ließ nicht lange auf sich warten. Die Unheil verkündende Stille wurde durch die verdächtig ruhige und dadurch noch bedrohlicher wirkende Stimme der Bäuerin unterbrochen.

"Agnes, du räumst sofort deine Kammer, machst sie anschließend sauber und ziehst mit deinem Gelumpe rüber zum Gesinde."

Ich war dermaßen geschockt. Instinktiv riss ich den Kleinen hoch und drückte ihn fest an mich.

"Hast du nicht gehört, was dir die Bäuerin befohlen hat?", fragte jetzt die aus dem Stall kommende Gundl mit schneidender Stimme.

"Oder soll *ich* dir wieder Beine machen?", und griff nach hinten zur Stallwand und riss mit entschlossener Miene einen Dreschflegel aus der Halterung.

"Aber wo soll ich denn hin, Bäuerin, und warum, was habe ich euch getan?"

"Du hast keine Fragen zu stellen, sondern das zu tun, was die Bäuerin dir sagt. Du wagst es, zu fragen, was du getan hast? Du falsches Luder! Dann schau doch mal nach, was du so krampfhaft in der Hand hältst. Glaubst du denn, Gustl hat mir nicht alles erzählt, wie es dazu gekommen ist? Du scheinheiliges Flitscherl."

Dabei warf sie mir den Dreschflegel vor die Füße. Jetzt fing der Kleine vor lauter Angst zu schreien an. Ich drehte mich mit ihm zur Seite und drückte seinen kleinen lockigen Kopf fest an meine Brust, damit er nicht in Gundl's hassverzerrtes Gesicht blicken musste.

"Ich wäre dem Gustl eine gute Frau, und ich bin auch bereit, um ihn zu kämpfen. Aber solange du dich hier mit deinem Bastard rumtreibst, wird er nie seine Ruhe finden." Dabei wandte sie sich mit einem maskenhaften Gesichtsausdruck an die Bäuerin. "Bäuerin, du hast das letzte Wort. Entweder sie oder ich."

Und spuckte verächtlich in meine Richtung. Auf eine zu meinen Gunsten ausfallende Antwort brauchte ich nicht zu hoffen. Damit war für mich mein Dasein auf dem Hof offenkundig beendet.

Um drohenden körperlichen Schäden zu entgehen, eilte ich mit dem Bub unter dem Arm in meine Kammer und packte in panischer Angst die nötigsten Sachen zusammen.

Für einen kurzen Moment stand ich unentschlossen auf dem Hof. Den Rucksack mit dem Bub auf dem Rücken, in der einen Hand ein Bündel, in dem sich etwas Körperwäsche befand, die ich in einen Mantel eingewickelt hatte. Und in der anderen die Sachen für mein Kind. Die Fetzenpuppe hatte ich mit Fritzchen zusammen in den Rucksack gesteckt.

Kapitel 5: November 1936

Hals über Kopf

Nach unten konnte ich nicht gehen, weil ich vielleicht dem Bauern mit Gustl begegnen würde. Wenn ich ein Zusammentreffen mit den beiden vermeiden wollte, gab es nur eine Möglichkeit ... ich musste nach oben.

Ohne einen weiteren Gedanken zu verlieren, eilte ich in Richtung Waldrand. Vor lauter Angst hatte ich mir zum Weinen noch keine Zeit genommen. Erst als mich die schützende Dunkelheit des Waldes aufgenommen hatte, brach es aus mir heraus.

Mit einem fast unmenschlichen Aufschrei öffneten sich bei mir plötzlich alle Schleusen. Ich hob meinen Jungen aus dem Rucksack, setzte mich auf den kalten Waldboden, den Kleinen fest an mich gepresst und weinte mir die Seele aus dem Leib. Die Reaktion meines Kindes ließ nicht lange auf sich warten. Erst verzog er sein liebes Gesichtchen zu einer herzzerreißenden Grimasse, dann umarmte er mich mit einer Zärtlichkeit, die weitere Weinkrämpfe in mir auslöste. Schließlich schrie er die in seinem kleinen unschuldigen Kinderherz aufgestaute Traurigkeit raus. Begleitet von einem nicht versiegen wollenden Strom von Tränen, der über seine geröteten Wangen lief. Wie lange wir auf dem kalten Boden saßen, konnte ich nicht mehr sagen. Ich wurde durch das gleichmäßige Atmen des Kleinen wach, der friedlich in meinen Armen lag und sich in den Schlaf geweint hatte.

Mir fehlte die Kraft, mich mit den Vorkommnissen der letzten Stunden auseinanderzusetzen. Ich musste für meinen Sohn da sein. Warum wollte ich unbedingt eine Begegnung mit dem Bauern und Gustl vermeiden? Ich hätte doch im Dorf eher einen sicheren Unterschlupf gefunden. Hier oben fiel mir als vorläufiger Zufluchtsort nur eine der Almhütten ein.

Obwohl ich davon ausgehen musste, bei der Fassbergerhütte vor verschlossener Tür zu stehen, weil sie nicht mehr bewirtschaftet sein konnte, sah ich da die einzige Möglichkeit einer vorläufigen Bleibe. Die Hütte war offiziell zwar geschlossen, aber für Schutzsuchende zu jeder Zeit zugänglich.

Weinen konnte ich nicht mehr. Grund genug hätte ich bestimmt noch gehabt. Meine Aufgabe bestand jetzt in erster Linie darin, mich um das Wohl meines Kindes zu kümmern.

Ich schaute Fritzerl an, der eben noch friedlich in meinen Armen schlief und im selben Moment seine Äuglein öffnete. Als er sah, dass ich keine Tränen mehr in den Augen hatte, strahlte er mich an und genoss den engen Kontakt zu mir, indem er sich zufrieden rekelte.

Als ich ihm erzählte, wir würden zusammen auf die Alm gehen, rutschte er von meinem Schoß und zog mich an der Hand vorwärts.

Ich sammelte schnell unsere Sachen zusammen, nahm den Kleinen an die Hand und mit einer schon nahezu beängstigenden Fröhlichkeit, machten wir uns auf den Weg.

Die Stille und die Vertrautheit, die mir der Wald entgegenbrachte, ließ mich nach einiger Zeit über das Geschehene nachdenken.

Ich war überrascht, dass ich nicht den geringsten Groll verspürte. Was blieb, war die Enttäuschung. Nicht darüber, dass Gustl mich nicht heiraten konnte oder wollte, nein, sondern einzig und alleine die Art und Weise, wie er sich aus seiner Verantwortung stahl.

Als wir uns dem Korbach näherten, krampfte sich mein Herz zusammen. Hier hatten wir gerastet, als wir gemeinsam das erste Mal zur Pfarreralm hochgegangen waren, genau an diesem Stein. Da hatte er mir erzählt, er wäre schon als kleiner Bub hier oben gewesen. Der Blick ins Tal war damals unvergesslich. Nicht so wie heute, wo der Herbstnebel, der unaufhaltsam zum Hochwald kroch, die Sicht trübte.

Eine ganze Weile ging der Kleine recht brav neben mir her, zwischendurch hielt er sich an irgendeinem Bündel, das ich in den Händen hielt, fest.

Ich blieb stehen, setzte die Bündel und den Rucksack ab, um uns eine Pause zu gönnen. Unwillkürlich hob ich meinen Sohn hoch und küsste ihn zärtlich auf die Stirn.

Nach einer kurzen Verschnaufpause beschloss ich, den Kleinen die letzten 30 Minuten bis zur Fassbergerhütte auf meine Schultern zu heben.

"Fritzerl, ich nehme dich jetzt Buckelkraxn, aber du musst dich gut festhalten, machst du das?"

Seine rotblonden Löckchen sprangen wild hin und her, als er vor lauter Freude auf dem Boden herumhüpfte.

Bis wir endlich abmarschbereit waren, verging noch ein Weilchen. Schließlich saß er auf meinen Schultern und schlang seine Ärmchen um meinen Hals. Mir war dabei nicht ganz wohl zumute. Ich musste damit rechnen, dass er durch das gleichmäßige Schaukeln plötzlich einschlafen und herunterfallen könnte.

Ich nahm deshalb beide Bündel in eine Hand und mit der anderen hielt ich seinen Arm. Mehrmals musste ich stehen bleiben und die Bündel in die andere Hand nehmen, da die Riemen mir nach einer Weile die Finger abschnürten.

Anfangs drehte sich Fritzerl neugierig in alle Richtungen. Wenn er etwas sah, was ihn begeisterte, ließ er mich daran teilhaben.

"Schau, Mami, da!"

Ich wusste manchmal nicht sofort, was er wieder entdeckt hatte. Dann ließ er nicht locker, bis ich lachend stehen blieb, er meinen Kopf in beide Hände nahm und ihn in die Richtung drehte, damit ich seine Entdeckung auch wirklich sehen und bestätigen konnte.

Auf den letzten Metern wurde es auf meinen Schultern ruhig. Obwohl mir die Riemen fast die Finger abschnürten, traute ich mich nicht mehr, die Bündel zu wechseln, um bloß den Kleinen nicht zu wecken.

Bei der Hütte angekommen, ließ ich die Bündel fallen. Meine Hand war wie abgestorben. Behutsam hob ich den Kleinen über meinen Kopf und nahm ihn auf den Arm. Ich setzte mich auf eine der Bänke, die sich auf der Rückseite der Hütte befanden. Überglücklich darüber, dass wir es geschafft hatten, liefen mir wieder die Tränen an den Wangen runter. Diesmal waren es aber Tränen der Erleichterung. Ich musste spontan auflachen, obwohl es in meiner Lage bestimmt keinen Grund dazu gab.

03.11.1936 bis 08.11.1936

Hier oben schien noch die Herbstsonne, obwohl der Nebel längst den Hochwald erreicht hatte. Die rechte Seite, da wo sich die Pfarreralm mit ihrer Hütte befand, lag bereits zum großen Teil im Schatten. Die unweigerlich aufkommenden Gedanken versuchte ich zu verdrängen, indem ich meinen Blick zum Gipfel des Bruderkogels lenkte. Nun überzog der Schatten auch die Almwiesen und es wurde zunehmend ungemütlich. Ein frischer Wind trieb die grauen Nebelschwaden noch schneller aus dem Tal hoch.

Spätestens jetzt wurde es Zeit, in die Hütte zu gehen. Ich wusste, wo sich der Hüttenschlüssel befand. Ich hätte mir ohne großen Kraftaufwand den Zutritt auch ohne Schlüssel erzwingen können. Meine ersten Handgriffe bestanden darin, die Fensterläden zu öffnen, damit ich wenigstens etwas sehen konnte.

Fritzchen setzte ich auf die Bank und wickelte ihn in die Decke ein. Denn solange der Herd noch qualmte, blieben Tür und Fenster offen.

Trockenes Holz lag zum Glück genug neben dem Herd und so knisterte bald das Feuer. Der flackernde Schein der Flammen täuschte sogar eine gewisse Romantik vor. Schon nach kurzer Zeit breitete sich die Wärme in der ganzen Stube aus. Ich öffnete die Tür zur Kammer, sodass auch dieser Raum wenigstens etwas angewärmt wurde.

Die Strohsäcke holte ich erst mal in die Stube, damit sie schneller warm wurden. Dann legte ich zwei große runde Steine, die immer neben dem Herd lagen, in das Backrohr. Die würde ich, wenn wir zu Bett gingen, mit Tüchern umwickeln und unter die Decken ins Bett legen.

Erst jetzt wurde mir auf einen Schlag bewusst, dass wir mehr brauchten als nur einen warmen Stein im Bett. Ich hatte schließlich mein gerade mal zweijähriges Kind bei mir. Wie stellte ich mir das vor? Auf mich brauchte ich keine Rücksicht zu nehmen, aber der Bub musste seine regelmäßigen Mahlzeiten bekommen. Ich zwang mich, Ruhe zu bewahren. Jetzt bloß keine Panik aufkommen lassen.

In den Bündeln befanden sich nur Wäsche und Kleidung.

Der Rucksack! Da müsste sich noch die Jause drin befinden, die für Magd und Knecht bestimmt war. Ich sollte doch den beiden beim Einwintern der Heuschober zur Hand gehen. Schnell griff ich nach ihm, riss die Schnüre auf und stülpte den gesamten Inhalt auf den Boden. Neben dem halben Brotlaib förderte ich auch ein ordentliches Stück Speck, Käse und eine Flasche Milch zutage.

"Schau her, Fritzerl, wir haben was zu essen. Du brauchst also nicht zu hungern."

Meinen Gefühlsausbruch konnte er nicht so richtig verstehen, aber er freute sich mit mir. Dabei fiel mir siedend heiß ein, der Bub hatte seit heute Morgen keine Mahlzeit mehr bekommen.

"Du Armer, hat dir deine Mami noch nichts zu essen gegeben? Ich mach dir sofort eine gute warme Milchsuppe mit Brot. Anschließend machst du schön heia."

Beim Warmmachen der Milch bemerkte ich erst hinterher, dass die Töpfe zwar sauber, aber nicht weggeräumt waren, wie es eigentlich üblich gewesen wäre, wenn man die Hütte für längere Zeit verlässt.

Während ich den Kleinen fütterte, fielen mir noch andere Ungereimtheiten auf.

Mir waren einige Sachen in der Speisekammer aus dem Augenwinkel komisch vorgekommen, sie gehörten nicht da rein. Ich konnte es kaum erwarten, den Kleinen vom Schoß zu nehmen und der Sache auf den Grund zu gehen. Der Bub hatte richtig Appetit, was auch kein Wunder war. Seltsamerweise machte sich bei ihm nicht die Spur von Müdigkeit breit. Ganz im Gegenteil, er war noch richtig aufgedreht. Mir sollte es recht sein, denn seine Schlafenszeit war normalerweise erst später.

Ich legte noch einige Stücke Holz nach und zündete die Laterne an, die auf dem Stubentisch stand. Mit der Lampe in der Hand ging ich noch mal in die Speisekammer. Neben Grieß und Marmelade in Gläsern fand ich sogar Honig. Auch einige Schüsseln, gefüllt mit Käse, standen noch im Regal. Damit die Mäuse ihn nicht stibitzen konnten, wurden die Deckel mit Steinen beschwert.

Ich wusste nicht, wer im letzten Sommer die Hütte bewirtschaftet hatte, eines jedoch stand für mich fest, ich würde in absehbarer Zeit Besuch bekommen.

Meine Angst um Leib und Leben, vor allem die um mein Kind, hatte mich zu einem überstürzten Verlassen des Hofes gezwungen. Ich war noch nicht in der Lage, die Tragweite meiner Flucht zu überblicken.

Jetzt, wo ich uns in Sicherheit wägte, stellte ich mir lebensnotwendige Fragen.

Einige Antworten erklärten sich von selbst. Wie zum Beispiel – wie lange wir hier oben in der Einsamkeit ausharren könnten. Wenn es nur um mich und die Ernährung gegangen wäre, wären 14 Tage oder noch länger absolut möglich gewesen. Aber es ging nicht um mich, sondern um den Schutz und die Gesundheit meines Kindes. Da wären drei bis höchstens vier Tage denkbar. Die restliche Milch könnte, mit Wasser verdünnt noch zwei Tage halten.

Ab dem dritten Tag gäbe es für den Kleinen keine Milch mehr. Das würde bedeuten, ich könnte mein Kind nur noch mit Wassergrieß und Speck ernähren. Und was würde anschließend passieren?

Zurück auf den Hof konnte ich nicht. Um die Gesundheit meines Kindes nicht zu gefährden, bliebe uns nur noch der Weg ins Tal übrig.

Ich musste versuchen, meine Unsicherheit und Existenzangst vor meinem Kind zu verbergen. Ich legte noch etwas Holz nach, zog die beiden Strohsäcke wieder nach nebenan in die Kammer und bereitete unser Nachtlager vor. Wir beteten ein Vaterunser und ich bat ganz leise die Heilige Maria, dass sie uns beschützen möge. Ich setzte mich noch für eine Weile in die Stube und dachte über unsere Lage nach.

Wahrscheinlich war ich darüber eingeschlafen, denn als ich einmal hochblickte, war die Lampe heruntergebrannt und vom Herd kam auch keine Wärme mehr.

Ich legte mich schnell zu Fritzerl in die Kammer und wartete, bis es zu dämmern begann.

Die Kälte war es, die mich vom Lager hochscheuchte. Ich deckte den Kleinen mit einer zweiten Decke zu und schlich mich in die Stube.

Den Herd hatte ich schnell an, und bald darauf war auch der Raum wieder gemütlich warm.

Natürlich!

Jetzt fiel es mir ein. Der Schornstein war noch nicht dichtgemacht worden, um zu verhindern, dass Schnee in die Hütte gelangte. Daran hatte ich gestern gar nicht mehr gedacht.

Draußen empfing mich ein eisiger Wind, als ich Holz nachholte. Kein Wunder, wir hatten schließlich schon Anfang November.

Beim Zubereiten des Breis überlegte ich, wann wir nach unten gehen sollten. Ich verwarf den Gedanken, sofort zu gehen, weil ich der Meinung war, ich könnte dem Bub diese Strapazen noch nicht zumuten. Auf der anderen Seite konnte es durchaus möglich sein, dass über Nacht plötzlich Schnee fallen würde und wir erst gar nicht wegkämen. Was dann?

Ein neugieriger Blick aus dem Fenster bestätigte meine Befürchtung. Es blieb dunkel und zu meinem Entsetzen setzte leichtes Schneetreiben ein.

Es wurde immer heftiger und die Kälte nahm bedenklich zu. Meine Hoffnung, der Schnee würde sich nicht lange halten, trat leider nicht ein. Am dritten Morgen schneite es noch immer.

Meine Annahme, jemand käme hoch, um nach dem Rechten zu schauen, erfüllte sich auch am fünften Tag nicht.

Ich musste handeln. Unser Zustand verschlechterte sich bedenklich. Die Strohsäcke hatte ich schon vor der dritten Nacht in die Stube gezogen. Seitdem ließ ich das Feuer nicht mehr ausgehen. Der Brunnen war letzte Nacht eingefroren. Jetzt musste ich, um Wasser zu bekommen, Schnee schmelzen. Den hatten wir allerdings im Überfluss. Den Weg zum Holzlager musste ich mir stündlich freischaufeln. Hier türmte sich der Schnee meterhoch. Seit gestern gab ich es auf, mir den Weg zum Klohäuschen freizuhalten. Dafür musste ein Eimer herhalten, den ich regelmäßig entleerte.

Immer, wenn Fritzerl schlief, betete ich und hoffte auf ein Wunder.

08.11.1936 bis 10.11.1936

Heute gab es den letzten Tropfen Milch, die von mir schon seit Tagen mit Wasser verdünnt wurde. Ich machte mir Vorwürfe, weil ich mich nicht rechtzeitig auf den Weg nach unten gemacht hatte. Aber bei der momentanen Lage wäre es sogar für mich alleine fast aussichtslos gewesen, wohlbehalten nach unten zu gelangen. Auch wenn es seit einigen Stunden nicht mehr geschneit hatte, es lag so viel Schnee, dass die Gefahr bestand, darin zu versinken. Abgesehen davon war kein Weg zu erkennen, selbst die Latschen wurden unter einer weißen Schneedecke begraben. Eine winzige Möglichkeit bestand noch. Angenommen, der Bauer hatte meine Abwesenheit gemeldet und ein Jäger oder eine andere Person hätten die letzten Tage den aufsteigenden Rauch von Weitem bemerkt. Aber selbst dann würde keiner seine Gesundheit aufs Spiel setzen, nur um eine *entlaufene* Magd mit ihrem Bastard zu retten.

Meine Selbstvorwürfe zielten immer wieder ins Leere, zuletzt fanden sie nur ein Angriffsziel – mein nacktes Dasein. Ein heftiges Rütteln an den Fensterläden ließ mich aufschrecken. Erneut kam ein Sturm auf. Ich schlug vor Entsetzen die Hände vor's Gesicht und begann leise zu weinen. Das Feuer im Herd musste gegen den Sturm, der durch den Schornstein drückte, ständig ankämpfen. Ein fürchterliches, fast bestialisches Heulen umkreiste die Hütte. Ich eilte zum Fenster, um die Außenläden zu schließen, da ich Angst hatte, der Sturm würde uns jeden Moment die Scheiben eindrücken. Ich erwartete eisige Kälte und heftiges Schneetreiben.

Nichts davon.

Ein teilweise blauer Himmel begrüßte mich und ungewöhnliche Wärme raubte mir fast den Atem, als ich das Fenster öffnete, um die Außenläden heranzuziehen. Ich konnte es nicht glauben. Ein gewaltiger Föhnsturm fegte von den Gipfeln runter, von denen schon einige wieder schneefrei waren.

Der ohrenbetäubende Lärm hielt bis weit nach Mitternacht an und verstummte fast abrupt mit der aufkommenden Dämmerung. Den Strohsack hatte ich aus Sicherheitsgründen wieder in die Kammer gezogen, da ich befürchtete, der Sturm könnte die Glut aus dem Herd schleudern und zu guter Letzt auch noch die Hütte in Brand setzen.

Wir lagen eng aneinander gekuschelt auf einer Schlafstelle. Das schlagartige Ausbleiben der schon beinahe vertrauten Geräuschkulisse ließ mich aufhorchen.

Vorsichtig erhob ich mich und schlich aus der Kammer zur Stubentür. Tausend und mehr Gedanken begleiteten mich. Ganz langsam öffnete ich die Tür und sah zuerst einen Himmel, der zwar noch dunkel, aber fast wolkenfrei war. Jetzt fasste ich meinen ganzen Mut zusammen, um auf eine mögliche Enttäuschung vorbereitet zu sein. Ich konnte es nicht glauben.

"Heilige Maria Mutter Gottes", der Schnee war bis auf einige Verwehungen gänzlich weggeschmolzen.

Ich brauchte keine Sekunde länger zu überlegen – wir mussten heute, und zwar so schnell wie möglich, talwärts gehen.

"Mami, der schöne Schnee ist weg!"

Neben mir stand mein Kind. Sein kleiner Finger umklammerte die Fetzenpuppe, und den Daumen hatte er sich in den Mund geschoben, während das andere Händchen die Meinige suchte.

Kapitel 6: Im Jahre 1936/1938

Ausgerechnet zum Burger

Schnell hatte ich unsere Sachen zusammen und wir verzehrten noch die jämmerlichen Reste. Während ich alles wieder ordentlich herrichtete, spielte der Bub mit seiner Puppe und erzählte ihr vom vielen Schnee.

Da der Boden sehr rutschig war, ging ich nicht den kurzen Steig, sondern blieb auf dem Forstweg. Es dauerte keine halbe Stunde, da drangen Stimmen an meine Ohren. Uns kam ein Pferdefuhrwerk entgegen, auf dem ich Stasl erkannte. Der Mann neben ihr musste ihr Vater sein, er hatte nur einen Arm. Hinten auf der Ladefläche saß einer der Knechte. Der Bauer war der Erste, der mich wahrgenommen hatte. Er schaute in meine Richtung und vergaß dabei sein Fuhrwerk zu lenken. Die Pferde nutzten seine Nachlässigkeit sofort aus und blieben auf der Stelle stehen.

Als mich meine Freundin erkannte, sprang sie sofort vom Wagen und eilte mir entgegen. Beschämt hielt sie sich die Hände vors Gesicht und weinte bitterlich, teils vor Glück, aber auch aus Betroffenheit.

Ihrem Vater, dem Burger, waren derartige Gefühlsregungen fremd. Er kommentierte mein Erscheinen gleich mit einer vorwurfsvollen Frage.

"Habt ihr etwa die letzten Tage da oben gehaust?"

Ich entschuldigte mich dafür und versprach, es wieder gut zu machen.

"Wie stellst du dir das vor, willst den angerichteten Schaden abarbeiten? Wir sind gerade dabei, das Dach auszubessern, damit der Winter daran nicht noch größeren Schaden anrichten kann. Da kannst du von Glück sprechen, dass es den Föhnsturm überstanden hat."

„Aber Vodda, sei doch nicht so streng. Was soll Angerl schon großartig angestellt haben? Man braucht nicht einmal die Tür aufbrechen, um in die Hütte zu kommen. Jeder weiß doch, wo sich der Schlüssel befindet. Und das bisschen Essen was wir zurückgelassen haben …“

Der Bauer wusste natürlich schon längst über mich Bescheid, und sah, in welcher Notlage ich mich befand.

Stasl redete so lange auf ihren Vater ein, bis er einwilligte, mich wenigstens vorübergehend bei sich auf dem Hof aufzunehmen.

"Mir bleibt doch nichts anderes übrig, als dich bei mir unterzubringen. Wo sollst du sonst hin? Aber eines kann ich dir sagen, den Luxus, den du hattest, wirst du bei mir nicht finden. Damit wir uns gleich richtig verstehen."

Ich erwartete keinen Luxus, sondern nur so viel, wie ich für mein Kind und mich zum Überleben brauchte.

An das Leben auf dem Hof hatte ich mich schnell gewöhnt, allerdings nicht an die Wutausbrüche des Bauern. Anfangs war ich dafür dankbar, ein Dach über dem Kopf gefunden zu haben. Aber meine Angst wuchs, sobald er sich mir näherte. Bis jetzt blieb es nur bei wüsten Beschimpfungen. Er hatte seine eigene Art, was den Umgang mit seinen Bediensteten betraf.

Darunter musste auch seine ganze Familie leiden. Es verging keine Woche, wo nicht irgendjemand von ihm geschlagen wurde, auch wenn er nur noch einen Arm hatte.

Wenn die Stasl nach einem seiner Wutausbrüche mehrere Tage nicht zu sehen war, hatte er sie wieder mal grün und blau geschlagen. Sogar am Heiligen Abend und auch Ostersonntag schreckte er nicht davor zurück, seine ganze Familie zu tyrannisieren.

Wenn er, wie schon so oft, seine Wut an Stasl abreagiert hatte, versuchte er, jeglichen Kontakt der Bediensteten mit seiner Tochter zu unterbinden. Ich fand trotzdem immer wieder Wege, um sie zu trösten.

11.11.1936 bis 06.09.1937

Es war im Spätsommer – wir kamen von der Feldarbeit zurück – als ein Fahrzeug von der Gendarmerie auf dem Hof stand. Ich sah von Weitem, wie der Bauer höchst erregt mit den Beamten diskutierte, die seit dem Anschluss Österreichs an Deutschland Hakenkreuze an ihrer Uniform trugen. Als wir näher kamen, zeigte der Bauer wütend in meine Richtung.

"Die mit dem Balg, das ist sie."

Ich war erschrocken und fragte mich, was die Beamten eigentlich von mir wollten.

In meinem ganzen Leben hatte ich noch nie etwas mit der Obrigkeit zu tun gehabt. Einer der Beamten musste den Bauern zur Seite nehmen, um ihn zu beruhigen, weil er mir sofort mit Züchtigung drohte. Der andere nahm mich freundschaftlich an der Schulter und führte mich zur Seite.

"Sie sind Agnes Gruber, ist das richtig?"

Als ich seine Frage mit einem kräftigen Nicken beantwortete, fuhr er fort.

"Wissen sie, warum wir hier sind?"

Diesmal schüttelte ich nur den Kopf und nahm meinen Bub auf den Arm. Ich schaute seitlich an dem Gendarm vorbei zum Bauern, der mir noch immer mit erhobener Faust drohte, aber anschließend im Haus verschwand. Ich dachte bei mir, dass er bestimmt zur Flasche greifen würde. Jetzt kam auch der zweite Gendarm zu uns, der mich allerdings ungeniert von oben bis unten betrachtete.

"Ich will es dir verraten. Man bezichtigt dich des Diebstahls. Geht dir jetzt ein Licht auf?"

Und tippte unverfroren mit seinem ausgestreckten Finger mehrmals gegen meine Stirn.

Ich wusste noch immer nicht, was diese peinliche Fragerei eigentlich sollte. Der erste Beamte machte eher einen väterlichen Eindruck auf mich und war mir gegenüber sehr höflich.

"Lass gut sein, Karl, ich mach das schon", wandte er sich zu seinem Kollegen.

"Agnes, ich darf Agnes zu dir sagen? Die Leitenbäuerin vermisst seit deinem unerklärlichen Verschwinden einen neuen Rucksack sowie einiges an Lebensmitteln, wie zum Beispiel Schinken, Käse und Brot."

Ich schaute mich hilfesuchend nach einer Sitzgelegenheit um. Ich bekam panische Angst, plötzlich ohnmächtig zu werden.

"Wir sind gezwungen der Sache nachzugehen, auch wenn es eine Bagatelle ist. Verstehst du das?"

Damit hatte ich nicht gerechnet und musste laut schlucken. Ich schaute von einem Beamten zum anderen.

"Es ist also wahr, dass du deine Bauersleute, die sich solche Sorgen um dich gemacht hatten, bestohlen hast?" Der Ältere wies zur Bank.

"Setz dich erst mal und dann erzählst du uns alles in Ruhe."

Womit sollte ich anfangen? Ich wollte doch nur meinen Sohn und mich beschützen, mehr nicht. Zu Anfang tat ich mich noch sehr schwer, darüber zu sprechen. Manchmal musste ich stocken und mir die Nase putzen, weil damit wieder Erinnerungen hochkamen. Als ich glaubte, den beiden alles gesagt zu haben, schaute ich sie fragend an.

Der Ältere stand auf, nahm meine Hand und tätschelte sie liebevoll.

"Du brauchst keine Angst haben, es wird dir nichts passieren."

Mir fiel ein Stein vom Herzen. Auch der Jüngere war jetzt eine Spur freundlicher, als er mich fragte, ob er den Rucksack noch einmal sehen könnte. Als ich ihnen den entgegenhielt, schauten sich beide an und mussten laut auflachen.

"Aha", meinte der Jüngere und hielt den Sack demonstrativ hoch.

"Das ist also das gute *neue* Stück. Na ja."

Damit verabschiedeten sie sich von mir.

In den Augen des Bauern, war ich, seit dem die Gendarmarie auf dem Hof war, auch noch eine raffinierte Diebin.

14.04.1938 bis 26.07.1938

Es war bereits der zweite Gründonnerstag, den ich auf dem Hof verbrachte. Der Bauer war seit einigen Tagen krank. Somit bekam Stasl die Aufgabe, zur Fleischweihe zu gehen und ich durfte sie mit Fritzerl begleiten. Unterwegs dachte ich über mein Äußeres nach. Ich konnte mich nicht mehr erinnern, wann ich zuletzt eine neue Schürze oder ein Kleid bekommen hatte. Fritzerl wurde dieses Jahr schon Vier.

Ursprünglich sollte und wollte ich beim Burger nur über den ersten Winter bleiben. Ohne die Stasl wäre ich spätestens nach einer Woche weggelaufen. Geld hatte ich in den letzten zwei Jahren nicht zu Gesicht bekommen. Auch das Essen wurde immer schlechter. Wie oft musste ich beim Bauern um Essen für meinen Sohn betteln. Und wie ich aussah! Zum Glück bekam ich von meiner Freundin einige Sachen, die mir passten, denn sonst hätte ich noch erbärmlicher ausgesehen.

Wenn wir beide uns unbeobachtet fühlten, lachten wir oft miteinander, obwohl keine von uns wirklich etwas zu lachen hatte. Aber heute war wieder so ein Tag, da konnte man nur gute Laune haben. Wir hatten schon Mitte April und die Sonne strahlte uns ins Gesicht, als wir am Pfarrhof ankamen.

Es war eine alte Gewohnheit von mir, dass der erste Weg mich zur Tafel mit den kirchlichen Kundmachungen führte. Hier erfuhr man auf einen Blick, wer geboren, getraut oder verstorben war. Aber auch, wer wann und wen heiraten würde. Mir sprang dabei sofort der Name ins Auge. Ich erstarrte vor Schreck und rührte mich nicht mehr vom Fleck. Stasl konnte meine Bestürzung nicht deuten und wollte näher an die Tafel gehen. Erst als ich mich zur Seite drehte und sie den freien Blick hatte, entwich ihr ein entsetztes "Jesus Maria."

"Es geben ihre Vermählung bekannt Gustl … und Gundl …"

Ich war in den darauffolgenden Tagen für nichts zu gebrauchen. Meine Freundin bemühte sich um mich, aber ich war untröstlich.

Und es sollte noch schlimmer kommen.

Eine Woche nach Fritzerls viertem Geburtstag, wurde der Bub auch noch krank. Es fing mit Husten und Halsschmerzen an. Später kamen hohes Fieber und heftige Ohrenschmerzen hinzu. Der Bub schrie fast Tag und Nacht. Ich flehte den Bauern an, mich mit dem Kind zum Arzt gehen zu lassen. Er lehnte wütend ab, schließlich sei auch er zwei Wochen krank gewesen und hätte keinen Arzt gebraucht.

Als ich mich vor ihm hinknien wollte, um ihn doch noch umzustimmen, griff er eine schwere Pfanne vom Herd und schleuderte sie nach mir.

Ich versuchte auszuweichen, bekam aber einen Schlag an die Schulter, wo auch der Bub mit seinem Kopf lag und vor heftigen Schmerzen wimmerte.

Das Wurfgeschoss prallte an meiner Schulter ab, traf aber mit voller Wucht auf den Hinterkopf des Kindes. Dass ich zuletzt auch noch im Gesicht getroffen wurde, hatte ich erst viel später bemerkt.

Stasls älterer Bruder fuhr uns, trotz des wütenden Protests seines Vaters, sofort ins Dorf zum Arzt. Als der sich ein umfassendes Bild vom Zustand meines Kindes gemacht hatte, rief er sofort den Rettungsdienst an. Währendessen hatte Fritzerl das Bewusstsein verloren.

Ich ließ mich nicht davon abbringen, mit dem Rettungswagen mitzufahren.

Jetzt stand ich ein zweites Mal vor dem Nichts und musste auch noch um das Leben meines Kindes bangen. Im Krankenhaus konnten sie mir noch nichts Näheres sagen, nur dass sein Zustand sehr ernst war. In meiner Verzweiflung ging ich in die Kirche und betete zu Gott und der Heiligen Maria. Ich hatte jegliches Zeitgefühl verloren, als ich plötzlich eine Hand auf meiner Schulter spürte. Erschrocken fuhr ich hoch und sah in ein besorgtes, aber freundliches Gesicht. Es war der Pfarrer, der die Kirche abschließen wollte.

Er hörte sich mein Leid an und bat mich ihn zu begleiten. Im Pfarrhaus angekommen, öffnete er die Tür zu einem Raum, in dem ein Bett mit Nachtschrank und einem Kleiderkasten stand.

Wie lange ist es her, dass ich ein Bett mit Bettwäsche gesehen hatte? Er zeigte mir, wo ich mich waschen konnte, lud mich zum Abendessen ein und anschließend beteten wir gemeinsam. Obwohl mir zwischendurch schon vor lauter Müdigkeit die Augen zufielen, konnte ich nicht einschlafen. Meine Gedanken waren immer bei meinem Kind. Wir waren das erste Mal getrennt. Wieder faltete ich die Hände und betete, bis ich in einen dumpfen Schlaf versank.

Kapitel 7: Im Sommer 1938

Nur der Glaube alleine ...

Am nächsten Morgen bekam ich kaum einen Bissen herunter, meine Gedanken kreisten um Fritzerl. Ich wollte so schnell wie möglich ins Krankenhaus. Ich musste doch wissen, wie es meinem Kind ging, ob es aus der Bewusstlosigkeit aufgewacht war. Alles Fragen, die mir den Appetit raubten. Ich kam natürlich außerhalb der regulären Besuchszeiten.

Die Stationsschwester eilte mir im Flur entgegen und wollte mich schon abweisen. Sie erkannte mich wieder und sah mein besorgtes Gesicht. Mit beruhigenden Worten redete sie auf mich ein.

"Ihrem Kind geht es schon besser, aber etwas Genaueres kann erst in den nächsten Tagen gesagt werden."

Sie nahm mich an die Hand und führte mich bis an die Tür, hinter der mein kleiner Bub noch immer in tiefer Bewusstlosigkeit lag. Ich durfte ihn nur durch die kleine Glasscheibe in der Tür sehen. Erst wenn es ihm besser gehen würde, könnte ich zu ihm. Ich starrte mir die Augen aus dem Kopf und wartete, bis Fritzerl zu mir schauen würde. Vergeblich, er befand sich in einer anderen Welt. Die Schwester kam mehrmals zu mir und meinte, ich solle doch morgen wiederkommen. Ich konnte ihn doch nicht alleine lassen!

Wenn ich zum Stehen zu müde war, setzte ich mich auf die Bank im Flur. Aber nach wenigen Augenblicken sprang ich wieder hoch und schaute erwartungsvoll durchs Fenster. Immer in der Hoffnung, jetzt würde er die Augen aufmachen, weil er meine Nähe spürte.

Am späten Nachmittag verließ ich bedrückt und erschöpft das Krankenhaus.

Ich suchte meinen Trost im Gebet und ging wieder in die Kirche.

Der Herr Pfarrer war sehr hilfsbereit. Er erkannte meine verzweifelte Lage. Er bot mir an, im Pfarrhaus zu bleiben und da die Stelle der Wirtschafterin zu übernehmen, da diese schon seit geraumer Zeit sehr schwer unter Rheuma leiden würde. Mir war das sehr peinlich und ich zögerte mit der Antwort.

"Du brauchst kein schlechtes Gewissen gegenüber Schwester Gretel zu haben. Du nimmst ihr nicht die Arbeit weg. Sie bat mich schon vor längerer Zeit aufgrund ihrer Krankheit um Freistellung. Das Letzte, was ich von ihrer Schwester aus Judenburg, wo sie sich seit sechs Wochen aufhält, gehört habe, ist, dass es ihr nicht besonders gut gehe."

Wir beschlossen, die Antwort zu vertagen, bis ich wusste, wie es mit meinem Kind weiterging. In der Zeit half ich im Pfarrhof aus. Mir war die Arbeit willkommen, da sie mich doch etwas von meinen Sorgen ablenkte. Ich durfte mir auch etwas Wäsche und Kleidungsstücke aussuchen, die wahrscheinlich von Schwester Gretel zurückgelassen worden waren.

Drei Tage später klingelte am Abend das Telefon, als der Herr Pfarrer und ich gerade beim Abendbrot saßen.

Daran war nichts Ungewöhnliches, nur sein letzter Satz: "... ich werde es ihr sofort ausrichten", ließ mich aufhorchen.

Als er den Hörer wieder einhängte, lächelte er. Da wusste ich, es handelte sich um mein Kind. Mein Bub war aufgewacht!

Ich wollte nicht unhöflich sein und gleich aufspringen. Vor lauter Aufregung rutschte ich nervös hin und her.

"Nun laufen sie schon los, Agnes."

Das ließ ich mir nicht zweimal sagen.

Es waren nur einige Hundert Meter bis zum Spital. Ich war aber völlig außer Atem, als ich mich bei der Stationsschwester meldete.

Mein Bub lag genauso da, wie schon die Tage zuvor. Nur seine Augen waren jetzt geöffnet und starrten an die Decke. Vorsichtig klopfte ich mit dem Zeigefinger an die kleine Scheibe, um ihn auf mich aufmerksam zu machen. Ich versuchte es noch mal, diesmal etwas fester. Er reagierte noch immer nicht. Tief beunruhigt hielt ich nach der Schwester Ausschau, um mich bei ihr zu erkundigen.

"Machen Sie sich keine Sorgen, bei Patienten, die längere Zeit bewusstlos waren, kommt das schon vor. Wenn sie morgen wiederkommen, geht es ihm bestimmt schon viel besser."

Am nächsten Tag war auch der Oberarzt auf der Station. Als er von der Schwester erfuhr, dass ich die Mutter vom kleinen Fritzerl war, kam er sofort mit forschen Schritten auf mich zu.

"Frau Gruber, ihr sorgloser Umgang hat dazu geführt, dass ihr Kind einen irreparablen Hörschaden erlitten hat. Ich musste den Bericht an die Fürsorge weiterleiten."

Er drehte sich um und verschwand im nächsten Zimmer.

"Aber …, ich hab doch meinem Kind nichts getan, … im Gegenteil."

Ich war wie vor dem Kopf gestoßen und konnte keinen klaren Gedanken mehr fassen, als ich das Krankenhaus verließ. Angeblich sollte ich meinen Bub aus Wut, weil er in die Hose gemacht hatte, absichtlich gegen den Herd gestoßen haben. So stand es im Protokoll. Es war die Zeugenaussage vom alten Burger.

Mein Bub wurde später in ein Zimmer verlegt, in dem auch andere Kinder lagen. Was war ich glücklich, als ich das von der Schwester hörte. Ich war im Begriff, das Zimmer zu betreten, um meinen Sohn endlich wieder an mich drücken zu können, als sich die Schwester mit ausgebreiteten Armen vor die Tür stellte und mir den Zutritt verweigerte. Für mich brach eine Welt zusammen. Ich hörte mich noch nach meinem Kind schreien, spürte ganz weit weg, wie man mit roher Gewalt meine Faust vom Türgriff löste. Ich verspürte einen Stich und dann wurde es dunkel und ruhig, angenehm ruhig.

"Sie kommt wieder."

Stimmengewirr, viele Stimmen, fremde Stimmen und noch weit weg.

"Lasst mich mit ihr alleine. Ich kenne sie noch am besten und werde sie nach Hause bringen."

'Wer ist das, der mich nach Hause bringen möchte?'

Ich probierte die Augen zu öffnen, aber es gelang mir nicht, wozu auch? Es war sowieso alles nur ein Traum.

Der Herr Pfarrer war es, der mich nach Hause brachte. Die nachlassende Wirkung der zwangsweise verabreichten Beruhigungsmittel gab schrittweise und schmerzhaft den Blick auf die Wirklichkeit wieder frei. Nur schleppend konnte ich den Worten des Pfarrers folgen. Nach und nach formten die Worte ein Bild, das ich dennoch nicht begreifen konnte. Es war also kein schlechter Traum, sondern die pure Wirklichkeit – ich durfte mein Kind nicht mehr sehen, es wurde in die Obhut der Fürsorge gegeben. Obwohl sich die Anschuldigungen kurz danach als haltlos erwiesen, konnten die Mühlen des Gesetzes nicht mehr angehalten werden.

Der Herr Pfarrer fungierte als Bindeglied zwischen meinem Kind und mir. Er besuchte ihn, so oft es ihm möglich war. Ich machte mir wahnsinnige Sorgen um den gesundheitlichen Zustand meines Kindes. Wie mir der Pfarrer nach seinem letzten Besuch berichtete, ging es ihm den Umständen entsprechend gut. Was sich allerdings nicht mehr verbessert hatte und worüber ich nicht hinwegkam, war sein Hörschaden.

Auch konnte ich mich nicht damit abfinden, mein eigenes Kind nicht mehr sehen zu dürfen. Zumal der Pfarrer erfahren hatte, dass es in den nächsten Tagen aus dem Krankenhaus entlassen werden sollte.

Ich musste zu ihm, egal was passierte. Sollen sie mich doch anschließend verhaften. Mein Plan war, mich während der offiziellen Besuchszeit unter die anderen Besucher zu mischen. Da war die Gelegenheit am günstigsten.

Mit zittrigen Knien betrat ich das Krankenhaus, vorbei am Zimmer der Stationsschwester. Vor mir eine Frau, begleitet von zwei heranwachsenden Kindern. Das Mädchen mochte 15 und der Bub etwa 16 Jahre gewesen sein. Da ich mich ziemlich dicht hinter den Dreien hielt, erregte ich keine Aufmerksamkeit beim Personal. Die Frau drehte sich um und fragte, ob ich auch in die

Kinderabteilung wolle. Als ich es bejahte, erzählte sie mir, auch ihr Jüngster läge dort und sei am Blinddarm operiert worden.

"Da sind wir schon."

Sie klopfte leise an die große weiße Zimmertür und öffnete sie langsam. Mit ihrer rechten Hand hielt sie sich noch an der Klinke fest und steckte neugierig den Kopf hinein, um sich zu vergewissern, ob dies auch das richtige Zimmer sei. Wir drei standen hinter ihr und warteten ungeduldig darauf, dass sie endlich die Tür freigab.

"Fritzerl, mein Bub!" Schlagartig blendete ich alles andere im Raum aus und stürzte auf das Bett meines Kindes zu. Er stand aufrecht in seinem Gitterbettchen, hielt sich mit beiden Händen an der langen Strebe fest und starrte teilnahmslos aus dem Fenster. Zunächst bemerkte er mich gar nicht, erst als ich ganz dicht bei ihm war und ihn liebevoll über den Kopf streicheln wollte, wurde er auf mich aufmerksam.

"Mami?"

Seine Stimme klang fremd, sie passte nicht zu ihm und dem rotblonden Lockenkopf. Ein kurzes Lächeln huschte über sein Gesicht, welches aber sofort wieder erstarb. Seine Augen begannen zu glänzen und füllten sich mit dicken Tränen, die ihm an den Wangen herunterkullerten. Mit blutendem Herzen wandte ich mich von ihm ab und blickte in die anklagenden Augen der Stationsschwester. Sie zeigte zur Tür und ich folgte widerstandslos ihrer Aufforderung.

"Ich möchte das nicht noch mal erleben, damit tun sie sich und noch weniger ihrem Kind einen Gefallen."

Mein Widerstand schien gebrochen. Jetzt wusste ich, warum der Pfarrer mich immer vor diesem Augenblick gewarnt hatte.

Die darauffolgenden Tage verbrachte ich mit Beten und langen Gesprächen mit dem Pfarrer. Ich stellte mir immer wieder dieselbe Frage: 'Wo wird mein Sohn hingebracht, hat er es da auch gut?'

Seit einigen Tagen hüllte sich der Herr Pfarrer in Schweigen, sobald ich auf mein Kind zu sprechen kam. Da wusste ich, Fritzerl war schon bei einer Pflegefamilie untergebracht worden.

Auf mein ständiges Drängen hin, teilte mir der Herr Pfarrer mit, Fritzerl sei nun bei seinem leiblichen Vater, Gustl. Mir wurde außerdem von Amts wegen mitgeteilt, dass mir mit sofortiger Wirkung die Vormundschaft entzogen würde.

Kapitel 8: Im Jahre 1938/1941

Der zweite Weltkrieg

Selbst in den entlegensten Winkeln spürte man die Unruhe, die der Kriegsausbruch mit sich brachte. Die jungen Burschen meldeten sich in Scharen freiwillig, um an die Front zu kommen. Einige von den Alten, die den ersten Krieg überlebt hatten, standen der anfänglichen Euphorie eher zurückhaltend gegenüber.

Schon im Sommer 1940 schlug die Stimmung bei den Bauern um. Alles, was sich im wehrpflichtigen Alter befand und männlich war, wurde an die Front geschickt, die immer unüberschaubarer wurde. Manche Bauern versteckten ihre Söhne, um sie zu beschützen, oder auch, weil sie sonst ihre Felder nicht mehr bestellen konnten.

Einige verstanden es, durch Beziehungen der Kriegsmaschinerie zu entgehen.

Der Pfarrer musste sich die Worte, die er jeden Sonntag von der Kanzel sprach, seitdem sehr genau überlegen. Kritik an den Machthabenden wurde nicht geduldet und hatte schon für so manchen böse geendet. Und die Liste der Gefallenen wurde immer länger.

Im Spätherbst erhielt ich ein Schreiben von der Gauleitung. Darin wurde mir mitgeteilt, mich innerhalb von drei Tagen in Bretstein beim Bauer Mathias Brunner, zu melden.

Im ersten Moment wusste ich mit dem Namen nichts anzufangen. Als ich aber die Hausnummer studierte, da traf es mich wie ein Blitz.

Das war zweifelsfrei die vom Burger. Jetzt fiel es mir wieder ein, Burger war der Hofname. Und ich sollte wirklich zu dem wieder hin, dem ich das alles zu verdanken hatte?

An dem Abend saßen wir sehr lange zusammen. Meine Hoffnung war, der Herr Pfarrer könnte vielleicht darauf Einfluss nehmen. Er brauchte eine Wirtschafterin und mit mir war er doch immer zufrieden. Warum sollte sich das ändern? Aber auch er musste sich damit vertraut machen, eine andere Gemeinde zu betreuen. Denn er sollte in eine andere Diözese versetzt werden. Wo genau, das war ihm noch nicht bekannt gegeben worden.

"Schwester Agnes", so nannte er mich seit geraumer Zeit.

"Mir sind dabei völlig die Hände gebunden, weil auch ich von hier fortgehen muss. Aber vor dem alten Burger, da brauchst du dich nicht mehr zu fürchten. Der wurde, wie ich erfahren habe, von unserem Herrgott seiner gerechten Strafe zugeführt."

Davon war mir nichts bekannt gewesen, aber woher sollte ich es auch wissen?

"Und Agnes, es hat vielleicht sogar einen Vorteil für dich", er lehnte sich in seinem Sessel zurück, "du bist in der Nähe deines Buben."

Sicherlich hatte er recht, wenn es wirklich stimmte. Trotzdem tat es mir für den Herrn Pfarrer leid. Er war so ein herzensguter Mensch und auch derjenige, der damals dafür gesorgt hatte, dass ich eine glückliche Kindheit erleben durfte.

Bei unserem letzten gemeinsamen Frühstück dominierte das Schweigen. Jeder hing seinen eigenen Gedanken nach. Der Pfarrer ließ es sich nicht nehmen, mich bis zur Bushaltestelle zu begleiten. Das Abschiednehmen fiel mir schon immer sehr schwer, denn zurück blieben meistens Tränen und Schmerz.

Zwei Jahre waren vergangen, seit mein Bub zu seinem Vater gekommen war. Wie es ihm wohl ergangen ist? Ob sich sein Hörschaden gebessert hatte?

Ich würde es mir nicht nehmen lassen, mein Kind sehen zu wollen.

Beim Burger hatte sich seit dem Tod des Alten einiges zum Guten gewendet.

Stasls Bruder gab sich wirklich Mühe, den Hof ordentlich zu führen. Man merkte schon an den Gesichtern der Angestellten, dass sie Freude an ihrer Arbeit hatten. Und ich war froh, meine beste Freundin wieder in die Arme nehmen zu können. Am Tag nach meiner Ankunft saßen Stasl und ich bis weit nach Mitternacht zusammen und schütteten uns gegenseitig das Herz aus.

Das neue Schuljahr hatte schon längst begonnen und eigentlich müsste Fritzerl auch eingeschult worden sein. Um mein Kind zu sehen, bräuchte ich doch nur die Hubers zu besuchen. Daran mussten alle Kinder aus dem Falmtal vorbeigehen. Ich bat den Jungbauern um Erlaubnis und Stasl wollte mich begleiten, weil sie bei der Gelegenheit auch gleich ihren Stoff abholen könne.

An dem besagten Morgen verließen wir rechtzeitig das Haus, um meinen Sprössling bloß nicht zu verpassen. Nach einer herzlichen Begrüßung bei den Hubers fragte ich Mitzi gleich nach meinem Bub. Sie bedauerte und fügte aber auch hinzu, noch nie darauf geachtet zu haben. Als ich die ersten Kinder kommen sah, schlug mir das Herz bis zum Hals. Diesmal würde ich mich ihm nicht zeigen, den Fehler wollte ich nicht noch einmal machen. Ich wäre schon zufrieden, ihn einfach nur zu sehen. Nach unendlich langen 30 Minuten vergeblichen Wartens trat ich vor die Tür und sprach eines der Kinder an. Ein kleines Mädchen aus der Gruppe meinte, es gäbe in ihrer Klasse keinen Bub, der Fritz heiße. Einer der beiden Älteren äußerte die Vermutung, dass er vielleicht erst im nächsten Jahr zur Schule käme.

Diese Ungewissheit machte mich derart unruhig und ich war schon drauf und dran, nach oben zum Leitenbauer zu gehen, um mich persönlich zu vergewissern. Zum Glück redeten mir meine beiden Freundinnen mein Vorhaben aus.

"Am übernächsten Sonntag ist Erntedankfest, Angerl, da wirst du den Kleinen bestimmt sehen", meinte Mitzi.

"Ja, das stimmt. Mathias sagte, wir würden in diesem Jahr die Erntekrone machen", strahlte Stasl, "da bist du noch rechtzeitig zu uns gekommen, Angerl."

Stasl und ich waren gerade dabei, die Erntekrone in der Kirche aufzubauen, als sie mich mit dem Ellbogen anstieß. Erst dachte ich, es wäre ein Versehen. Da aber gleich darauf noch ein Stoß folgte und diesmal heftiger, drehte ich mich um. Ich erstarrte mitten in der Bewegung und schaute in die Augen meines Kindes, das von seinem Vater und Großvater begleitet wurde. Vor lauter Schreck presste ich beide Hände auf den Mund, um einen Schrei zu verhindern.

Mein Blick wechselte von einem Gesicht zum anderen, ich spürte, wie sich mein Mund öffnete, aber die Lippen waren nicht in der Lage, das Gefühlte in Worte zu formen. Es lag eine unbeschreibliche Spannung in der Luft, die erst durch Fritzchens Reaktion, als er sich von seinen Begleitern losriss, an Dramatik verlor. Er flog förmlich in meine weit ausgebreiteten Arme. Der Bauer war der erste, der die Fassung wiederfand und langsam auf uns zukam.

"Wir haben gehört, dass du wieder hier bist und ich habe im Stillen darauf gehofft, dich hier anzutreffen."

Er beugte sich zu uns runter.

"Die Gundl weiß nichts davon und muss es auch nicht erfahren. Du solltest wissen, deinem Buben geht es bei uns oben gut. Leider hat sich der Hörschaden nicht mehr gebessert. Was sich auch an seiner Aussprache bemerkbar gemacht hat. Er ist sonst kerngesund, aber für die Schule ist es noch zu früh für ihn."

Für mich war das alles nicht mehr wichtig, es zählte einzig und allein mein Sohn! Als ich mich endlich wieder hochrappeln konnte, sah ich zu Gustl, der noch immer teilnahmslos dastand. Sichtlich unsicher, aber doch gleichzeitig gerührt, beobachtete er die Szene. Als ich mit Fritzchen an der Hand zu ihm ging, nestelte er verlegen an seiner Hutkrempe.

"Grüß dich, Angerl, gut schaust aus. Tja, wir dachten, du würdest dich bestimmt darüber freuen, wenn du deinen Jungen sehen kannst."

Ich war schon erstaunt darüber, dass er unser gemeinsames Kind alleine nur mir zusprach. Mit einem verlegenen Blick zu seinem Vater, der sich derweil mit meiner Freundin unterhielt, versicherte er mir, alles zu tun, um auch in Zukunft für Fritz zu sorgen.

"Denn schließlich ist es auch zur Hälfte mein Kind."

Damit wollte er anscheinend seinen vorherigen Satz verbessern.

"Nur eines wird nicht gehen, dass du ihn oben bei uns besuchen kannst. Meine Frau ...", dieses Wort versetzte mir einen heftigen Stich, "... wird es nicht zulassen. Und wir, mein Vater und ich, wollen nicht, dass Fritz darunter zu leiden hat. Ich kann dir auch nicht versprechen, wann du den Bub wieder sehen wirst. Und deshalb möchte ich dich um eines bitten, erzwing es nicht."

In diesem Augenblick spielte das Später keine Rolle, nur das hier und jetzt war für mich wichtig. Dabei hob ich mein Kind hoch und drückte es fest an mich.

Mein momentanes Wohlbehagen war leider nur von allzu kurzer Dauer, als der Bauer zum Aufbruch mahnte.

"Wir beide tun unser Möglichstes, damit ihr euch öfter sehen könnt."

Er nahm mir behutsam das Kind aus den Armen. Der Bauer spürte meine leichte Gegenwehr, lächelte mich an und gewährte mir noch eine kleine Galgenfrist. Als ich mich mit der Trennung schon abgefunden hatte, wollte mein Kind mich nicht loslassen und klammerte sich noch einmal fest um meinen Hals, als ob es ahnte, dass wir uns lange Zeit nicht mehr sehen sollten.

Um den Schmerz nicht noch weiter zu verlängern, drehte ich mich um und suchte bei Stasl Trost, während sich die anderen schnell aus der Kirche entfernten.

20.10.1940 bis 22.07.1941

Jeden Tag hörte ich die Schritte, wie sie sich damals in der Kirche von mir entfernten und spürte die fragenden Blicke meines Kindes in meinem Rücken. Was hätte ich denn machen sollen, dem Vater unser Kind aus den Armen reißen ... und dann? Wie wäre es weitergegangen? Ich musste doch froh sein, dass der Bub wenigstens bei einem Elternteil aufwachsen konnte. Und so wie ich erfahren hatte, wurde er auch von seiner Stiefmutter gut behandelt. Sich damit abzufinden, war sehr schwer.

Bei jedem Kirchgang suchte ich verzweifelt die Menge nach meinem Sohn ab. Aber weder zu Weihnachten noch zu Ostern hatte ich ihn zu Gesicht bekommen.

Pfingsten konnte ich kaum noch erwarten. Dann nämlich sollten die Tiere wieder auf die Alm getrieben werden und ich durfte sie hüten. Ich schämte mich ein wenig, weil ich mich darüber so freuen konnte.

Natürlich hatte ich dabei nie mein Kind vergessen, wirklich nicht.

'Wenn ich auf der Fassbergeralm bin, wird es ein Katzensprung sein, einen Abstecher rüber zur Pfarreralm zu machen. Und außerdem werde ich es mir nicht entgehen lassen, darauf zu achten, wer die Alm bewirtschaftet.'

Natürlich musste ich damit rechnen, dass man bemüht sein würde, eine Zusammenkunft zwischen Mutter und Kind zu verhindern. Jedoch hatte sich eines gezeigt, Fritzls Großvater hatte keine Einwände, im Gegenteil. Er war derjenige, der dafür gesorgt hatte, dass ich meinen Buben zum Erntedankfest in die Arme schließen konnte. Gustl selbst wäre kaum auf die Idee gekommen, dass ich als Mutter auch das Bedürfnis haben könnte, mein eigenes Kind sehen zu wollen.

Dazu stand er zu offensichtlich unter der Fuchtel von Gundl.

Tage später war es endlich so weit, die Viecher kamen auf die Alm. Zuvor hatten wir alle Hände voll zu tun. Je näher wir der

Hütte kamen, desto bedrückender wurde meine Stimmung. Meine Gedanken hatten sich so tief in Erinnerungen vergraben, dass ich Stasls Worte gar nicht wahrgenommen hatte.

"Angerl, du scheinst dich gar nicht zu freuen."

"Ach, liebe Stasl, entschuldige bitte, ich hatte meinen Kopf wieder ganz woanders." Ich umarmte sie.

Gerade oben angekommen, vernahmen wir den Auftrieb beim Leitenbauern. Obwohl jede von uns genug zu tun hatte, versuchte ich, so oft es möglich war, auf die andere Seite der Hütte zu gelangen. Von dort konnte ich einzelne Personen aus der Kolonne erkennen, die einige hundert Meter unter uns ihren Weg zur Pfarreralm fortsetzten.

Auch Stasl, die jetzt hinter mir stand, steckte ich mit meiner Unruhe an.

"Den Bub konnte ich noch nicht sehen, auch die Gundl scheint diesmal nicht dabei zu sein, wohl die Alte, die ist ja schon von Weitem zu hören."

Sie stupste mir dabei mit einem verschmitzten Lächeln verschwörerisch in die Rippen.

Als die Treiber mit den Knechten und Mägden schon längst den Heimweg angetreten hatten, kehrte endlich wieder die Art von Ruhe ein, die ich seit Jahren vermisst und herbeigesehnt hatte.

Stasl und ich ergänzten uns wunderbar. Mit einem Augenzwinkern *befahl* sie mir, den zur Pfarreralm angrenzenden Weidezaun zu kontrollieren.

"Und vergiss den Feldstecher nicht."

Wir mussten dabei beide laut auflachen.

Mit dem Rucksack, in den ich etwas Proviant und Werkzeug gepackt hatte, machte ich mich auf den Weg. Die aufgehende Sonne breitete gerade ihr goldenes Vlies über die Gipfel aus, als ich die obere Grenze zur Nachbaralm erreicht hatte. Aus alter Gewohnheit und auch aus Neugierde blieb ich stehen, um einen verstohlenen Blick auf die unter mir liegende Hütte der Pfarreralm zu riskieren. Gedankenversunken stützte ich mich auf meinem Stock ab. Erinnerungen, die ich die Jahre über mehr oder weniger vergeblich versucht hatte zu verdrängen, wurden wieder an die Oberfläche gespült. Melancholie ergriff Besitz von mir. Mal wurde mein Gedankenflug von Frohsinn begleitet, dann wieder wurde ich ohne Vorwarnung in einen tiefen Abgrund gestoßen.

Bilder aus der frühen Kindheit vermischten sich mit Ereignissen, die noch nicht allzu lange her waren. Sie lagen vor mir wie ein offenes Buch, dessen Inhalt nur aus Trauer und Enttäuschungen bestand. Bestimmte Erlebnisse, die mich besonders berührten, wurden in bewegliche Szenen umgesetzt und mir damit noch näher gebracht. Instinktiv presste ich die Augen ganz fest zusammen, in der Hoffnung, dass dadurch die Bilder verschwinden würden. Aber gerade das führte dazu, dass die Szene immer wieder abgespielt wurde. Ein weit entferntes grelles Pfeifen ließ für einen Augenblick die Bilder verschwinden. Ich versuchte, das vor mir offenliegende Buch zuzuklappen. Trotz größter Willensanstrengung war ich außerstande, auch nur einen Finger zu bewegen. Wieder ein Pfeifen – diesmal war ich in der Lage, meinen Blick vom Buch zu trennen. Langsam wurde ich aus der Tiefe nach oben ins Tageslicht gehoben. Noch immer verwirrt, ordnete ich meine Gedanken und erinnerte mich an das Geräusch. Es war der Warnruf eines Murmerls, der mich aus der Lethargie wieder in die Wirklichkeit zurückgeholt hatte. Einer der Adler, der wahrscheinlich vom Kreuzkogel rüberkam, löste bei den Nagern Alarm aus.

Ich nahm den Feldstecher und versuchte, von meiner Position aus eine schadhafte Stelle am Weidezaun auszumachen. Bis jetzt konnte ich nichts Ungewöhnliches entdecken. Völlig ungewollt hatte ich plötzlich den steinernen Hochsitz in Übergröße vor Augen. Ich verfolgte im Glas den Weg bis runter zur Almhütte, konnte dabei aber nur mühsam die aufkommenden Erinnerungen unterdrücken.

"Um Gottes willen, … Gundl! Sie bewirtschaftet also doch wieder die Alm."

Mein letztes Fünkchen Hoffnung, auf diesem Wege wieder mein eigen Fleisch und Blut in die Arme schließen zu können, wurde mit ihrer Anwesenheit zunichtegemacht. Schnell setzte ich das Glas ab, drehte mich um und führte meinen Kontrollgang nach oben zum Grat fort. Ich spürte ihre Blicke im Rücken – wahrscheinlich ahnte sie, wer sie gerade beobachtet hatte oder sie wusste es bereits. Ich hatte aber auch nicht vor, mich vor ihr zu verstecken, dazu bestand kein Grund. Und von einem freundschaftlichen Besuch, wie es eigentlich üblich war, würde sie bestimmt Abstand nehmen.

Ich genoss die Tage in vollen Zügen, trotzdem verfiel ich oft in Melancholie. Ich wusste, dass mir zum vollkommenen Glück ein wichtiger Teil fehlte. Der Wichtigste überhaupt …, mein Bub.

In regelmäßigen Abständen kam Mathias rauf, um einmal nach dem Rechten zu sehen und um Butter und Käse abzuholen. Bei dieser Gelegenheit brachte er auch die Sachen hoch, die wir ihm aufgetragen hatten. Meist waren es Lebensmittel, aber auch Werkzeug und Material für Ausbesserungsarbeiten.

Vergib Anderen …
Nicht weil sie Vergebung verdienen.
Sondern weil du Frieden verdienst.
Lisa Böhm

Teil IV

Zwischen Himmel und Hölle
1941 bis 1945

Kapitel 1 Sommer 1941

Der Kriegsgefangene

Diesmal kam Mathias in Begleitung. Neugierig wie ich war, setzte ich das Glas an, um zu schauen, von wem er wohl begleitet wurde. Ein Jäger war es nicht, es war ein Mann, schlank und mittelgroß. Er trug eine Uniform, nein, es war ein Anzug, wie ihn die Kriegsgefangenen trugen, die seit geraumer Zeit unten im Lager lebten.

"Stasl schau mal, der Hias kommt mit einem Kriegsgefangenen zu uns hoch."

Meine Freundin fand dazu eine plausible Erklärung: "Wahrscheinlich wurde uns auch endlich einer zugeteilt. So konnte es auch nicht mehr weitergehen. Nehmen uns schon die Kinder weg und schicken sie an die Front."

Als wir uns gegenüberstanden, stellte Hias uns seinen Begleiter vor.

"Das ist René, er kommt aus dem Lager, ihr wisst schon", und deutete nach hinten. "Komm schon her, die beißen dich nicht."

Dabei zog er ihn unsanft nach vorne.

"Er wird in Zukunft meine Lauferei übernehmen. Und du, Stasl, wirst heute mit uns runtergehen, wir schaffen es sonst nicht mehr, die Heuernte rechtzeitig einzubringen."

Obwohl ich es immer schon gewohnt war, alleine zu wirtschaften, war ich in dem Moment doch sehr betrübt. Es ließ sich leider nicht ändern, die Zeiten verlangten es einfach. Stasl hatte zuerst die Sprache wiedergefunden und fragte ihren Bruder mit einer Kopfbewegung zu René rüber.

"Versteht er denn überhaupt deutsch?"

Hias stieß seinen Begleiter grob mit der Hand in den Rücken, sodass dieser einige Schritte nach vorne stolperte und mich beinahe umrannte.

"Sag schon, was du kannst", forderte er ihn auf.

"Isch abe geubt, Grus Gott un Eil Itler."

Dabei nahm er mit einem unerwarteten Ruck Haltung an und riss seinen rechten Arm mit ausgestreckten Fingern nach vorne zum Hitlergruß. Ich war derartig erschrocken, dass ich unwillkürlich einen Schritt zurückwich und mir beide Hände vor den Mund presste. Zum einen hatte ich von jemandem wie ihm nicht diese tiefe und angenehme Stimme erwartet, und zum anderen fand ich das Ganze ziemlich peinlich. Wie ein Mensch nur so behandelt werden konnte, auch wenn er *bloß* ein Kriegsgefangener war.

"Und wenn du auf dumme Gedanken kommst, dann ...", dabei schnappte er sich René hinten am Kragen und hob ihn mühelos hoch, bis er nur noch auf Zehenspitzen stehen konnte, und fuhr ihm symbolisch mit ausgestrecktem Zeigefinger quer über den Kehlkopf. Diese Geste war unmissverständlich. Mir wurde das Schauspiel einfach zu makaber, und ich suchte nach einer Möglichkeit, mich unbemerkt zu entfernen.

"Ich bereite euch inzwischen schon ein Frühstück vor."

"Für ihn hier", rief er mir nach und deutete auf den Kriegsgefangenen, "brauchst du nichts anzurichten. Ein Stück trockenes Brot reicht, Wasser kann er vom Brunnen trinken. Die kriegen schon genug im Lager."

Da kam bei Hias wieder der Charakter seines Vaters durch. Mir war die Sache ziemlich unangenehm. Von wegen genug zu essen. Das sah ja wohl ein Blinder, wie ausgemergelt der Arme daherkam. Ich konnte es mir aber auch nicht leisten, den Zorn von Hias auf mich zu ziehen. Ich fand es jedenfalls so nicht richtig, wie man mit ihm umsprang. Spätestens in fünf Tagen würde er das nächste Mal hochkommen, dann würde er nicht mit leerem Magen zurückgehen müssen, das nahm ich mir fest vor.

Und so war es auch. Ich war gerade dabei, den Herd anzumachen, als es an der Tür klopfte. Erschrocken blickte ich hoch.

'Wer mag das um diese Zeit schon sein?', fragte ich mich.

Es war erst kurz nach sechs. Da sich auf mein "Herein" nichts weiter rührte, ging ich zur Tür und öffnete sie einen Spalt.

Wer stand vor mir?.- René.

"Isch bins", sagte er und lächelte mich freudestrahlend an.

"Was machen sie in aller Herrgottsfrühe schon auf der Alm", rief ich erstaunt aus.

Für einen kurzen Moment blieb er wie angewurzelt stehen. Wahrscheinlich begriff er mein erstauntes Gesicht nicht. Er versuchte sich zu entschuldigen, was für mich sehr lustig klang und ich deshalb lachen musste. Ich schaute an ihm vorbei nach draußen, was er sogleich richtig zu deuten wusste. Sofort wedelte er mit ausgestrecktem Zeigefinger hin und her.

"Isch alleine, nischt Ias."

Wieder musste ich lachen, weil er das "H" von Hias einfach nicht aussprechen konnte. Ich bedeutete ihm, sich zu setzen, nachdem er sich der Kraxn entledigt hatte. Ich machte uns eine

Rahmsuppe warm, stellte Brot, Käse und Speck auf den Tisch und bat ihn zuzugreifen. Verstohlen warf er einen ängstlichen Blick zur Tür.

"Ias nischt da", sagte ich und lachte über meine eigene Nachäfferei. Obwohl er sich die Suppe förmlich hineinschaufelte, kam nicht ein einziges schmatzendes Geräusch über seine Lippen. Fasziniert beobachtete ich ihn dabei, wie er sich das Brot zurechtlegte und mit einem Heißhunger hinunterschlang.

Er hatte pechschwarzes gekräuseltes Haar und dazu ungewöhnlicherweise blaugrüne Augen. Seine Gesichtszüge fand ich eher zart, trotz der deutlich hervorstehenden Wangenknochen, die mit Sicherheit von der *nahrhaften* Lagerkost herrührten. Sein Teint war merklich dunkler, seine Arme auffallend muskulös, trotz seiner insgesamt eher schmächtigen Gestalt. Als er merkte, dass er von mir gemustert wurde, legte er das angebissene Stück Brot verlegen beiseite und senkte demütig den Blick.

"Essen sie nur ruhig weiter, es ist genug da", munterte ich ihn auf.

Es wurde für mich allerhöchste Zeit, im Stall nach dem Rechten zu schauen. Deshalb dachte ich mir nichts dabei, als ich aufstand und zur Tür ging. Im selben Moment sprang er auch hoch und folgte mir. Ich gab ihm zu verstehen, dass ich in den Stall musste, er bestand darauf mitzukommen. Ich zeigte auf den Tisch, wo noch das Brot und der Speck lagen. Nein, er musste mir folgen. Also ließ ich ihn gewähren. Wieder zurück in der Stube wartete er solange, bis er mich beschäftigt sah, erst dann setzte er sich wieder an den Tisch und aß weiter.

Nachdem ich Butter und Käse zusammengestellt hatte, packte er alles sorgfältig in die Kraxn, bedankte sich und trat den Rückweg an. Auch sein nächster Besuch unterschied sich kaum vom ersten. Als er sich jedoch verabschiedete, sagte er, "isch eisse René", und er streckte mir die Hand entgegen.

"Isch eisse Agnes", und lachte dabei laut auf.

"Agnees", wiederholte er. Diesmal blieb ich länger stehen und blickte ihm nach. Erstaunt stellte ich fest, dass mich die unmittelbare Nähe von Gustls Frau nicht im Geringsten berührte. Auch den ihr zu verdankenden Kummer hatte ich eine Zeit lang völlig vergessen. Ließen mich schon die wenigen Augenblicke, die ich mit René verbrachte, etwa meine Verantwortung und die Bürde meines Schicksals vergessen?

10.08.1941 bis 18.08.1941

Eigentlich wäre heute wieder sein Abholtag gewesen, stattdessen tauchte kurz vor neun Uhr Hias persönlich auf. Natürlich wollte ich mich mit einer neugierigen Frage über Renés Fernbleiben nicht verraten und schwieg deshalb zu meinem und Renés Schutz. Wie gewohnt bereitete ich Hias eine Brotzeit und setzte mich zu ihm an den Tisch.

Während er aß, merkte ich, wie in mir die Ungeduld hochstieg. Um Näheres zu erfahren, versuchte ich krampfhaft eine Brücke zu bauen.

Es war zum Verrücktwerden. Mit keiner einzigen Silbe wurde der Name René erwähnt. Erst als er schon wieder für den Rückweg gerüstet vor mir stand, schien ihm doch noch etwas Wichtiges eingefallen zu sein.

"Angerl, aus dem Lager unten sind zwei Sträflinge ausgebrochen. Nimm dich in Acht und lass niemanden rein."

Mein innerliches Zusammenzucken hatte er zum Glück nicht bemerkt, als er fortfuhr.

"Ob unser René auch dabei ist, wollte man mir nicht sagen. Jedenfalls habe ich ihn seit zwei Tagen nicht mehr auf dem Hof gehabt. Weit werden sie nicht kommen. Die SS mit ihren Hunden ist heute Morgen aufgebrochen. In deren Haut möchte ich wirklich nicht stecken."

Damit verabschiedete er sich von mir. Nachdem ich mich vergewissert hatte, dass Hias weit genug weg war, setzte ich mich auf die Bank und faltete die Hände.

Sollte ich jetzt froh darüber sein, dass ich nicht wusste, ob René einer der beiden Entflohenen war?

Bei der Vorstellung, es könnte sich bei einem der beiden tatsächlich um René handeln, wurde mir ganz eigenartig zumute. Was, wenn die plötzlich hier bei mir auftauchen würden? Dass ich sie nicht ans Messer liefern würde, stand für mich außer Frage. Ich befand mich in einem schier unüberwindbaren Zwiespalt.

Da ich mich aber trotzdem um das Vieh kümmern musste, war ich zur Region unterhalb des Bruderkogels aufgebrochen.

Während ich gedanklich noch verzweifelt nach einer Lösung rang, hörte ich vom Pfarrgraben knatternde Geräusche, die mir vom Wind zugetragen wurden. Ich machte an der Stelle Rast, wo ich den besten Blick über die ganze Viehherde hatte. 72 Stück hatte ich gezählt. Keines fehlte oder war in irgendeiner Art auffällig, alles war in bester Ordnung. Das Geknatter kam von zwei Kradmeldern, die sich mit ihren Motorrädern bis zur Pfarreralm hochgequält hatten. Kurz darauf lösten sich aus dem

Hochwald sechs Berittene, die ebenfalls auf dem Weg zur Hütte waren.

Mein Gott, was für ein Aufwand, nur weil zwei arme Seelen das Weite gesucht hatten. Anscheinend wollten sie dort ihr Quartier aufschlagen, denn die Berittenen hatten mehrere Packpferde dabei. Ich kämmte mit dem Feldstecher systematisch die Umgebung ab, um eventuelle Bewegungen oder Auffälligkeiten zu entdecken. Ich kannte die Gegend wie meine eigene Schürzentasche. Jeder noch so kleine Fleck, der nicht in die Landschaft passte, fiel mir schon mit bloßem Auge auf. Mein Herz schlug mir bis zum Hals, zum Glück konnte ich nichts Außergewöhnliches bemerken. Beruhigt setzte ich das Glas ab.

Die Sorge, doch etwas übersehen zu haben, trieb mich nach oben zum Gipfel des Bruderkogels. Ich nahm den Weg durch die Rinne, da konnte man mich von drüben nicht beobachten. Zeitweise fühlte ich mich schon als Verbündete der beiden Flüchtigen. Ich versuchte, mich in deren Lage zu versetzen. Das Ergebnis ließ mich erschauern. Der Fluchtweg nach draußen, also nach Möderbrugg, war in meinen Augen reiner Selbstmord. Weiter rein in den Graben war auch sehr schwierig, da es nicht wenige Bauern gab, die von der SS profitierten und infolgedessen auch diese Höfe dementsprechend häufig von ihnen aufgesucht wurden. Deren Hunde würden schon bei der geringsten Kleinigkeit anschlagen. Da gäbe es noch den Weg hoch durch den Keckgraben, nach Pusterwald rüber. Oder diese Seite, die allerdings die gefährlichste aller Fluchtwege darstellte und nach Trieben oder Rottenmann und weiter ins Liesingtal führte. In deren Lage würde ich genau diese Route benutzen.

Ich ließ mich an einer windgeschützten Stelle ins Gras fallen und beobachtete mit bloßem Auge die Umgebung. Weit und breit war keine Menschenseele zu erkennen. Um mich zu vergewissern, ob ich nicht doch etwas übersehen hatte, kontrollierte ich die Gegend nochmal mit dem Feldstecher. Erleichterung überkam mich, als auch da nichts Ungewöhnliches festzustellen war. Damit man mich schon von Weitem sehen konnte, stieg ich auf dem normalen Weg zu unseren Almwiesen runter. Immer wieder blieb ich stehen und streifte die Umgebung mit einem geübten Blick ab. Ich nahm mir noch mal das Glas zu Hilfe, um das Treiben auf der Pfarrerhütte zu beobachten. In der kurzen Zeit hatten die Soldaten drei Zelte aufgestellt. So wie es aussah, wollten sie von dort ihre Suchtrupps losschicken. Ich hatte das Gefühl, jeder einzelne meiner Schritte wurde von der anderen Seite genau verfolgt.

Zeitgleich mit mir erreichten auch zwei SSler die Fassbergerhütte. Sie stellten sich mir nur kurz vor und baten mich, einige Fragen zu beantworten. Ich hatte nichts zu verbergen. Ich war nicht wenig erstaunt, über was die beiden schon informiert waren. Nicht nur, dass sie über die Anzahl der Besuche auf meiner Hütte genau Bescheid wussten. Sondern auch, an welchen Tagen und über welchen Zeitraum sie stattgefunden hatten, waren sie genau im Bilde. Da schien ja Gundl ein akribisches Tagebuch über mich geführt zu haben.

Ich sah keine besondere Veranlassung, einen Kaffee oder Schnaps anzubieten. Deshalb dauerte unsere Unterredung auch nicht allzu lange und die beiden verabschiedeten sich wieder. Wer allerdings die Flüchtenden waren, konnte ich nicht rauskriegen. Nur so viel, dass die Gesuchten beim Leitenbauer in der letzten Nacht Zivilkleidung von der Wäscheleine gestohlen hatten.

Noch in derselben Nacht waren oberhalb unserer Hütte Schüsse zu hören, die eindeutig aus Maschinenpistolen stammten. Ich tat die restliche Nacht kein Auge mehr zu, traute mich aber auch nicht, vor die Tür zu gehen. Die Sonne war noch nicht aufgegangen, als wieder Motorradgeknatter zu hören war. Jetzt konnte mich nichts mehr halten, ich musste raus.

Schon mit bloßem Auge konnte ich sehen, dass auf der anderen Seite die Zelte abgebaut und verladen wurden. Ich nahm den Feldstecher, um Genaueres zu erkennen. Auf einem der Packpferde baumelten zwei leblose Körper. Gesichter waren aus der Entfernung nicht auszumachen, sodass ich noch immer im Ungewissen gehalten wurde. Spätestens in zwei Tagen sollte Hias wieder hochkommen, bis dahin lebte ich zwischen Hoffen und Bangen.

Es war kurz vor sieben, als es an der Hüttentür klopfte. Endlich würde ich Gewissheit bekommen.

"René, du bist es wirklich?"

Ohne erst zu schauen, ob ihn noch jemand begleitete, warf ich mich an seinen Hals und drückte ihn. Was er wiederum mit einem lauten Aufstöhnen und einem schmerzverzerrten Lächeln quittierte. Erst jetzt merkte ich, dass er Probleme hatte, die Kraxn abzustellen. Auch das Gehen schien ihm Schmerzen zu bereiten.

Er versuchte, mir mit Händen und Füßen zu erklären, was geschehen war. Ich hatte nur so viel verstanden, dass einer der

Flüchtlinge, der übrigens auch Franzose war, sich mit ihm und vielen anderen eine Zelle geteilt hatte. Als dieser mit einem anderen nicht zum Morgenappell erschienen waren, wurden alle Zimmergenossen zuerst von den Lageraufsehern und anschließend von der SS verhört und misshandelt. René wurde an Rücken und Bauch mit Gewehrkolben und Stiefeln traktiert, bis er keinen Mucks mehr von sich geben konnte. Erst als die Meldung von der Ergreifung der Flüchtlinge bekannt wurde, ließ man von den Mithäftlingen ab. Drei davon wurden mit einem Kopfschuss vor den Augen der anderen hingerichtet.

Ich hatte mir die Wunden zeigen lassen und wollte sie versorgen. René lehnte dies aber vehement ab, weil dann wieder Fragen gestellt würden. Es war für mich unfassbar, zu welcher Brutalität Menschen in der Lage waren.

Kapitel 2: Im Jahre 1941/1942

Der Preis des Glücks

Knapp drei Wochen verblieben noch, dann sollten die Tiere wieder runter getrieben werden. Statt René kam die nächsten Male Hias oder auch Stasl, die die restlichen Tage wieder mit mir zusammen oben verbrachte. In den letzten drei Wochen überschlugen sich die Ereignisse. Gundl musste vorzeitig die Alm verlassen. Sie war hochschwanger, was ich nicht gewusst hatte.

Ihre Wehen setzten allerdings zu früh ein und ihr Kind konnte nur durch einen schnellen Kaiserschnitt gerettet werden. Dabei hatte man den Kleinen anscheinend an der Ferse verletzt. Da momentan keine Magd zur Verfügung stand, die auch in der Lage war, die Almwirtschaft zu betreiben, wandte man sich an die Hubers. Mitzi sprang sofort ein und kam auch noch am selben Abend zu uns rüber. Es war wie in alten Zeiten … fast. Zwei Tage später nahm der alte Leitenbauer den Weg über unsere Hütte … und sein Enkelkind begleitete ihn. Ich war überglücklich. Fritz war zu einem kräftigen Buben herangewachsen.

Er begrüßte mich noch immer mit einem liebevollen "*Mami*".

Gustl war diesmal nicht dabei, worüber ich nicht traurig war.

Während der Großvater bei der anderen Hütte einiges zu erledigen hatte, blieb Fritzerl bei uns. Es war einfach unbeschreiblich. Manchmal zweifelte ich daran, meine Gefühle im Zaum halten zu können. Ich hätte mein Glück am liebsten in die ganze weite Welt geschrien. Stasl freute sich mit mir, wies aber sachte darauf hin, dass der Bauer auf dem Rückweg den Kleinen wieder mitnehmen müsse.

In dem Moment war mir alles, was ringsherum geschah, völlig egal. Ich baute mir die schönsten Luftschlösser, in denen ich uns drei mit fröhlichen Gesichtern sah. Aber woher kam die dritte Person – und wer war sie überhaupt? Mit dieser Frage wurde ich brutal in die Realität zurückgeworfen. Dabei schob sich das Bild von René in den Vordergrund. Dahinter war ganz undeutlich Gustl noch zu erkennen. Auch die darauffolgende Diskussion, die ich mit mir führte, brachte kein anderes Ergebnis. Es blieb dabei.

"Da kommt Opa wieder! Opa, Opa."

Mit einem Mal löste sich meine Traumwelt in tausende Einzelteile auf. Einerseits war ich froh, dass ich ohne Vorwarnung wieder mitten in der Wirklichkeit stand. Es bedeutete aber auch Trennung, verbunden mit Schmerz und Trauer.

Fritzerl war diesmal richtig tapfer, er tröstete mich mit den Worten, "Mami, tu nicht weinen, wir sehen uns bestimmt bald wieder, gell Opa?!"

Er schaute dabei fragend zu seinem Großvater hoch.

"Ja, Bub, bestimmt."

20.10.1941 bis 02.04.1942

Wenn mir damals jemand gesagt hätte, wann ich meinen Sohn tatsächlich erst wieder zu Gesicht bekommen würde, wäre ich mit Sicherheit auf der Stelle umgefallen.

Die Zeit auf der Alm gehörte schon seit einigen Wochen der Vergangenheit an. Alle Tiere hatten wir gesund und wohlgenährt zurück auf den Hof gebracht. Sogar einige neue waren dazugekommen, die auf der Alm das Licht der Welt erblickt hatten. Der Alltag hatte schnell wieder Besitz von mir ergriffen, sogar die Umgewöhnung an das Hofleben fand ich diesmal nicht so schlimm. Der Grund dafür war ziemlich naheliegend, obwohl ich es nicht wahrhaben wollte.

Auch wenn ich René nicht sehen konnte, allein die Gewissheit, ihn in meiner Nähe zu wissen, ließ mein Herz höherschlagen. Nach solchen Momenten, wenn mein Herz vor Glück überschäumte und der Verstand sich auszuschalten drohte, machte sich wieder Melancholie in mir breit.

Danach kehrte auch die Vernunft wieder zurück und hielt mir den Spiegel der Wirklichkeit vor Augen. Jedem von uns war bewusst, dass wir uns gefühlsmäßig auf einem höchst gefährlichen Boden bewegten. Bis jetzt war zwischen uns noch alles auf einer eher freundschaftlichen Ebene geblieben. Jedoch hatte jeder von uns, ob beabsichtigt oder nicht, in immer kürzeren Abständen eindeutige Signale gesendet. Es war also nur noch eine Frage der Zeit und Gelegenheit, diese in die Tat umzusetzen.

Sie kam plötzlich und überraschte uns beide, als wir uns im Stall gegenüberstanden. Es bedurfte keiner Worte mehr, die nur die kostbare Zeit, die uns zur Verfügung stand, rauben würde. Wir liebten uns dermaßen heftig, dass ich fürchtete, ohnmächtig zu werden. Es konnte sich nur um Augenblicke gehandelt haben und dennoch war es für uns wie eine ganze Nacht.

Der Herbst war schon in den Winter übergegangen. Die Kriegsgefangenen mussten sich bis spätestens 17 Uhr beim Lageraufseher zurückgemeldet haben. Jede Verspätung zog drakonische

Strafen auch für die Mithäftlinge nach sich. Um die *Kosten* der Wehrmacht so gering wie möglich zu halten, *gestattete* man den Bauern, die Häftlinge schon ab sechs Uhr morgens für den Arbeitsdienst abzuholen.

Hias war im Grunde ein guter Mensch. Was jedoch die Gefangenen betraf, hatte er eine eigene, sehr einseitige Einstellung, die er sich von niemandem ausreden ließ. Einmal wagte seine Schwester, die Stasl, ihm vorzuschlagen, René auch an der Jausenzeit teilnehmen zu lassen.

Da wurde er richtig wütend: "Die bekommen noch zuviel zu fressen, dafür, dass sie unsere Väter und Kinder umgebracht haben. Man sollte sie doch gleich aufknüpfen."

Er konnte sich den ganzen Vormittag nicht mehr beruhigen. Am liebsten wäre ihm gewesen, wenn er René gar nicht am Tisch zu Gesicht bekommen würde. Stasl und ich waren darüber zum Glück anderer Meinung und steckten René des Öfteren einen Happen zu, ohne dass Hias etwas davon mitbekam.

Das Jahr 1941 ging zu Ende.

Am Heiligen Abend, als wir gemeinsam zur Christmette gingen, trafen wir Gustl und seine Eltern mit meinem Sohn. Als Fritz uns gewahr wurde, erkannte er mich gleich und riss sich von seinem Opa los. Die Bäuerin realisierte die Situation sofort und reagierte blitzschnell, indem sie den Bub noch im letzten Moment beim Schlafittchen zu fassen bekam.

"Du gehörst zu uns und damit basta!"

Der Großvater machte einen kurzen Vermittlungsversuch, der aber von seiner Frau sofort im Keim erstickt wurde.

"Der bleibt da, wo er ist!"

Während der ganzen Mette saß mein eigenes Kind zwei Bankreihen vor mir und durfte mich keines Blickes würdigen. Jeder noch so kleine Versuch wurde von seiner Großmutter mit einem strafenden Blick geahndet. Es tat mir in der Seele weh, und am liebsten wäre ich weinend rausgelaufen.

Eine winzige Gelegenheit, doch noch für einen kurzen Augenblick mit meinem Kind in Kontakt zu kommen, ergab sich am Ende der Christmette.

Obwohl die Bäuerin bestrebt war, das Gotteshaus so schnell wie möglich zu verlassen, zog der Bauer es absichtlich in die Länge. Mit seinem Enkelkind an der Hand bewegten sie sich in Richtung Krippe. Gustl eilte geflissentlich hinter seiner Mutter her, die bestimmt schon ungeduldig draußen wartete.

Wieder war es der Bauer, der eine Zusammenkunft ermöglichte. Langsam näherte ich mich den beiden von hinten, als sich Fritzerl, der mich natürlich schon längst entdeckt hatte, umdrehte und auf mich zustürmte.

Im selben Moment stand auch schon die Bäuerin vor mir und zog, ohne ein Wort zu sagen, das Kind aus meinen Armen. Einen Herzschlag lang war ich bereit, mich meinem Schicksal nicht zu fügen.

War es die Vernunft oder die Angst vor einem weiteren Skandal, die mich davon abhielt, dagegen Widerstand zu leisten? Ich brachte es einfach nicht übers Herz, mich vor allen Leuten zu blamieren.

Einige Tage später bekam ich die Gelegenheit, mich von René trösten zu lassen. Obwohl er kein Wort verstand, so fühlte ich mich trotzdem bei ihm geborgen.

Der Frühling hielt Einzug, die Singvögel kehrten zurück und bauten ihre Nester für ihre Nachkommen. Der Schnee versuchte mit letzter Kraft, die Wiesen bedeckt zu halten, musste aber jeden Tag ein beträchtliches Stück an die immer stärker werdende Frühlingssonne abgeben. Zu meinem Entsetzen stellte sich scheinbar auch mein Körper auf Nachkommen ein. Meine längst fällige Monatsblutung blieb nämlich aus. Die letzten Zweifel wurden in den kommenden Wochen durch pünktlich auftretende Übelkeit am Morgen beseitigt.

Panische Angst überkam mich. Wenn die Lagerleitung dahinter käme ..., "um Gottes willen", sie würden René mit Sicherheit sofort standrechtlich erschießen. Ich musste fort, hier konnte ich nicht länger bleiben. Noch konnte niemand meine anderen Umstände erkennen, in denen ich mich befand.

'Soll ich René davon in Kenntnis setzen? Nein, je weniger er über meinen Zustand weiß, desto besser ist es für ihn.'

Ich sollte versuchen, darüber mit meiner Schwester Hanna zu sprechen, vielleicht wusste sie einen Rat.

Ich musste einen Vorwand finden, um zu ihr nach Pusterwald zu gelangen. Könnte ich nicht behaupten, meine Schwester sei erkrankt? Aber was sollte ich sagen, woher ich das wusste? Das Beste wäre, ich würde Hias einfach fragen, ob ich nicht über Ostern einige Tage freibekommen könne. Das schien mir der einfachste und ehrlichste Weg zu sein.

Erstaunlicherweise hatte Hias keine Einwände, er meinte nur, am Sonntag nach Ostern müsse ich wieder auf dem Hof sein.

Vor lauter Freude umarmte ich ihn spontan, worauf er mich erschrocken anschaute. Um keine weitere kostbare Zeit zu verschenken, kramte ich meine Sachen und mein Erspartes zusammen. Viel war es nicht, aber immerhin. Ich hatte keine Ahnung, ob und wann ein Bus nach Zistl rausfahren würde. Wenn es sein müsste, würde ich eben zu Fuß gehen. Bei der Huber Mitzi blieb ich stehen. Wer, wenn nicht sie, könnte mir darüber genauere Auskunft geben?

"Ein Bus fährt heute nicht mehr", meinte sie, "aber den Milchwagenfahrer könntest du fragen."

Dabei entging mir ihr verschmitztes Lächeln nicht, ich war aber nicht in der Lage, es zu deuten. Anscheinend hatte der Fahrer das Gespräch schon mitbekommen und grüßte freundlich rüber.

Ich zögerte einen Moment lang, " … du bist doch mein Schwager, der Franzl aus Pusterwald! Mein Gott, ich hätte dich fast nicht wiedererkannt."

Auch er war sich unschlüssig.

"Angerl? Bist du es wirklich!?"

Ich betrachtete mein Glück als Fügung des Schicksals, weil gerade Franzl zu dieser Zeit auf dem Weg nach draußen zur Molkerei war.

Viel hatten wir uns unterwegs nicht unterhalten. Er spürte, dass ich ziemlich bedrückt war. Am Ortsanfang von Pusterwald ließ er mich aussteigen.

"Grüß mir Hanna", rief er mir noch zum Abschied zu, "wir sehen uns bestimmt noch heute Abend."

Dann drehte er um und fuhr zurück nach Zistl, um zur Molkerei zu gelangen. Gedankenversunken schaute ich ihm nach, bis das Fahrzeug meinem Blick entschwand.

Meine Schwester fiel aus allen Wolken, als ich mit meinem kleinen Pappkoffer vor ihr stand. Statt einer freudigen Begrüßung, die ich auch nicht erwartet hatte, blickte sie mich erschrocken an: "Was ist passiert, Angerl?"

Sie warf dabei einen ängstlichen Seitenblick auf mein Köfferchen und bat mich herein. Erst dann umarmte sie mich herzlich: "Nun erzähl schon."

Ich stand noch immer mitten in der Stube, mit dem Koffer in der Hand.

"Ach entschuldige, Angerl, aber dein plötzliches Erscheinen hat mich völlig durcheinandergebracht."

Nachdem ich meine Sachen abgelegt hatte und wir uns am großen Tisch gegenübersaßen, streckte sie mir ihre Hände entgegen.

"So, nun spann mich nicht weiter auf die Folter, was ist passiert?"

Sie drückte meine Hände. Ich konnte mich nicht mehr zurückhalten und ließ meinem Kummer freien Lauf. Unter Tränen erzählte ich ihr, was sich zugetragen hatte. Sie unterbrach mich mit keiner Silbe, selbst dann nicht, als ich immer wieder eine Pause machen musste, um mir die Nase zu putzen. Sie wartete ab, bis ich mein Sündenbekenntnis mit den Worten:

"Das war's, Hanna ..., und jetzt schimpf mit mir", beendet hatte und meinen Blick vor lauter Schamgefühl zu Boden senkte.

Unsicherheit und Hilflosigkeit machten sich durch Zittern meiner Finger bemerkbar, was sie durch Streicheln ihres Daumens auf meinem Handrücken zu mildern versuchte. Quälend lange empfand ich die Zeit, bis sich meine Schwester mit einem Ruck aufrichtete, ohne jedoch meine Hände loszulassen.

"Angerl, ich hatte dir im Brief darüber geschrieben, dass unsere Mutter noch ein Mädchen bekommen hatte, die auch auf den Namen Maria getauft wurde. Diese Maria, also unsere Schwester, ist in Zeltweg aufgewachsen und lebt da noch immer."

Hanna lief dabei aufgeregt hin und her.

"Das wäre doch vielleicht eine Möglichkeit, dich bei ihr unterzubringen. Zeltweg ist weit genug weg. Ich habe sie auch schon getroffen und seitdem einige Male mit ihr telefoniert. Aber das erzähle ich dir später."

Sie setzte sich wieder zu mir und drückte meine Hand.

"Wir rufen sie gleich vom Kirchenwirt aus an. Das habe ich schon ein paarmal gemacht. Komm!"

Sie stand auf und nickte mir zu, ihr zu folgen. Auf dem Weg dahin erzählte sie mir, sie hätten schon länger Kontakt zueinander und hatten sich sogar schon mal draußen in Möderbrugg getroffen. Maria wollte noch in diesem Jahr heiraten und hatte auch deshalb über unseren Verbleib Nachforschungen angestellt. Mit Erfolg. Der Wirt kannte Hanna bereits und wies mit einem leichten Schmunzeln zum Apparat. Nach mehrmaligen Versuchen kam eine Verbindung zustande und Hanna legte zu meinem Erstaunen nach einem kurzen Wortwechsel wieder auf.

"Es wird eine Weile dauern", klärte sie mich auf, "bis die Nachbarin Maria erreichen kann."

Sie bedankte sich derweil beim Wirt.

"Ich habe gesagt, wir sind um 15 Uhr, das heißt in drei Stunden, wieder beim Kirchenwirt und werden auf ihren Rückruf warten."

Wir überbrückten die Zeit mit einem Kirchenbesuch. Ich zündete eine Kerze an, betete einige Vaterunser und bat um Beistand der Heiligen Maria Mutter Gottes. Die andächtige Stille half mir, meine innere Unruhe zu mildern.

Ich fragte mich, welchen Ausgang ich mir vom heutigen Tag eigentlich erwartete. Hatte ich überhaupt ein Recht, irgendetwas zu erwarten? Je mehr ich darüber nachdachte, desto fester wurde mein Entschluss.

Ein Zurück kam nicht mehr infrage.

Kapitel 3: Frühjahr 1942

Maria erzählt

Als mir die Joglbäuerin, die die Einzige in der Umgebung war, die ein Telefon besaß, erzählte, meine Schwester Hanna habe angerufen, gingen mir tausend Dinge gleichzeitig durch den Kopf.

Und als ich dann auch noch ihre Stimme am Telefon hörte, war ich überglücklich. Dass aber auch gerade Hanna angerufen hatte, wo wir sowieso vorhatten, die beiden über Ostern zu besuchen, das war mehr als Zufall. Und bei der Gelegenheit werde ich auch meine zweite Schwester persönlich kennenlernen.

Ich konnte es kaum noch erwarten, die beiden in meine Arme zu schließen.

'Was wohl passiert sein mochte, und warum wollte mir Hanna darüber nichts am Telefon erzählen?'

Die zwei Tage bis zu unserer Abreise wollten überhaupt nicht vergehen, aber dann waren wir endlich da. Franzl hatte ich schon von Weitem erkannt, als wir in den Fuchsgraben abbogen. Er befand sich in Begleitung von zwei Frauen und sie schienen sich angeregt zu unterhalten. Anscheinend hatten sie uns noch nicht wahrgenommen. Die Größere der beiden konnte nur Hanna sein und die kleine zierliche Schwarzhaarige, das war bestimmt die Angerl. Während wir aufeinander zugingen, blickte Hanna hoch und bemerkte uns. Ich löste mich von Sepp und eilte den Dreien entgegen. Auch Hanna beschleunigte ihre Schritte, bis auch sie mir entgegenlief. Wir umarmten uns und jeder hatte Freudentränen in den Augen. Unterdessen trafen auch die anderen bei uns ein.

"Das ist Sepp, mein Verlobter", und zu Sepp gewandt, "Hanna und Franzl kennen wir bereits, aber das ist meine zweite Schwester, die Angerl. Hab ich recht?"

Jetzt kam auch Angerl zu mir, gab mir die Hand und umarmte mich ganz herzlich. "Ich freue mich so, dass wir uns nach so langer Zeit auch noch kennenlernen."

Wir waren uns auf Anhieb sympathisch, sodass wir uns sofort einhakten und mit Hanna in der Mitte den Weg, zu deren Haus antraten. Da angekommen, wies uns Hanna unsere Kammer zu.

"Ihr seid bestimmt hungrig und durstig. Ich mach uns gleich eine Jause fertig, dann erzählt ihr uns eure Pläne."

"Einen Durst hätte ich schon und unsere Pläne wollen wir euch natürlich gerne mitteilen, denn schließlich sollt ihr daran teilhaben."

"Aber wir sollten vorher über euer Anliegen sprechen, das scheint mir wichtiger zu sein. Oder was meinst du, Sepp?"

Er nickte: "Ich glaube auch, dass das dringender ist. Also Hanna, was konntest du uns am Telefon nicht sagen?"

Hanna wollte gerade erklären, als Angerl sie unterbrach.

"Es geht um mich, … danke Hanna."

Dabei drückte sie liebevoll deren Hände.

"Ich befinde mich in großen Schwierigkeiten …"

Obwohl Hanna, durch den engeren Kontakt zu Angerl, über ihren Leidensweg besser informiert war, konnte auch sie ihre Bestürzung darüber noch immer nicht verbergen.

Als Angerl sich schluchzend vorbeugte, ihr Gesicht weinend hinter ihren Händen verbarg, wollte keiner die bedrückende Stille unterbrechen.

Angerl war es, die sich abrupt erhob und ihre Schürze verlegen glatt strich.

"Ich kann nicht mehr zurückgehen, schon wegen René nicht. Wenn das rauskommt …"

"Da brauchen wir erst mal Einen", meinte Franzl und holte die Flasche und vier Stamperl aus der Kredenz.

"Angerl, du möchtest bestimmt ein Glas Most!"

Für eine kurze Weile war jeder von uns damit beschäftigt, das eben Gehörte zu verarbeiten. Angerl ging nervös auf und ab.

"Sie hat recht", begann Sepp und bedeutete Angerl, sich wieder zu setzen.

"Du kommst auf alle Fälle mit uns nach Zeltweg. Das steht schon mal fest."

Ich war froh, dass mein Sepp es so spontan ausgesprochen hatte. In Angerls Gesicht war ein Aufleuchten zu erkennen und man merkte, wie ihre innere Anspannung nachließ.

"Bei uns ist genug Platz und Langeweile wird bestimmt nicht aufkommen. Ich denke, dass es dir recht ist, wenn wir dich gleich am Ostermontag mit zu uns nach Hause nehmen."

Meine *neue* Schwester nickte heftig mit dem Kopf und weinte vor lauter Freude. Hanna griff zur Flasche, die mitten auf dem Tisch stand und füllte die Gläser wieder voll.

"Darauf stoßen wir an."

"Du hast gesagt, du hast deine nötigsten Sachen dabei, auch deine Papiere?", erkundigte ich mich. Sie nickte heftig und sah mich dankbar an.

"Ein Problem – und zwar kein geringes, steht uns aber noch bevor. Wir müssen Mathias davon in Kenntnis setzen."

Franzl erhob sich von der Bank – faltete seine Hände, führte die Fingerspitzen zu seinen Lippen und tippte sie im Rhythmus seiner Gedanken an.

"Uns bleibt nichts anderes übrig, als ihn vor vollendete Tatsachen zu stellen und ihm reinen Wein einzuschenken."

"Und darauf hoffen, dass er dafür das nötige Verständnis aufbringt und uns nicht die Gendarmerie auf den Hals hetzt", gab Hanna zu bedenken.

"Hanna und ich werden uns gleich am Dienstag nach Ostern darum kümmern. Brauchst du noch etwas, was du zurücklassen musstest?"

Angerl schaute schuldbewusst zu Franzl hoch:

"Nein, ich habe alles, was ich brauche. Und Geld ist er mir nicht schuldig, das wäre ja noch schöner. Ich bereite ihm damit schon genug Scherereien."

Mir wäre natürlich lieber gewesen, wenn ich meine neue Schwester unter anderen Umständen kennengelernt hätte. Trotzdem freute ich mich, dass wir uns nach so langer Zeit noch gefunden hatten und wir ihr erst mal helfen konnten.

Am Ostermontag machten wir uns zu dritt auf die Rückreise. Angerl wurde immer ruhiger, je näher wir ans Ziel kamen.

Der Joglbauer war ziemlich überrascht, als wir ihm und seiner Frau, meine "neue Schwester" vorstellten. Den wahren Grund, warum wir sie bei uns aufnahmen, gaben wir nicht preis. Ich wusste, dass Sepps Eltern sehr zuverlässig waren, dennoch wollten wir sie damit nicht belasten.

Meine Schwester hatte sich in der neuen Umgebung schnell zurechtgefunden und war bald nicht mehr wegzudenken. Meine zukünftigen Schwiegereltern hatten Angerl schnell in ihr Herz geschlossen. Auch Angerl blühte förmlich auf. Nur wenn sie mir von ihrem Buben, dem Fritzerl, oder René erzählte, dann merkte man ihr den Kummer an.

Eine Woche nach Pfingsten bekamen wir endlich Post von Hanna und Franzl. Ich war gespannt, was die beiden uns mitzuteilen hatten. Was mich natürlich am meisten interessiert hatte, war, wie hatte Mathias darauf reagiert? Am liebsten wollte ich den Brief sofort aufreißen und lesen. Wer wusste, was da überhaupt drinnen stand? Dann dachte ich mir, wenn sie uns wirklich was ganz Wichtiges mitteilen wollten, dann hätten sie bestimmt schon angerufen. Deshalb wartete ich so lange, bis wir alle am Abend zusammen waren.

Liebe Maria, lieber Sepp und liebe Angerl!

Bestimmt habt ihr auf den Brief oder einen Anruf von uns schon sehnsüchtig gewartet. In der Woche nach Ostern wurde die Telefonleitung durch eine Fliegerbombe zerstört. Was das für einen Sinn gehabt haben soll, ist mir unbegreiflich. Auf jeden Fall ist ein Telefonieren nicht mehr möglich. Vielleicht habt ihr es in der Zwischenzeit auch schon mal versucht.

Franzl ist gleich am Dienstag zu Mathias rüber und hat mit ihm darüber gesprochen.

Offenbar hatte er schon seit längerer Zeit einen Verdacht gehabt. Denn bevor Franzl auch nur annähernd auf den Kern der Sache kommen konnte, fiel Mathias ihm mitten im Satz ins Wort: "Ich glaube Franzl, ich weiß, weshalb du gekommen bist. Du willst mir bestimmt erzählen, dass die Angerl nicht mehr zurückkommt. Ich will dir auch sagen, warum, sie bekommt nämlich ein Kind, und zwar von unserem Franzosen, stimmt's?"

Damit hatte Franzl nicht gerechnet. Trotzdem versuchte er, so gut es ging, ihm die Situation von Angerl klarzumachen. Mathias war sehr erbost und bezichtigte Franzl sogar der Mittäterschaft. Es wäre seine Pflicht gewesen, ihn darüber sofort zu benachrichtigen.

Schließlich konnte er ihn besänftigen und letztendlich zeigte Mathias für die plötzliche Flucht von Angerl sogar ein klein wenig Verständnis und versprach, darüber Stillschweigen zu bewahren.

Franzl meint, dass wir uns auch darauf verlassen können. Das Dumme daran ist nur, dass sich zur selben Zeit, aus welchen Gründen auch immer, Gundl die junge Leitenbäuerin, auf dem Hof aufgehalten hat, was Franzl natürlich nicht ahnen konnte. Ob und was sie von dem Gespräch mitbekommen hat, kann Franzl nicht sagen. Mathias bleibt auf jeden Fall bei der Version, dass Angerl im beiderseitigen Einverständnis zu ihrer Schwester nach Zeltweg gezogen ist, von deren Existenz sie erst kürzlich erfahren hat.

Solange die Gundl nicht den wahren Grund für das plötzliche Verschwinden von Angerl erfährt, kann nichts geschehen.

Aber nun zu euren Hochzeitsplänen. Wenn ihr tatsächlich noch im Juli heiraten wollt, dann müsst ihr euch aber sputen und das Aufgebot noch rechtzeitig bestellen, bevor Angerl ihr Kind bekommt. Oder habt ihr es bereits gemacht? Wir freuen uns schon drauf.

Wie geht es ihr eigentlich, hat sie sich gut eingelebt? Ich bin ja so erleichtert darüber, dass sie jetzt bei euch ist.

Eine traurige Nachricht hätte ich fast vergessen: Unsere Mutter ist am Pfingstmontag gestorben. Wenn es mir Franzl nicht erzählt hätte, der ja oft in Zistl ist, hätte ich es nie erfahren. Sie hat ja mit den Nachbarn kaum Kontakt gehabt. Wie wir auf der Beerdigung erfahren haben, soll sie an den Folgen einer Gallenoperation gestorben sein. Angerls leiblichem Vater scheint es auch nicht besonders gut zu gehen, er war bei der Beerdigung nicht dabei. Ich wollte es euch nur geschrieben haben.

Ich hoffe, ich habe nichts vergessen. Wir freuen uns auf ein baldiges Wiedersehen. Und lasst uns nicht zu lange warten.

Liebe Grüße auch von Franzl

Eure Hanna

Kapitel 4: Spätsommer 1942

Ob alles gut geht?

Anfangs hatten wir uns große Gedanken über den Brief von Hanna gemacht. Keiner von uns wusste genau, ob und was Gundl bei dem Gespräch zwischen Mathias und Franzl mitbekommen hatte. Aber nachdem einige Wochen vergangen waren, wurde die Frage in den Hintergrund geschoben und bald sprach niemand mehr davon.

Schließlich wurden wir auch durch die Hochzeitsvorbereitungen abgelenkt. Sie fand im Juli statt.

Ich hatte mich gut eingelebt und seit langer Zeit wieder das Gefühl, ein Zuhause gefunden zu haben. Alle kümmerten sich fürsorglich um mich. Sepps Mutter, die Joglbäuerin, hatte mich vom ersten Tag an in ihr Herz geschlossen. Sie erinnerte mich sehr an meine Ziehmutter.

Wochen vorher suchte sie schon Sachen zusammen, damit anschließend mein Kind bloß etwas zum Anziehen und zum Zudecken hatte.

Am 4. September 1942 war es dann so weit. Ich brachte ein kleines Mädchen auf die Welt und ließ es auf den Namen Anna taufen. Als ich das kleine Bündel das erste Mal in meinen Armen halten durfte, wollte ich es nicht mehr abgeben. Als ob ich eine Vorahnung gehabt hätte.

Schon am nächsten Tag besuchte mich Maria, zusammen mit ihrer Schwiegermutter. Ich fühlte mich damals so unbeschreiblich glücklich und stolz.

'Ich habe ein Mädchen, ein gesundes Mädchen, auf die Welt gebracht. Und keiner hat darauf Anspruch', dachte ich.

Ich malte mir aus, wie es wächst und gedeiht. Wir würden gemeinsam lachen und weinen. Sie würde mein ganzes Leben verändern.

'Eigentlich müsste ich sie schon wieder zum Stillen bekommen.'

Ein forderndes Klopfen an der Zimmertür riss mich aus meinen Träumereien. Ohne eine Antwort von mir abzuwarten, wurde die Tür aufgestoßen.

Zwei Männer und eine Frau in Zivil betraten mit der Stationsschwester mein Zimmer.

"Sie haben Besuch, Frau Gruber."

Sie ließ die Herrschaften an mein Bett treten.

"Danke, Schwester", sagte der Größere von den beiden. "Sie können uns jetzt allein lassen."

Im Gehen wandte sich die Schwester noch mal zu mir und presste, von den Besuchern unbemerkt, ihren Zeigefinger auf ihre Lippen.

"Mein Name ist Kriminaldirektor Gassner und das ist mein Kollege Kriminalsekretär Wondracek."

Zu seiner linken Seite blickend: " Frau Lehner von der Fürsorge."

Ich saß wie versteinert auf der Bettkante und schaute die drei verwundert an. Obwohl ich meine Gedanken noch nicht unter Kontrolle hatte, war ich mir der Lage, in der ich mich befand, sofort bewusst.

"Warum wir hier sind, Frau Gruber, müssen wir ihnen nicht lange erklären, oder?"

Ich wandte mich langsam meinen ungebetenen Besuchern zu. In dem kurzen Augenblick, der mir wie eine Ewigkeit vorkam, verflüchtigte sich mein Glücksgefühl. Angst und Furcht nahmen diesen Platz ein.

"Und warum sind Sie hier?", hörte ich mich fragen.

Der mit dem Geiergesicht stand plötzlich unerwartet vor mir.

Er erinnerte mich in gewisser Weise an meinen leiblichen Vater, obwohl er sehr schlank war.

'Ob mein Vater mittlerweile gestorben war?'

Ich starrte nur auf seinen schwarzen Ledermantel, der mir komplett die Sicht nahm.

Wenngleich es ohnehin nichts Besonderes zu sehen gab.

"Na gut, Agnes. Ich darf Sie doch Agnes nennen?"

Seine Stimme war freundlich, aber sie hatte einen gefährlich schneidenden Unterton.

Bevor ich darauf antworten konnte, was ich auch nicht vorhatte, griff er mit seiner linken Hand nach hinten und zog, ohne sich umzudrehen, einen Stuhl ran und setzte sich rittlings drauf. Die Arme auf der Lehne verschränkt, das Kinn darauf ruhend, fixierte er mich, ohne einen Ton von sich zu geben. Jetzt trat der Zweite an mein Bett.

"Uns ist ein Verdacht zugetragen worden, dem wir nachgehen müssen."

Er holte ein in schwarzes Leder eingefasstes Notizbuch aus seiner Manteltasche.

"Stimmt es, dass Sie eine verbotene Beziehung zu einem Kriegsgefangenen hatten?"

Mir war inzwischen zu meinem Entsetzen klar geworden, dass die beiden von der Gestapo waren. Mein Schweigen diente nicht dazu, mich in irgendeiner Art und Weise zu entlasten. Ich war auch zu perplex, um eine Antwort zu geben.

Die peinliche Stille wurde durch Frau Lehner beendet.

"Frau Gruber, wen geben Sie als den leiblichen Vater der kleinen Anna an? Damit würden Sie uns weiterhelfen und sich selber entlasten. Was ich sehr hoffe."

Herr Wondracek, der Mann mit der freundlichen Stimme, lenkte sofort ein.

"Agnes,Sie sind dem Standesamt gegenüber nicht verpflichtet, den leiblichen Vater zu nennen. Was wiederum unweigerlich zur Folge hätte, dass wir weitere und intensivere Nachforschungen einzuleiten hätten. Mein Vorschlag, um für heute Schluss zu machen, wäre: Sie bleiben, solange es für notwendig gehalten wird, hier. Ich denke, in spätestens zwei oder drei Tagen können Sie mit ihrer kleinen Tochter, die übrigens sehr süß ist, das Krankenhaus verlassen. Dann gehen Sie zum Standesamt, da wird Ihnen die Geburtsurkunde für ihre Tochter ausgestellt. Mit der gehen Sie zum Jugendamt und beantragen die Vormundschaft. Spätestens dann sollten Sie den Namen des leiblichen Vaters angegeben haben. Und glauben Sie mir, Agnes, wir, werden in der Zwischenzeit nicht untätig bleiben. Ich wünsche Ihnen noch einen schönen Tag."

Kaum war die schwere Tür ins Schloss gerastet, kam die Stationsschwester mit meiner kleinen Tochter ans Bett. Die Ärmste hatte schon einen Riesenhunger und konnte es kaum noch erwarten, an meine Brust gelegt zu werden. Ich war mit meinen Gedanken noch so beschäftigt, dass ich es gar nicht bemerkte, dass Anna an meiner Brust eingeschlafen war. Die Schwester ließ sich am Fußende des Bettes nieder und wartete, bis ich ihr meine Tochter wieder anvertraute.

"Ich würde Ihnen liebend gerne helfen, Frau Gruber, wenn ich nur wüsste, wie."

Der Besuch und das Gespräch hatten mich dermaßen eingeschüchtert, dass ich nicht in der Lage war, einen klaren Gedanken zu fassen.

"Danke, Schwester", war das Einzige, was ich über die Lippen brachte.

Anna und mich hatte man schon am nächsten Morgen entlassen, weil bei einem der immer häufiger werdenden Luftangriffe etliche Zivilisten verletzt worden waren und behandelt werden mussten.

Zuhause wurde ich schon freudig erwartet. Jeder wollte das kleine Butzerl sehen. Die Joglbäuerin konnte kaum abwarten, mir die 'neue Kammer' zu zeigen. Sie nahm mir das Kleine ab, weil ich mit geschlossenen Augen den Raum betreten musste. Als ich sie schließlich aufmachen durfte, war ich derart berührt, dass ich vor Staunen den Mund nicht zubekam. Eine Wiege aus Zirbenholz mit Matratze und Himmel! Meine Güte, war die schön. Behutsam legte die Bäuerin die kleine Anna in ihr neues Bettchen. Sie fühlte sich offenbar so wohl, dass sie gleich ihre Äuglein schloss. Ergriffen schaute mich die Bäuerin an, brach in Tränen aus und umarmte mich heftig.

"Wir haben schon davon gehört, dass die Gestapo bei dir im Krankenhaus war. Sie kamen, nachdem sie bei dir waren, sofort zu uns und wollten alles über dich wissen."

Ich versuchte noch für einige Sekunden die Bedeutung ihrer Worte zu ignorieren, um mich an der Warmherzigkeit der mir Nahestehenden zu erfreuen.

11.09.1942

Ich spürte es förmlich, dass mir die *Gerechtigkeit* dicht auf den Fersen war, als ich einige Tage später mit den ausgestellten Papieren vom Krankenhaus in der Hand und Annerl im Arm die schwere Tür des Standesamtes öffnete. Ich trat ein und blickte mich hilfesuchend um. Aus einem der vielen Zimmer, die vom Flur abgingen, öffnete sich quietschend eine Tür. Ein Mann, in schwarzer Uniform und mit einem Aktenordner in der Hand betrat den Flur und ging auf mich zu, ohne mich dabei zu beachten. Als er auf meiner Höhe war, blickte er hoch. Er verharrte kurz, schaute mich an und senkte seinen Blick zu Anna, die seelenruhig in meinem Arm schlief.

"Kann ich Ihnen helfen, wo möchten sie denn hin?"

In meiner freien Hand hielt ich die Papiere vom Krankenhaus. Er lächelte mich an: "Ich glaube, Sie wollen eine Geburtsurkunde für ihr Butzerl beantragen, stimmt's?"

Mit dieser Freundlichkeit hatte ich nicht gerechnet.

"Die dritte Tür den Gang runter, auf der linken Seite. Praktisch gleich neben meinem Büro."

Verdutzt schaute ich in die Richtung, von wo er herkam, nickte nur stumm und setzte meinen Weg fort. Aus dem Augenwinkel heraus bemerkte ich, dass der hilfsbereite Beamte noch einen

Moment verharrte und mir mit einem schelmischen Lächeln nachschaute. Ich drehte den Kopf in seine Richtung und mit einem gestotterten: "Vielen Dank" ging ich zielstrebig den Flur entlang.

Eine Männerstimme, hinter der dritten Tür links rief, auf mein kaum vernehmbares Anklopfen hin, ungeduldig: "Ja doch, herein!", als ich seiner ersten Aufforderung nicht sofort nachkam. Auf das Namensschild draußen neben dem Türrahmen hatte ich nicht geachtet, während ich zaghaft die Tür öffnete. Eine unangenehme Mischung aus Schweiß und Zigarettenqualm stand im Raum. Die Person hinter dem großen Schreibtisch, auf dem neben zwei aufgetürmten Aktenstapeln ein mit Zigarettenstummeln überquellender Kristallaschenbecher vor sich hin qualmte, würdigte mich keines Blickes. Mit einer fahrigen Handbewegung, die auf einen der beiden Stühle hindeutete, forderte er mich auf, Platz zu nehmen. Um seinen Unmut nicht noch weiter zu schüren, beeilte ich mich, dem Folge zu leisten.

"Die Papiere vom Krankenhaus und ihre Geburtsanzeige."

Erst jetzt hob er seinen Kopf und musterte mich argwöhnisch. Ohne einen Blick auf einen der Aktenstapel zu verschwenden, zog er sich eine Mappe heraus und klappte sie auf.

Die braune Mappe mit beiden Händen festhaltend, lehnte er sich zurück.

"Sie sind also Frau Agnes Gruber? Ist Ihnen der Name des Erzeugers ...", er deutete mit einer gewissen Verachtung auf meine Tochter, die noch immer seelenruhig in meinem Arm schlief, "... schon eingefallen?"

Seine abfällige Art und Weise kränkte mich zutiefst.

"Herr Hutter." Den Namen konnte ich von einem Blechschild, welches auf seinem Schreibtisch stand, ablesen.

"Der Name des leiblichen Vaters braucht auf der Geburtsurkunde nicht zu stehen, da ich alleine die Pflegschaft übernehmen möchte", antwortete ich.

Blitzartig richtete er sich auf und sein Stuhl wurde dabei mit Wucht nach hinten geschleudert. Wütend klappte er die Akte zusammen und warf sie mit einem lauten Knall auf den Tisch. Beide Hände zu Fäusten geballt stützte er sich auf dem Schreibtisch ab und beugte sich mir drohend entgegen.

Bevor ich meine Wortwahl überdenken und vielleicht neu formulieren konnte, brüllte er schon los. Anna wurde dadurch wach und protestierte lauthals. Was bei meinem Gegenüber kein schlechtes Gewissen auslöste. Instinktiv drückte ich mein Kind fest an mich, blendete alles rings um mich herum vollkommen aus und flüsterte ihm beruhigende Worte zu. Ohne ein Klopfzeichen wurde die Verbindungstür des angrenzenden Büros aufgestoßen.

"Was maßen Sie sich eigentlich an, Herr Hutter?"

In der Tür stand der Mann, den ich vorhin auf dem Flur getroffen hatte.

"Ihre Aufgabe ist es, Geburtsurkunden auszustellen und sonst gar nichts. Haben wir uns verstanden, Herr … Hutter?"

Seine Stimme klang unheimlich ruhig, hatte aber einen unüberhörbaren befehlsgewohnten Unterton.

"Jawohl, Herr Sturmbannführer."

Und nahm mit einem Ruck Haltung an.

"Frau Gruber, wenn Sie hier fertig sind ...", dabei drehte er sich Herrn Hutter zu, "was jetzt hoffentlich lautloser erledigt wird. Nicht wahr, Herr Hutter?"

Er wandte sich wieder mir zu.

"Dann kommen Sie bitte anschließend nach nebenan. Aber wenn es geht, durch die Tür im Flur", und zwinkerte mir zu.

Das Ausstellen der Urkunde verlief ohne weitere Fragen und ich konnte gleich darauf den Raum von Herrn Hutter erleichtert verlassen.

Kapitel 5: Herbst 1942

Ehrlich gemeint

Woher kannte der Beamte mich? Ich wüsste nicht, dass ich ihm meinen Namen genannt hatte. Diese Möglichkeit konnte ich mit Sicherheit ausschließen.

Bevor ich an seine Tür klopfte, die einen kleinen Spalt offenstand, warf ich noch schnell einen Blick auf das Namensschild: Major *A. Rossbach* war zu lesen. Noch unentschlossen, ob ich ihn mit Herr Rossbach oder Herr Major Rossbach ansprechen sollte, hörte ich ihn rufen: "Frau Gruber, kommen sie ruhig rein, die Tür ist offen."

Er stand von seinem Schreibtisch auf und wies auf einen bequemen Sessel.

"Am besten setzen wir uns an den Tisch, da können Sie auch ihre kleine Tochter für einen Moment ablegen. Ich gehe noch mal auf einen Sprung nach nebenan und besorge mir Ihre Akte, bin aber sofort wieder bei Ihnen."

Ich blickte ihm hinterher, als er durch die Zwischentür in das Nebenzimmer zu Herrn Hutter verschwand. Das Büro des Majors war wesentlich größer. Wenn man vom Flur aus den Raum betrat, befand sich auf der gegenüberliegenden Seite eine große zweiflügelige Glastür, die zu einem Balkon führte, auf dem Blumenkästen angebracht waren. Rechts in der Ecke war der Schreibtisch, der diagonal zum Raum stand. Der Arbeitsplatz wirkte sehr aufgeräumt. Darauf standen nur ein Telefon und ein Bilderrahmen, leider konnte ich das Bild nicht erkennen. Vermutlich zeigte es seine Familie. Vor dem Schreibtisch standen zwei Stühle. Der Tisch, an dem ich Platz genommen hatte, stand auf der linken Seite des Raumes. Die Tischplatte war rund und aus schwarzem Stein. Sie erinnerte mich ein bisschen an einen Grabstein, wie er auch bei Familiengräbern verwendet wurde.

Die vier braunen Ledersessel wirkten sehr wuchtig. Links hinter der Tür stand eine Garderobe aus schwarzem Holz. Ein Mantel und eine Mütze, bestimmt die des Herrn Majors, waren dort abgelegt. Der schwarze, schwere Mantel hatte eine furchteinflößende Ausstrahlung. Die Mütze wirkte durch die hohe Sattelform sehr elegant. Mit Mützenadler und … Totenkopf! Der freundliche Beamte war Sturmbannführer bei der SS!

Ich war so tief in meinen Gedanken versunken, dass ich seine Rückkehr gar nicht bemerkte.

"Darf ich Ihnen etwas zu trinken anbieten, Wasser oder etwas Brause vielleicht?" Erst da wurde mir der Ernst der Lage vollends bewusst. Die würden nicht lockerlassen, bis sie einen Schuldigen gefunden hatten, dessen war ich mir ganz sicher. Wenn sich die Gestapo und dann sogar die SS dafür interessierten, wer der leibliche Vater meiner Tochter war …

"Ja gerne, ein Glas Wasser bitte, wenn Sie so nett wären."

Herr Rossbach setzte sich mir vis-à-vis und wartete ab, bis ich einen Schluck genommen und das Glas wieder abgestellt hatte.

"Ich werde nicht lange um den heißen Brei reden, Frau Gruber. Ist Ihnen der Name des Erzeugers eingefallen oder wollen Sie es einfach nicht sagen?"

Seine Stimme klang zwar noch immer freundlich, hatte aber schon etwas Bedrohliches.

"Ich möchte Sie ganz kurz und ohne Sie einschüchtern zu wollen, über die Konsequenzen einer Verweigerung aufklären."

Er wechselte wieder in die freundliche Tonlage.

"Wir sind mit unseren Ermittlungen auch ein Stück weitergekommen. Selbst in Bretstein gibt es Menschen, die für Geld ihre Eltern verkaufen würden. Jedenfalls haben unsere Nachforschungen ergeben, dass Sie sich nicht jedem Dahergelaufenen in die Arme werfen. Das bedeutet also für uns, Sie konnten entweder ihre alte Liebe, mit der Sie bekanntlich schon ein Kind haben, für einige gemeinsame Stunden zurückerobern, oder ..., Sie hatten ein Verhältnis mit einem Kriegsgefangenen."

Er erhob sich vom Sessel und ging zur Balkontür. Dort blieb er stehen und starrte nach draußen, seine Arme auf dem Rücken verschränkt und mit den Füßen auf Zehenspitzen wippend. Dann drehte er sich auf dem Absatz um und blickte wieder zu mir.

"Sie können mir eines glauben, mir persönlich wäre die erste Möglichkeit wesentlich lieber. Da würde ich Ihr beharrliches Schweigen sogar unterstützen und das Ding ...", dabei hob er die braune Mappe hoch, "ein für alle Mal zu den Akten legen. Was auch die problemlose Vormundschaft ihres Kindes zur Folge hätte. Außerdem würde der Name des leiblichen Vaters in keiner Akte auftauchen. Und unser Gespräch hätte nie stattgefunden. Also, Frau Gruber, haben Sie mein Angebot verstanden? Ich möchte Ihnen nur helfen."

Seine Worte schmerzten mich. Ja, ich fühlte mich gekränkt, weil man mich zu einer schrecklichen Unwahrheit überreden wollte. Ich empfand mich als nicht abgefeimt genug, um auf diesen Handel einzugehen.

Herr Rossbach ahnte wohl, was in mir vorging.

"Frau Gruber, können Sie wirklich nicht über Ihren eigenen Schatten springen? Ich kann den Vorgang nur abschließen, wenn Sie meinem ersten Vorschlag in vollem Umfang zustimmen. Wenn Sie dieses Angebot ablehnen, werden Sie keine zweite Chance bekommen. Glauben Sie mir."

Es wäre nur ein Wort gewesen, aber ich brachte es nicht über meine Lippen. Er ließ mir sogar noch einige Minuten Bedenkzeit und verließ den Raum. Ich nutzte die Zeit, um Anna zu versorgen, und legte sie an meine Brust. Voller Stolz betrachtete ich das kleine Stück Leben und tastete mit den Augen von einer Wand zur anderen. Bei einem Bild, auf dem eine Jagdszene dargestellt wurde, verweilte ich.

Eine Hundemeute stellte einen verletzten Hirschen. Ich malte die Szene im Kopf weiter und kam zu dem Entschluss, man sollte das waidwunde Tier von seinen Qualen befreien. Das andere Bild, welches sich gegenüber befand, zeigte den Führer in seiner selbstherrlichen Pose. Es machte fast den Eindruck, nur er allein hätte über Leben und Tod des Tieres zu entscheiden.

Anna hatte Hunger und war noch nicht satt. Vom Flur her waren noch keine Schritte zu vernehmen, die auf eine Rückkehr Herrn Rossbachs hingedeutet hätten. Um beim Stillen nicht überrascht zu werden, drehte ich der Tür den Rücken zu. Endlich war mein Mädchen satt. Ich legte ihr kleines Köpfchen behutsam über meine Schulter, bis sie ein zufriedenes Hickserchen von sich gab. In diesem Moment öffnete sich die Tür.

"Sind Sie zu einer Entscheidung gekommen, Frau Gruber?"

Er schloss die Tür wieder hinter sich. Erschrocken stellte ich fest, ich hatte seine Abwesenheit mit Bilderanschauen verbracht. Im Unterbewusstsein brauchte ich mich damit gar nicht auseinanderzusetzen, denn meine Haltung hatte sich nicht geändert.

"Herr Rossbach, ich bin mir meiner Situation absolut bewusst und ich weiß Ihre Hilfe durchaus zu schätzen."

Ich nahm Anna von meiner Schulter, wischte mit dem Lätzchen ihren Mund ab und legte sie wieder in meinen Arm, wo sie mich mit großen Augen beobachtete. Ich fuhr fort: "Aber ich kann nicht jemanden bezichtigen, nur um meine eigene Haut zu retten. Mit einer Lüge könnte ich nicht leben. Ich weiß nicht, ob Sie das verstehen?"

Mein Gegenüber stieß einen nicht überhörbaren Seufzer aus.

"Ich hatte so gehofft, Sie würden zur Vernunft kommen, bevor ich Ihnen die Konsequenzen offenbare. Leider geben Sie mir keine andere Wahl und ich bin verpflichtet, Sie darüber ausführlich zu belehren."

Er schaute wehmütig meine Tochter an, bevor er die Akte noch mal aufklappte.

"Man wird Sie innerhalb der nächsten 48 Stunden durch die Gestapo abholen lassen und in Beugehaft nehmen. Bis dahin haben Sie Zeit, die notwendigen Vorkehrungen zu treffen, um für Ihr Kind zu sorgen. Man wird Sie in der Zeit verhören, wenn es sein muss, Tag und Nacht. Und glauben Sie mir, am Ende werden Sie reden, in der Hoffnung, dass damit alles überstanden wäre. Aber man wird Sie nicht ungestraft davonkommen lassen, egal was Sie sagen. Sie werden vor Gericht gestellt werden. Die warten nur darauf, ihre Enttäuschung über den Kriegsverlauf an ihnen auslassen zu können. Man wird Sie zu Zuchthaus verurteilen, ... wenn Sie Glück haben. Sie werden keine Vormundschaft für Ihre Tochter bekommen. Das heißt, ihr wird von Amts wegen ein Vormund bestellt. Auf Deutsch gesagt, die Kleine wird bei Pflegeeltern aufwachsen. Frau Gruber, seien Sie vernünftig, wenigstens um Ihres Kindes willen. Bitte."

13.09.1942 bis 18.09.1942

Es vergingen keine zwei Tage, da stand die Gestapo auf dem Hof und forderte mich auf mitzukommen. Da es etwas länger dauern könnte, sollte ich mir zur Sicherheit Wäsche zusammenpacken. Die kleine Anna durfte ich mitnehmen, weil ich in der kurzen Zeit keine Amme gefunden hatte, die sie hätte stillen können.

Mir wurde gesagt, das hätte ich einem von der SS zu verdanken. Nach Dank war mir trotzdem nicht zumute. Man brachte mich zuerst ins Bezirksgericht nach Judenburg. Da wurde ich noch mal, unter Androhung von Beugehaft, nach dem Kindsvater von Anna befragt. Bis zuletzt dachte ich, man wollte mich nur einschüchtern.

Kurze Zeit später begleiteten mich zwei Männer, die der Befragung beigewohnt hatten, in das gegenüberliegende Gebäude, das Gefängnis. Der Raum oder besser die Zelle, in die man mich und mein Kind brachte, war nicht größer als dreimal zwei Meter. In der schweren Stahltür, die sich von innen nicht öffnen ließ, war eine Klappe eingebaut. Auch die konnte nur von außen geöffnet werden. In Kopfhöhe befand sich ein kleines Loch. Eine dicke Glasscheibe verhinderte das Durchfassen. Von der anderen Seite versperrte ein runder Deckel, der wie eine Art Pendel funktionierte, die weitere Sicht. Als ich mit meinem Säugling auf dem Arm die schwere Tür hinter mir ins Schloss fallen hörte, drehte ich mich erschrocken um. Im Guckloch tauchte plötzlich ein riesengroßes Auge auf, welches sich langsam, begleitet von einem leicht schleifenden Geräusch, wie ein abnehmender Mond verkleinerte und kurz darauf völlig verschwand.

'Man hat mich tatsächlich eingesperrt. Die meinten es doch nicht wirklich ernst damit. Die werden mich bestimmt heute Nachmittag wieder freilassen. Warum sollten die mich hier festhalten? Weil ich von einem Kriegsgefangenen ein Kind bekommen habe? Deshalb kann man doch nicht gleich jemanden einsperren. Was haben die denn davon?'

All diese Fragen beschäftigten mich, blieben aber unbeantwortet. Lange Zeit hielt ich mich in der Nähe der Tür auf, weil ich noch immer hoffte, man würde mich schnell wieder freilassen.

Anna wurde schon leicht quengelig, weil ich ihr bislang die Brust verwehrt hatte. Endlich wurde ein Schlüssel ins Schloss gesteckt und die Tür geöffnet. Dankbar und erleichtert erhob ich mich, um die Zelle wieder zu verlassen. Zwei Frauen versperrten mir den Weg. Eine davon hielt mir stumm und ohne eine Miene zu verziehen, einen Stapel entgegen. Als ich ihr das Paket nicht gleich abnahm, weil ich nicht sofort begriff, was ich damit sollte, drängte sie mich rüde zur Seite und warf das Bündel neben meine auf dem Strohsack liegende Tochter.

"Das sind die Sachen, die sie für die nächste Zeit benötigen werden", kam es aus dem Mund der Aufseherin. Und schon fiel die Tür wieder ins Schloss.

Ich hatte keine andere Wahl, als mich dem Schicksal zu fügen. Also fing ich an, die Sachen, die auf dem Strohsack lagen, zu mustern, ohne dabei Anstalten zu machen sie zu benutzen.

Man beachtete mich in den nächsten Stunden überhaupt nicht. Erst gegen Abend, es wurde schon dunkel, waren näherkommende Geräusche zu hören. Wieder wurde ein Schlüssel ins Schloss gesteckt. Diesmal wurde nur die Blechklappe geöffnet. Geräuschvoll wurde ein Napf aus Blech auf die Klappe gestellt, die jetzt waagrecht stand. Im kleinen Ausschnitt der Öffnung konnte ich im Hintergrund nur Knöpfe an einer Uniform sehen und Hände, die nicht zu der uniformierten Person gehörten, die den Blechnapf abstellten.

"Nimm die Schüssel von der Klappe, sonst kannst du vom Boden fressen", herrschte mich eine weibliche Stimme aus dem Hintergrund an.

Schnell ergriff ich den Napf und im nächsten Moment schloss sich schon die Klappe.

Ich stellte den verbeulten und dampfenden Aluminiumnapf auf dem Tisch ab.

Durch die ungewohnten Geräusche in ihrem Schlaf gestört, kündigte auch die kleine Anna ihre Anwesenheit an. Sie hatte bestimmt wieder Hunger, die Ärmste.

Ich inspizierte jetzt den Stapel, der noch immer unangetastet neben meiner Tochter auf dem Strohsack lag. Obenauf war ein Essbesteck, bestehend aus einem Löffel, einem stumpfen Messer und einem Trinkbecher. Darunter zwei vergilbte quadratische Leinentücher, an denen Bänder befestigt waren. Das sollten Fußlappen sein, als Ersatz für Strümpfe. Darunter befanden sich auch weiche Baumwolltücher und zwei Pferdedecken neben einigen anderen Utensilien, die ich noch nicht zuordnen konnte.

Einen Wasserhahn oder Ähnliches konnte ich in der Zelle nicht entdecken, wofür ich den Becher hätte benutzen können. Von der Tür aus gesehen, auf der linken Seite, lag zwei Schritte entfernt der Strohsack. Dessen Fußende grenzte an eine niedrige Wand aus Holz. Dahinter stand ein mit Kot beschmierter Hocker, in dessen Sitzfläche sich ein großes Loch befand. Unterhalb war ein Blecheimer mit Deckel, aus dem ein unangenehmer Geruch neben einem Schwarm Fliegen entwich, als ich ihn anhob. An der Innenseite der Holzwand hing an einem Nagel eine Schnur, auf der zurechtgeschnittene Papierfetzen aufgefädelt waren. Das war also die Toilette. Gegenüber davon stand ein Tisch mit einem Stuhl. Unter dem Tisch befanden sich eine große Waschschüssel und eine Kanne, die mit Wasser gefüllt war, was zugleich als Trinkwasser gedacht war. Darüber, ungefähr in Kopfhöhe, war ein Regal angebracht. Es war bestimmt das Oberteil einer Kredenz, jedoch ohne Türen. An der rechten Seite, gleich neben der Tür, befand sich ein Ofen aus Gusseisen. Dieser konnte allerdings nur von außen, also vom Flur aus, beheizt werden. Selbst das Ofenrohr war nicht zu sehen. Nach einem Lichtschalter suchte ich auch vergeblich, obwohl sich an der Decke eine Lampe befand, die durch ein Gitter geschützt wurde. Noch bahnte sich spärliches Tageslicht von dem hoch angebrachten und mehrfach vergitterten Fenster in die Zelle.

Mein Zeitgefühl hatte mich schon längst im Stich gelassen. Mir fiel plötzlich auf, dass ich den kleinen Koffer nicht mehr dabei hatte. Darin befanden sich einige sehr persönliche Sachen sowie

Creme und Puder für meine Kleine. Nachdem ich meine Tochter notdürftig versorgt und gestillt hatte, brachte man ihn mir. Ohne den Inhalt zu überprüfen, hob ich ihn auf eines der Regalbretter und legte mich neben Anna.

Ein schabendes Geräusch begleitet von grellem Licht ließ mich hochschrecken. Momentan wusste ich nicht, ob ich mich noch in einem Traum befand. Noch von der Helligkeit geblendet, tastete ich instinktiv meine unmittelbare Umgebung nach etwas Vertrautem ab. Ich berührte mit der linken Hand einen Stoffknäuel. Vorsichtig arbeitete ich mich weiter nach oben. Meine Fingerspitzen berührten zarte, weiche Haut, ... Leben! Rücksichtslos wurde mir die Gegenwart bewusst. Von der Türlinse aus beobachtete mich wieder ein übergroßes Auge. So wie das Geräusch kam, so verließ es mich wieder und nahm die in den Augen schmerzende Helligkeit wieder mit. Ein bleiernes Gefühl der Müdigkeit überfiel mich.

Am nächsten Tag, es musste 10 Uhr gewesen sein, da ich den Glockenschlag der Kirche vernahm, holte man mich aus der Zelle zu einer weiteren Befragung. Auf die Anwesenheit meiner Tochter nahm man immer weniger Rücksicht, denn die Vernehmungen wurden von Tag zu Tag länger.

In der vierten Nacht, es war kurz nach zwei Uhr, ich konnte nachts jede Viertelstunde die Kirchenglocke hören, wurde wieder der übliche Kontrollgang durchgeführt. Diesmal allerdings öffnete man die Tür und führte mich zum Verhör. Anna durfte ich nicht mitnehmen.

Man brachte mich in einen Raum, der vermutlich keine Fenster besaß oder ich konnte sie nicht sehen. Ein Beamter fasste mich grob am Arm, drückte mich auf den Stuhl vor dem Schreibtisch und richtete die grelle Lampe auf mein Gesicht, bevor er neben den anderen beiden Herren, mir gegenüber, Platz nahm. Eine Frau in Uniform blieb an der geschlossenen Tür stehen. Der Umgangston wurde immer lauter und unfreundlicher. Ich nahm das alles nur am Rande wahr, meine Gedanken waren einzig und allein bei meiner Tochter. Ich konnte keines der Gesichter richtig sehen, nur ab und zu klickte ein Feuerzeug und ließ schemenhaft Umrisse erahnen. Der Herr in der Mitte schien nicht zu rauchen. Er war auch immer derjenige, der ruhig blieb und zu vermitteln versuchte. Als für einen Moment die Tür geöffnet wurde, drangen Stimmengewirr und Blechgeklapper an meine Ohren. Es musste sich also um die Frühstücksausgabe handeln. Wie vom Blitz getroffen ließ ich meinen Kopf auf den Tisch fallen.

Diese Prozedur wurde mehrmals am Tag wiederholt. Die letzten beiden Nächte ließ man in der Zelle das Licht brennen, den Kübel in der Toilette durfte ich nicht mehr leeren und man weckte mich stündlich. In der Nacht von Donnerstag auf Freitag, ich war schon den fünften Tag in Haft, brachte man mich nachts mehrmals zum Verhör.

Seit der letzten Nacht konnte ich meine Anna nicht mehr stillen. Würden die mein Kind vor meinen Augen wirklich verhungern lassen?

Ich hatte vor lauter Schmerzen geweint, geschrien und gefleht. In dieser Nacht hatten meine Peiniger endlich meinen Willen gebrochen. Alles, was mir in den Mund gelegt wurde, bestätigte ich.

Noch am selben Tag hatte man mich aus der Haft entlassen. Herr Rossbach war es, der mich gemeinsam mit Frau Lehner wieder nach Zeltweg zurückbrachte.

Kapitel 6: Im Jahre 1945

Sie lebt noch!

She's still alive", sagte jemand und hob mich hoch.

Ja, ich lebte noch. Den Amerikanern war schnell klar, dass wir nur Gefangene des eigenen Regimes waren. Ihre Aufgabe bestand in der Hauptsache darin, uns vor den hasserfüllten französischen Truppen zu schützen. Je mehr amerikanische Soldaten auftauchten, desto ruhiger und übersichtlicher wurde die Lage. Ich dachte in dem Moment wieder an René, ob er sich auch so verhalten hätte? Wie es ihm wohl ergangen war? Bestimmt befand er sich auf dem Weg in seine Heimat.

Sowohl die Franzosen als auch die Amerikaner versuchten, sich so schnell wie möglich einen Überblick über das Lager zu verschaffen. Viele der verantwortlichen SS-Soldaten entledigten sich ihrer Uniformen und suchten das Weite. Unsere Papiere wurden zum Teil von ihnen vernichtet. Es gab täglich mehrere Gegenüberstellungen, um die Opfer von den Tätern zu trennen.

Anfang Juli war es endlich soweit. Man versuchte, die Menschen, so gut es ging, in ihre angestammte Heimat zurückzuführen.

Es waren einige darunter, die nicht mehr zurück und hier ganz von vorne anfangen wollten. Für mich stellte sich die Frage nicht, auf mich wartete schließlich meine Tochter, die in einigen Wochen drei Jahre alt werden würde. Und mein Bub, der Fritz. Meine Güte, der wurde am 17. Juli schon elf Jahre alt, das war schon in der nächsten Woche!

Hatten er und Maria meine Briefe überhaupt bekommen? Ich hatte in der ganzen Zeit keinen einzigen Umschlag erhalten. War hier überhaupt jemals Post ausgehändigt worden? Jetzt erst hegte sich in mir der böse Verdacht, dass auch die von uns geschriebenen Briefe nie das Lager verlassen hatten.

Mit etwas Glück würde ich in ein oder zwei Wochen wieder zuhause sein.

Diejenigen, die ihre Heimreise antraten, erhielten von der Kommandantur einen Passierschein ausgestellt, der es möglich machte, durch mehrere Besatzungszonen zu reisen.

Die Amerikaner sorgten dafür, dass wir mit anständiger Kleidung und Schokolade das Lager verlassen konnten.

Stuttgart war zerstört. Diesen Weg sollten wir uns ersparen, wurde uns gesagt. Man riet uns, solange wie möglich in der amerikanischen Zone zu bleiben. Als grobe Orientierung sollten wir München im Auge behalten.

Mit vier Frauen und zwei Männern machten wir uns auf den Weg. Wo eine Möglichkeit bestand, sprangen wir auf einen Zug. Wir schliefen meistens in einem Heustadel oder auch auf Bauernhöfen. Da arbeiteten wir einige Tage und bekamen dafür Essen und Unterkunft.

An Fritzerls Geburtstag erreichte ich die Stadt Salzburg. Meine ursprünglichen Begleiter wählten andere Wege oder blieben in Deutschland. Von dem Zeitpunkt an reiste ich nur noch am Tage und versuchte, vor Einbruch der Dunkelheit eine Bleibe zu finden.

Am Bahnhof von Salzburg angekommen, setzte ich meinen Weg zu Fuß auf den Gleisanlagen fort. Man empfahl mir, weiter nach Bischofshofen zu gehen. In Glasenbach, das war etwas mehr als eine Stunde von Salzburg entfernt, sah ich auf der linken Seite der Salzach wieder ein riesiges Lager. Eine Frau erzählte mir, dort würden Nazis und andere Kriegsverbrecher von den Amerikanern festgehalten. Ebenso versprengte Soldaten, von denen man nicht wusste, wo sie zugeordnet werden sollten. Auch ehemalige Richter und Staatsanwälte seien darunter, sagte sie. Eine gewisse Schadenfreude huschte dabei über ihr zerfurchtes Gesicht.

Am 23. Juli 1945 erreichte ich Farrach, bei Zeltweg. Unterwegs sah ich so viele zerbombte Häuser und Städte, hatte aber dabei nie an mein eigenes Zuhause gedacht, dass auch da Bomben hätten gefallen sein können.

Auf dem Weg zu meiner Schwester musste man sonst immer unter einer kleinen Brücke durch, bevor man den etwas höher gelegenen Hof erreichen konnte. Diese war einem Bombentreffer zum Opfer gefallen. Übrig geblieben war nur noch ein Schuttberg, dessen Trümmer notdürftig aus dem Weg geräumt waren.

Auf dem Hof stand noch die alte Linde, dahinter der Stall und gegenüber das Wohngebäude. Gott sei Dank, alles war noch wie früher. Wirklich wie früher?

"Joglbäuerin! Ich bin's, die Angerl. Ja kennst du mich etwa gar nicht mehr?"

Sie starrte mich mit weit aufgerissenen Augen beinahe ängstlich an.

"Heilige Maria Mutter Gottes, du lebst!?"

Im selben Moment wurde die Stalltür mit einem derartigen Schwung aufgerissen, dass sie mit einem Knall gegen die Scheunenwand krachte.

"Angerl! Das glaub ich nicht. Du bist es wirklich!?"

Mit diesen Worten stürzte Maria auf mich zu und riss mich fast zu Boden. Auch die Bäuerin war jetzt bei mir und umarmte mich.

Bald würde auch ich meine kleine Anna in den Arm nehmen können. Ob sie mich sofort wiedererkennen würde? Drei war sie geworden. Bestimmt kam Jogl-Opa, wie wir ihn genannt hatten, kaum noch hinter ihr her.

Erwartungsvoll schaute ich über die Schulter meiner Schwester, die mich immer noch fest umklammerte und hemmungslos vor sich hin weinte.

"Ich freue mich ja auch, Maria, aber jetzt bin ich wieder da und alles wird wieder gut." Ich tätschelte zärtlich ihre Schulter.

Behutsam drückte ich sie mit beiden Händen von mir weg, um nicht womöglich den schönsten Augenblick zu verpassen. Die Bäuerin drehte sich zur Seite, schlug beide Hände vors Gesicht und weinte bitterlich.

Ihre Freude über mein Erscheinen berührte mich zutiefst, aber ich wollte mich jetzt auch am Anblick meiner Tochter erfreuen. Allein der Gedanke an sie löste bei mir schon Tränen der Vorfreude aus. Wie hatte ich sie doch vermisst, meinen kleinen Sonnenschein. Ohne ihre Existenz hätte ich das alles nicht überstanden. Ich konnte mich noch ganz genau daran erinnern, als ich mich an dem Morgen noch zu ihr ans Bettchen geschlichen hatte, um mich zu verabschieden. Ganz kurz hatte sie ihre Äuglein geöffnet und mich angelächelt. Sie hatte gewusst, Mami würde bald wieder zurück sein.

Dieser winzige Augenblick wurde von mir gehütet wie mein Augapfel.

Wenn ich wieder einmal verzweifelt war, holte ich mir diesen wunderbaren Moment aus meiner tiefsten inneren Schublade und führte ihn mir vor Augen. Immer wieder und immer wieder.

Ungeduldig suchte ich den Hof nach ihr ab. Sie konnte doch nicht weit sein. Sie müssen mich doch gehört haben. Meine Nerven spielten mir scheinbar einen Streich.

Ich sah Anna an der Hand von Jogl-Opa ganz langsam über den Hof gehen.

"Anna!", rief ich.

Doch mein Ruf ging weder raus, noch konnte er sie erreichen. Plötzlich stand Anna alleine an der Stalltür und schaute mich traurig an.

"Was hat sie denn bloß? Ich bin's doch, deine Mami."

"Wo sind denn nun die beiden?", hörte ich mich verzweifelt fragen. "Spannt mich nicht so auf die Folter."

Maria schaute mich an und wollte einen Satz über ihre Lippen quälen, den sie sich schon so oft vorgesagt hatte.

Meine Vorahnung eilte meinem Begreifen voraus. Ein einziges Wort verließ meinen Mund: "NEIN!!!"

Es war nur geflüstert, weniger noch. Ein Hauch, in dem mein Gefühlszustand enthalten war. Man hätte damit ein ganzes Volk auf ewig mit Traurigkeit überfluten können.

Ich konnte hier nicht bleiben, ich musste weg. Mich interessierte auch nicht, warum der Joglbauer die kleine Anna ausgerechnet an dem Tag mit in den Luftschutzbunker genommen hatte. Angeblich war es das erste Mal, weil er befürchtet hatte, die Bomben könnten auch sein Haus treffen. Er hatte noch gesagt, er würde dies nur zum Schutz der Kleinen tun. Und genau der Bunker war am 1.4.45, um Viertel vor drei, durch einen Volltreffer zerstört worden.

Mit ihm das kurze Leben meiner über alles geliebten Tochter, auch das von Jogl-Opa, … und mein eigenes.

Obwohl die wochenlangen Strapazen und die letzten zwei Jahre ihren Tribut forderten, bekam ich kein Auge zu. Noch bevor der neue Tag anbrach, machte ich mich auf den Weg. Zurück nach Bretstein.

Kapitel 7: Sommer 1945

Die Flucht nach vorne

Weinen wurde mir verwehrt. Ein möglicher Trost aus meinem eigenen Fleisch und Blut war unerreichbar und doch so nah.

Das Einzige, was mir jetzt wirklich helfen würde, wäre die Einsamkeit einer Alm.

Von Möderbrugg bis Zistl hatten mich englische Soldaten, die seit dem Kriegsende in der Steiermark die Besatzungsmacht waren, auf ihrem Transporter mitgenommen. Eine Stunde später machte ich bei der Gastwirtschaft Weberkogler Rast. Ein hochgewachsener hagerer Mann, vom Krieg gezeichnet, hackte draußen Holz. Von Weitem erinnerte er mich ein bisschen an meinen Vater. Ich bat ihn um ein Glas Wasser, aber anscheinend hatte er mich nicht verstanden oder nicht gehört.

Ich ging näher ran und wiederholte meine Bitte.

Erschrocken drehte er sich um. Ein hohlwangiges, ausgezehrtes Gesicht blickte mich an und entschuldigte sich, weil er mich nicht gehört hatte.

Er schlug die Axt in den Holzstock, ging ins Haus und kam kurze Zeit später mit einem Milchkrug in der Hand wieder zurück. Ich setzte mich ins Gras und trank die frische Milch direkt aus dem Krug. Er nannte sich Dani, eigentlich Kajetan, und war der Sohn des Weberkoglers.

Während er das gehackte Holz aufsammelte, erzählte er mir, auch er sei erst seit einer Woche wieder zu Hause.

Vom Haus hörte man eine keifende Frauenstimme. Er drehte sich lachend zu mir um:

"Das ist meine Schwester, die kann selbst ich nicht überhören."

Dabei tippte er sich ans Ohr und verzog seine Miene zu einem gequälten Lächeln. Ich fragte ihn, ob er vielleicht wüsste, wer noch eine Sennerin suche. Im selben Moment bemerkte ich, wie unpassend meine Frage war. Wie sollte er es in der kurzen Zeit schon wissen?

Seine Schwester aber, die konnte mir die Frage zu meiner Verwunderung beantworten. Sie musste das Gehör einer Fledermaus haben.

"Die auf der Falbalm oben, die suchen noch händeringend nach einer Sennerin. So war es noch vor drei Tagen."

Ich bedankte mich für die Milch und die Auskunft und zog weiter.

Bei Huber blieb ich nicht stehen, ich wollte weiter zur Stasl.

Hier hatte sich nach außen hin nichts verändert. Sogar die Gerätschaften standen noch am selben Platz. Mir fiel plötzlich René ein. Was wäre, wenn …? Er konnte gar nicht mehr auf dem Hof sein, der Krieg war vorbei. Und wenn es so sein sollte, ich bin niemandem Rechenschaft schuldig, und keiner hatte auch nur den geringsten Anspruch mehr auf mich.

Diejenigen, die damals für mein scheinbares Fehlverhalten Genugtuung gefordert hatten, waren hoffentlich befriedigt worden und würden mich in Ruhe lassen. Die Einzige, mit der ich ganz offen sprechen würde, wäre die Stasl. Sie war immer meine beste Freundin gewesen.

Aus dem Stall hörte ich Stimmen. Mindestens eine davon kam mir sehr vertraut vor, die von Stasl. Die Stalltür war sperrangelweit offen und so bemerkte man mich sehr schnell. Zwei Köpfe, die gerade noch über eine Kuh gebeugt gewesen waren, drehten sich in meine Richtung. Da sich aus deren Sicht nur meine Silhouette in der geöffneten Stalltür abzeichnete, konnte mich niemand erkennen. Wie ich schon vermutet hatte, war unter den drei Personen auch meine beste Freundin. Ihren Bruder Hias erkannte ich auch wieder. Erst als die dritte Person hochschaute, da fiel der Groschen. Es war Steffis Mann, Michael. Michi wurde er genannt, der Tierarzt.

Meine Freundin erhob sich und trocknete ihre Hände an der Schürze ab.

Zögernd setzte sie einen Fuß vor den anderen, sie war sich noch nicht sicher. Verharrte einen Augenblick, setzte dann umso entschlossener ihre Schritte fort. Die letzten Meter rannte sie nur noch.

"Angerl!", flüsterte sie und fiel mir um den Hals.

Erschrocken wich sie sofort einen Schritt zurück. Mit ihren Fingerspitzen bedeckte sie ihren Mund.

"Was hat man mit dir angestellt? Ich erkenn dich fast nicht wieder!"

Meine Freudentränen über das Wiedersehen blieben aus, ich hatte das Weinen verlernt.

Michi und Hias erhoben sich auch und kamen zu uns. Auch Michi konnte sein Erstaunen über meine Veränderung nicht verbergen.

"Es muss für dich schlimm gewesen sein."

Hias reichte mir etwas unsicher die Hand.

"Bist ja wieder da."

Ohne mir dabei in die Augen zu schauen, wandte er sich wieder ab und ging wortlos zurück. Sein schlechtes Gewissen belastete ihn sehr, das wurde nicht nur mir in dem Moment bewusst. Michi lüftete verlegen seinen Hut und presste mit einem hörbaren Zischen den angehaltenen Atem aus der Lunge. Stasl wechselte ihre Gesichtsfarbe und drehte sich wütend auf dem Absatz um, um ihren Bruder festzuhalten.

"Hatte dich damals die junge Leitenbäuerin also doch rumgekriegt? Du warst es also doch, der die Angerl ans Messer geliefert hatte. Ich hab's geahnt."

"Lass gut sein, Stasl, niemand kann das Rad zurückdrehen und etwas ungeschehen machen. Er kann nichts dafür – es ist vorbei. Ich bin nur zurückgekommen, um wieder auf einer Alm zu arbeiten und sonst gar nichts."

Michi legte seinen Arm auf meine Schulter: "Angerl, du bist stark, du wirst die schlimme Zeit vergessen, da bin ich mir sicher. Steffi wird sich bestimmt freuen, wenn sie dich sieht."

Bei unserem anschließenden Gespräch mit Stasl stellte ich nochmal klar, dass ich keinen Groll auf ihren Bruder hatte und ihm deshalb auch nicht aus dem Weg gehen würde.

Die Nacht durfte ich bei meiner Freundin verbringen.

Am nächsten Morgen trafen Hias und ich uns in der Stube wieder. Bevor er vom Tisch aufstehen konnte, hielt ich ihn am Arm fest.

"Hias, ich werde dich wegen der Sache nicht hassen. Ich weiß, wie schwierig die Zeit für dich damals gewesen ist. Die richtig

Schuldigen, die wird unser Herrgott schon bestrafen. Ich bin dir nicht böse und so sollte es bleiben."

Mit Tränen in den Augen erhob er sich und kam auf mich zu.

"Danke, Angerl. Ich werde es wieder gutmachen und ich weiß auch schon wie", und nahm mich in den Arm.

Stasl war auf ihren Bruder noch immer wütend und wollte ihm auch ihre Enttäuschung noch mal ganz deutlich sagen.

"Stasl, lass gut sein. Es ist vorbei, dein Bruder ist kein schlechter Mensch."

Nur widerwillig ließ sie sich davon überzeugen.

"Auf der Falbalm, da brauchen sie dringend eine Sennerin. Wenn du möchtest, kann ich dich zu den Bachers bringen. Die können dir bestimmt Näheres erzählen."

Hias ging auch gleich wieder nach draußen, um die begonnene Arbeit zu erledigen. Meine Freundin machte inzwischen die Brotzeit fertig und packte sie zusammen mit einigen anderen Sachen in den Rucksack.

Zwei Stunden später betraten wir die Stube des erstaunten Bachers. Seine Frau war oben auf der Alm. Jeden zweiten Tag kam sie runter und versorgte ihren Mann, der im Krieg ein Bein verloren hatte und auf Hilfe angewiesen war. Ihr einziger Sohn war im Alter von 15 Jahren in den letzten Kriegstagen gefallen.

Ich schlug vor, mit Hias gleich weiter zur Falbhütte zu gehen, um mit der alten Bacher zu sprechen.

Wenn sie damit einverstanden wäre, würde ich gleich oben bleiben. Sie könnte mir noch an diesem und dem nächsten Tag alles erklären und ich hätte genug Zeit, mich damit vertraut zu machen.

Der Bacher war darüber so ergriffen, dass ihm die Tränen lautlos über die Wangen rollten. Hias mahnte zum Aufbruch, weil er anschließend noch den weiten Rückmarsch vor sich hatte.

Der Bauer drückte mir noch einen Lodenumhang in die Hand und meinte, den könnte ich bestimmt mal gebrauchen. Hias stopfte ihn in den schon vollen Rucksack und dann machten wir uns auf den Weg.

Allmählich, aber unaufhaltsam vollzog sich ein Wandel in mir. Ich roch den Wald, den süßen Duft von Pilzen und Beeren und hörte das Rätschen eines Eichelhähers, was eher an das Krächzen eines Raben erinnerte.

Die Stille füllte sich mit wohltuenden, vertrauten Geräuschen. Die Lungen saugten dankbar die Bergluft ein. Dunkle, emsige Waldameisen überquerten in einer endlosen Kolonne den schmalen Steig.

Endlich empfand ich eine Art angenehmer Erschöpfung von Körper und Geist. Die in mir mit zigtausend Widerhaken tief verankerte Trauer löste sich zusehends auf, je näher wir dem Ziel kamen.

Mehrmals überquerten wir den fröhlich dahinplätschernden Höllgrabenbach und urplötzlich öffnete sich der Hochwald. Der noch kaum wahrnehmbare Klang von Kuhglocken umspielte meine Ohren.

Unterdrückte Gefühle kamen in mir hoch. Tränen füllten meine Augen.

Durch einen Vorhang aus abertausend aufgereihten Tauperlen sah ich *meine* Hütte. Wie extra nur für mich inszeniert, erstrahlte sie in goldenem Glanz.

Die Möglichkeit, dass die Bäuerin mit mir nicht einverstanden gewesen wäre, kam mir erst gar nicht in den Sinn.

Ich spürte, wie Hias mich von der Seite anschaute. Ob er merkte, was in mir vorging? Meinen linken Fuß setzte ich auf einen großen Stein und stützte mich mit beiden Händen auf meinem Knie ab.

Zu unserer rechten Seite erstreckte sich die Almwiese bis hoch zum Schattnerzinken, links der Felsenrücken des Seitnerzinken.

Zur Hütte war es nur noch ein Katzensprung. Und wie sollte es anders sein, wir wurden schon erwartet.

Die Bäuerin, zugleich auch Sennerin, erhob sich ohne Eile von der Bank, von der sie die ganze Alm überblicken konnte.

Freundlich begrüßte sie uns und bot uns einen Platz neben ihr an. Als wir ihr den Grund unseres Besuches mitteilten, konnte sie es erst nicht glauben. Immer wieder wollte sie ihn bestätigt wissen.

Von innerer Unruhe getrieben, stand sie immer wieder auf, nestelte in ihrer Schürze rum, bis sie ein Taschentuch in der Hand hatte und sich die Tränen aus den Augen wischte. Sie konnte es noch immer nicht fassen.

Langsam beruhigte sie sich und ihr wurde allmählich klar, dass wir es ernst meinten. Hias machte sich auf den Rückweg. Beim Verabschieden drückte ich seine Hand und bedankte mich.

"Ist schon gut, das war das Mindeste, was ich für dich tun konnte."

Er überließ mir den Rucksack, weil er der Ansicht war, dass ich ihn bestimmt gut gebrauchen könne.

Den restlichen Nachmittag verbrachte ich mit der Bäuerin. Sie war unheimlich lieb. Jedes Mal, wenn sie sich beim Wiederholen ertappte, winkte sie lachend mit einer Handbewegung ab.

"Ach, das weißt du doch schon, Angerl."

Butter würde sie noch machen, aber Käse nicht mehr, das sei ihr schon zu anstrengend, obwohl das notwendige Geschirr vorhanden wäre.

"Jetzt müssen wir aber nach den Viecherln schauen", meinte sie.

Dazu nahmen wir draußen auf der Bank Platz. Sie erklärte mir, wo der Weidezaun verläuft, und dass es zum Glück nur eine Mulde gäbe, wo sich einige Kühe verstecken könnten. Den Zaun konnte man gerade noch mit bloßem Auge erkennen. Er verlief direkt am Kamm entlang.

"Zähl mal die Viecherl ab, mal sehen, ob alle zusammen sind", sie drückte mir ihren Feldstecher in die Hand. Ich strich den Berg linienförmig ab und gab ihr das Glas zurück.

"Wenn sich in der Mulde keine versteckt halten, müssten es 48 Stück sein."

Verschmitzt schaute sie mich mit einem spitzbübischen Lächeln von der Seite an.

"Willst nicht nochmal schauen?"

Also hatten sich doch welche versteckt, dachte ich und setzte das Glas wieder an. Meine Aufmerksamkeit galt einzig und allein der Mulde. Da hatte sich nichts verändert, auch im nahen Umfeld nicht. Sicherheitshalber zählte ich wieder durch.

"Es sind nicht mehr geworden, 48 Stück."

Sie klopfte lachend auf meinen Schenkel: "Du hast recht, es werden nicht mehr."

Das Eis zwischen uns war schon längst gebrochen. Gemeinsam richteten wir unser Abendbrot her. Dazu packte ich den Rucksack aus, weil da auch noch einiges an Essbarem ans Tageslicht kommen müsste. Neben Brot, Speck und Käse förderte ich auch noch Unterwäsche für mich hervor. Zum Glück hatte ich eine Freundin, die wenigstens weiterdachte. Ich hatte rein gar nichts. Die Wäsche, die ich seit Wochen am Leib trug, hatte ich immer dann gewaschen, wenn ich bei einem Bauern hatte übernachten können und einige Tage zum Arbeiten geblieben war.

Die Bäuerin war über meine magere Ausstattung nicht sonderlich erstaunt. Ihr war eher wichtig, dass wir uns gut verstehen und sie war froh, dass ich ihr die Arbeit abnehmen würde.

Während sie im kleinen Stall noch die letzten Handgriffe erledigte, schaute ich mir das Geschirr zum Käsen an.

Die Dunkelheit kroch langsam an den Berggipfeln hoch.

Drinnen in der Stube knisterte noch das Feuer im Herd. Erinnerungen machten sich in meinem Kopf breit. Wir wünschten uns noch eine gute Nacht und suchten unsere Kammern auf. Kaum lag ich im Bett, wurde ich von Träumen entführt. Mein letzter Gedanke galt dem Herstellen von Käse. Und ich versuchte mich zu erinnern, wann es zuletzt gewesen sein mochte, dass ich mich auf den nächsten Tag gefreut hatte.

Kapitel 8: Spätsommer 1945

Der Trauerkloß

Die Bäuerin verabschiedete sich am Tag darauf und versprach, so oft es ging, nach oben zu kommen. Wenigstens einmal pro Woche.

Ich war schnell mit allen Sachen vertraut, manchmal war es fast so wie damals. Alleine bei dem Wort "Damals", breitete sich Unbehagen in mir aus. Es war schwierig, die unmittelbar aufsteigenden Erinnerungen zu unterdrücken. Am erfolgreichsten konnte ich sie mit körperlicher Belastung bekämpfen. Dazu eignete sich das Kontrollieren der Weidezäune am besten.

Es gab Tage, vor allem in der ersten Woche, da ging ich dreimal hoch.

Nach einer Woche war es nicht mehr so schlimm, aber an diesem Tag hatte es mich wieder fest im Griff. Ich marschierte wieder einmal den Hang hoch, obwohl ich eigentlich den leichteren, nicht so steilen Weg hätte gehen können. Mein Herzschlag hämmerte mir gegen die Brust, sie brannte wie Feuer. Endlich verschwanden die grausamen Bilder aus meinem Kopf. Erleichtert setzte ich mich auf einen Stein, den ich seitdem liebevoll Trauerkloß nannte. Von da hatte ich einen hervorragenden Überblick, und die Schönheit der Natur strich zart über meine Wunden, bis sie sich wieder langsam schlossen. Es war ein fast glücklicher Zustand. Mir fiel dabei wieder das Wort Sommerfrost ein. Ich versuchte, mir die Bedeutung des Wortes zu erklären. Vielleicht ist es vergleichbar mit jemandem, der gefoltert wird, aber nicht schreien kann, weil ihm der Mund zugehalten wird. Denn stille Schmerzen kann man weder sehen noch hören, aber sie sind treu und begleiten uns meist ein Leben lang.

Beim Vieh war alles in Ordnung, keines der Tiere benahm sich auffällig. Beruhigt senkte ich das Glas, dabei bemerkte ich eine Gestalt, die sich auf meine Hütte zubewegte. Die Bäuerin war es nicht, es war ein Mann. Im Feldstecher konnte ich ihn erkennen, er blieb stehen und winkte mir zu. Es war der junge Weberkogler, der Dani.

Konnte er mich aus dieser Entfernung wirklich erkennen?

Wir hatten beide die gleiche Wegstrecke zur Hütte, nur, dass er bergauf gehen musste. Trotzdem war er vor mir da und saß schon auf der Bank, als ich ankam.

Ich war schon etwas erstaunt über sein Erscheinen und fragte mich, was ihn zu mir führte. Zu Gesprächsbeginn richtete er mir die besten Grüße von den Bachers aus. Sie hofften, dass ich mich gut eingelebt hatte. Wenn ich etwas bräuchte, sollte ich es Dani sagen.

"Ich wollte wissen, wie es dir geht, und ob du überhaupt die Stellung hast antreten können. Und da es momentan bei mir zuhause sowieso schlimmer zugeht als damals an der Front, da dachte ich mir, desertierst einfach."

Ich schüttelte ungläubig den Kopf und setzte mich zu ihm auf die Bank.

"Mit mir musst du etwas lauter sprechen. Ein Andenken an den Krieg, statt eines Ordens."

Dabei deutete er wieder auf seine Ohren. Der lange Fußmarsch würde ihm nichts ausmachen, antwortete er auf meine Frage, ob er heute noch den Weg zurückgehen würde.

"Aber ich glaube, ich werde weitergehen, rüber zum Schüttnerkogel und beim Bruderkogel runter. Da kann ich auch gleich meinen Kriegskameraden besuchen."

In Gedanken verfolgte ich den Weg und stellte dabei fest, dass die Strecke heute nicht mehr zu schaffen war.

"Aber das kannst du doch heute nicht mehr gehen!"

Gelassen schaute er nach oben, als ob der Tag 48 Stunden hätte.

"Das habe ich auch nicht vor, es schaut nicht nach Regen aus, und Wölfe können sich an mir nicht satt essen. Die beißen sich höchstens ihre Zähne aus."

Ich wollte es nicht und doch machten sich meine Gedanken selbstständig. Wenn er vom Bruderkogel runterging, welchen Kameraden könnte er damit meinen?

"Du meinst doch nicht etwa den Leitenbauer-Gustl?", hörte ich mich fragen.

"Ja genau, den meine ich."

Vor Schreck glitt mir der Becher mit Milch aus der Hand, bevor ich ihn an Dani weiterreichen konnte.

"Hoppala", meinte er. "Das ist mir auch schon passiert. Mach dir nichts draus."

Lachend wischte er sich die Spritzer von der Hose.

Krampfhaft versuchte ich, das Gespräch in eine andere Richtung zu lenken. Dani fuhr mit seinen Erzählungen aber unbeirrt fort.

"Zwei Monate waren wir zusammen in den Ardennen. Im Januar 1945 durchschlug ein Granatsplitter meinen Helm und rasierte mir dabei die Schädeldecke ab."

Er zuckte mit den Schultern und schmunzelte versonnen auf seine Schuhspitzen.

"Gustl war es, der mich zu den Sanis schleppte. Als man mir im Lazarett den Helm abnahm, klebte die Frisur mit Schädeldecke innen fest. Die Schlachter flickten mich wieder zusammen. Und kurz bevor ich zum Heimaturlaub entlassen werden sollte, überrollten uns die Amis."

Ich war über seine offene und brutale Art der Schilderungen schockiert. Er besaß eine naive Mischung aus Ironie und Sarkasmus. Daran musste ich mich erst gewöhnen. Alles, was er sagte, klang ungeheuerlich, aber es war nur die ungeschminkte Wahrheit. Unter seinen schwarzen Haaren verbarg sich ein Kranz aus Narben.

"Du hast mir deinen Namen noch nicht verraten, deshalb bin ich hauptsächlich nach oben gekommen."

Als ob alles, was er mir erzählt hatte, nur belangloses Gerede gewesen wäre, schaute er mich fragend an.

Selbstmitleid war ihm ein Fremdwort, das musste ich ihm hoch anrechnen.

"Ich heiße Angerl."

Im selben Moment bereute ich meine Offenheit – zu spät.

"Angerl? Den Namen habe ich schon einige Male gehört – von ihm. Na ja, du bist ja nicht die Einzige auf der Welt, die so heißt, den Namen gibt es bestimmt öfter."

Damit war für ihn das Thema beendet.

Ich begleitete ihn noch ein Stück nach oben, weil ich ohnehin einen Blick auf das Vieh werfen wollte. An meinem Stein, dem Trauerkloß, verabschiedeten wir uns.

"Wenn es dir nichts ausmacht, schaue ich in den nächsten Tagen wieder vorbei. Ich muss meinen Kopf frei kriegen. Wer weiß, was die mir alles reingepackt haben."

Ohne eine Antwort von mir abzuwarten, drückte er fest meine Hand, ließ mich etwas verdattert stehen und setzte seinen Weg fort. Ich stand noch immer an der Stelle, an der er mir fast die Hand zerquetscht hatte, als er schon den Grat erreicht hatte, sich noch einmal umdrehte und mir zuwinkte. Ich löste mich langsam aus der Schockstarre und hob zum Gruß nachdenklich die Hand.

Als ich mich am Abend zur Ruhe legte, dachte ich über diese doch ungewöhnliche Begegnung nach. Am meisten beschäftigte mich der Gedanke, was Gustl über mich erzählt haben mochte. Der Name löste bei mir keinen Schmerz mehr aus. Es waren zu viele andere Ereignisse nachgerückt, die diesen damals doch hart umkämpften Platz an seiner Seite unbedeutend gemacht hatten.

Es vergingen gerade mal vier Tage. Ich saß schon kurz nach dem Frühstück auf meinem Trauerkloß und zählte die Herde, als oben am Grat eine Männergestalt auftauchte. Es war Dani! Diesmal hatte er eine Kraxn dabei. Aber warum kam er von oben? Er winkte mir schon von Weitem zu und machte Riesensprünge, dass mir angst und bange wurde.

"Samma wida do", lachte mich dabei an, als ob wir uns seit Ewigkeiten kennen würden. Mir verschlug es die Sprache, weil ich mir noch keinen Reim daraus machen konnte, welchen Weg er gegangen war.

Bevor wir zur Hütte gingen, half er mir den Weidezaun zu kontrollieren.

Er schlug vor, die steile Seite auf Schadstellen zu untersuchen, während ich die andere, leichte Seite nahm. Ich wusste, dass ich mindestens eine halbe Stunde früher bei der Hütte wäre, dann könnte ich in der Zeit noch ein Frühstück für ihn fertigmachen.

'Bestimmt hat er einen leeren Magen', dachte ich.

Es dauerte doch etwas länger, weil er noch ein Stück vom Zaun notdürftig geflickt hatte.

"Du sagtest letztens, du würdest auch wieder Butter und Käse machen. Da dachte ich: Bringe ich doch die Kraxn mit. Für den Käse ist es bestimmt noch zu früh, aber wenn du Butter fertig hast, würde ich sie mit runternehmen. Ich bin natürlich nicht mit leeren Händen gekommen."

Er kramte geheimnisvoll in seinem Rucksack rum, der in der Kraxn lag.

"Hier", lachte er, "das ist für dich."

Er gab mir einen kleinen Strauß Edelweiß und Enzian. Ergriffen von der Schönheit, und weil mir überhaupt jemand Blumen schenkte, konnte ich nur ein gestottertes Dankeschön sagen. Dani schaute mich dabei abwartend an und freute sich mit mir.

"Aber das war noch nicht alles."

Er wühlte weiter. Dabei verschwand er fast mit dem Kopf in seinem Rucksack.

"Speck und Brot machen Wangen rot", und legte dabei behutsam die Sachen auf den Tisch.

"Riech mal den Speck und das Brot erst."

Es roch wirklich gut und erinnerte mich ein bisschen an …

"Das ist nicht von den Bachers, die konnten nur die Kraxn entbehren."

Erschrocken sprang ich auf.

"Du warst beim Leitenbauer!"

"Ja, aber …?"

"Ja Dani, weißt du denn überhaupt, wer der Leitenbauer ist?"

Meine Stimme überschlug sich fast.

"Seit ein paar Tagen weiß ich es. Als ich von dir wegging, wollte ich eigentlich nur rüber zur Fassbergerhütte und dort übernachten. Aber es war mir noch zu früh und so marschierte ich stramm weiter bis zum Leitenbauer."

Jetzt stand auch er auf.

"Und da erzählte ich ihm, wo ich gewesen war und was ich erlebt hatte. Dann beschrieb ich ihm die neue Sennerin und nannte deinen Namen. Na ja, du kannst dir wohl vorstellen, wie der die Farben gewechselt hat. Zum Glück war seine Frau nicht in der Nähe. Um sich ganz sicher zu sein, fragte er nach deinem Leberfleck", er zeigte auf meine linke Schläfe. Erschrocken griff ich danach.

"Wenn ich es vorher gewusst hätte, aber das konnte ich nicht ahnen …"

Er senkte den Kopf und fuhr leise fort.

"Angerl, es tut mir leid, wenn ich damit alte Wunden wieder aufgerissen habe."

Er hob den Kopf und schaute mich lange und nachdenklich an.

"Gustl hat auch mit mir geschimpft. Wie ich bloß mit der Tür so ins Haus fallen könnte. Dann hat er sich vergewissert, dass seine Frau schon oben in der Schlafkammer war und hat mir alles erzählt."

Ich war noch immer sprachlos und setzte mich wieder.

"Auch er habe den Verdacht, dass seine Frau, die Gundl, dich damals bei der Gestapo angeschwärzt hatte."

Er setzte sich dicht neben mich und legte seinen Arm um meine Schulter: "Angerl, es gibt keinen Grund, dich für etwas zu schämen. Ich kann zwar schlecht hören, aber verstehen tue ich noch ganz gut."

Da saßen wir beide nun und schwiegen. In meinem Kopf rumorte es. Ich war hin- und hergerissen. Eine Erklärung blieb ich ihm schuldig. Ich spürte, wie ihn eine Frage beschäftigte. Dani mochte vielleicht etwas naiv sein, aber dumm, das war er auf keinen Fall. Und außerdem hatte er ein gutes Herz. Die Erfahrung mit Frauen schien ihm bis jetzt weitgehend verwehrt geblieben zu sein. Im Grunde genommen wusste ich rein gar nichts über ihn. Außer, dass er eine Schwester namens Moni hatte, die er nicht besonders mochte.

"Dani, du bist nicht dumm, das weiß ich. Deine ehrliche Art hat mich zwar das letzte Mal schon ein bisschen schockiert, aber jeder Mensch ist anders. Deshalb werde ich dir die Geschichte, wie ich sie erlebt habe, erzählen. Und weil ich dich auch ein klein wenig mag."

Ich frischte zuerst die Blümlein ein, über die ich mich sehr freute, obwohl ich es nicht zeigen konnte. Dann setzte ich mich ihm gegenüber. Er unterbrach mich kein einziges Mal. Nur ab und an hob er den Kopf. Da wusste ich, dass ich zu leise gesprochen hatte. Anfangs tat es mir unheimlich weh, mich daran zu erinnern. Aber je genauer ich das Erlebte über meine Lippen brachte, desto besser und leichter fühlte ich mich. Es gab sogar Momente, da merkte ich die Anwesenheit von Dani nicht mal mehr, nur wenn er seinen Kopf bewegte und ich den Satz wiederholte, wurde mir seine Gegenwart wieder bewusst.

"Das solltest du wissen", und stand auf. "Ich muss nach den Viechern schauen, kommst mit?"

Es hatte den Anschein, als ob Dani das Gehörte noch verarbeiten musste. Erst als ich mich wiederholte, stand er auch auf.

"Bevor wir jetzt nach draußen gehen, ich habe dir noch etwas mitgebracht. Das sollte ich dir unbedingt geben und dir liebe Grüße von deinem Sohn Fritz ausrichten. Bevor du mich danach fragst."

Aus seiner Jackentasche zog er die Fetzenpuppe. Ich riss sie ihm fast aus der Hand und drückte sie inbrünstig an meine Wange. Mir war so, als ob Dani feuchte Augen hatte.

Am späten Nachmittag machte sich Dani wieder auf den Weg. Die fertige Butter packte ich ihm sorgfältig in seine Kraxn. Den leeren Rucksack legte er oben drüber.

"Den Schinken und das Brot kannst du mit ruhigen Gewissen essen, die kommen von Gustl. Bevor ich es vergesse, Fritz will seine Fetzenpuppe wieder haben. Er meinte, du solltest sie nur ein paar Tage behalten und wenn sie wieder nach dir riecht, soll ich sie ihm wieder bringen."

Beim Abschied drückte er mir die Hand, diesmal nicht so kräftig.

Wenn ich so nachdachte, verstieß ich den ganzen Tag gegen meine Prinzipien. Und trotzdem fühlte ich mich um einiges wohler als noch vor einer Woche.

Kapitel 9: Im Jahre 1945

Dani erzählt

Meine Mutter, die Weberkoglerin, war eine geborene Steiner. Zu Beginn des Ersten Weltkrieges erblickte ich das Licht der Welt. Meinen leiblichen Vater habe ich nie kennengelernt, er ist im Krieg geblieben, erzählte mir meine Mutter später.

Noch während des Krieges lernte sie meinen Stiefvater kennen und sie heirateten kurz darauf. Noch bevor der Krieg im November 1918 zu Ende war, bekam ich ein kleines Brüderchen.

Er wurde auf den Namen Hubert getauft. Zwei Jahre später, kurz vor Weihnachten, kam Peter auf die Welt.

Wir schliefen mit den Eltern zusammen in einer Kammer. Wenn meine Mutter mich zu Bett brachte, erzählte sie mir immer eine Geschichte, oft von meinem Vater, dabei weinte sie manchmal. Sie musste ihn sehr gerne gehabt haben.

Am Anfang war mein Stiefvater noch recht nett zu mir und meiner Mutter. Die ersten Streitereien begannen, als ich zur Schule kam. Schon immer war es der Wunsch meiner Mutter, die sich auch anfangs noch durchsetzen konnte, dass ich etwas lernen sollte. Aber es kam immer häufiger vor, dass der Bauer meine Mutter, oder später auch mich, geschlagen hatte.

Egal was auf dem Hof passierte, in mir hatte der Bauer immer das Opfer gefunden, ich musste für alles die Prügel einstecken. Wenn ich von der Schule nach Hause kam und der Ochsenschwanz hing nicht neben dem Scheunentor an seinem Platz, dann wusste ich schon, was wieder mit mir passieren würde.

Mein Stiefvater, zu dem ich nie Vater sagen wollte und es auch unter Androhung von Schlägen nie tat, hielt die Schule, für eine reine Zeitvergeudung. Er wäre schließlich auch nicht hingegangen.

Ich solle lieber auf dem Hof meine Arbeit ordentlich verrichten, damit wäre allen geholfen.

Ich hingegen war jedes Mal froh, wenn ich für eine Zeit lang von Zuhause weg war. Auf Heimatkunde und Turnen freute ich mich immer ganz besonders.

Kurz vor meinem neunten Geburtstag, im August 1924, durfte ich auf Anordnung meines Stiefvaters nicht mehr zur Schule gehen. Ich traute mich nicht, nach dem Grund zu fragen.

Noch im selben Jahr brachte meine Mutter ein Mädchen namens Moni zur Welt.

Nach Monis Geburt wurde meine Mutter sehr ruhig. Nachts wurde ich manchmal wach, dann hörte ich sie öfter schluchzen.

Ich war noch keine elf Jahre alt, da schickte mich mein Stiefvater zu einem anderen Bauern nach Pusterwald. Er meinte, vielleicht könnten die aus mir einen brauchbaren Knecht machen. Warum ich von Zuhause weggeschickt wurde, konnte ich damals nicht verstehen.

Als ich mich von meiner Mutter verabschiedete, nahm sie mich ganz fest in den Arm und meinte leise, "da wird es dir bestimmt besser gehen. Es dauert nicht ewig, im Herbst sehen wir uns wieder."

Einerseits hatte ich damit gerechnet, von meinem Stiefvater begleitet zu werden. Aber als er mir dann eine Wegbeschreibung, mit dem Hinweis, mich beim hiesigen Pfarramt zu melden, losschickte, war ich doch froh darüber, alleine zu gehen. Einige Male blieb ich noch stehen und blickte mich um. Meine Mutter stand noch eine Weile da und winkte.

Während der ersten Tage auf dem fremden Hof hatte ich Heimweh, welches sich aber schnell gelegt hatte. Ich musste zwar sehr viel arbeiten, aber ich wurde nie geschlagen und zu essen bekam ich auch genug. Über die Sommermonate durfte ich sogar mit der Magd auf der Alm bleiben.

Leider ging die Zeit viel zu schnell vorbei. Ende Oktober schickte man mich wieder nach Hause, weil sie für mich über den Winter zu wenig Arbeit hatten.

Der Abschied vom fremden Hof fiel mir schwerer als der vom eigenen Zuhause. In sechs Monaten, so hatte mir der Bauer versprochen, dürfe ich wiederkommen. Mit diesem Gedanken im Kopf machte ich mich auf den Heimweg.

Mein Stiefvater hatte mich genauso empfangen, wie er mich verabschiedet hatte. Aber meine Mutter und meine Halbbrüder, die haben sich über meine Rückkehr aufrichtig gefreut. Ich hatte mich erschrocken, als ich meine Mutter umarmte. Sie war bis auf die Knochen abgemagert und konnte sich kaum noch auf den Beinen halten. Moni, meine Schwester, ist ein richtiges kleines Biest geworden. Ihre älteren Brüder hatten mit ihr wenig zu lachen, dabei war sie gerade erst zwei Jahre alt.

Ich hatte sie wirklich nicht vermisst, aber einer meiner ersten Gedanken war: "Wann würde ich das nächste Mal Prügel bekommen?"

Moni wurde von meinem Stiefvater bei jeder Gelegenheit bevorzugt und vor ihren Brüdern in Schutz genommen. Sie fand gerade dann immer einen Grund zum Schreien, wenn sich der Bauer in ihrer Nähe befand. Was ihn wiederum veranlasste, in uns oder speziell in mir, die Ursache zu finden. Richtig wütend wurde er, wenn ich während einer Tracht Prügel nicht laut genug geschrien hatte. Als mich danach mal meine jüngeren Brüder trösten wollten, brüllte er sie an: "Untersteht euch ja, den Bastard zu bemitleiden."

Ich wusste damals nicht, was ein Bastard sein sollte. An dem Abend hörte ich, wie meine Mutter sich wieder mit dem Bauern stritt.

"Nenne meinen Sohn nie wieder Bastard."

"Was passiert dann?", hörte ich den Bauern lauernd fragen.

Es folgte das schon so oft gehörte klatschende Geräusch, und bald darauf wurde es still. Ich konnte meiner Mutter nicht beistehen, das machte mich unendlich traurig aber auch wütend zugleich.

Die darauffolgenden Tage verliefen dagegen fast harmonisch.

Am Heiligen Abend sind wir das erste Mal gemeinsam zur Christmette gegangen. Mein Stiefvater hatte nicht viel von der Kirche gehalten. Er schimpfte oft über die Pfaffen und das scheinheilige Gesindel.

Auf Drängen meiner Mutter gab er dann doch schließlich nach. Wir Kinder freuten uns, gemeinsam mit den anderen durch den tiefen Schnee zu stapfen. Am nächsten Tag bekamen wir sogar Kakao mit Kletzenbrot. Wir kannten so etwas gar nicht.

Ich wartete schon sehnsüchtig auf Pfingsten, denn dann sollte ich wieder nach Pusterwald, um auf der Alm zu helfen. Der Abschied von meiner Mutter fiel mir von Jahr zu Jahr schwerer. Diesmal blieb ich sogar über die Wintermonate dort. Der Bauer bot mir eine Stellung als Knecht an, und das konnte ich ihm nicht abschlagen. Weihnachten verbrachte ich bei der Familie des Bauern. Es ging richtig feierlich zu. Ich bekam sogar ein kleines Geschenk überreicht. Einen echten Hirschfänger mit Lederscheide. Das schöne Jagdmesser trug ich mit Stolz immer bei mir.

Über Pfingsten hatte mir der Bauer einige Tage freigegeben, um meine Familie zu besuchen. Es war das Jahr 1932, und ich wurde 17 Jahre alt. Der Milchwagenfahrer nahm mich bis zur Kreuzung nach Zistl mit. Von da hatte ich noch knapp eine Stunde Fußmarsch vor mir. Ich musste in letzter Zeit ziemlich gewachsen sein. Denn mir passten weder Jacke noch Hose. Der Bauer, bei dem ich meinen Dienst verrichtete, schenkte mir neue Kleider. Damit ich nicht daherkäme wie eine Vogelscheuche, meinte er.

Moni hatte mich zuerst gesehen. Sie war gerade dabei, hinter den armen Hühnern herzujagen. Sie nahm von mir kaum Notiz, als ob ich gar nicht weg gewesen wäre. Hubert und Peter hingegen empfingen mich freudestrahlend.

"Wo ist Mutter?", fragte ich neugierig.

"Die liegt in der Kammer", erwiderte Hubert, "der geht es heute nicht gut", und blickte verängstigt zu seinem Vater, der gerade aus dem Stall trat.

Ohne meinen Stiefvater eines Blickes zu würdigen, eilte ich grußlos an ihm vorbei ins Haus. Leise klopfte ich an die Kammertür und drückte, ohne eine Antwort abzuwarten, die Klinke runter. Vorsichtig öffnete ich die Tür und trat ein.

Mir blieb fast das Herz stehen, als ich die Gestalt sah, die gekrümmt im Bett saß. Erschrocken riss sie ihre Hände hoch, um das geschwollene Gesicht und ihr blau angelaufenes Auge vor mir zu verbergen.

"Was ist passiert?"

"Sie hatte sich Widerworte gegen Vater erlaubt", hörte ich hinter mir Moni sagen.

Ich ließ meinen Rucksack von den Schultern sinken, ging langsam auf meine Mutter zu und nahm sie zärtlich in den Arm.

"Bub", sagte sie, "was bist du groß geworden. Ich freue mich, dass du mich nicht vergessen hast."

Ich löste mich aus der Umarmung und rückte mir einen Stuhl ans Bett. Wir schauten uns lange an, ohne ein Wort zu sagen. Von draußen drangen Stimmen zu uns. Eine davon war die des Bauern. Ich hatte schon lange keine Angst mehr vor ihm, ganz im Gegenteil. Mittlerweile hatte sich in mir eine derartige Wut aufgestaut, dass ich am liebsten aufgesprungen wäre, um ihm an die Gurgel zu gehen. Meine Mutter bemerkte meine Erregung.

"Dani, lass gut sein. Damit machst du es nur noch schlimmer."

Diesen Satz nahm mein Stiefvater zum Anlass, wütend in die Kammer zu stürmen.

"Dir, mein Bürschchen, werde ich jetzt etwas sagen", dabei riss er mich an der Schulter so heftig rum, sodass ich fast vom Stuhl gekippt wäre.

"Wenn du nicht parierst, dann ergeht es dir genauso wie *der* da."

Dabei zeigte er verächtlich auf meine Mutter.

"Noch habe ich das Sagen hier. Ich bin schließlich dein Vater. Sonst passiert was, haben wir uns verstanden?"

Ich erhob mich vom Stuhl und merkte, wie ich am ganzen Körper bebte. Als wir uns gegenüberstanden, stellte ich fest, ich war mindestens genauso groß.

"Was passiert dann?", entwich es mir.

Perplex schaute er mich an und trat einen Schritt zurück. Etwas verwirrt blickte er sich um.

"Mein Vater bist du nie gewesen und wirst es auch nie sein."

In dem Moment holte er zu einem Schlag aus, der aber ins Leere ging, was ihn in Erstaunen versetzte.

"Bauer, ich sage dir jetzt etwas, was du dir gut merken solltest. Wenn du es noch einmal wagst, deine dreckige Hand gegen *meine* Mutter oder mich zu erheben, dann schlage ich dich zum Krüppel."

Moni, die alles mit ansehen konnte, lief schreiend nach draußen.

Meine Mutter schluchzte leise vor sich hin.

"Verfluchte Hure, da siehst du, was für einen Bastard du dir hast andrehen lassen!"

Mir war klar, damit war die Auseinandersetzung nicht beendet. Ganz im Gegenteil. Ich kannte meinen Stiefvater lange genug und rechnete mit weiterem Streit. Der ließ nicht lange auf sich warten.

Es war nur zwei Tage später, am Pfingstmontag. Ich holte die geleerten Milchkannen von der Straße, um sie am Brunnen zu reinigen, als ich einen heftigen Schlag auf den Rücken verspürte. Erschrocken drehte ich mich um und sah den Bauern, mit dem Ochsenschwanz in der Hand, wie er zu einem zweiten Schlag ausholte. Ich versuchte auszuweichen, wurde aber noch an der Schulter und am Arm von den dünnen Lederriemen gestreift. Ich riss ihm die Peitsche aus der Hand und schleuderte sie weg. Gleichzeitig versetzte ich ihm einen heftigen Faustschlag mitten ins Gesicht. Er sackte wie vom Blitz getroffen in die Knie und hielt beide Hände schützend vor seine blutende Nase.

"Ich habe dich gewarnt. Mach das nie wieder!"

Die restlichen Tage herrschte auf dem Hof gespenstische Stille. Der Bauer ging mir aus dem Weg. Moni mied mich, als ob ich die Pest hätte. Meine Halbbrüder wussten nicht, wie sie sich mir gegenüber verhalten sollten.

"Das hättest du nicht tun sollen, obwohl er es verdient hat", sagte meine Mutter.

Einige Tage später verließ ich wieder den Hof, aber nicht, ohne dem Bauern meine ernste Absicht nochmal klarzumachen. Seine Macht mir gegenüber war gebrochen.

Als ich mich auch von Hubert und Peter verabschiedete, meinte Hubert, "Peter und ich sollen im Herbst auch nicht mehr zur Schule gehen. Wir hätten schon genug gelernt, meinte Vater. Moni ist dann die Einzige, die noch zur Schule geht, obwohl die überhaupt keine Lust dazu hat."

Meiner Mutter versprach ich, zwischendurch nach dem Rechten zu schauen.

In Pusterwald wieder angekommen, lenkten mich die Vorbereitungen für den Almauftrieb etwas vom Geschehenen ab. Die Monate vergingen, als mich eines Tages Peter und Hubert besuchen kamen. Auf meine Frage, wie es unserer Mutter gehe, antworteten sie auffällig ausweichend.

"Hat er sie wieder geschlagen?", fragte ich aufgebracht.

"Nein, das traut er sich seitdem nicht mehr. Aber sie ist trotzdem immer kränklich und hadert nur noch dahin."

Ich besuchte meine Mutter zwei- bis dreimal im Jahr.

1938, als der Krieg ausbrach, meldete sich Hubert sofort freiwillig an die Front. Kurz darauf fiel er in Polen. Ich bekam einige Wochen später den Einberufungsbefehl.

Bis zum Frühjahr 1941 verbrachte ich die Kriegszeit in Polen. Im Sommer wurde ein Großteil von uns für den Russlandfeldzug abkommandiert. Ich wurde mehrmals leicht verwundet. Im Oktober 1944 bekam ich das erste Mal für mehrere Wochen Heimaturlaub. Genau an dem Tag, als ich Bretstein endlich erreicht hatte, wurde meine Mutter beerdigt. Ich blieb noch drei Tage und meldete mich wieder an die Front zurück. Man schickte mich nicht nach Russland, sondern an die Westfront, in die Ardennen. Im Schützengraben lernte ich den Leitenbauer-Gustl aus Bretstein kennen. Wir verstanden uns auf Anhieb. Nach kurzer Zeit wussten wir beide alles über den anderen.

Im Januar 1945 wurde ich durch einen Granatsplitter schwer verwundet.

Das Lazarett lag ungefähr 25 km hinter der Frontlinie und musste fast täglich verlegt werden. Ende März war für mich der Krieg endgültig vorbei. Ich kam in amerikanische Gefangenschaft.

Da ich Ende des Krieges nicht wusste, wo ich sonst unterkommen könnte, blieb mir nur die Wahl, wieder nach Bretstein zu gehen. Mein Stiefvater war seit dem Tod meiner Mutter ein gebrochener Mann. Obwohl er sie zu Lebtag immer nur schlecht behandelt hatte, kam er über ihren Tod nicht hinweg.

Peter und Moni führten gemeinsam den Hof weiter, wobei Moni sich immer mehr zum Hausdrachen entwickelte. Sie hörte anscheinend Mäuse husten, während mein Gehör durch die Verwundung stark eingeschränkt war. Was sie wiederum zum Anlass nahm, mit mir mehr zu schreien, als zu sprechen.

Und dann kam Angerl

Eine meiner ersten Arbeiten bestand darin, den Holzvorrat für den kommenden Winter zu sichern. An dem Tag hatte ich schon einiges an Holz gesägt und gehackt, als plötzlich eine junge Frau neben mir stand und mich um Wasser bat. Ich hatte sie nicht kommen hören und schaute sie erschrocken an. Mit einem kräftigen Hieb schlug ich die Axt in den Holzstock, ging ins Haus und reichte ihr einen Krug kühler Milch. Sie setzte sich ins Gras und fragte mich, ob ich wüsste, wer im Graben noch eine Sennerin benötigen könne. Ich erzählte ihr, dass ich erst seit einer Woche wieder in Bretstein war. Ob ich ihr auch meinen Namen gesagt habe? Moni, die sich unterdessen in der Küche aufhielt, blieb das Gespräch nicht verborgen und wusste gleich, wer noch eine Sennerin suchen würde. Die Fremde bedankte sich, reichte mir den leeren Krug und verabschiedete sich. Ich blieb noch eine Weile unentschlossen stehen, bevor ich weitermachte.

Mir ging diese Begegnung nicht mehr aus dem Kopf und natürlich wollte ich wissen, ob sie die Stellung bekommen hatte. Ich wusste nicht mal ihren Namen. Sie hatte auffallend schöne Gesichtszüge, aber ihr trauriger Blick passte ganz und gar nicht dazu. Immer wieder rief ich sie mir in den kommenden Tagen ins Gedächtnis.

Ich beschloss, der Falbalm einen Besuch abzustatten. Bei der Gelegenheit könnte ich auch gleich meinen Kriegskameraden Gustl besuchen. Moni hatte mir erzählt, dass er auch wieder gesund zurückgekehrt sei.

Auf dem Weg zur Alm machte ich noch einen Abstecher zu den Bachers, denen die Alm gehörte. Von der Bäuerin hatte ich erfahren, sie hätten doch noch eine Sennerin gefunden und seien darüber sehr glücklich.

Von dieser Aussage beflügelt, eilte ich nach oben. Kaum hatte ich den Hochwald verlassen, da konnte ich auch schon die Almhütte sehen. Ich blieb kurz stehen und genoss den herrlichen Anblick, die sattgrünen Almwiesen, dazu die hohen Felsen und die sanften Bergrücken.

Ich hielt Ausschau nach dem Vieh, und da entdeckte ich sie. Sie hatte den Feldstecher vor den Augen und beobachtete mich. Als ich ihr zuwinkte, antwortete sie auch nach kurzem Zögern.

Fast gleichzeitig trafen wir uns bei der Hütte. Ich richtete ihr herzliche Grüße von den Bachers aus, um meine Verlegenheit zu überbrücken. Als sie mir ihren Namen verriet, da horchte ich für einen kurzen Moment auf. Die Frau, von der Gustl mir an der Front erzählt hatte, hieß auch Angerl. Aber einen Zusammenhang schloss ich schnell wieder aus. Ich erzählte ihr einiges über mich, doch dann musste ich wieder weiter. Auf dem Rückweg wollte ich Gustl besuchen. Als ich das beim Abschied nur beiläufig erwähnte, war mir so, als ob sie dabei zusammengezuckt sei. Sie begleitete mich noch ein Stück und ich versprach wiederzukommen, wenn ihr das recht wäre.

Als ich den Hof vom Leitenbauer erreicht hatte, wurde es schon dunkel. Unsere Wiedersehensfreude war groß. Gustl stellte mir seine Frau und seine beiden Söhne vor. Der Ältere davon war Fritz, von dem er oft gesprochen hatte. Das war ein besonders lieber Kerl. Seine Einschränkung beim Sprechen und Hören fiel mir nicht sonderlich auf. Wahrscheinlich hatten wir uns deshalb auf Anhieb gut verstanden. Seine Frau brachte den Jüngeren ins Bett. Fritz durfte noch einen Augenblick bei uns bleiben. Einige Schnäpse später kamen wir auf die neue Sennerin zu sprechen. Zuerst konnte Gustl es nicht glauben, dass es sich dabei um ein und dieselbe Person handeln könne. Erst als er nach dem Leberfleck fragte, wurden seine letzten Zweifel ausgeräumt.

Er erzählte mir die Geschichte mit Angerls Verhältnis zu einem Kriegsgefangenen und vermutete, seine Frau könne sie damals bei der Gestapo angeschwärzt haben.

Als ich mich am nächsten Morgen verabschiedete, bat er mich, für Angerl etwas mitzunehmen, wenn ich wieder nach oben gehen würde.

Seine Frau durfte davon nichts erfahren, also ging er mit mir in den Stall, wo er Brot und Schinken versteckt hatte. Als wir die Sachen im Rucksack verstaut hatten, stand plötzlich Fritz hinter uns.

"Das musst du Mami auch geben, aber ich will sie wiederhaben", und streckte mir eine Fetzenpuppe entgegen.

Wir schauten uns verwundert an. Woher wusste Fritz, dass es sich dabei um seine Mutter handelte?

Je öfter ich Angerl besuchte, desto mehr erzählte sie mir von sich.

Einmal hatten wir gemeinsam Kühe gezählt und mir fiel die verdammte Zahl 48 nicht ein, so sagte ich eben, 2 weniger als 50. Darüber mussten wir so schrecklich lachen. Als ich eines Tages mit Fritz bei ihr auftauchte, war Angerl total aus dem Häuschen. Ich glaube, seitdem mochte sie mich gerne. Ich war wie ein unsichtbares Kettenglied zwischen Angerl und ihrem Sohn Fritz und das wollte ich auch immer bleiben. So hatte ich es ihr versprochen. Er war für mich wie ein eigener Sohn, zumal ich wusste, was die beiden durchgemacht hatten.

Meine Verbundenheit zu Fritz blieb Gustls Frau nicht verborgen, hatte aber, wie sie mir sagte, nichts dagegen einzuwenden.

Als Angerl und ich beschlossen, unseren Weg gemeinsam zu gehen, kam auch ihr das zu Ohren.

"Dani, du kannst Fritz so oft besuchen wie du möchtest, aber alleine. Die andere kommt mir aber nicht auf den Hof."

Damit meinte sie meine Angerl.

Stille Schmerzen kann
man weder hören
noch sehen,
aber sie sind treu
und begleiten uns
meist ein Leben lang.
Ruben L. Stein

Teil V

Die Vergangenheit begraben

Zwischen 14.26 und 14.53 Uhr erfolgt auf Zeltweg ein schwerer Luftan- griff durch 28 aus Süden und sechs aus Osten anfliegende britische Bomber, die insgesamt 120 mittelschwere Bomben werfen. 22 Gebäude werden total zer- stört, 20 schwer, 37 mittelschwer und 72 leicht beschädigt,darunter Wohnhäu- ser, das Gemeindeamt, die Kirche, die Volksschule, die Natron-Papierfabrik, die ÖAMG, der Bahnhof, das Post- und Telegrafenamt sowie Licht- und Telefonleitungen. Zehn Männer, neun Frauen, fünf Kinder, zwei Wehrmacht - sangehörige und ein Ausländer werden getötet: Hermann Bürgler, Nikolaus Gretitsch, Johann Guggi,Franz Kaltenegger, Johann Löschinger, Karl Mader, Karl Sauseng, Johann Sundl, Gottfried Stadlbauer,Telephorus Zellacher,Branko Pilipovic, Katharina Grillitsch, Theresia Kohl, Maria Kreuhaler, Elisabeth Kuß, Elisabeth Liebminger, Anna Mader, Maria Preinsack, Maria Steinkellner,Cäcilia Stadlhofer, Karl Balandik,Anna Gruber, Alfred Kreuzhaler, Elfriede Pichler, Walter Steinkellner und zwei unbekannte Männer. 20 Personen werden leicht verletzt, 342 obdachlos .

Kapitel 1: Im Jahre 1945/1946

Gemeinsame Pläne

Seitdem ich wieder auf der Alm bin, hat sich in mir ein Wandel vollzogen. Ich fühle mich fast wieder wie ein Mensch. Liegt es alleine an Dani? Bestimmt hat er einen großen Anteil dazu beigetragen. Ich mag ihn ganz gerne – als Freund. Er hat mir durch die Verbindung zu meinem Sohn eine enorme seelische Last abgenommen. Was aber wird, wenn wir wieder unsere eigenen Wege gehen? Wie weit wird meine Dankbarkeit reichen?

Immer häufiger ertappe ich mich bei dem Gedanken, dass ich zu wenig um den Verlust meiner kleinen Tochter Anna trauere. Ihr Schicksal hatte mich vor einigen Wochen noch völlig aus der Bahn geworfen. Sie hätte doch einen wesentlich höheren Anspruch auf Anteilnahme.

War es nicht so, dass ich mich in den ersten Tagen auf der Alm körperlich völlig verausgaben musste? Es gab Zeiten, da bin ich dreimal zum Grat hoch, um meinen Kopf leer zubekommen und mein Herz vom Schmerz zu befreien. Anna würde ich allerdings nie vergessen können.

Dani kam meist jeden dritten Tag. Mal direkt von den Bachers, aber auch von drüben. Am Anfang fragte er mich noch, ob er mir von Fritz erzählen solle. Als er merkte, wie sehr ich mich darüber freute, fing er von selbst an. Oft hatte ich den Eindruck, es würde ein wenig Stolz in seinen Schilderungen mitschwingen. Er mochte Fritz sehr, das konnte man aus der Art seiner Erzählungen heraushören.

Eines Tages besuchte mich Stasl. Und wie es der Zufall so wollte, hatte auch Dani an dem Tag die Absicht, zu kommen. Er kam von den Leitenbauers und wollte mir vielleicht Neuigkeiten von Fritz berichten.

Ihm war es sichtlich unangenehm, dass Stasl anwesend war. Ich konnte ihn jedoch davon überzeugen, dass ich mich immer auf seinen Besuch freuen würde und bat ihn, doch zu bleiben. Was er dann auch wohlgelaunt annahm.

Am frühen Nachmittag musste Stasl wieder zurück und Dani begleitete mich wieder nach oben, um die Tiere zu kontrollieren. Ich wusste, er hatte unheimlich gute Augen. Wo ich, um sicher zu gehen, das Glas zur Hilfe nahm, brauchte er es noch lange nicht.

Ob er beim Zählen der Kühe auch so gute Augen hatte, wollte ich an dem Nachmittag feststellen. Von meinem Stammplatz, dem Trauerkloß, konnte ich die ganze Herde überschauen und abzählen, auch wenn sich welche in der Mulde versteckten. Es waren wie immer 48 Stück.

Als Dani mit Zählen dran war, merkte ich, wie unruhig er wurde.

Aus Spaß fragte ich, "sind denn welche weggeflogen?"

Mit einem traurigen Blick schaute er mich an, wie es kleine Kinder tun, wenn sie etwas angestellt hatten.

"Es müssen 2 weniger als 50 sein, aber mir fällt die vermaledeite Zahl nicht ein."

Im letzten Augenblick hielt ich ein lautes Lachen zurück.

"Das macht nichts Dani, 48 heißt die vermaledeite Zahl."

Erstaunlich schnell hatte er sich wieder unter Kontrolle. Ich rechnete damit, dass er geschickt ein anderes Thema anschneiden würde.

"Angerl, du musst wissen, ich kann weder lesen noch schreiben. Mein Vater ließ mich nur bis zur dritten Klasse in die Schule gehen, und ich bin wirklich gerne gegangen."

Was mich an ihm so faszinierte? Er erzählte mir alles so frei und ohne Scham.

Ergriffen umarmte ich ihn und gab ihm einen kleinen Schmatzer auf die Wange. Dadurch ermutigt, fragte er mich, ob ich mir auch seine Geschichte anhören möchte.

In kurzen und einfachen Sätzen erzählte er mir, dass ihn seine Mutter mit in die Ehe gebracht habe. Und er seinem Stiefvater schon als kleiner Bub immer ein Dorn im Auge gewesen sei. Schläge waren an der Tagesordnung. Er bekam sie auch ohne jeden Anlass. Bis zur dritten Klasse konnte sich seine Mutter gegenüber Danis Stiefvater noch durchsetzen. Die anderen Geschwister, die nach ihm geboren wurden, habe sein Stiefvater immer bevorzugt.

"Moni hattest du schon kennenlernen dürfen – ihre Stimme zumindest", und verzog dabei sein Gesicht zu einem Schmunzeln.

"Sie übernahm Zuhause immer mehr das Kommando. Meine Halbbrüder und ich wurden 1938 zum Kriegsdienst herangezogen. Mir ging es da sogar besser, jedenfalls die ersten Jahre. Einer meiner Halbbrüder war gleich in den ersten Kriegstagen tödlich verwundet worden. Meine leibliche Mutter ist kurz vor meinem letzten Heimaturlaub, im Oktober 1944, viel zu früh verstorben. Wieder zurück an der Front, lernte ich Gustl kennen. Den Rest weißt du schon."

Etwas verbittert fügte er hinzu, "meine Halbschwester wird auch den Hof erben, da ich die Schule nicht fertigmachen durfte."

Ich wusste nicht recht, wie ich mich verhalten sollte. In mancher Hinsicht war ich froh, dass auch er so viel hat durchmachen müssen. Ihn würde nichts so schnell umhauen, das wurde mir gerade bewusst. Wiederum tat er mir auch leid, weil er nicht die Möglichkeit bekam, mehr aus seinem Leben zu machen.

"Wenn Moni den Hof übernimmt, was wird dann aus dir? Hast du dir darüber schon Gedanken gemacht?"

Dani holte tief Luft, "ich bin es gewohnt hart zu arbeiten. In Donawitz wird das zerbombte Stahlwerk wieder aufgebaut. Die brauchen bestimmt Burschen wie mich, die kräftig anpacken können."

Gedankenverloren stocherte ich mit dem Stock in einem Grasbüschel herum.

"Was hast du für Pläne?", und schubste mich von der Seite an.

Eigentlich hatte ich mit dieser Frage rechnen müssen. War aber sichtlich überrascht, weil ich mir über meine Zukunft noch nicht den Kopf zerbrochen hatte.

"Deine Frage trifft mich unvorbereitet, aber du hast damit recht. Was mache ich danach? In spätestens sieben Wochen werden wir das Vieh runterbringen müssen."

Ich grübelte ernsthaft nach.

"Ich weiß es nicht. Hier, damit meine ich den Graben, werde ich nicht lange bleiben, das steht fest. Am liebsten wäre mir eine Almhütte, auch wenn es eine alte Keuschen wäre, wo ich das ganze Jahr über verbringen könnte. Vielleicht kann ich noch über die Wintermonate bei den Bachers unterkommen. Die können unmöglich ihren Hof ohne fremde Hilfe über den Winter bringen. Du kennst ja auch das Mütterchen, wie wackelig sie schon auf den Beinen ist. Von ihm kann man keine Hilfe mehr erwarten. Er ist pflegebedürftig und muss versorgt werden, da ist eine Person eigentlich noch zu wenig."

An dem Tag hatten wir glatt die Zeit übersehen. Im Eiltempo liefen wir zur Hütte runter. Ich packte seine Kraxn voll, diesmal hatte ich neben der Butter auch Käse fertig. Dani schien es plötzlich nicht mehr so eilig zu haben.

"Angerl, lass dir Zeit. Es wird in einer Stunde dunkel, da schaffe ich es noch bis zum Bacher runter. Zur Not kann ich bei denen übernachten."

Es wäre mir jetzt auch zu überstürzt gewesen. Ich hatte ihm nicht mal den Käse zum Probieren angeboten.

"Dann essen wir aber noch zusammen Abendbrot. Du musst unbedingt den Käse kosten. Dazu gibt es auch den guten Schinken."

Während des gemeinsamen Abendbrots sagte keiner von uns ein Wort. Mich beschäftigte Danis Geschichte, doch er genoss sichtlich das Essen.

Es wurde später als geplant, bis wir alles eingepackt hatten und Dani loskam.

Drei Tage waren vergangen, doch Dani war noch nicht aufgetaucht. Vermutlich hatte ihn das Gewitter davon abgehalten. Als der fünfte Tag sich dem Ende neigte, kroch mir eine unendliche Traurigkeit in die Brust und breitete sich im ganzen Körper aus.

Leicht resigniert verrichtete ich die notwendigen Arbeiten im Stall. Butter und Käse hatte ich wieder fertig, also konnte ich mich damit auch nicht ablenken. Da fiel mir mein Trauerkloß ein. Den hatte ich schon lange nicht mehr in Anspruch genommen, jedenfalls nicht für den Zweck, nach dem ich ihn benannt hatte.

Die Luft war durch das Gewitter der letzten Tage gereinigt und die Sonne überzog die Almwiesen mit einem goldenen Vlies. Fast etwas erleichtert stieg ich bergan. Obwohl ich das Vieh heute schon so oft gezählt hatte, fing ich wieder von vorne an. Ich musste schmunzeln, denn seit dem Tag mit Dani hatte ich zwei Kühe weniger als 50. Ich durchstreifte mit dem Glas den Hang oberhalb der Hütte. Obwohl von uns auf dieser Seite kein Vieh sein konnte, entdeckte ich mehrere Tiere. Es waren Steinböcke, ein ganzes Rudel. Fasziniert beobachtete ich ihre spielerisch wirkenden Kletterkünste. Bis zum Nachmittag konnte man die Murmerl beobachten.

Jetzt wo der Hang im Schatten lag, hatten sie sich auch in ihren Höhlen verkrochen. Ein merkwürdiges Gefühl beschlich mich, als ob man mich beobachten würde. Ich setzte das Glas wieder ab und drehte mich zur linken Seite. Mich traf fast der Schlag, als ich oben am Grat ein Kind sah.

Ich hatte eine seltsame Vorahnung. Es war schier unmöglich, mein Verstand spielte mir wohl einen Streich. Es konnte doch nicht sein! Ich bildete mir tatsächlich ein, darin meinen Sohn zu erkennen. Als sich auch noch neben ihm eine mir schon sehr vertraute Gestalt aufbaute, da war es um mich geschehen. Es waren nicht mehr als fünfzig Schritte, und doch kam es mir wie eine Ewigkeit vor.

Er wurde plötzlich zum kleinen Butzerl, seine rosa Haut, sein Weinen. Ich sah ihn das erste Mal lachen. Sein trauriger Gesichtsausdruck, als er im Krankenhaus lag und ich ihn nur durch die Scheibe sehen durfte. Das letzte Mal sahen wir uns zur Christmette 1941, wenn mich nicht alles täuscht. Oh mein Gott, was ist der groß geworden! Beinahe wären wir eng umschlungen den Hang heruntergerollt.

Dani stand etwas abseits und wartete geduldig, bis ich mich beruhigt hatte.

"Wie hast du das bloß hinbekommen?"

Beim Runtergehen erzählte er mir, Gustl sei mit Fritz seit einigen Tagen drüben auf der Pfarreralm, um den Zaun und einige andere Sachen zu reparieren.

"Ich habe ihm hoch und heilig versprochen, deinen Sohn ...", und wuschelte dabei kräftig in Fritzerls Haaren rum, "... morgen wieder gesund bei ihm abzuliefern."

Ich hatte also mein Kind für fast einen ganzen Tag bei mir. Unfassbar!

Dieser Abend war einer der schönsten in meinem Leben. Ich wollte, er würde nie zu Ende gehen. Fritz erzählte mir auf eine wunderbare Art und Weise, was er schon alles erlebt und gesehen hatte. Ich freute mich, dass er sich, so wie ich, eng mit der Natur verbunden fühlte.

Vor lauter Aufregung hatte ich Dani fast vergessen.

"Und Abendbrot hatten wir auch noch nicht. Jetzt muss ich mich aber beeilen, damit wir noch etwas auf den Tisch bekommen."

Während ich noch am Herumwirtschaften war, unterhielt sich Dani mit Fritz. Die beiden verstanden sich ausgezeichnet. Es war nicht das typische Vater-Sohn-Verhältnis, es war eher eine Freundschaft, die die beiden verband.

Fritz war noch so aufgedreht, dass ich Mühe hatte, ihn ins Bett zu bekommen. Als er endlich in meiner Kammer lag, musste ich ihm noch eine Geschichte erzählen, bei der er dann doch einschlief.

Jetzt hatte ich auch wieder Zeit, mich mit Dani zu unterhalten. Er erwähnte mehr so nebenbei, die Bachers spekulierten darauf, dass ich anschließend als Magd auf dem Hof weiterarbeiten würde.

"Sie könnten sich das gut vorstellen. Kein Wunder, du hast auch einen guten Eindruck bei denen hinterlassen. Es würde dir bestimmt gefallen, so als Übergang.

"Ja, das wäre wirklich eine gute Lösung. Vorübergehend."

"Brauchen sie auch noch einen Knecht"?, warf ich scherzhaft ein.

"Ob du es glaubst oder nicht, sie hatten mich wirklich danach gefragt, ob ich frei wäre."

Mit einem Schlag wurde mir bewusst, dass unsere Unterhaltung auf einen durchaus ernsten Hintergrund zusteuerte.

"Aber wie soll das gehen?"

"Wir beide heiraten einfach. Wenn du mich magst", und spürte seine großen Hände auf meinen Schultern.

"Meinst du nicht, das ist etwas überstürzt?", fragte ich, ohne mich mit dem Inhalt der Frage weiter zu beschäftigen.

"Du willst hier im Graben nicht länger bleiben, ich auch nicht. Und ich mag dich so, wie du bist."

Das war Danis Heiratsantrag, den ich nach einer längeren Bedenkzeit annahm.

Die Bachers waren darüber sehr glücklich, als wir beide die Stellung bei ihnen antraten. Jedoch gaben wir den Hinweis, dass wir sie im Sommer nächsten Jahres wahrscheinlich verlassen würden.

Am 16. Januar 1946 gaben wir uns in der Bretsteiner Kirche das Jawort.

Noch im selben Jahr im Juni gebar ich einen gesunden Sohn, den wir auf den Namen Kajetan tauften. Kurz darauf verließen wir Bretstein und bauten uns in der Nähe von Donawitz gemeinsam ein neues Leben auf.

Danke

Auf dieser Seite möchte ich diejenigen ins Rampenlicht bringen, die bis jetzt aus dramaturgischen Gründen verständlicherweise noch nicht erwähnt wurden.

Ohne die tatkräftige Unterstützung von Frau Mag. Dr. Elisabeth Schöggl-Ernst vom Landesarchiv Graz wäre wahrscheinlich meine Recherche im Sande verlaufen.

Hilfreiche Informationen bekam ich von so manchem Einwohner aus Bretstein und Umgebung, die ich aber namentlich nicht anführen möchte.

Ein großes Dankeschön meiner Familie. Insbesondere meiner Frau, die sehr viel Verständnis für meine Arbeit aufbrachte.

Sie war es auch, die mich immer wieder aufgerichtet hatte, wenn ich durch das Unrecht, welches meiner Mutter zugeführt wurde, am Boden zerstört war.

In eigener Sache

Als mir meine Mutter, kurz vor ihrem Tod, noch einige Details aus ihrer Vergangenheit preisgegeben hatte, fasste ich den Entschluss, irgendwann ein Buch darüber zu schreiben.

Für eine lückenlose Biografie fehlten mir allerdings die genauen zeitlichen Abläufe. Deshalb entschied ich mich für das Genre Schicksalsroman. Was aber über die Wahrheit des Inhaltes nicht hinwegtäuschen sollte.

Wichtig für mich war das Verarbeiten der Geschichte und das Aufsuchen der Schauplätze, wo sich teils unvorstellbare Grausamkeiten zugetragen hatten. Es fiel mir oft sehr schwer, das von meiner Mutter Erzählte authentisch und emotionslos wiederzugeben.

Bei meinen Recherchen im Internet, aber auch an den Originalschauplätzen, stieß ich mehrmals auf offene Ablehnung, aber auch auf ungewöhnliche Hilfsbereitschaft völlig fremder Menschen.

Eigentlich wollte ich nach den letzten Zeilen das Buch zuklappen und in der Vergangenheit nicht mehr herumrühren.

Man sollte jedoch niemals Nie sagen.

Meinen Seelenfrieden werde ich wahrscheinlich erst am Ende des zweiten Bandes finden, der bereits in Arbeit ist.

Ihr Ruben L. Stein

Ein weiteres Buch von mir:

"Hinter dem Schicksal links" ISBN 978-3-7528-3157-3

Der Autor

Ruben L. Stein ist geboren und aufgewachsen in Leoben/Österreich. Mit 21 Jahren kehrte er der schönen Steiermark den Rücken. Nach turbulenten Monaten strandete er in Bremen, wo er auch heute noch lebt.

Als Maschinenbaumeister machte er sich 1992 selbstständig und führte den expandierenden Betrieb, bis zu seiner schweren Krankheit Ende 2010.

Zum Schreiben fand er erst, als er 2013 wieder genesen war. In der Zeit wurde auch seine Liebe zum Kochen und Malen geweckt.

Sein erstes Buch mit dem Titel "Hinter dem Schicksal links" war ein eher ironisch humorvoller Rückblick auf seine Krankheit und wie er sie bewältigt hatte.

Seine Bilder, die anfangs den Verlauf seiner Krankheit widerspiegelten, wurden schon auf mehreren Ausstellungen gezeigt.

Mit dem Buch "Sommerfrost" versuchte er, das Leben seiner Mutter nachzuzeichnen, die zwischen die Mühlsteine des Nazi-Regimes geraten war.

Ruben L. Stein bedient sich eines Pseudonyms und wird in einem zweiten Band über das weitere Schicksal dieser tapferen Frau schreiben.

Printed in Poland
by Amazon Fulfillment
Poland Sp. z o.o., Wrocław

83881825R00254